연수원 살인사건

당신은 피의 대가를 치르고 회사를 떠날 준비가 되었는가?

연수원 살인사건

김경수 직장 미스터리

· 김경수 지음 ·

한스컨텐츠

차례

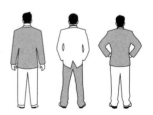

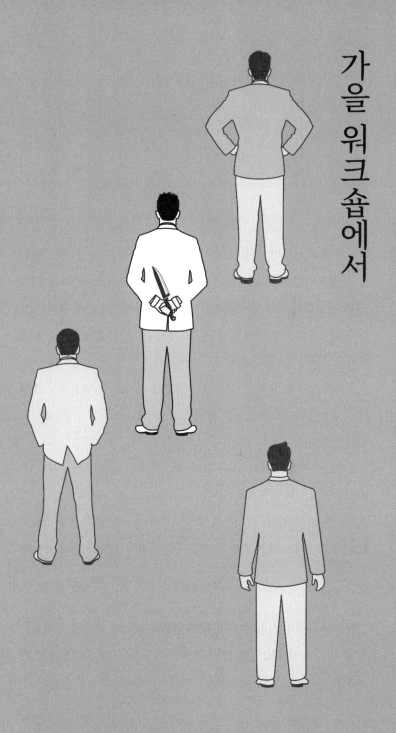

가을 워크숍에서

나른한 시선들이 연수원 대강당 뒤쪽의 출입문과 그 위에 걸린 둥근 벽시계를 오르내렸다. 전날 밤의 질펀한 술자리 전투를 치르고 난 워크숍의 둘째 날 아침이었다. 좀비처럼 만신창이가 돼버린 그들에게 공통적인 바람이 있다면, 그것은 다만 남은 일정을 무탈하게 버티고 '퇴근'하는 일이었다.

그들의 눈동자는 묵은 생선의 그것처럼 생기를 잃거나 몹시 충혈된 모습이었다. 간간이 입을 틀어막고 내뱉는 소심한 하품 소리도 들리곤 했다.

2012년 여름휴가의 후유증이 채 가시지 않은 9월 어느 날, 100여 명의 KM전자 컴퓨터BG(Business Group, 사업부의 단위) 임직원들은 1박 2일 일정으로 경기도 이천에 소재한 연수원에 집결해 있었다. 그들의 소박한 바람을 가로막을 비극의 시작을 전혀 예상하지 못한 채.

대강당 내부의 모든 창문이 활짝 열렸다. 새벽녘에 한바탕 시원하게 내린 가을비 때문인지 제법 서늘한 아침 냄새가 흘러왔다. 안개처럼 강당 내부를 유영하던 알코올 기운은 서서히 구석으로 흩어져 갔다.

벽시계가 정각 9시를 가리켰다. 시작 시간을 삼십 분이나 넘겼지만 한 사람이 모습을 드러내지 않고 있었다. 경영지원본부장 표병식 전무였다. 컴퓨터BG의 거의 모든 공식 일정은 그의 출현이 곧 시작을 의미했다. 귀가 시간이 늦어질 것을 우려하는 불만을 토로하듯 하품 소리가 점점 과감해지고, 사람들의 자세 또한 눈에 띄게 흐트러지기 시작했다.

"숙소에 가서 모셔 와야 되는 거 아닌가?"

누군가의 말이 떨어지기 무섭게 다른 누군가가 쪼르르 달려 나갔다.

*

성찬수 과장은 남들보다 한층 더 초췌한 몰골로 강당 뒤편 구석에 앉아 자료를 뒤적거리고 있었다. A4 용지에 빼곡히 들어찬 글자들을 따라가고 있다고 보기엔 그의 눈동자에는 전혀 움직임이 없었다. 10년과도 같았던 간밤의 무거운 기억들이 그의 헝클어진 더벅머리를 떠나지 못하기 때문이다.

'이제는 다 끝난 일이야. 나는 옳은 선택을 했어.'

그는 회의 자료를 덮고 커피를 한 모금 마셨다. 그리고 종이컵에서 피어오르는 아지랑이를 물끄러미 바라봤다. 그는 입술을 동그랗게 모으고 후욱 바람을 불어 아지랑이를 날려버렸다. 그리고 고개를 들어 창밖을 내다봤다.

비는 어느덧 말끔히 그쳐져 있다. 아침에 서둘러 나오느라 수돗물로 대충 수습한 머릿속 여기저기가 근질거렸다. 연수원 앞마당에 펼쳐진 정돈된 잔디밭을 바라보며, 그는 오늘 이곳을 나가자마자 제일 먼저 할 일을 계획했다. 그것은 때를 놓쳐 수북해진 곱슬머리를 집 근처 상가에서 손질하는 일이었다. 그는 머리를 짧게 손질하는 것만으로 어쩌면 자신의 머릿속 어느 특정 구간을 완전히 삭제할 수 있을지 모른다고 생각했다.

*

쿵!

실내의 느슨한 공기를 한순간에 흔들어놓은 것은 강당 문을 발로 차듯 열어젖히는 소리였다. 100여 명의 시선이 한곳으로 모였다. 그리고 그곳에는 창백한 얼굴로 숨을 헐떡거리는 깡마른 사내가 서 있었다. 모두가 기다리던 표 전무는 아니었다.

"주, 죽었어요. 돌아가셨다고요. 저, 전무님이 방에서…"

그는 귀신이라도 만나고 온 듯한 얼굴을 두 손으로 감싸 쥐면서 그 자리에 털썩 주저앉았다. 사람들의 호흡이 일순간 멈춰버렸고 곧이어 크게 소란이 일기 시작했다. 몇 명이 앞다퉈 주저앉은 사내 쪽으로 뛰어갔다.

표 전무가 해괴한 모습의 시신으로 숙소 침대 위에서 발견됐다는 말풍선이 강당 입구에서 반대 끝자락으로 도미노처럼 퍼져 나갔다.

'차라리 죽어버렸으면…'

상당수의 부하 직원들에게 출근길 새벽 기도의 대상이었던 표병식 전무였다. 그를 향한 분노와 어설픈 살의는 소주병을 둘러싼 취중진담의 형태로 떠올랐다가, 회사 인근 밤거리의 토사물로 가라앉기 일쑤였다. 하지만 거기까지가 전부였다. 그런 일이 현실에서 진짜로 발생한 줄은 아무도 상상하지 못했다.

외부인의 접근이 차단된 회사 전용 시설에서 발생한 살인 사건이었다. 연수원에 모인 직원들 대다수는 자신들 모두가 1차적 용의자의 신분으로 탈바꿈했다는 사실조차 인지하지 못했다.

충격과 경악으로 동요하는 무리 속에서 유독 눈에 띄는 사람이 하나 있었다. 그는 강당 입구의 소요를 뒤로하고 정면의 연단을 바라보고 있었다. 그의 얼굴에 드러난 감정 또한 분명 주변 사람들과 뚜렷이 구별되는 다른 종류였다. 핏기 없이 창백한 얼굴에는 식은땀이 흘렀고, 눈동자는 불안정하게 좌우로 흔들렸다.

오른손 가운뎃손가락으로 테이블을 톡톡 두드리며 연신 마른침을 삼키는 더벅머리의 사내. 성찬수 과장은 영원히 묻어두려 했던 지난밤 자신의 행적들을 하나씩 꺼내어 복기하고 있었다.

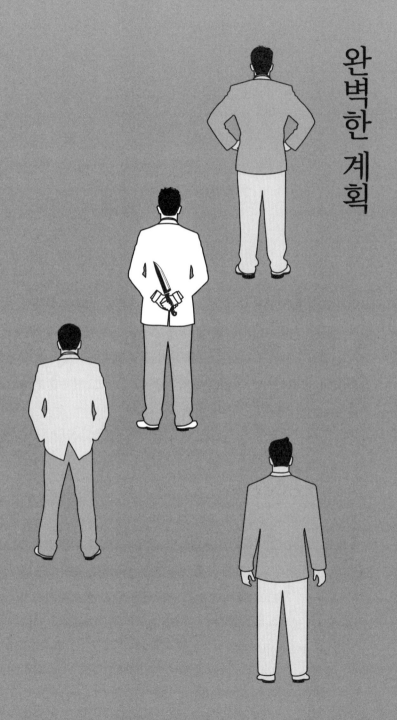

완벽한 계획

#1 사무동 3층

성찬수 과장은 단전 끝까지 채운 숨을 최대한 천천히 길게 내쉬었다. 하지만 서너 번 반복해봐도 쿵쾅거리는 그의 가슴은 좀처럼 진정될 기미가 보이지 않았다. 그의 손에는 열 페이지 분량의 보고서가 들려 있었다. 지난 두 달간의 노력 끝에 스스로도 만족할 만한 작품이 완성됐음을 그는 조심스럽게 확신했다.

멀리 사무실 왼쪽 구석으로 희끄무레한 머리 하나가 지나가는 모습이 보였다. 늦은 점심을 마친 '그'가 돌아온 것이었다. 성 과장은 결의에 찬 얼굴로 자리에서 벌떡 일어섰다.

표병식 전무는 모니터를 들여다보며 손가락으로 오른쪽 발가락 사이를 만지작거리고 있었다. 그는 밀폐된 공간을 유독 싫어하는 습성이 있어 원래 방으로 돼 있던 집무실의 벽을 트고 몇 개의 화분만으로 자신의 영역을 구획해놨다.

"전무님, 안녕하십니까?"

표 전무는 얼굴을 들어 얇은 은테 안경 너머로 누군지 확인했다. 별로 달갑지는 않았는지 표정의 변화가 전혀 없었다.

표 전무는 큰 키에 육중한 체구였고, 53세라는 나이에 비하면 얼굴에 주름이 많은 편이었다. 그는 기본적으로 팀장들을 통해 보고를 받았지만, 꼼꼼한 성격 탓에 때때로 실무자에게 직접 지시를 내리고 챙기는 경우도 적지 않았다.

"무슨 일인가?"

몹시도 사무적인 말투였다. 남녀노소를 불문하고 그가 부하 직원에게 존대를 하는 경우는 절대 없었다.

"일전에 지시하신 건입니다. 해외법인 물류비 절감안을 검토해봤습니다. 시간 괜찮으시면 지금 보고드릴까 합니다만."

그의 눈빛으로 보아 아무래도 기억나지 않는다는 눈치였다. 성 과장은 준비해온 보고서를 그의 앞에 올려놓고, 조심스레 두어 걸음 물러섰다.

"뭐가 이렇게 길어? 거기 잠깐 앉아봐라."

KM전자에서는 긴 보고서를 선호하지 않는 편이었다.

'첨부 빼면 세 페이지밖에 안 되는데….'

성 과장은 속으로만 생각할 뿐 입을 꾹 다물었다. 그리고 테이블에 딸린 의자를 슬그머니 당겨 앉았다. 그의 이마에 진득한 땀방울이 맺히기 시작했다.

노안의 표 전무가 보고서를 멀찍이 들고 읽어 내리기 시작했다. 문득 그의 눈가에 호기심 비슷한 뭔가가 스쳐 지나갔다.

'역시 예상한 바였어. 이번 보고서는 객관적으로 회사의 자금 누

수를 밝혀냈다고 자부할 수 있거든. 최소한 꾸지람을 들을 보고서는 아니야.'

성 과장은 용기를 조금 내어보기로 했다.

"괜찮으시면 제가 개요를 간략히 설명드려도 되겠습니까?"

표 전무는 눈길도 주지 않고 아무런 대꾸가 없었다. 머쓱해진 성 과장은 얼굴에 웃음기를 거두고 가만히 기다리기로 했다.

1시간 같은 10분이 흘렀다. 표 전무는 천천히 자료를 내려놓으며 안경 너머로 성 과장의 얼굴을 빤히 쳐다봤다. 누런 송곳니를 드러내며 그가 물었다.

"여기 입사한 지 얼마나 됐나?"

뭔가 이상했다. 칭찬은 고사하고 왠지 비아냥거리는 말투였다. 성 과장은 말을 더듬기 시작했다.

"대, 대략 1년 반 됐습니다."

"그래, 중소기업 댕기다 경력으로 들어왔던 거 기억해. 한 바퀴 반이나 돌아봤으면 이제 밥값을 해야지. KM 물을 덜 먹었으면 남들보다 두 배로 뛰어도 모자랄 판인데. 쯧쯧쯧. 어디 이딴 걸 보고서라고 들고 오나?"

크레셴도 부호가 달렸는지 표 전무의 언성이 점점 높아졌다. 성 과장은 도무지 영문을 알 수가 없었다. 분명한 것은 눈앞의 상황이 기대와 정반대로 흐르고 있다는 사실뿐이었다. 가까스로 정신을 가다듬고 그는 필사적으로 보고서의 핵심을 어필해보려 했다.

"죄송합니다만, 한 말씀만 올리겠습니다. 보고서에서 말하는 거래는 전부 우리 계열 회사 간 거래입니다. 본사와 해외법인 간 판매 계약서와 해당 운송보험 계약서를 일일이 대조하며 분석한 결과입니다. 보험이 중복 부보된 일부 내륙운송 구간들을 찾아낼 수 있었고, 이를 제거한다면 운송보험료 절감 효과는 매년 약 18억 원 수준이…."

성 과장은 끝까지 말을 맺지 못했다.

"닥쳐!"

갑작스러운 고함이 가수면에 빠져 있던 오후의 나른한 사무실을 흔들어 깨웠다. 직원들의 시선이 소리 나는 곳으로 쏠렸다. 그곳에는 휘어진 낚싯대처럼 고개를 푹 숙인 성 과장이 앉아 있었다.

자신의 자리로 걸음을 옮기는 성 과장은 얼굴을 쳐들고 눈에 힘을 주며 태연한 표정을 지으려 애썼다. 하지만 내면의 감정은 부자연스러운 얼굴근육과 충돌하며 입술과 눈가에 작은 경련을 일으켰다.

직원들의 동정 어린 시선을 피하면서 자리로 돌아온 성 과장은 책상 위에 보고서를 던져놓고 담뱃갑을 집어 들었다. 불편한 상황을 잠시 벗어날 수 있는 핑계거리로 담배 말고는 아무것도 생각나지 않았다.

비상계단을 통해 3층에서 건물 1층 로비로 내려온 성 과장은 현관 회전문을 나와 공장 단지 입구 쪽으로 100미터 정도를 걸어갔다. 그곳에 낮은 나무들로 울타리를 치고 서너 개의 벤치를 놓은 야외 흡연장이 있었다.

라이터를 켜는 성 과장의 손가락이 부들부들 떨렸다. 수치심을 넘어 참담함마저 밀려왔다. 다리는 홍역으로 여러 날 누워 지내다 방금 일어난 사람처럼 후들거렸다.

두 번째 담배를 꺼내려던 성 과장은 문득 자신의 그림자를 덮은 거대한 그림자를 알아차렸다. 돌아보니 100킬로그램에 육박하는 남자가 반팔 셔츠 차림으로 우두커니 서 있었다. 같은 팀에 근무하는 우민재 과장이었다. 그는 성 과장과 눈이 마주치자 머쓱한 웃음부터 지어 보였다. 아마도 위로하려는 의도로 따라 나선 모양이었다.

"괜찮은 절감안을 내놓으신 것 같은데 정말 너무하시더군요. 참으세요. 아 참, 전무님 자리 근처에 있다가 본의 아니게 듣게 됐습니다."

우 과장 특유의 느리고 어눌한 말투였다. 그는 성 과장보다 세 살이나 많았지만 나이를 막론하고 말을 낮추는 법이 없었다. 성 과장은 그것이 사람들과 적당한 거리를 두기 위한 그만의 방편일지도 모른다고 생각했다.

"참아야죠. 제가 뭘 어쩌겠습니까?"

"전무님이 이번에 부사장 승진 케이스라 무조건 몸 사리는 거 아니겠습니까. 떨어지는 낙엽도 피하려고 저러는 거죠. 성 과장님 보고서가 훌륭하다는 것은 아마도 의심의 여지가…."

우 과장은 하려던 말을 얼버무리고 말았다. 눈치 없기로 정평이 난 그였지만 상대방의 이마에 드러난 주름이 너무나 선명했기 때문이다. 성 과장은 상대방의 호의를 받아들이지 못할 정도로 예민해져 있었다.

성 과장은 고개를 돌려 멀리 공장 건물 너머로 시선을 옮겼다. 7월의 초여름이었지만 공장 너머로 벌써 누런빛을 띠는 논이 펼쳐 있었다.

경기도 광주의 전형적인 농촌 풍경 속으로 초대형 우주선같은 KM전자 컴퓨터 공장 단지가 착륙한 것은 2005년, 그러니까 그로부터 7년 전의 일이었다. 그 후로 해가 바뀔 때마다 건물들은 계속 늘어만 갔고, 공장 부지는 거의 빽빽한 포화 상태였다. 본사에서 몇 킬로미터 떨어진 곳에 새로운 공장 부지를 물색하고 있다는 소문도 나돌았다.

성 과장은 시야를 조금 가까이로 당겨봤다. 100미터쯤 떨어진 곳에 우중충하게 서 있는 5층 건물이 눈에 들어왔다. 2005년 단지가 조성될 시기에 최초로 지어진 붉은 벽돌 건물을 사람들은 '사무동'이라 불렀다.

'제기랄! 저 감옥 같은 곳에서 주말 근무도 마다 않고 몸부림치며 지낸 게 벌써 1년이 넘었어. 하지만 저 건물은 아직도 남의 집처럼 불편한 느낌이군.'

성 과장은 언젠가부터 자신의 가슴 한쪽에 암세포처럼 자라는 덩어리를 느꼈다. 처음에는 그저 새로운 환경에 정착하는 과정에서 흔히 발생하는 스트레스 정도로만 여겼다. 하지만 그것은 사라지지 않고 오히려 하루가 다르게 커져만 갔다.

그것은 '공포'였다. 회사로부터 언제라도 버림받을 수 있다는 가장으로서의 공포.

표 전무는 KM전자 컴퓨터BG 관리 부문의 최고 실세였다. 무소불위의 권력을 휘두르는 그에게 낙인이 찍혔다는 의미를 성 과장도 모르는 바는 아니었다.

'어렵게 들어온 회사인데. 또 그 지긋지긋한 면접을 보러 다녀야 하는 건가?'

성 과장은 담배꽁초를 버리지 않고 세 번째 담배로 불을 옮겼다. 문득 뒤를 돌아보니 뚱뚱한 사내가 가늘고 긴 담배를 물고 히죽 웃으며 서 있었다. 그가 아직도 그 자리에 서 있으리라고는 미처 생각하지 못했다. 성 과장은 그와 눈이 마주칠세라 황급히 시선을 공중으로 향했다.

*

흰색 세면대 위로 후드득 붉은 물방울이 쏟아졌다. 양진우는 화장실 거울에 비친 자신의 바위만 한 얼굴을 가만히 들여다봤다. 얼굴은 붓고, 눈꼬리는 처지고, 벌써 머리 곳곳에 새치도 눈에 띄었다. 아직은 20대 청년이라 떠들고 다니기에는 너무 급속히 노화가 진행됐다.

그해 들어 매월 초마다 어김없이 코피가 났다. 이러다가는 매월 초마다 코에 거는 생리대라도 착용해야 할 지경이었다.

양진우는 입사 2년 차였다. K대에서 화학공학을 전공했지만 엔지니어로 근무할 생각은 일찌감치 없었다. 그의 성적증명서를 채운 교양과목은 경제원론, 미시경제, 마케팅, 회계원리, 중급회계, 관리회

계, 전략이론 등 경제학이나 경영학 과목들이 적지 않은 비중을 차지했다.

그는 2011년 만성적인 취업난에도 불구하고 KM전자에 사무직으로 당당히 입사했다. 게다가 신입 사원 부서 배치 결과 또한 매우 만족스러웠다. '컴퓨터BG 경영지원본부 해외지원팀', 무엇보다도 팀 이름이 그의 마음을 설레게 했다. '해외'라는 단어 하나만으로도 동기들의 부러움을 사기에 충분했다.

그러나 그즈음 그는 직장 생활이라는 짓이 처음의 기대와는 크게 다르다는 생각을 품고 있었다. 한마디로 그의 불만은 매월 기계적인 업무가 반복되고 있는데, 도무지 그 의미를 모르겠다는 데서 시작됐다. 상사들의 의사 결정은 그다지 합리적인 것 같지 않았고, 자신의 머리와 가슴은 날마다 고갈되는 느낌이었다.

코에 쑤셔 넣었던 휴지를 빼어 출혈이 멎었음을 확인한 양진우는 화장실을 나서려다 갑작스레 뛰어 들어온 사내와 얼굴을 부딪쳤다.

"깜짝 놀랐잖아. 인마! 괜찮아?"

코를 잡았던 손으로 이번엔 눈가를 매만지며 양진우는 고개만 끄덕끄덕했다. 같은 팀 이영표 대리였다. 잠시 후 양진우는 바지를 내리고 볼일을 보던 이 대리에게 다가가 조심스럽게 물었다.

"이 대리님. 아까 월차결산 재고분석 자료 보내주신 거 봤는데요. 러시아법인 수치 정확하게 입력하신 거 맞나요?"

소변기 앞에서 몸을 부르르 떨며 이 대리가 무심히 대답했다.

"왜, 뭐가 이상해? 나는 모르지. ERP에서 다운받아서 그대로 정리한 거니까. 법인에서 잘못 입력했거나, ERP에 오류가 있거나 아니 겠어? 궁금하면 네가 직접 확인해보든가."

"아, 예."

머뭇거리는 양진우를 뒤로하고 이 대리는 손도 안 씻은 채 서둘러 화장실을 나섰다.

양진우가 자리로 돌아와 앉으려 하는 순간, 옆자리에서 도끼눈으로 째려보는 시선이 느껴졌다. 홍수진 대리가 어딜 그리 오래 다녀왔느냐는 의미로 장난스럽게 보내는 눈길이었다. 그녀의 유난히 빨갛게 칠한 입술이 흰 얼굴에 대비되어 우스꽝스럽게 보였다.

양진우는 잠들어 있던 PC 모니터를 깨우기 위해 마우스를 흔들었다. 러시아법인의 ERP 데이터를 직접 확인해볼 참이었다.

"진우 씨, 일 끝나고 술 한잔 가능하지?"

방해꾼이 나타났다. 양진우는 마우스에서 손을 떼고 의자를 뒤로 돌렸다. 며칠씩이나 감지 않은 것 같은 더벅머리의 사내가 힘없이 서 있었다. 같은 팀의 성찬수 과장이었다. 양진우는 점심 무렵 표병식 전무와의 불미스런 일로 그의 상태가 좋지 않음을 상기했다.

"과장님, 혹시 잊으신 건 아니죠? 오늘 본부 전체 회식이잖아요."

그날은 사무동 3층에 자리한 경영지원본부(표병식 전무가 본부장을 맡고 있는 KM전자 컴퓨터BG 경영지원본부 산하에는 경영관리팀, 투자분석팀, 경리팀, 해외지원팀 네 개 팀이 있다) 회식이 예고돼 있었다.

"아, 그런가? 내 정신 좀 보게."

양진우는 애써 너털웃음을 지어 보이는 그를 걱정스러운 눈빛으로 올려다봤다.

#2 광화문 네거리

오수경 차장은 회사 뒤편 가로수에 기대어 플라스틱 재질의 커피 잔을 들고 있었다. 그는 고급스러워 보이는 금테 안경 너머로 쌍꺼풀 짙은 큰 눈을 쉴 새 없이 깜빡였다. 점심식사를 마치고 광화문 네거리에 서서 직장인들의 나른한 일상을 관찰하는 일은 그의 유일한 휴식이자 취미이기도 했다.

빽빽이 들어선 빌딩들마다 흡연자들이 삼삼오오 무리를 지어 잡담을 나누고 있었다. 그들은 점심시간이 끝나기 전에 한마디라도 더 배설하지 않으면 세상이 무너지기라도 할 것처럼 수다스러워 보였다. 오 차장의 표현을 따르자면, 그들은 '점심시간 모드'로 작동되고 있었다. 그는 직장인들에게 마치 근무 시간과 점심시간, 회식 시간, 그리고 퇴근 이후에 각각 전혀 다른 유형의 인간으로 전환되는 스위치가 있다고 생각했다.

오 차장은 많은 동료의 부러움 속에 한 해 전인 2011년 말에 KM 그룹 기획조정실로 발령받았다. 부장급 이상의 베테랑들이 포진해 있는 기획조정실에 차장 직급자의 전보 조치는 이례적인 사건이었다. 그의 입사 동기 무리에서는 그가 어쩌면 제일 먼저 40대 초반에 임원이 될지도 모른다는 말이 회자되고 있었다.

"어이, 오 차장. 점심 잘 먹었어?"

능글맞고 살가운 서울 말씨로 다가와 어깨를 두드리는 사내. 돌아보지 않아도 누군지 알 수 있었다. 땅딸보라는 표현이 누구보다도 어울리는 구자홍 부장이었다. 그는 서울 토박이로 항상 명품 정장에 온갖 멋을 부리고 다녔지만, 작고 통통한 체격에 둥그런 얼굴이 근본적으로 촌스러워 보이는 그런 유형이었다. 더군다나 심하게 처진 눈꼬리와 낮은 콧대는 처음 그를 대면하는 사람으로 하여금 터져 나오는 웃음을 참지 못하는 실례를 유발하기도 했다.

"네. 부장님. 식사하셨습니까? 사무실 들어가시나 봅니다."

"에휴, 가서 또 오후 회의 준비해야지. 근데 오 차장은 아주 한가로워 보이네. 다음 주 휴가 간다며? 설마 벌써부터 마음이 붕 떠 있는 건 아니겠지?"

한숨 섞인 엄살로 시작한 구 부장의 수다스러운 말속에는 휴가철이 시작되자마자 팀의 막내가 제일 먼저 자리를 비워도 되겠냐는 은근한 훈계가 담겨 있었다. 오 차장은 언제부터인가 구 부장의 상냥한 가면 뒤에 다른 의미가 숨어 있다고 의심하는 버릇이 생겼다.

"아시잖습니까? 작년까지 저 컴퓨터BG에 있을 때 휴가도 제대로 못 갔던 거요. 어쨌든 죄송합니다. 올해는 아들과 약속도 있어서요. 일주일 휴가는 냈지만 여행 다녀와서 목요일부터는 집에 있으니까 일 생기면 언제라도 달려오겠습니다."

오 차장에게는 그해 초등학교에 입학한 아들이 있었다. 첫 학기를 잘 적응해준 아들에게 그는 일찍이 가족 여행을 약속했다. 그는 언제 갑작스러운 업무 지시가 떨어질 줄 모르는 조직의 특성상 휴가는 제일 먼저 다녀오는 것이 안전하다고 판단했다. 또한 만에 하나 일정이 취소될 가능성을 고려해, 해외여행보다 가벼운 제주도를 예약해뒀다.

"어허. 누가 들으면 내가 휴가 못 가게 하는 줄 알겠어. 회사 일은 잊고 잘 댕겨오라니까. 근데 그건 그렇고 말이야⋯."

구 부장의 말꼬리가 갑자기 은밀해졌다.

"컴퓨터BG 쪽 표병식 전무님 요즘 어때? 난 화학 사업 쪽 담당이니까 그쪽은 깜깜해서 말이지."

"어떠냐고 물으시는 의미가⋯. 전무님께 무슨 일 있습니까?"

오 차장은 영문을 몰라 되물었다.

"아이고, 이런. 감감무소식인가 보네. 표 전무님 요즘 여기 기조실 기어 들어오려고 여기저기 밑밥 뿌리고 다니는 거 몰랐어? 전혀 못 들은 거야?"

"네? 정말입니까?"

오 차장은 가만히 있어도 큰 눈을 더욱 크게 떴다.

"어허, 이거 오 차장 컴퓨터BG 쪽에 안테나 좀 더 바짝 세워야겠네. 나보다도 몰라서야 관리가 되겠어? 여기 오기 전에 표 전무님 모셔봤지? 기조실이 뭐 개나 소나 오는 곳은 아닌데 말이야. 머리가 안 따라주면 곤란한 곳인데 충성심만 있다고 되겠냐고. 이런 내 정신 좀 보게. 나 먼저 들어갈게."

오 차장에게서 얻을 게 없다고 판단했는지 구 부장은 자기 말만 대강 수습하고 자리를 떴다. 뒤뚱뒤뚱 KM빌딩을 향해 걸어가는 그의 뒷모습이 우스꽝스러워 보였다. 새로 산 듯한 그의 고급 정장 바지가 바닥에 질질 끌리며 그의 뒤를 따라갔다.

'표 전무님이 기조실에 오시려 한다고? 흐음.'

오 차장은 빈 커피 잔을 손으로 구기며 옅은 신음을 냈다. 표 전무는 그가 오랫동안 모신 상사였고, 자신을 어여삐 여겨 기획조정실로 천거해준 고마운 분이기도 했다. 회사에서 간을 내놓으라면 실제로 절반 이상을 떼놓을 그의 충성심을 존경의 눈빛으로 바라보던 시절도 있었다.

하지만 오 차장은 절레절레 머리를 흔들었다. 그의 땀 냄새 자욱한 '하면 된다' 슬로건 아래서 힘겹게 버텨왔던 지난날들이 떠올랐다.

그가 기획조정실로 온다면 수하에 있었던 자신을 데려다 쓸 것은 불을 보듯 뻔했다. 그의 새마을운동 업무 스타일로 다시 돌아가는 것은 엄두가 나지 않았다.

사무실로 돌아온 오 차장은 털썩 자리에 몸을 기댔다. 그리고 팔짱을 낀 채 골똘히 생각에 잠겼다. 모니터에 아내와 아들의 사진이 둥둥 떠다니며 자신을 향해 활짝 웃고 있었다.

책상 위 전화기를 만지작거리던 그가 벌떡 자리에서 일어났다. 그는 비상계단으로 향하는 쪽문으로 나가 휴대폰을 꺼내 들었다. 그리고 누군가와 은밀한 목소리로 대화를 시작했다.

#3 악몽

잠에서 깨어난 성찬수의 속옷은 흠뻑 땀에 젖어 있었다. 밤새도록 악몽에 시달린 그의 입술은 겨울 논처럼 바짝 말랐다. 그는 눈을 감은 채 머리맡을 더듬어 휴대폰을 찾았다. 아무것도 손에 만져지지 않았다. 문득 지난밤 과음으로 휴대폰을 잃어버린 것 같다는 불안감이 그의 눈을 번쩍 열었다.

부지런한 여름의 새벽빛에 벽시계는 6:36을 가리키고 있었다. 휴대폰을 찾는 일보다 출근이 더 급한 시각이었다. 아파트 입구 건너편에서 7시 정각에 출발하는 통근 버스를 놓치지 않으려면 씻을 시간조차 빠듯했다. 화들짝 놀라며 간신히 일으킨 그의 뒤통수를 뭔가 평소와 다른 느낌이 휙 잡아당겼다.

벽시계! 그의 집 침실이라면 벽시계가 없어야 했다.

그는 혼비백산하며 자리를 박차고 일어났다. 처음 보는 담요와 베개, 전혀 낯선 곳이었다. 모텔은 아니었다. 5평 남짓한 온돌바닥 주변에는 자신 말고도 두어 명의 남자가 널브러져 있었다. 가만히 보니 그들 또한 자신과 똑같은 하늘색 가운을 입고 있었다.

'찜질방인가?'

눈앞이 캄캄해졌다. 커튼을 젖히고 나간 긴 복도에서 낯선 사내가 싱글벙글 웃으며 다가왔다.

"손님, 어제 너무 취하셔서 깨우지 않았습니다. 저쪽에서 씻으시고 옷 갈아입으시면 됩니다. 나가실 때 카운터에서 쿠폰 꼭 받아가시고요."

"쿠, 쿠폰이라뇨?"

"어제 그냥 주무셨으니까 나중에라도 하셔야죠."

무슨 말인지 알아들을 수 없었지만, 성찬수는 어리둥절한 표정으로 사내가 안내한 곳에서 고양이 세수를 했다. 그리고 목욕탕 옷장 같은 곳에서 구겨진 셔츠를 꺼내 허겁지겁 단추를 채웠다. 옷장 바닥에 놓인 안경 렌즈에 뿌옇게 눈물 자국 같은 얼룩이 눈에 띄었다. 하지만 상황 파악은 나중으로 미뤄야 했다. KM은 근태에 대해 병적으로 가혹한 회사인지라 급선무는 지각을 모면하는 일이었다.

허둥지둥 현관문을 나서는 순간 카운터에 앉아 있던 여자가 황금색 명함 같은 것을 건네줬다. 명함에는 'B 안마'라는 상호와 함께 유성 펜으로 갈겨쓴 '1회 서비스'라는 글자가 또렷이 적혀 있었다. 얼굴이 화끈거렸다. 성찬수는 말없이 쿠폰을 받아들고 도망치듯 건물을 빠져나왔다.

대로변 모퉁이에 손님을 내려주고 다시 막 떠나려는 택시를 성찬수는 가까스로 잡아탔다.

"광주 KM전자 공장으로 가주세요."

"설마 전라도 광주는 아니겠죠? 하하하."

택시 기사의 썰렁한 농담에 대꾸할 기분이 아니었다. 성찬수는 가쁜 숨을 진정시키며 주변을 둘러봤다. '정자역'이라는 지하철역이 먼저 눈에 들어왔다. 그의 집에서 그리 멀지 않은 곳이었다. 지난밤 회식 술자리 말미에 저녁 식사를 주문한 이후로 아무 곳도 기억나지 않았다. 바지 주머니에 손을 넣어보니 다행히 휴대폰이 있었다. 통화 기록을 보니 '우리 집'과 '마님'이라 찍힌 부재중 전화가 도합 37통이나 와 있었다. 성찬수는 길게 한숨을 내쉬며 통화 버튼을 눌렀다.

송신음이 2번도 가기 전에 전화를 받은 아내는 울고 있었다. 목소리가 잠긴 것으로 보아 한숨도 못 잔 모양이었다. 남편이 살아 있다는 것에 안도하는 울음인지 원망을 담은 울음인지 알 수 없지만, 뭐라 설명할 기억도 기운도 없었다. 아내 못지않게 자신도 놀라기는 마찬가지였다.

택시가 경기도 성남시에서 광주시로 넘어가는 태재고개를 지날 때쯤, 성찬수는 꿈인지 현실인지 모를 지난밤의 토막 필름들을 재생해보려 이마를 누비고 있었다.

사무동 3층의 익숙한 얼굴들이 누군가를 향해 손가락질하는 장면으로 영화는 시작됐다. 그들의 얼굴에는 경멸과 조소가 가득했고, 그들이 가리키는 곳에 어린 소년이 쪼그리고 앉아 울고 있었다. 가만히 들여다보니 소년은 어린 시절 성 과장 자신의 모습이었다. 전형적인 꿈의 형식과 구성을 따르고 있어서 다행이라는 생각이 들었다.

다음은 성 과장 자신이 경영관리팀 문경원 차장을 붙잡고 고래고래 소리를 지르는 장면이었다. 문 차장의 찡그린 표정에서 호의적인 기색은 보이지 않았다. 짧은 몇 개의 프레임만 남은 두 번째 영화에서, 누군가가 자신의 팔을 붙잡고 험악하게 끌어당기는 느낌도 있었다. 종합적으로 판단하건대 꿈인지 생시인지 구분이 어려웠다. 다만 꿈이기를 바랄 뿐이었다.

성 과장의 머릿속 영사기에서 또 하나의 장면이 뿌연 먼지를 가르며 펼쳐졌다. 이번에는 사무실이었다. 고무나무 화분이 보이는 것으로 보아 표 전무의 자리였다. 곧이어 화분이 쓰러지고 2명의 남자가 바닥에 엎어졌다. 분노로 얼굴이 일그러진 한 사내가 표 전무의 몸에 올라 그의 목을 졸랐다. 그 사내는 놀랍게도 성 과장 자신이었다. 근데 더 놀라운 것은 주변의 동료들이었다. 그들은 살인이 벌어지고 있는 사무실에서 무표정한 얼굴로 각자의 모니터에 얼굴을 묻고 묵묵히 일하고 있었다. 더 고민할 필요도 없이 꿈이라 확신했다.

마지막 영상은 1980년대 동시 상영관에서나 보던 홍콩 영화처럼 화질이 영 아니었다. 어색한 분위기가 감도는 가운데, 성 과장이 누군가의 어깨에 손을 올려놓고 있었다. 여자였다. 느낌으로는 그녀가 자신을 거부하는 기색은 아니었다. 그녀에게서 향긋한 BB 크림 냄새가 흘러나왔다. 이건 정말 꿈이어야 했다. 현실이라면 고액의 카드 청구서가 수반되는 사건이었다.

성 과장은 서둘러 휴대폰 문자를 확인해봤다. 안마 시술소 18만 원과 도합 2건의 택시 사용기록 이외에 별다른 신용카드 승인 문자는 보이지 않았다.

'정말 다행이군. BB 크림의 여인은 꿈이었던 거야.'

택시가 경기도 광주시에 위치한 KM전자 컴퓨터 공장 단지에 도착한 시각은 아침 7:43. 가까스로 지각은 면할 수 있었다. 사무동 로비 현관문을 밀고 들어서니, 경리팀 사원들 서너 명이 펭귄처럼 고개를 빼 들고 엘리베이터를 기다리고 있었다. 그들은 성 과장을 보고 평소와 다름없이 인사를 건넸다. 자신을 보고 별로 특이한 반응을 보이지는 않는 그들로 미뤄, 전날 밤 특별한 일은 없었으리라는 안도감이 밀려왔다.

사무실에 들어선 성 과장은 우선 멀리 화분 너머로 솟아 있는 표 전무의 허연 머리카락부터 확인했다.
'멀쩡한 걸 보니 역시 꿈이었군.'
경영지원팀 쪽을 보니 문경원 차장의 자리는 비어 있었다. 평소처럼 의자 등받이에 상의부터 걸쳐놓으며, 성 과장은 뒷자리의 여자 동료에게 인사를 건넸다.
"홍 대리, 어젠 잘 들어갔지?"
"…"
늘 상냥하던 홍수진 대리의 반응이 어쩐지 시원치 않았다. 그녀는 심지어 인사를 건네는 자신에게 눈길조차 주지 않았다.

8시가 가까워오자 팀원들의 자리가 모두 채워졌다. 대다수 팀원들은 팀장인 조기룡 상무에게만 출근 도장 삼아 인사를 건넬 뿐 서로에게 별다른 인사도 없이 자리에 앉았다. 권투 선수처럼 다부진 체격의 조 상무는 짧고 굵은 목을 살짝 내밀며 일일이 팀원들의 인사에 반응했다.
성 과장은 슬그머니 자리에서 일어났다. 화장실을 들러 흡연장에 다녀올 참이었다. 화장실에서 볼일을 마치고 손을 씻던 그때, 거울 속으로 누군가가 활짝 웃으며 고개를 내밀었다.
"어라? 과장님 출근하셨네요? 하하하."

체구도 통통한 편이었지만, 머리의 직경이 어깨만 해 도라에몽이라는 별명을 가진 양진우였다.

"어, 왔어? 근데 출근했냐니 그게 무슨 소리냐?"

억지로 가라앉히던 불안감이 성찬수의 횡격막 위로 다시 고개를 들었다.

"아이고, 이럴 줄 알았습니다. 역시 기억 못하시는군요. 문경원 차장님이 아직 아무 말씀 없으셨어요? 어제 과장님이 회사 때려치우시겠다고 차장님 붙잡고 장난 아니셨거든요."

문 차장 장면은 꿈이 아닌 현실이었음이 확인되는 순간이었다. 성 과장은 화끈거리는 얼굴을 감추며 말꼬리를 흐렸다. 민망하지 않으려 차라리 기억나는 척하기로 했다.

"아, 그거? 내가 좀 취했었지."

"좀 적당히 드시지 그랬어요. 2차 끝나고 주당들 몇 명만 남은 자리여서 그나마 다행이었죠. 집에는 잘 들어가신 거죠? 제가 택시를 잡아드리기는 했는데, 굳이 홍 대리를 집까지 바래다주시겠다고…."

"홍 대리를?"

"혹시 그것도 기억이…."

측은해하는 양진우의 말투가 더 이상 듣기 싫어졌다.

"알아. 다 아니까 그만하라고!"

조각난 퍼즐을 맞추는 데 더 이상의 단서는 필요 없었다. 수치심과 함께 알 수 없는 분노가 울컥 치밀어 올랐다. 물론 그것은 양진우를 향한 것이 아니라 한없이 한심스러운 자신을 향한 것이었다.

지난밤 마지막 술자리에서 성 과장은 애꿎은 문 차장에게 회사 생활에 대한 넋두리를 늘어놓다가 급기야 때려치우겠다며 주사를 부렸던 것이다. 아침에 안경에 묻어 있던 얼룩은 아마 그때 흘렸던 눈물 자국이 틀림없으리라. 그러고 보면 사람들이 자신을 손가락질하는 장면 또한 100% 꿈만은 아니었을 거라는 생각도 들었다.

자신이 한바탕 난리를 치고 난 뒤 술자리 분위기는 급속도로 파장으로 치달았을 것이고, 양진우가 자신을 부축했든지 끌고 나왔든지 택시에 밀어 넣었을 것이며, 정말로 생각하고 싶지 않은 일은 그 이후에 벌어졌을 일이다. 여자의 어깨에 손을 올렸던 장면. 그곳은 달리는 택시 안이었고 자신의 곁에 있던 여자는 믿고 싶지 않지만 홍 대리였으리라.

담배를 피우고 자리로 돌아오는 길에 성 과장의 가슴 한구석에는 정말로 회사를 그만둘까 하는 충동이 일었다. 3층 현관 입구에서 문경원 차장의 까무잡잡한 얼굴과 마주쳤다. 그는 퀭한 눈으로 성 과장을 흘깃 쳐다보더니 고개를 돌리고 그냥 지나쳐 갔다.

'젠장! 결국은 전무님을 목 졸라 죽이는 장면만 꿈이었구만.'

하루 종일 홍 대리의 얼굴을 마주할 용기가 없었다. 정오가 되자 약속이 있다는 핑계를 대고 도망치듯 후문으로 나간 성 과장은 라면을 해장국 삼아 혼자서 점심을 해결해야 했다. 다음날이 주말이라는 사실이 그나마 천만다행이었다.

#4 휴가지에서

7월의 두 번째 화요일이었다. 오수경에게는 지난 4일간 별 감흥 없이 보였던 돌하르방이 새삼 친근하고 아쉽게 느껴졌다. 다음날이면 꿈같은 여행을 마치고 서울로 돌아가야 했다. 4박 5일의 여정으로 떠난 제주도 여행은 지난 토요일 제주공항에 도착한 이래 줄곧 날씨의 협조가 아쉬웠다. 우도 해변에서도, 중문 단지에서도, 이름 모를 수목원에서도 비구름은 항상 그들보다 앞서 와 있었다.

그런데 그날은 아침부터 호텔방 커튼 사이로 청명한 햇살이 반짝였다. 반갑기도 했지만 그로 인해 아쉬움도 커졌다.

오후 4:15, 오수경 가족 일행은 산굼부리라는 오름에서 내려오는 길이었다. 별로 기대하지 않았던 곳인데, 정상에서 바라본 분화구의 규모와 탁 트인 주변의 풍경이 매우 인상적이었다.

"여보, 우리 내려가다가 아까 봤던 꿀빵 좀 삽시다. 재민이가 계속 먹고 싶다고…"

오랜 행군에 체력이 다했는지 아내가 숨을 헉헉거리며 말했다.

"난 별로 간식 생각이 없는데."

그해 38세인 오 차장은 부쩍 늘어난 체중 때문에 음식을 가리는 처지였다. 172센티미터의 키에 65킬로그램을 맴돌던 몸무게가 74킬로그램 수준까지 오르더니 다시는 내려갈 기미가 없었다. 그의 트레이드 마크였던 큰 눈은 얼굴 살에 파묻혀버렸고, 윤기 나고 굵은 흑발도 정수리부터 희끄무레한 빛이 감돌기 시작했다. 모두가 기획조정실 근무 후에 나타난 변화였다.

언덕을 내려가는 내내 아들은 지겹도록 꿀빵 타령을 늘어놨다.

"하하. 요 집요한 녀석. 그만 좀 해라. 엄마랑 한 개씩 사줄 테니까. 대신 오늘 저녁은 엄마 아빠 좋아하는 곳에 가는 거다."

오수경은 제주도에서의 마지막 밤을 위해 성대한 만찬을 예약해 뒀다.

아내와 아들이 꿀빵을 사러 간 사이 그는 휴대폰을 꺼내 모바일 그룹웨어로 회사 이메일을 확인하고 있었다. 그때 그의 금테 안경 너머로 지금 막 매표소 입구에 들어서는 한 여자가 눈에 띄었다.

'이제 들어오는 사람도 있네. 5시면 거의 매표가 끝날 시점인데.'

늘씬한 키에 고급 선글라스로 멋을 부린 여자였다. 그녀는 휴대폰으로 누군가와 통화를 하면서 걸어가고 있었다.

"다 부질없는 짓이야. 이제 그만하자. 제발…"

모든 것을 체념한 사람만이 낼 수 있는 목소리. 그녀가 오수경의 앞을 스쳐 지나가는 순간 나지막이 흘러나온 말이었다. 그런데 이상하게도 왠지 낯설지 않은 음성이었다. 아니, 분명 어디선가 들어본 목소리였다. 오수경의 맥박이 이유를 모르게 빨라지기 시작했다.

'올레꿀빵'이라 적힌 봉지를 들고 돌아온 아들에 이끌려 발걸음을 옮기던 오수경은 문득 뒤를 돌아봤다. 홀로 언덕을 오르는 여인의 쓸쓸한 뒷모습이 멀어져가고 있었다.

"그럴 리가 없지. 그녀는 분명 미국에 있다고 들었어."

그는 고개를 갸우뚱거리며 나지막이 중얼거렸다.

#5 워드 작업

경기도 광주 KM공장 식당은 늘 자리가 충분치 않았다. 식판을
들고 줄 서기를 10여 분, 배식을 받고 나서도 3분 정도 빈자리를 찾
아 헤매는 것은 기본이었다. 식판을 들고 식사 중인 사람들 옆에 시
위하듯 서 있는 웃지 못할 상황도 일상다반사였다.

그날 점심시간에는 운 좋게도 양진우가 어렵지 않게 빈자리를 발
견했다.

"과장님, 요즘 무슨 일 있어요? 얘기 좀 하세요. 얘기 좀!"

식사 내내 굳게 입을 다문 성찬수 과장에게 양진우는 핀잔을 주
듯 말했다.

"별일 아니다. 숙취 때문에 기운이 없어서 그런 거야."

"지난주 목요일에 마신 술이 아직까지요? 나흘은 지났을 텐데. 주
말에 또 달리신 건 아니죠? 하하."

양진우가 어이없다는 투로 비식 웃었다. 그때 맞은편의 홍수진 대
리가 성 과장을 도끼눈으로 쏘아보며 말했다.

"숙취는 무슨. 어떤 여자 성희롱했다가 경찰에 잡혀갈까 봐 걱정
이 돼서겠죠."

성 과장은 젓가락을 바닥에 툭 떨어뜨렸다. 맞은편에서 크게 한

숟갈 퍼먹던 우민재 과장이 건수를 잡았다는 듯이 눈을 번득이며 물었다.

"성희롱이라고요? 그게 무슨 얘기입니까? 성 과장님이 누굴요?"

성 과장은 고개를 푹 숙였다. 홍 대리가 작심한 듯 핀잔을 늘어놨다.

"지난주 회식 끝나고 택시 안에서 제 어깨에 팔을 떡하니 올려놓지 뭐예요? 나를 술집 여자로 착각한 게 틀림없다고요. 성 과장님은 그렇게 안 봤는데. 하여간 남자들이란…."

"그래서요?"

양진우가 말릴 틈도 없이 눈치 없는 우 과장이 다시 집요하게 파고들었다.

"택시에서 내내 술 한잔 더 하자고 보채시더군요. 기사 아저씨 듣는데 창피해서 얼마나 혼났는지. 그날 집에는 들어가신 건지나 모르겠어요. 다음날 보니 그날 옷 그대로던데. 아무튼 처음이니까 봐드리는 겁니다. 다음에 또 그러시면 사내 게시판에 올리고 정식 고발할 테니 조심하세요."

어쩐지 홍 대리의 눈에 예전처럼 장난기가 살짝 감돌았다. 그녀의 단호하지만 시원스런 말투가 성 과장의 묵은 체증을 씻어주는 느낌이었다. 성 과장은 그녀를 향해 겸연쩍게 웃으며 고개를 끄덕였다.

이후 식사 테이블을 덮은 화두는 전날 브라질 판매법인에서 발생한 사고였다. 법인 물류 창고에서 보관 중이던 노트북 완제품 100여 박스가 사라진 사건이었다. 큰 액수의 도난은 아니었지만 강도 높은 조사가 예고됐다. 운송 중이 아니라 법인 내부에서 발생한, 그러니까 내부자의 소행으로 보이는 이례적 사건이기 때문이다.

오전 내내 표병식 전무가 전화기를 붙잡고 브라질법인장과 한바탕 난리를 피운 것이 사건의 심각성을 대변해주고 있었다.

점심식사를 마치고 나온 4명은 늘 그래왔듯이 연구동 앞 운동장을 몇 바퀴 걷기 위해 식당 뒤쪽 계단으로 발걸음을 옮겼다.

"죄송하지만 저는 먼저 들어가서 법인 결산 보고서를 써야겠어요. 까딱 잘못하다가는 이번 주 일요일에도 나오게 생겼거든요."

산적한 업무로 마음이 급한 양진우는 뒤도 돌아보지 않고 터벅터벅 사무실로 발걸음을 옮겼다.

양진우가 사무실에 들어온 시각은 12:29, 사무동 3층은 전화 응대를 위해 편성된 점심 당직 2명 외에는 빈집이나 다름없었다.

서랍 위 칸에서 칫솔을 꺼내 화장실로 향하던 양진우는 고개를 갸우뚱하며 걸음을 멈췄다. 회의실 문틈에서 누군가 열심히 자판을 두드리는 소리가 흘러나왔다. 호기심에 그는 문틈을 통해 회의실 내부를 들여다봤다. 같은 팀에 근무하는 이영표 대리의 옆얼굴이 보였다. 순간 장난기가 발동했다. 그는 조용히 회의실 문을 열고 살금살금 이 대리에게 다가갔다.

"헉! 뭐야?"

갑자기 등짝을 얻어맞은 이 대리가 소스라치게 놀라며 몸을 돌렸다. 그러면서도 그의 한 손은 슬그머니 노트북의 모니터를 접고 있었다. 곧이어 예기치 못한 고성이 이 대리의 입에서 쏟아졌다.

"아, 씨발! 간 떨어질 뻔했잖아. 이 자식아!"

동그란 뿔테 안경을 쓴 이 대리는 곱상한 외모와는 대조적으로 입이 다소 거칠었다. 양진우는 바짝 긴장하며 뻘쭘하게 서 있었다. 막내인 자신과 가장 나이 차가 적은 선배에게 이런 장난쯤은 아무렇지 않을 거라 생각했다. 이 대리는 신경질적인 동작으로 노트북을 챙겨 자리에서 일어섰다.

"아, 저는 그냥 혼자 계시길래. 미안합니다. 근데 무슨 작업을 그렇게 열심히 하고 계셨어요?"

양진우가 민망함을 누그러뜨리기 위해 화제를 바꿔 물었다.

"뭐긴 뭐야. 지금 해외법인 결산 분석 한창이잖아. 조용히 진도 좀 빼려고 했더니. 아, 참! 생각난 김에 지금 얘기하자. 미안하지만 네가 이번에 내 담당 법인 결산자료도 마무리해줘야겠다."

자신의 업무만으로도 버거운 상황에 청천벽력 같은 소리였다. 양진우는 말을 더듬었다.

"네? 왜, 왜요?"

"갑자기 출장을 가게 됐거든. 내일 출발이야. 아 씨발! 나도 바빠 죽겠는데."

"어디로요?"

이 대리는 잠시 눈을 굴리더니 귀찮다는 말투로 대답했다.

"상파울루! 팀장님이 나보고 어제 그 물류 사고 조사하고 오라 하시네. 인상 좀 쓰지 마라. 올 때 좋은 위스키라도 사다줄 테니까. 아니면 초콜릿을 더 좋아할라나? 어쨌든 내 대신 마무리 좀 해줘. 알잖아? 내가 맡은 법인들은 별로 이슈가 없다는 거."

고등학교부터 미국에서 수학한 이 대리는 팀 내에서 가장 유창한 영어 실력을 뽐냈다. 의아한 점은, 그는 미주나 유럽 지역처럼 굵직한 권역에서 벗어난 러시아, 브라질, 남아공 등 소위 기타 지역의 법인들을 줄곧 맡고 있다는 사실이었다.

이 대리는 노트북을 옆구리에 끼고 양진우의 어깨를 가볍게 두드리더니 억지 미소와 함께 회의실 밖으로 사라졌다.

'누구는 주말까지 회사에서 뺑이 치게 생겼는데, 누구는 비행기 타고. 더럽군, 더러워.'

양진우는 갑자기 일할 맛이 사라졌다.

'그나저나 좀 이상한데? 법인 결산은 전부 엑셀 양식인데. 일핏 봤지만 이 대리는 분명 워드 작업을 하고 있었거든.'

옅은 의혹의 연기가 슬며시 피어올랐다. 하지만 그 연기는 곧이어 휙 하는 바람 소리와 함께 흔적도 없이 사라지고 말았다.

'아, 이런!'

양진우는 자신의 구두코에 묻은 새똥 같은 액체를 발견하고 이마를 찌푸렸다. 그의 손에 들려 있는 낡은 칫솔에는 미리 짜놨던 치약이 감쪽같이 사라져버렸다.

*

회사 네트워크를 통해 표 전무의 PC 전원이 꺼진 것을 확인한 성찬수의 입가에 안도의 미소가 번졌다. 사무실의 벽시계를 보니 밤

20:13. 서둘러 나가면 20:30 퇴근 버스에 오를 수 있는 상황이었다.

그는 신속하게 가방을 챙겼다. 벌써 어둠이 내렸건만 사무동 3층의 거의 모든 직원은 퀭한 얼굴로 자판을 두드리기 바빴다. 자리에서 일어나던 성 과장은 양진우와 눈이 마주치자 민망한 웃음을 지으며 슬그머니 사무실을 빠져나왔다.

그날은 성 과장의 딸이 태어난 지 만 3년째 되는 날이었다. 함께 저녁 먹기는 글렀지만, 딸애가 잠들기 전에 촛불은 함께 끄고 싶었다. 3층 복도로 나온 그는 엘리베이터를 타지 않고, 비상계단으로 나 있는 출입구로 잽싸게 빠져나갔다. 경험에 비춰볼 때 표 전무는 퇴근했다가도 뭔가 빠뜨려 다시 돌아오는 경우가 간혹 있었다. 엘리베이터를 기다리다 표 전무와 마주치는 상황은 생각만 해도 끔찍했다. 성 과장은 스스로의 치밀함에 감탄하면서 빠르게 비상계단을 줄달음쳐 내려갔다.

1층까지 내려간 성 과장은 조심스럽게 로비와 연결되는 비상구를 열었다. 문틈으로 내어다본 로비에는 아무도 보이지 않았다. 그는 로비를 지나 정면에 보이는 회전문으로 나가는 대신 반대편 후문으로 신속하게 방향을 틀었다. 역시 혹시 모를 불상사에 대비한 세심한 계획이었다. 마흔을 바라보는 나이에 정말 이렇게까지 해야 하는지, 코미디 같은 상황에 그의 얼굴에는 쓸쓸한 미소가 그려졌다.

이제는 안전한 궤도에 올랐겠지, 후문을 열어젖히던 성 과장은 하마터면 놀라서 뒤로 자빠질 뻔했다. 후문 정원의 어둠 속에서 사무동으로 돌아오던 표병식 전무와 정면으로 눈이 마주치고 말았다. 도둑질하다 들킨 사람처럼 잠시 머뭇거리던 그는 황급히 손가방을 뒤로 감췄다.

"누구냐? 성 과장? 여기서 뭐하고 있나?"

은빛 안경 너머로 표 전무의 눈이 매섭게 번득였다.

"저, 저녁을 못 먹어서 매점에 가던 참입니다."

"그래? 근데 매점은 정문 쪽인데 왜 후문으로. 혹시 집에 가는 거 아니고?"

말문이 막혀 먼저 피하고 보는 것이 좋겠다는 생각이 들었다.

"금방 다녀오겠습니다."

고개를 꾸벅하고 줄행랑을 치듯 매점 쪽으로 달려갔다. 깜빡하고 앞으로 감추지 못한 손가방이 그의 옆에 매달려 춤을 췄다. 건물 모퉁이에 이르러 슬쩍 곁눈질로 보니 가만히 자신을 지켜보고 있는 따가운 시선이 느껴졌다. 눈을 질끈 감고 모퉁이를 돌아설 때쯤 표 전무의 박장대소가 울려 퍼졌다. 그것은 마치 악마의 소리처럼 날카롭게 초여름의 적막한 밤공기를 흔들었다.

#6 경영계획

7월의 두 번째 수요일, 제법 뜨거운 햇살이 KM전자 광주공장의 사무동 건물 안으로 쏟아져 내렸다. 1층 로비 오른쪽 구석에 위치한 작은 휴게 공간. 그곳에 놓인 검은색 인조가죽 소파의 등받이 위로 조그마한 2개의 발이 튀어나와 있었다.

점심시간이 임박한 오전 11:40, 사마귀를 연상시키는 역삼각형의 얼굴에 깡마른 체구의 한 중년 사내가 소파 등받이에 발을 올리고 누워 있다시피 했다. 그는 셔츠 단춧구멍보다 작은 눈을 연신 부라리며 불만스럽게 아래턱을 내밀었다. 말려 올라간 윗입술 사이로 보이는 앞니의 틈이 검게 벌어져, 어찌 보면 몹시 우스꽝스러운 얼굴이었다.

"감히 날 무시한다 이거지?"

사내는 코를 벌름거리며 혼자 중얼거렸다.

깡마른 그 사내는 아침부터 경영관리팀장인 이정석 상무에게 호출됐다. 이 상무는 2 대 8로 갈라놓은 앞머리를 손으로 매만지며 그를 기다리고 있었다.

사내는 이 상무가 코앞으로 다가온 마라톤 행사 준비 상황을 물을 것으로 예상했다. 그러나 예상은 빗나갔다. 그가 자신을 부른 이유는 뜻밖에도 차년도 경영계획 준비 상황에 대한 점검 때문이다. 이 상무는 아예 작심하고 쓴소리를 늘어놓을 태세였다.

"방신희 부장, 내년도 경영계획은 어떻게 진행할 거지? 일정 계획이나 수립 가이드 짜고 있나?"

이 상무는 다른 임원들과 비교해 합리적이라는 평판을 듣고 있지만, 소위 '관리'라는 직종의 특성상 매사에 꼼꼼하고 걱정이 앞서는 성격이었다.

"경영계획을 벌써 말입니까? 9월부터 하는 일이잖습니까? 휴가철

끝나는 8월 말부터 시작하면 안 되겠습니까?"

방신희 부장은 수도권에서 생활한 지 20년이 넘었지만, 여전히 말투에는 군데군데 경상도의 억양이 배어 있었다. 특히 그가 술에 취하거나 당황할 경우에는 더욱 그랬다.

"무슨 소리야? 9월 시작하자마자 우리 컴퓨터BG 내부적으로 워크숍을 열어야 하는데. 일정이나 기본 가이드는 당연히 지금 배포해 놓아야지. 방 부장 경영계획 올해 처음 해보나? 아무리 해외 주재원으로 갔다 왔지만 그 정도는 기본이잖아."

분명 힐책하는 내용이지만 이 상무의 언성은 그리 높지 않았다. 그는 놀라운 자제력의 소유자인지라 좀처럼 사무실에서 흥분하는 모습을 보이지 않았다.

방 부장은 옅은 눈썹을 더듬이처럼 씰룩거리며 대답했다.

"알겠습니다. 걱정 마십쇼. 애들한테 얘기해서 바로 준비하도록 하겠습니다."

방 부장은 오히려 호기롭게 큰소리를 치는 편을 택했다. 그에게는 상사와의 갈등이나 불리한 상황은 일단 피하고 본다는 원칙이 있었다.

"부하 직원에게만 떠넘기지 말고, 이번에는 방 부장이 직접 준비해보란 말이야. 한국 들어온 지 이제 두 달이 됐으니 실무 감각도 회복할 겸 말이야. 어때? 할 수 있겠지?"

"…"

방 부장은 돌출된 앞니로 입술을 깨물 뿐 대답이 없었다.

"왜 대답이 없어? 언제까지 할 수 있겠나?"

"상무님 참 꼼꼼하십니다. 제 실무 감각도 챙겨주시고. 다음 주 내로 초안 보고 올리겠습니다. 그것도 그거지만 바로 다음 주 마라톤 행사 준비 상황은 이따가 문 차장 통해서 보고를 올리겠습니다."

비굴한 웃음을 머금으며 굽실거리던 방 부장의 얼굴은 이 상무에게서 돌아서자마자 험악하게 일그러져 있었다.

정오를 조금 넘긴 낮 12:05, 식당동으로 향하는 개미들의 행렬이 한 차례 지나가고 나서야, 방 부장은 소파에서 몸을 일으켰다. 올라와 보니 사무동 3층은 텅 비어 있다. 2명씩 편성된 점심 당번 조도 보이지 않았다. 방 부장은 요즘 들어 해이해진 사무실 기강을 바로 잡아야 되겠다고 생각하며 자신의 자리에 털썩 앉았다. 두 팔을 머리 뒤로 깍지를 낀 채로 의자를 돌려보니 문득 이정석 상무의 빈 의자가 눈에 보였다.

'표 전무님이 기조실에 입성하시기만 하면 나도 날개를 다는 거야. 이 상무 네까짓 놈이 아무리 날뛰어도 나한테는 안 된다는 사실을 알기나 해?'

입을 비죽거리던 그의 뇌리에 문득 지난주 걸려온 전화 한 통이 떠올랐다. 그의 얼굴이 조금 어두워졌다. 오랫동안 같은 팀에서 근무하다가 서울 본사 기획조정실로 전출된 오수경 차장의 전화였다. 지난봄부터 표 전무의 기획조정실 입성을 위해 여기저기 비밀리에 로비를 해왔지만, 아직 높은 분들의 확답이 없어 답답하던 차였다. 그러던 중 오 차장이 어떻게 알았는지 사실 여부를 확인해온 것이다.

곰곰이 생각해보면 표 전무의 계획이 오 차장의 귀에까지 들어갔다는 것 자체가 별로 좋지 않은 전조였다. 이런 일이 제대로 되려면 발표 직전까지 보안이 유지되는 것이 상례이기 때문이다.

빠지직!

세상에서 가장 편한 자세로 앉아 있던 방 부장은 갑자기 뒤에서 들려온 인기척에 화들짝 놀라 몸을 일으켰다. 소리는 자신의 뒤쪽에 있는 표 전무의 자리에서 흘러나왔다. 작은 눈을 찡그리며 들여다보니 화분들 틈으로 누군가의 움직임이 보였다.

"너, 우민재 아이가? 거기서 뭐하노?"

고무나무의 넓적한 잎사귀들을 헤집으며 거구의 사내가 겸연쩍은 표정을 지으며 걸어 나왔다.

"아, 네. 저, 전무님 자리에 신문들이 어지러워서 좀 정리하고 있었습니다."

"그래? 전무님이 시키시드나?"

"아뇨. 오늘 당번인데 그냥 할 일도 별로 없어서…"

"혼자 당번 서고 있었나? 가서 전화나 받고 이런 거 신경 쓰지 마라. 과장씩이나 돼가지고. 쯧쯧쯧. 어서 가봐라."

방 부장은 해외지원팀 쪽으로 뒤뚱뒤뚱 걸어가는 남자의 뒤통수를 곱지 않은 시선으로 흘겼다.

밤 08:20, 방 부장은 컴퓨터를 끄고 일어나 모니터에 머리를 집어넣을 듯이 뭔가에 몰두하고 있는 문경원 차장에게 다가왔다.

"문 차장, 아까 마라톤 행사 보고는 잘했겠지? 한 가지 더 도와줘야겠다. 내년도 경영계획 일정이랑 가이드라인 좀 만들어봐라. 이 상무님께 다음 주에 보고해야 되니까 금주 내로 초안이 나와야 된다."

문 차장의 거무스름한 얼굴에는 아무런 변화가 없었다. 큰 눈을 깜빡거리던 그는 또박또박한 말투로 답했다.

"알겠습니다. 작년 자료가 있으니까 참고해서 준비해보겠습니다."

"오케이. 나 먼저 가니까 고생하시고."

방 부장이 사무실 복도로 나오자 3층 엘리베이터 앞에 누군가가 서 있었다. 그는 방 부장이 다가가자 말없이 고개만 숙여 인사를 건넸다.

"어디 가노? 일 없나?"

"오랜만에 약속이 좀 있어서요."

곱슬머리에 멀대같이 키 큰 사내는 짧게 대답하고 먼저 엘리베이터에 올라탔다. 엘리베이터 안에서 방 부장은 옆에 서 있던 사내를 몰래 흘겨보며 속으로 생각했다.

'누구라 했더라? 이름이 성 뭐시긴지 뭔 찬스라고 들은 거 같은데. 어디 회사에서 굴러먹다 왔는지 모르겠지만 인사성도 영…'

#7 헤드헌터

"오래 기다렸냐?"

밤 9:12, 성찬수는 분당 정자역 부근 선술집에 들어서자마자 자신을 향해 손을 흔드는 남자에게 다가가 물었다.

"당연하지. 그놈의 회사는 여전히 야근이구만. 그동안 잘 지냈어?"

차분한 갈색 머리카락에 갈색 안경을 쓴 남자가 앉은 채로 환하게 웃으며 대답했다.

"회사 나가더니 때깔은 더 좋아졌네. 거긴 어떠냐?"

"아직 열심히 배우는 중이지 뭐. 근데 바쁘신 분이 한가한 헤드헌터는 갑자기 왜 부르셨을까?"

박상필, 그는 두어 달 전까지만 해도 같은 팀에서 과장으로 근무하다가 갑자기 회사를 박차고 나간 인물이었다. 그는 헤드헌터 사무실을 직접 열겠다는 계획으로 당시 일을 배우겠다며 친구가 하는 헤드헌팅 사무실에서 근무하고 있었다.

"오랜만에 네 얼굴도 보고 싶었고…."

성찬수는 상대방이 눈을 흘기며 입을 삐죽거리는 바람에 말을 바꿨다.

"그래, 알았다. 네가 내 일자리 좀 봐줘야겠다."

빈 소주병들이 테이블 위에 어지럽게 쌓여만 갔다. 박상필이 가볍게 잔을 털고 내려놓으며 물었다. 그는 이미 만취한 성찬수와 대조적으로 아직 눈빛이 살아 있었다.

"꼭 그래야겠어? 어렵게 들어간 회사잖아. 형수님은 뭐라셔?"

성찬수는 아내의 얼굴을 떠올리며 한숨을 토했다.

"아직 말도 못 꺼냈지. 이 회사 들어오기 전에도 작은 회사들 전전하며 속을 썩였는데 무슨 낯짝으로…."

"표 전무님이 아직도 그렇게 괴롭혀? 단지 그게 이유야?"

"단지라고? 너도 있어봐서 잘 알잖아? 만날 야근하고 주말도 없이 일하고. 군대보다 더 심한 분위기도 못 견디겠지만 전무님한테 찍히기까지 했다고. 표 전무가 누구냐? 군대로 치면 사단장 그 이상이잖아. 하루하루가 너무 불안하다. 안정이 안 되니까 집에 가도 신경질이나 부리기 일쑤고."

"…"

길게 토해내는 성찬수의 푸념에 박상필은 고개만 끄덕였다. 성찬수는 차분히 목소리를 가라앉히며 말을 이었다.

"마지막이야. 네가 좀 도와주면 좋겠어. 여기서 더 버티다간 정말이지 뇌종양에 걸릴 지경이라고."

"알았어. 나야 고객이 하나라도 더 있으면 나쁘진 않지."

사소한 안부를 물으며 몇 순배가 돌고 나서 성찬수의 푸념이 다시 시작됐다.

"아무리 되짚어봐도 그동안 내가 올린 보고서들은 회사의 이익에 보탬이 됐으면 됐지, 해가 될 리 없는 개선안들이었어. 내 태도에 문제가 있었던 건 아닌가도 생각해봤어. 조직에 정착하느라 너무 조급해서 과잉 의욕을 부린 건 아닌지 말이야. 아무래도 그거였던 거 같아. 문제점을 드러내려다가 기존 관행을 무시하는 놈으로 낙인찍힌 거지. 표 전무가 시키는 일만 묵묵히 충실하게 했더라면 지금과는 분명 달랐을 거야."

"형의 과잉 의욕 하나로 모든 게 다 설명이 될까?"

박상필이 고개를 갸우뚱거리며 물었다. 그는 퇴사 이후로 성찬수를 형이라고 불렀다.

"아니면 내가 경력 사원으로 들어왔다는 이유로 차별을 받고 있는 것일 수도 있고."

박상필은 이번에는 고개를 좌우로 흔들었다.

"에이, 아니지. 좋은 반례가 있잖아. 경영관리팀 문경원 차장님!"

성찬수의 대학원 선배이자 KM에 두 해 먼저 경력 입사한 문경원 차장은 표 전무의 전폭적인 신임을 받고 있었다. 문 차장이 기대 이상으로 잘해서 경력 사원 채용이 더욱 활성화됐고, 어쩌면 성찬수가 KM전자에 입사한 일도 거슬러 올라가면 그의 탁월한 업무 능력 덕택이었다.

"아, 이거 쓸쓸하구만. 결국 내 능력이 모자라서 그랬다는 결론이잖아. 안 그러냐? 하하하."

성찬수가 허탈한 웃음을 지어 보였다.

"그런 뜻은 아닌데…"

"괜찮다. 이유 따위는 이젠 다 상관없으니까. 난 나가야겠어. KM처럼 큰 회사는 바라지 않아. 그냥 맘 편하게 오래오래 다닐 수 있는 회사면 족해. 도와줄 거지?"

박상필도 뒤늦게 취기가 오르는 듯 꼬인 혀로 대답했다.

"그거야 문제도 아니지. 그게 내 직업인데. 더구나 형 같은 KM 직원이면 식은 죽 먹기야. 이력서나 하나 보내줘. 안 그래도 어제 오픈된 적당한 포지션이 하나 있거든."

밤 11시가 넘은 시각, 성찬수는 홀로 분당 정자역 거리를 어슬렁거리고 있었다. 이대로 집에 가봐야 잠을 이룰 수가 없을 거라는 생각이 들어서였다. 어차피 가족들이 눈을 뜨고 자신을 반겨줄 시각도 아니었다.

그는 정자역 광장 앞 5층 빌딩에 올라 'Red Fox'라는 간판을 확인했다. 언젠가 혼자 술 마시기 적당한 곳으로 봐둔 카페였다. 그는 내부가 비치지 않는 컴컴한 유리문을 밀어제쳤다. 출입문에 달린 작은 방울이 요란한 소리를 냈다. 좁고 어두침침한 내부에서 몇몇 외로운 사내들의 시선이 새로운 이방인에게 쏠렸다. 성찬수는 잠깐 주춤하다가 문가 근처 바에 놓인 의자를 끌어 앉았다.

몸에 꽉 끼는 연두색 계열 원피스 차림의 여 종업원이 입꼬리를 올리며 메뉴를 건네줬다. 성찬수는 테이블 대신 바에 걸터앉아 코로나 맥주 3병을 주문했다.

1분도 안 돼 종업원이 맥주와 간단한 마른안주를 가져왔다. 테이블 위에 대충 맥주와 마른 안주거리를 던지듯 내려놓은 그녀는 곧바로 다른 사내들 틈으로 사라져버렸다. '맥주'를 주문할 때 이미 예상했던 일이다. 상관없었다. 어차피 여자와 노닥거릴 목적으로 찾아온 것은 아니었다.

3병의 맥주를 거의 다 비운 성찬수는 세상에서 가장 무겁고 힘든 짐을 짊어진 얼굴로 생각에 잠겨 있었다.

박상필과 나누었던 얘기를 되짚다 보니, 어쩌면 자신의 불안한 상태가 누구의 탓도 아닐 수 있다는 생각에 이르렀다. KM이라는 회사와 자신의 코드가 심하게 다르다는 것, 그 이상도 그 이하도 아닐 수 있다는.

그가 처음 접했던 사무동 3층은 어릴 적 엄마의 손에 이끌려 가 봤던 낯선 예배당과 비슷한 느낌이었다. 직원들은 회사에 대한 충성심을 은근히 과시하면서 서로 비교하는 분위기였다. 이들에게 숭배의 대상은 소위 오너 경영자라 불리는 회장님일 테고, 표 전무는 컴퓨터 교구를 맡고 있는 일개 담임 목사쯤 될 거라는 생각이 들었다. 맹신도가 많은 곳일수록 믿음이 부족한 자는 담임 목사를 비롯한 신도들과 끊임없이 갈등하기 마련이었다.

자유롭고 개인주의적인 성향의 성찬수는 학창 시절 때부터 종교에 대해 막연한 거부감을 가지고 있었다. 종교는 특정 세계관 속에 자신을 가두는 것이라고 경계해왔다.

'그래. 결론은 떠나는 것뿐이야. 아내에게는 새 직장을 구하고 나서 털어놓는 수밖에.'

카페 입구의 고풍스러운 벽시계가 12시가 조금 넘은 시각을 가리켰다. 성찬수는 남은 꽁초를 마지막으로 깊게 빨고 허공을 향해 길게 연기를 내뿜었다. 과도한 흡연으로 머릿속의 모든 세포가 꿈틀거렸다.

그가 비틀거리며 자리에서 일어서자 구석자리에 앉아 눈치를 주던 여 종업원이 화들짝 놀라 카운터 앞에 섰다. 성찬수는 말없이 카운터 위에 카드를 올려놨다. 기계가 전표를 토해내는 기분 나쁜 소리를 피해 그는 맞은편에 부착된 커다란 전신거울 쪽으로 고개를 돌렸다.

훤칠한 키에 흰 얼굴과 곱슬머리가 매력적이던 청년은 사라지고 없었다. 거울 속에는 술과 담배와 스트레스로 인한 폭식으로 초라하게 녹아내린 낯선 중년 남자가 자신을 노려보고 있었다. 거울 속으로 여 종업원의 손이 불숙 튀어나왔다. 성 과장은 천천히 거울 밖으로 나와 카드와 전표를 받아 쥐었다.

회사를 떠나겠다고 확고히 결론을 맺었지만 왠지 홀가분한 기분은 아니었다. 택시가 집에 가까워질수록 오히려 마음은 무거워져만 갔다.

성찬수는 비틀거리며 아파트 엘리베이터에 올랐다. 꼭대기인 12층에 도달하는 시간이 그날따라 더디게 느껴졌다. 낡은 아파트의 엘리베이터가 육중한 굉음을 내면서 12층에서 멈췄다.

복도로 발을 내딛는 바로 그 순간이었다. 그의 머릿속에 섬광처럼 찰나의 장면이 스쳐 지나갔다. 일주일 전 낯선 곳에서 깨어난 아침, 헝클어진 기억의 파편들 중에 유일하게 정말로 꿈이었던 바로 그 장면이었다.

짙은 안개가 흩어지며 서서히 선명하게 서로 엉킨 두 얼굴이 형체를 드러냈다. 그것은 마지막 숨을 토해내는 표 전무의 일그러진 얼굴과 그의 목을 조르는 자신의 서글픈 얼굴이었다.

#8 삭제된 메일

휴가 기간 동안 직장인의 시곗바늘은 평소보다 빠르게 돌아간다. 그 막바지에는 대개 우울증이 수반되는 경우가 많고, 사람마다 그

우울증을 해결하는 방식은 각양각색이기 마련이다.

오수경 차장은 정면 돌파를 택했다. 일요일 아침, 그는 늦은 아침 식사를 마치고 집을 나서 회사로 향했다. 회사는 그에게 차라리 집보다 마음 편한 곳이었다.

오 차장의 집에서 사무실까지는 그리 멀지 않았다. 그의 집에서 가까운 공덕역에서 지하철 5호선을 타고 광화문까지 가는 데 약 10분, 그의 안방에서 사무실까지는 25분이면 충분했다. 지하철 안에서 스마트폰으로 신문을 읽던 오 차장은 광화문에 도착해 8번 출구로 나와 큰길 모퉁이를 돌았다.

광화문 네거리에 위치한 KM사옥은 비록 오래된 건물이지만, 인근 빌딩 중에서 가장 눈에 띄는 위용을 자랑하고 있었다. 그곳에는 KM전자뿐 아니라 종합상사, 화학, 식품 등 다양한 계열사가 입주해 있었다.

여느 재벌 기업이 그러하듯 오 차장이 근무하는 그룹 기획조정실은 조직도상에는 있으나 법적 실체가 없는 조직이었다. 각 계열사에 소속된 인재들이 모여 경영진과 계열사 간의 가교 역할을 수행하는, 소위 KM그룹의 컨트롤 타워였다.

오 차장의 주된 업무는 KM전자 그중에서도 컴퓨터BG의 실적과 동향을 일상 점검해 핵심 경영진에게 보고하고, 주요 지시 사항을 컴퓨터BG에 전달해 실행 여부를 모니터링하는 일이었다. 그룹에서는 그와 같은 역할을 하는 일꾼들을 코디네이터라고 불렀다. 원래는 계열사 단위로 코디네이터를 두는 것이 일반적이지만 KM전자는 각

사업부의 규모가 워낙 큰지라 BG별로 담당을 뒀다.

23층 사무실에는 아무도 없었다. 자신의 책상 앞에 앉은 오 차장은 오랜만에 안도감을 느꼈다. 그는 먼저 자신의 책상 위에 놓인 '휴가 중입니다'라는 종이 팻말부터 쓰레기통에 던져 넣었다. 그리고 가벼운 터치로 노트북의 전원 버튼을 눌렀다.

그는 그룹웨어에 접속을 시도했다. 휴가 중에 틈틈이 모바일 그룹웨어를 통해 메일들을 체크해뒀음에도 불구하고, 받은편지함에는 미열람 메일이 34개나 들어 있었다. 천천히 미열람 메일을 하나씩 체크하던 오 차장은 고개를 갸우뚱거렸다.

'뭐지? 메일 몇 개가 사라졌잖아!'

오 차장이 마지막 메일 체크를 한 것은 제주도에서 돌아온 지난 목요일 오후, 낮잠에 들기 전 스마트폰을 통해서였다. 그때는 발신자와 제목만 보고 몇몇 급하지 않아 보이는 항목들은 열어보지 않고 그냥 놔뒀다. 그중에서 확실히 기억나는 것은 컴퓨터BG 이정석 상무가 격주마다 보내는 이슈 점검 결과 보고 메일이었다. 최소한 그 메일이 보이지 않았다.

오 차장은 혹시나 해서 그룹웨어에 로그인할 때 무시했던 팝업창을 다시 열어봤다. 회사 그룹웨어에는 보안상의 목적으로 접속할 때마다 매번 직전 접속 일시를 팝업으로 알리는 기능이 있었다. 팝업 창에 뜬 최근 접속 종료 시각은 '2012. 7. ××. 17:27.'

'어제 저녁? 맙소사! 그렇다면 어제 저녁 누군가가 내 아이디로 접속했다는 거잖아?'

오 차장이 기억하기로 이런 일은 처음이었다. 누군가 자신을 감시하고 있을지 모른다는 공포감이 엄습했다. 그때 누군가 자신의 등을 두드리는 바람에 오 차장은 짧은 비명을 내뱉고 말았다.

"휴가 갔으면 후회 없이 놀다 와야지. 쉬는 날에 여긴 웬일이야?"

구자홍 부장의 능글맞은 얼굴이 등 뒤에 다가와 있었다.

"아, 부장님이시군요. 별일 없으셨어요? 부장님은 오늘 웬일이십니까?"

오 차장은 가슴을 쓸어내리며 물었다.

"내 말이. 나야 나오라는 호출받고 왔지. 힘 있나 뭐?"

늘 앓는 소리를 내지만 그가 소위 '힘 있는' 사람이란 것을 아는 사람은 다 알고 있었다. 그는 40대 초반임에도 불구하고 조만간 임원 승진 대상으로 거론되고 있는 인물이었다. 그는 KM 화학 인사팀 출신으로 나름 기획조정실에서 보고서 작성에 매우 능하다는 평가를 받았다. 하지만 오 차장은 그를 대면할 때마다 왠지 꺼림칙한 느낌이었다. 억지로 꾸며낸 듯한 다정한 말투 저편에 늘 무엇인가 감추고 있는 것 같았다.

"휴일인데 오늘도 회의가 있나 봅니다. 근데 부장님, 혹시 어제도 사무실 나오셨습니까?"

"아니. 어제는 토요일이었잖아? 나도 간만에 가족들과 북한산에 다녀왔지. 근데 그건 왜?"

"아뇨. 그냥, 너무 열심이신 것 같아서…"

오 차장은 건성으로 웃으며 말꼬리를 흐렸다.

'누굴까? 누가 내 아이디로 접속했을까? 대체 왜 내 메일을 지웠을까?'

어쩌면 누군가가 꽤 오랫동안 메일을 훔쳐보고 있었을지도 모른다는 생각에 소름이 오싹했다. 그 누군가는 표시가 안 나도록 자신이 이미 개봉했던 메일만 골라서 훔쳐봤을 것이다. 그런데 이번에는 자신이 긴 휴가를 떠나는 바람에 미열람 메일이 쌓이고 말았다. 그래서 그는 내가 메일을 개봉할 때까지 기다리다 못해 미열람 메일까지 손을 댄 것이다. 그리고 성급히 열어본 것을 후회하며 증거 인멸 방법으로 가장 손쉬운 '삭제'를 선택했으리라.

필요하다면 전산팀에 공식 의뢰해 전날 저녁 자신의 아이디로 접속한 단말기를 찾아낼 수도 있었다. 하지만 오 차장은 조금 신중하기로 마음먹었다. 쉽사리 떠벌릴 사안이 아니었다. 보안을 생명처럼 여기는 회사의 특성상 패스워드 관리에 소홀했던 자신에게도 썩 유리한 일은 아니기 때문이다.

그는 비공식적인 루트로 침입자를 찾아보기로 했다.

#9 아침 회의

"팀장님, 안녕하십니까?"

양진우는 사무실에 들어서자마자 조기룡 상무에게 출근 도장을 찍고, 먼저 온 성찬수 과장에게도 인사를 건넸다. 잠시 후 오른쪽 옆자리에서 상큼한 화장품 냄새가 풍겨 나왔다. 어깨까지 내려온 헝클어진 머리를 찰랑이며 나타난 홍수진 대리였다. 그녀는 특유의 장난기 넘치는 표정으로 양진우에게 윙크를 보내고 자리에 앉았다. 희고 약간 둥근 얼굴에 오똑한 콧날, 평균적인 기준에서 보면 그녀는 분명 미인의 부류에 속했다. 다만 그녀가 외모적으로 평가 절하된 배경에는 그녀의 무성의한 옷차림이 있었다. 그날도 그녀는 흰색 면 티에 후줄근하고 평퍼짐한 검정 치마 차림이었다.

잠시 후 팀장 자리 쪽에서 왁자지껄한 소리가 들려왔다.
"어이, 잘 다녀왔어? 고생이 많았겠군."
"고생은요. 덕분에 잘 해결하고 돌아왔습니다. 저 그리고, 이거…"
이영표 대리가 브라질 출장에서 돌아온 모양이었다. 해리 포터를 연상시키는 둥글고 검은 안경테에 항상 깔끔하게 손질한 헤어스타일은 그의 트레이드마크나 다름없었다. 그가 조 상무의 책상 아래에 슬그머니 내려놓은 것은 틀림없이 고급 양주였다.

잠시 후 박순주 차장이 소리 없이 들어왔다. 전형적으로 세련된 오피스 레이디 차림의 그녀는 늘 그렇듯이 무표정한 얼굴로 핸드백부터 자리에 내려놨다. 엄격한 기숙사 여사감 이미지의 그녀는 한번도 웃어본 적이 없는 사람 같았다. 그녀는 상사들로부터는 신임을 받고 있으나, 이기적인 업무 스타일 때문에 부서 내에서는 별로 인기가 없었다.

우민재 과장도 터질 듯한 셔츠 단추를 2개나 열어젖힌 채로 사무실 바닥을 쿵쿵 울리며 들어왔다. 담배와 기름진 음식을 심하게 탐

낙하는 그는 팀에서 유일하게 양진우보다 몸집이 더 컸다.

이어서 차상준 대리가 불특정 다수에게 형식적인 아침 인사를 던지며 팀장 앞으로 쪼르르 달려갔다가 자신의 자리에 앉았다. 그는 패션과 유머 감각이 뛰어났으나, 업무 능력은 다소 떨어졌다. 그나마 대인 관계가 원만해 그럭저럭 무난한 회사 생활을 이어가고 있었다.

모두가 출근한 것을 확인한 조기룡 상무의 헛기침이 아침의 적막을 깼다. 뭔가 지시하려 할 때 나타나는 그의 버릇이었다.

"8시 40분에 간단히 회의 좀 합시다. 양진우 씨가 회의실 좀 잡아 놓도록."

회의실에 모든 팀원이 모인 것을 확인하고 양진우가 문을 닫았다.

"오늘 소집한 이유는 보안 관련해서 서울 본사에서 내려온 지침을 전달하려는 거야. 다들 들어서 알고 있겠지만, 요즘 부쩍 회사 내부의 일을 언론을 통해 먼저 알게 되는 해괴한 일들이 벌어지고 있거든."

팀원들 모두는 눈을 동그랗게 뜨고 서로를 쳐다봤다. 조 상무는 헛기침을 두어 번 하고 다시 말을 이었다.

"우리 BG는 아니지만, 지난달 청주 가전BG 공장 화재 사건. 불이 난 지 30분도 안 돼서 인터넷에 떴잖아. 헝가리 출장 갔다가 죽은 사람 누구더라? 아, 부품BG 쪽에 과장이었지. 그 사망 사건도 그렇게 쉬쉬했지만 결국 신문에 나고 말았지."

양진우는 조 상무가 전달하려는 말의 의도를 더 이상 듣지 않아도 가능할 수 있었다. KM에 와서 신입 사원 입직 교육부터 귀에 딱지가 않도록 들었던 화두였다. 조 상무의 잔소리는 계속됐다.

"여러분은 컴퓨터BG의 해외 오퍼레이션에 대해 핵심 기밀들을 다루는 사람들이야. 외부 사람들과 술자리든 뭐든 회사 일은 무조건 함구하는 게 원칙이지. 뭐 사람들 만나 그렇게 할 얘기가 없나? 재미도 없는 회사 얘기나 하게. 얘깃거리 많잖아? 남자들은 여자 얘기하면 되고, 여자들은 남자 얘기하면 되고. 안 그래?"

분위기 침체되지 않도록 배려한 팀장의 썰렁한 농담에, 팀원들은 좀처럼 웃음에 인색했다. 무안해진 조 상무는 좀 더 센 사례로 압박에 들어갔다.

"지난여름에 우리 회장님께서 억울하게 조사받으신 사건 다들 기억할 거야. 그때도 어떤 놈 허위 제보 때문에 몇 달 동안 고생했잖아. 그놈이 누군지 회사에서 모르는 줄 알지? 아마도 벌써 찾아내서 집에 보냈을 거라고. 우리 회사가 그렇게 호락호락한 데가 아니야. 그리고 보니 생각만 해도 열 받는군. 휴가도 못 가고 두 달 동안 서류 불태우고, 파일 지우고, 다른 부서 사람들 서랍 뒤지고, 다들 그런 짓거리 또 하고 싶진 않겠지?"

1년 전의 여름, 생각만 해도 아찔한 사건이었다. 회장 큰아들의 거액 해외 파생상품 투자 손실, 둘째 아들의 수백억 원대 해외 원정 도박, 그리고 사위 명의로 자금 출처가 불분명한 해외 부동산 취득의 정황들을 누군가가 언론에 익명 제보한 사건이었다.

제보 일부가 사실로 확인돼 언론에서 발표됐고, 자연스럽게 대중의 시선은 그 자금의 출처에 쏠리게 됐다. 하지만 많은 사람의 예상대로 사건의 시작은 창대했으나 끝은 심히 미약했다. 회사의 비자금 조성 여부에 대해 길고 형식적인 조사의 결과물은 자금의 출처가 회장 일가 개인 재산이었다는 짤막한 신문 기사뿐이었다.

KM 내면적으로도 당시 KM 임직원, 특히 관리직들의 고초는 상상 이상이었다. 양진우가 놀란 것은 이런 경우에 대비한 매뉴얼이라도 있는 듯 정말 일사불란한 조직의 움직임이었다. 아침마다 표 전무가 주관하는 간부 회의가 열렸고, 그날의 행동 지침이 떨어졌다. 당시의 회의 내용은 일급비밀로 취급되어 절대 다이어리에 기록하지 않고 외우는 것이 철칙이었다.

조금이라도 오해의 소지가 있는 문서들은 세단기를 통과한 뒤에 소각장으로 향했다. 개인 PC의 파일들도 물론 예외는 아니었다. 본사에서 제시한 '특정 단어'가 들어간 파일은 이 잡듯이 검색해 영구 삭제 조치됐다. 업무에 꼭 필요한 많은 파일이 단지 '특정 단어' 때문에 흔적도 없이 사라졌다. 분명 업무를 심각하게 마비시킬 수 있는 조치였지만 누구 하나 이의를 제기하는 사람은 없었다.

어떤 날은 관리직 직원들이 조를 편성해 현업 부서의 개인 서랍, 다이어리, 명함 케이스까지 모조리 수색하는 경우도 있었다. 양진우는 그 과정에서 타 부서 여직원 서랍 속에서 생리대를 발견하고, 자신의 역할에 대해 심한 자괴감에 빠지기도 했다.

지루하게 이어지던 조 상무의 연설은 드디어 마무리 단계에 들어서고 있었다.

"본사 지시 사항은 다 전달했고, 내일 '10km 마라톤' 행사 날이니까 오후에 입을 복장을 챙겨올 수 있도록. 사원들은 혹시 모르니 뒤풀이용으로 노래도 하나씩 준비하고. 알겠지?"

모두 회의실에서 우르르 몰려나오는 사이, 양진우는 옆에서 걸어나오던 성 과장 쪽에서 옅은 진동음을 느꼈다. 발신인을 확인하는 그의 얼굴에 잠시 당황하는 기색이 스쳐 지나갔다. 그는 주변을 살피며 사람들이 모두 나가기를 기다리는 눈치였다.

"애인이라도 생겼습니까? 무슨 전화인데 그래요?"

양진우는 성 과장에게 웃으며 농담을 건네고 회의실을 나왔다. 자신의 책상 위에 다이어리를 던져놓은 그는 곧바로 화장실로 향했다. 화장실로 가는 도중에 그는 장난기가 발동해 회의실 블라인드 틈으로 안을 들여다봤다.

누군가와 통화 중인 성 과장의 옆얼굴이 보였다. 그의 얼굴이 심하게 경직된 것으로 보아 숨겨둔 애인과 밀담을 나누는 모습과는 한참 거리가 멀었다. 양진우는 블라인드를 벌리던 손가락을 슬그머니 내려놨다.

#10 10km 마라톤

아침 일찍 아파트 문을 열고 나오던 성찬수는 반사적으로 손으로 얼굴을 감싸며 허리를 숙였다.

푸드덕!

이름 모를 새 한 마리가 좁은 복도 이리저리 벽에 부딪히더니 툭 하고 바닥에 떨어졌다. 가만히 들여다보니 부리 근처에서 붉은 피가 흐르고 있었다. 아마도 옥상으로 연결되는 쪽문이 열려 있어, 재수 없게도 거기로 날아들어 길을 잃은 모양이었다.

성찬수는 날개가 부러진 채로 마지막 숨을 몰아쉬고 있는 작은 새를 물끄러미 내려다봤다. 이름 모를 감정이 그의 심장을 뭉클하게 흔들었다. 한참을 기다리던 엘리베이터가 다시 내려간 줄도 모른 채 그는 멍하니 그 자리에 서 있었다.

*

양진우는 슬쩍슬쩍 인터넷을 확인하며, 모처럼의 여유로운 오전을 보내고 있었다. 오후에는 사내 마라톤 행사가 열릴 예정이고, 자연스럽게 행사가 끝나는 대로 빠른 퇴근이 보장된 날이었다.

전날 표 전무의 자리에 올라간 상반기 해외법인 결산분석 자료가 다행히 조용히 넘어가려는지 아직까지 아무런 피드백이 없었다.

양진우는 문득 회사라는 곳이 어찌 보면 '결재 놀이'를 하는 곳이란 생각이 들었다. 사원은 간부에게, 간부는 팀장에게, 팀장은 본부장에게 단계를 밟으며 확인 도장을 받는 게임. 그러나 아이러니하게도 게임의 목적을 이해하거나 즐기는 사람이 별로 없다는 것이 문제였다.

성찬수 과장이 담배를 피우고 돌아와 힘없이 자리에 앉았다. 그의 얼굴이 눈에 띄게 침울해 보였다. 그즈음 반짝 생기를 찾았던 그가 전날 회의를 마친 뒤부터 다시 음울한 얼굴로 돌아왔다.

"과장님 무슨 안 좋은 일 있으세요?"

"아니다. 그냥 좀 피곤해서그래."

넌지시 건넨 양진우의 질문에 성 과장의 대답은 무성의하게 돌아왔다.

"보아하니 어제도 과음하신 것 같은데, 오늘 마라톤은 좀 무리겠죠?"

"글쎄다. 그냥 어디 짱 박혀 있을까 하는데. 좋은 데 없을까?"

양진우는 더 이상 말을 걸지 않는 편이 좋겠다는 생각에 의자를 돌려버렸다.

'10km 마라톤'은 KM전자 전 임직원이 10킬로미터를 뛰면서 조직 단합을 도모하고자 하는 목적으로 매년 봄에 열리는 행사였다. 그해에는 회사 내에 이런저런 이슈가 있어 시행 시기가 7월로 늦춰졌다.

양진우는 점심식사 후 직원들과 회의실에서 운동복으로 갈아입고, 사무동을 나와 대운동장으로 향했다. 3,000명이 넘는 컴퓨터 BG 임직원 중에서 교대 근무 중인 생산 인력이나 출장자 등을 제외한 2,000명 정도가 집결했다.

양진우는 홍수진 대리와 함께 경영지원본부 동료들이 모여 있는 위치에 집결했다. 주변을 둘러봤지만 우려했던 대로 성 과장의 모습이 보이지 않았다. 이미 점심식사 전부터 사라진 그를 내심 걱정하고 있었던 참이었다. 한 가지 다행스러운 것은, 대규모 행사이다 보니 누가 **빠졌는지** 체크가 불가하다는 점이었다.

하지만 문제는 뒤풀이 단합 행사였다. 본부별로 단지 내 잔디밭에 앉아 맥주와 치킨을 늘어놓고 때워야 하는 시간. 그때까지 나타나지 않으면 성 과장은 심한 꾸중을 면하기 어려웠다.

오후 3:15, 사무동 앞 잔디밭에는 비릿한 땀 냄새와 함께 시큼한 맥주 향기가 넘쳐흘렀다. 양진우는 올해 들어온 신입 사원들이 옹기종기 모여 있는 모습을 보며, 한 해 전에 자신이 신입 사원으로 처음 겪었던 뒤풀이를 회상하고 있었다. 그때 경영지원본부 동기 신입 사원 6명은 1시간이 넘도록 일어선 채로 공포의 재롱 잔치를 벌여야 했다. 노래와 춤과 자기소개, 가족 소개 등 군대 신병 신고를 연상케 하는 눈물 나는 경험이었다. 연신 키득대는 표 전무와 그의 측근들의 만행은 입사 전에 품었던 글로벌 기업의 이미지와 달리 상상도 못했던 충격이었다.

표 전무는 그날도 이정석 상무, 조기룡 상무, 방신희 부장 등 핵심 측근들에게 둘러싸여 잔디밭 가장 안쪽에 포진하고 있었다. 양진우는 어두운 얼굴로 구석에 무리지은 후배 신입 사원들에게 다가갔다.

"술 많이 마셔둬라. 맨정신으로 했다가는 나처럼 트라우마가 생길 테니."

그때였다. 심하게 비틀거리며 사무동 쪽으로 다가오는 한 사내가 보였다. 멀리서 봐도 이미 벌겋게 얼굴이 달아오른 그는 성 과장이었다. 양진우는 뭔가 심상치 않은 일이 벌어질 것이라 직감하며 얼굴을 찌푸렸다.

"성 과장. 너 어디서 오는 길이고?"

방신희 부장이 모두 들으라는 듯이 큰소리로 외쳤다. 그러나 성 과장은 아무 대꾸 없이 구석 자리에 털썩 주저앉았다.

"내 말 안 들리나? 본부 행사 빠지고 뭔 짓거리 하다가 지금 오나 말이다."

방 부장의 언성이 한층 높아졌다. 숨소리 하나 들리지 않을 정도로 적막이 감돌았다. 조기룡 상무는 얼굴을 찡그리며 그만하라는 눈짓을 방 부장에게 보냈다. 나중에 생각해보니 어쩌면 그 정도로 봉합될 수도 있는 상황이었다. 그러나 문제를 키운 사람은 다른 사람도 아닌 성 과장이었다. 그가 꼬부라진 혀를 굴리며 반항하듯 소리쳤다.

"내가 빠져서 뭐 문제가 있었습니까? 제가 보고 싶어서 뭐 찾아다니기라도 했다는 건가요? 후문에 가서 혼자 한잔하고 왔습니다. 왜요. 안 됩니까?"

보수적인 조직에서 거의 반란에 해당하는 사건이 벌어지고 있었다. 홍수진 대리는 마시던 맥주잔을, 우민재 과장도 들고 있던 닭튀김을 내려놨다.

잠시 후 긴장감이 감도는 정적을 깨며 표 전무의 카랑카랑하고 낮은 목소리가 울려왔다.

"좋아. 성 과장. 잘했다. 대신 남들 달리기하는 동안 혼자 잘 놀다 왔으니 신나는 노래나 한번 불러봐라."

표 전무의 위압적인 목소리만으로 성 과장은 약간 위축되는 모습이었다. 하지만 그는 다시 의기양양하게 외쳤다.

"하라면 못할 것 같습니까? 하지요. 뭐 할까요? 당신네들 좋아하는 뽕짝이라도 한 곡…"

표 전무가 손을 가로저으며 말허리를 자르고 들어왔다.

"아냐, 아냐. 한 곡이 아니라 오늘 여기 술자리 끝날 때까지 말이야. 성 과장 네 하는 짓이 신입 사원보다 못하니 오늘 대신 재롱 좀 부려줘야겠다."

표 전무의 눈빛은 단호했다. 또다시 적막이 흘렀다. 정지 버튼을 누른 듯 모든 사람이 난처한 얼굴로 땅만 쳐다봤다.

3분 아니 5분이 흘렀을까? 모든 것을 체념한 모습으로 성 과장이 천천히 자리에서 일어섰다. 이어서 눈을 뜨고 볼 수 없는 민망한 광경이 펼쳐지기 시작했다. 무거운 침묵 속에서 그의 구성진 노래가 울려 퍼졌다. 들어본 적도 없는 트로트 곡이었다. 아니 노래라기보다는 차라리 절규에 가까웠다.

음치에 가까운 성 과장의 레퍼토리는 의외로 적지 않았다. 그는 어느덧 엉덩이춤까지 곁들이며 일곱 번째 노래를 부르고 있었다. 그의 노래와 춤이 더 흥겨워질수록 양진우의 가슴에는 슬픔이 밀려왔다. 홍수진 대리는 멀리 다른 곳으로 시선을 피해줬다. 우민재 과장 또한 고개를 폭 숙인 채 말이 없었다.

양진우를 더 서글프게 만든 것은 표 전무와 측근들이 성 과장의 가무를 안주 삼아 아무렇지도 않은 듯 잡담을 이어가고 있었다는 사실이었다. 그중에 방 부장의 취중진담은 가히 압권이었다.

"전무님. 제가 주재원 나갔다 돌아오니까 우리 관리 조직에 웬 경력 사원들이 보이데요. 그래서 드리는 말씀인데, 우리 관리들은 앞으로 경력 사원은 그만 뽑는 게 어떻겠습니까? 신입부터 우리 KM 문화를 배워온 진골들과는 근본이 달라도 너무 다르다 아닙니까? 6두품 채용 중단! 마, 이렇게 선언하면 안 되겠습니까?"

이정석 상무가 방 부장에게 눈짓으로 문경원 차장을 가리키며 눈치를 주자, 그는 음흉하게 웃으며 말을 바꿨다.

"물론 문 차장 같은 인재는 이미 열 진골 안 부럽지만요. 안 그렇습니까? 하하하."

오후 4시가 가까워진 시각, 표 전무가 바지를 털며 자리에서 일어났다. 노랫소리는 이제 들리지 않았다. 무리들은 표 전무가 화장실로 가려는 것으로 생각해 길을 비켜줬다. 그러나 그의 발길은 화장실이 아니라 성 과장을 향해 옮겨지고 있었다.

성 과장은 구석 자리에서 홀로 무릎 사이에 얼굴을 파묻고 있었다. 표 전무는 야릇한 미소를 지으며 귓속말로 그에게 뭔가를 속닥거리더니, 사무동 안으로 성큼성큼 사라졌다. 무슨 말을 했는지는 알 수 없었다. 다만 그가 떠난 후에 성 과장이 고개를 들고 귀신에 홀린 사람처럼 얼어붙은 것으로 보아, 위로의 말이 아니었음은 짐작할 수 있었다.

행사가 끝난 잔디밭에는 성 과장 혼자 앉아 있었다. 양진우는 주변에서 머뭇거리다가 용기를 내서 그에게 다가갔다.

"그만 일어나시죠."

그의 안경은 눈물 자국으로 부옇게 흐려져 있었다. 양진우는 부축해 일으킬 생각으로 그의 등 뒤로 다가갔다. 그 순간 양진우는 성 과장의 입에서 나직하게 흘러나온 혼잣말을 또렷이 들을 수 있었다.

"죽여버린다. 반드시 죽이고야 말겠어."

#11 PC방

"아빠, 엄마가 밥 먹으래."

딸의 집요함 덕택에 성찬수는 가까스로 눈을 떴다. 오전 11시를 넘긴 시각이었다. 평일임에도 집에 있는 아빠가 신기한 모양인지 눈을 말똥거리는 딸을 그는 꼭 껴안았다.

"아이고, 내 새끼."

왼쪽 장롱 위로 작은 도자기 하나가 눈에 들어왔다. 성 과장이 대학원을 마치고 KM전자에 입사했던 2011년 1월, 경력 사원 집합 교육 중에 수동 물레로 도자기를 빚는 프로그램이 있었다. 당시 성 과장은 딸을 위해 도자기 바닥에 아이의 이름을 새겨넣었다. 새로운 직장에서 성공을 꿈꾸던 시절을 떠올린 그의 눈가가 촉촉해졌다.

성찬수는 김치를 넣은 콩나물국만으로 차려진 늦은 아침상 앞에 홀로 앉았다.

"초저녁에 들어오는 사람이 그렇게 취하다니. 휴가는 내고 쉬는 거겠지?"

포항이 고향인 아내의 억양에는 사투리가 거의 묻어 있지 않았다.

"미안하다. 새벽에 문자로 하루 휴가 냈어."

힘없이 식사를 마친 성 과장은 주섬주섬 외출복을 주워 입었다.

"어디 가려고? 좀 쉬지 않고."

아내의 말을 뒤로한 채 성찬수는 묵묵히 구두를 신었다. 집을 나선 성찬수가 향한 곳은 회사와 정반대인 분당 정자역 방향이었다.

택시 안에서 어금니를 악문 성찬수의 얼굴에 작은 경련이 일었다. 그의 머릿속에는 헝클어져 있던 최근의 복잡한 변화들이 서서히 정돈돼가고 있었다.

이틀 전 아침 회의가 끝날 무렵, 성찬수는 박상필의 전화를 받았다. 몇 군데 회사에 이력서를 넣어봤는데 모두 서류를 통과하지 못했다는 비보였다.

그날 밤 둘은 서울 강남역 부근에서 만났다. 애써 내색하지는 않았으나 박상필로부터 들은 설명은 가히 충격적이었다. 성찬수의 잦은 이직 이력이 아킬레스건이었다. 그는 KM이라는 굴지의 대기업에 들어오기 전 세 군데 중견 기업을 전전했다. 경력 세탁을 위해 국내 모 대학원 MBA 과정을 졸업하고 KM에 들어와 고작 1년 남짓이 지났을 뿐이었다. 서류만으로도 조직 적응력, 인내심, 로열티 등에 대한 의구심이 공통적으로 제기됐고, 결국 핸디캡을 극복하려면 경력 관리 차원에서 적어도 3년 이상 KM에서 진득하게 버틸 필요가 있다는 것이 헤드헌터의 처방이었다.

눈앞이 캄캄했다. 마음이 떠나니까 한 달도 버틸 자신이 없었다. 하지만 어두운 터널 속에서 별다른 대안은 보이지 않았다.

그날따라 초반부터 취해버린 박상필은 성찬수가 처한 상황을 인도의 카스트 제도에 비유하기도 했다.

'크든 적든 모든 회사에는 계급이 있더군. 오너 일가를 숭배하고 그들의 이익을 위해 충성을 다하는 정치꾼들 브라만, 탁월한 업무 능력으로 오직 기업 가치 증진에 매진하는 크샤트리아. 브라만은 크샤트리아가 애써 키워놓은 파이를 오너 일가의 몫으로 빼돌리는 게 주특기지. 거기서 떨어지는 떡고물이나 주워 먹으면서 말이야. 그리고 그 아래에 고만고만하게 사는 수많은 평민 일꾼 바이샤가 있어. 또 그 밑으로 회사에 도움도 못 되고 오히려 나가줬으면 하는 대상인 수드라 노예가 있지. 안타깝지만 냉정히 따지자면 형은 지금 수드라 계급에 가까워. 찍혔으니까. 하지만 앞으로 더 다녀야 한다면 억지로라도 변신을 해야 할 거야. 몇 년이라도 노예 신분으로 버티는 건 내가 생각해도 끔찍하거든.'

그날 밤 귀갓길에 성찬수는 고민하고 고민했다. 그리고 결국은 자신이 가장이라는 현실을 간과할 수 없었다. 그는 이제 그들의 종교를 받아들이기로 결심했다. 자신의 믿음이 남들보다 약간 부족할지 모르나 최소한 신도를 내치는 교회는 없을 것이라 생각하며, 그는 흔들리는 아파트 단지를 배회했다.

그러나 취중에 내린 결심은 다음날 깨고 나면 허망해지기 마련이었다. 다음날 아침, 섣부른 다짐은 술이 깨면서 다시 흔들리기 시작했다. 마라톤 행사가 시작도 되기 전인 점심시간부터 그는 자신감을 잃고 공장 단지를 배회하고 있었다. 그리고 술기운에 의존해 내면의 갈등을 누그러뜨리려 했던 그에게 잊을 수 없는 '사건'이 터졌다.

집에서 15분쯤 이동해 도착한 정자역 근처 상가에서 성찬수는 엘리베이터를 타고 3층을 눌렀다. PC방에는 평일 점심 무렵인데도 20명 정도의 게임 중독자로 북적이고 있었다. 흡연석으로 자리를 잡은 성찬수는 담배를 한 개비 꺼내 물고 자신에게 되물었다.

'정말로 할 수 있겠어? 이건 어렸을 때 엄마 지갑에서 동전 몇 푼을 훔치던 것과는 완전히 다른 일이야.'

계급이나 신분이란 것이 그리 쉽게 바뀌지 않는다는 사실은 그는 잘 알고 있었다. 그는 운명적 계급을 거슬러 스스로 구원을 찾기로 했다. 그것은 자신에게 근원적인 불안과 소외를 안겨준 사람, 결코 씻을 수 없는 치욕을 안겨준 사람, 자신에게 노예의 낙인을 찍은 그 사람을 제거하는 일이었다.

'너를 뽑은 게 내 인생 최대의 실수였어. 좋게 말할 때 네 발로 나가는 게 이로울 거다.'

마라톤 행사가 있었던 그날, 성찬수는 표 전무의 얼굴 주름에 아로새겨진 저주의 그림자를 똑똑히 보았다. 성찬수의 눈언저리가 자신도 모르게 부르르 떨렸다.

그는 오른손에 들고 있던 담배를 비스듬히 입술에 꽂았다. 헝클어진 머리를 손으로 빗어 넘긴 그는 빠르게 자판을 두드렸다.

검색창에는 '살인', 그리고 '완전범죄'가 나란히 입력돼 있었다.

#12 비공식 루트

오수경 차장은 지난밤 잠을 설쳤다. 그 여파로 오전에는 열린 기획조정실 임원 회의에 배석해 꾸벅꾸벅 졸고 말았다.

그는 누군가의 이메일을 기다리고 있었다. 전날 밤 침대에 누워 얻은 결론은 자신의 이메일을 감시한 주체가 어설픈 개인일 가능성이 매우 높다는 것이었다. 회사의 조직적 소행이라면 전산팀에 지시해 회사 서버를 직접 열어보면 될 일이었다. 과격 노조원을 포함해 문제의 소지가 있는 임직원들의 메일을 회사에서 감시하고 있다는 소문은 공공연한 사실이었다. 그러한 감시에는 개인의 아이디로 일일이 인트라넷에 접속해야 하는 수고가 필요치 않았다.

하루 전날, 오 차장은 입사 동기를 통해 그 '개인'을 찾아낼 수 있는 비공식적인 루트에 닿을 수 있었다. 직접 안면이 있지는 않지만 그룹웨어 운영을 담당하는 전산팀 직원이었다. 그는 비공식 확인을 전제로 오 차장의 아이디와 패스워드로 그룹웨어에 침입했던 단말기를 알려주기로 약속했다.

직원들 대부분이 퇴근해 자리를 비운 시각, 마침내 기다리던 메일이 도착했다. 오 차장은 호흡을 가다듬으며 메일 리스트 중에서 방금 막 도착한 굵은 색 제목을 클릭했다.

발신 : 박인서<inseopark@km.com>

수신 : 오수경<skoh777@km.com>
제목 : 요청 건 확인 결과

　　　　　　　　　　　　2012년 7월 ××일 오후 18:17:32

수고 많으십니다. 유선으로 인사 나눴던 전산팀 박인서입니다.
요청하신 사항 관련하여 IP 확인 결과, 컴퓨터BG 광주 사이트 사무동
3층 경영지원본부로 배정된 공용 노트북 PC 중 하나로 파악됐습니다.
그 노트북의 관리 부서는 해외지원팀이며, 주로 해외 출장용으로 사용
하는 용도임을 참고하시기 바랍니다. 그리고 이미 부탁드린 바와 같이
본 확인 결과는 비공식이므로 혹시나 제게 난처한 일이 발생하지 않도
록 다시 한 번 부탁드립니다.

'해외지원팀이라고?'
전혀 예상하지 못한 곳이었다. 오 차장 머리가 더욱 복잡해졌다.
그의 친정이던 컴퓨터BG 경영지원본부 내에 그 '누군가'가 있었다.
'누굴까? 왜, 어떤 목적으로?'
그의 머리에 선뜻 떠오르는 사람이 없었다.

　　그는 좀 더 시간을 두고 신중히 찾아보기로 했다. 일단 매일 저녁
그룹웨어 로그 오프 시간을 따로 기록하고, 매일 아침 접속할 때마
다 전날 로그 오프 시간 기록과 대조하는 습관을 들이기로 했다. 물
론 패스워드 또한 새로운 체계로 변경했다.

#13 거짓말

"팀장님, 죄송합니다만 지금 급히 병원에 좀 가야 할 것 같습니다."

점심시간이 임박할 무렵이었다. 조기룡 상무는 어두운 안색으로 우물쭈물하며 다가온 양진우를 휘둥그레 올려다봤다.

"무슨 일 있어? 어디 아파서그래?"

"아뇨. 제가 아니고 저희 아버지가 운전하시다가 사고를 당하셨다고 연락이…"

"그래? 이런, 이런. 어서 가봐야지. 많이 다치신 것은 아니지?"

"머리를 좀 다치셨다고 하는데 가봐야 알 것 같습니다. 어머니가 많이 놀라서서 자세히 묻질 못했습니다."

식당으로 줄을 지어 이동하는 개미들의 행렬을 이탈한 양진우는 정문 근처에 이르러 서울행 콜택시를 불렀다. 오후 2시까지 서울 역삼동에 도착하려면 시간은 충분했다. 적당한 핑계를 대고 회사를 빠져나오는 일은 대성공이었다.

그는 다른 회사에 면접을 보러 가는 길이었다. 그날 면접은 실무 면접과 인성 면접을 동시에 치르는 단 한 번이자 마지막 관문이었다. 걸린 업무가 많아 사전에 휴가를 얻기가 어려운 분위기였다. 그래서 양진우는 결국 부모님의 갑작스런 변고라는 최후의 카드를 사용할 수밖에 없었다.

강남에 도착해 길거리 음식으로 점심을 때우며 어영부영하다 보니 어느덧 13:45, 양진우는 결연한 표정으로 TK해운 빌딩의 1층 회전문을 비집고 현관 로비에 들어섰다. 엘리베이터를 타고 면접장이 있는 18층에 오른 그는 옷매무새를 고치기 위해 화장실을 먼저 찾았다.

18층 현관에서 인터폰으로 전화를 하니 인사팀 직원으로 보이는 여사원이 나왔다. 여사원을 따라 면접 대기실로 들어선 양진우는 긴장된 자세로 앉아 있는 다른 2명의 지원자를 보며 속으로 중얼거렸다.

'2명만 잡으면 되겠군.'

*

연신 콧김을 내뿜으며 다가온 방신희 부장에게 성찬수 과장은 가벼운 목례를 건넸다. 그는 성 과장에게 눈길도 마주치지 않고 곧바로 홍수진 대리를 향해 심문하듯 다그쳤다.

"여기 해외법인 재고분석 담당자 누구고?"

"양진우 사원인데요."

홍수진 대리의 대답이 시큰둥했다. 홍 대리는 방 부장의 상습적인 반말을 늘 못마땅하게 생각해왔다.

"양진우 어디 갔나?"

"아버님이 교통사고가 나셔서 병원에 갔는데요."

"뭐? 그럼 해외 판매법인 책임자는 누구야?"

"접니다."

자신에게까지 여파가 미치지 않기를 바라며 고개를 숙이고 있던 박순주 차장이 약간 귀찮아하는 표정으로 대답했다.

"옳지. 박 차장 너구나. 상반기 해외법인 결산보고서 알고 있겠지? 러시아법인 RMA(Return Material Authorization : 해외법인이 본사에서 구입한 불량품을 반품하는 프로세스) 분석한 부분 말이다. 상반기 로컬 스크랩(Local Scrap : 불량품의 해외 현지 폐기분)이 급격히 상승해서 원인 분석이 필요하다는 등 어쩌고저쩌고 써놓은 부분!"

방 부장은 가져온 보고서를 다짜고짜 박 차장 앞에 펼쳐놨다.

"뭐가 문제가 있나요? 혹시 내용이 부실해서 그러시는 거라면, 양진우 씨가 추가적으로 다른 법인과 비교 자료를 만들 계획이라 들었습니다만."

방 부장의 째진 눈 속에서 순간 붉은 기운이 감돌았다. 그가 돌연 해외지원팀 전체를 가리키며 소리쳤다.

"너그들 내가 모스크바에서 관리 담당하다 온 거 모르나? 러시아는 선진국과 달라! 미국이나 유럽처럼 점잖은 나라가 아니라고. 온갖 억지에 반품이 얼마나 많은지 겪어본 사람만 안다. 모르겠나? 이 돌대가리들아. 이 보고서 전무님께 올라갔나?"

박순주 차장은 방 부장이 방방 뜨는 바람에 한풀 기세가 꺾였다.

"제가 며칠 전에 전무님 책상 위에 올렸는데, 바쁘셔서 아직 못 보신 것 같습니다. 아까 보니 전무님 책상 위에 그대로 있는 걸로 봐서는."

그러자 더듬이를 세운 성난 사마귀 같던 방 부장의 태도가 조금 누그러졌다.

"그럼 이 내용 삭제하고 보고서에 해당 페이지 갈아 끼워놔라. 지금 당장."

이번에는 듣고만 있던 홍 대리가 끼어들었다.

"지금은 안 되는데요. 양진우 씨 컴퓨터에 자료가 있는데, 패스워드를 모릅니다."

평정심을 되찾고 있던 방 부장의 혈압이 다시 상승 곡선을 타기 시작했다.

"전화해서 물어보면 될 것 아이가?"

마지못해 전화기를 들었던 홍 대리가 입술을 쑥 내밀고 고개를 가로저었다.

"전화기가 꺼져 있는데요."

방 부장의 얼굴이 칠면조처럼 붉으락푸르락 변화무쌍했다.

"이놈 봐라. 병원에 간다면서 전화기는 왜 꺼? 계속 전화해보고 안 되면 집에 비상 연락망 가동해서라도 오늘 저녁 먹기 전에는 갈아 끼는 기다. 박 차장이 책임지고. 알겠나?"

뒤뚱거리며 사라진 방 부장을 뒤로하고 홍 대리는 볼멘소리를 늘어놨다.

"왜 저렇게 난리법석이죠? 전무님이 물어보시면 지가 그렇게 설명하면 되지, 그게 무슨 큰일 날 일인가요? 그나저나 양진우 이 녀석은 정말 뭐하느라 전화도 안 받지?"

*

찜찜한 마음으로 면접장을 나선 양진우는 맥이 탁 풀렸다.

'모든 면접은 아쉬움이 남는 법, 하지만 전체적으로 버벅거렸던 것은 분명해. 특히 KM에서 왜 나오려고 하느냐는 질문에는 더더욱. 어쨌든 한 고비는 넘겼으니 결과를 기다려볼 수밖에.'

지하철역 앞에서 서 있던 양진우는 면접장에 들어서며 꺼놓았던 휴대폰의 전원을 켰다. 휴대폰이 켜지자마자 '웽웽웽' 여러 개의 메시지 수신음이 연속으로 들려왔다. 그는 뭔가 심상치 않은 일이 벌어졌음을 느끼고 허겁지겁 메시지 창을 열었다.

#14 시말서

출근하자마자 자리에 앉지도 못하고 회의실로 불려간 양진우는 좀처럼 나올 기미가 없었다. 팀원들은 그날 하루 사무실이 저기압 영향권하에 들 것을 각오하며 상황을 예의 주시했다.

다만 그러한 상황에서도 눈치 없는 우민재 과장의 먹성은 평소와 다르지 않았다. 그는 출근길에 식당에서 아침 식사 대용으로 받은 빵 봉지를 연신 부스럭거렸다. 빵 봉지에 묻은 크림까지 정성스레 핥고 난 후에야 그는 얼굴을 들었다. 그는 때마침 성찬수 과장과 눈이 마주치자 천연덕스럽게 히죽 웃었다.

잠시 후 회의실 문이 열리고 조기룡 상무가 나왔지만, 그의 뒤에 따라 나와야 할 양진우의 모습이 보이지 않았다. 성 과장은 자리에서 일어나 슬그머니 회의실 문을 열어봤다. 풀이 죽어 있을 거라는 예상과 다르게 양진우는 싱글거리며 열심히 볼펜으로 뭔가 써 내려가고 있었다.

"뭐하냐? 괜찮아?"

성 과장이 다가가서 보니 '시말서'라는 제목이 먼저 눈에 들어왔다.

"하하. 별거 아녜요. 말하자면 반성문이죠."

양진우는 해맑은 표정으로 올려다보며 대답했다.

"도대체 어제 왜 그런 거냐? 아까 얼핏 들었는데, 정말 바다가 보고 싶어서 도망간 거야? 말이 안 된다고 생각하는데."

"왜 말이 안 돼죠? 과장님은 그런 경험 없으세요? 매일 같은 시간에 일어나 몽유병 환자처럼 출근해서 정신없이 끌려 다니는 하루가 죽도록 싫어지는 그런 날이요. 그러다가 창문에 비친 햇살에 이끌려 불현듯 어디론가 떠나고 싶은 충동을 느낀 그런 날 말입니다. 아마 이해하실 걸요?"

마땅히 할 말이 없어 돌아서려는 성 과장에게 이번에는 양진우가 질문을 던졌다.

"과장님이야말로 요즘 괜찮으신 건가요? 행여나 다른 생각하시면 안 됩니다."

태연한 척하며 회의실에서 나온 성 과장의 얼굴이 창백하게 굳어 버렸다.

'다른 생각? 뭔가 알고 하는 말은 아니겠지?'

자리로 돌아온 성 과장은 길게 한숨을 내쉬었다.

'용의주도해야 한다. 어차피 내가 선택할 수 있는 출구는 단 하나뿐이니까.'

금방 타온 뜨거운 믹스커피를 한 모금 마시면서 성 과장은 오랜 기억 속의 시구절을 기억해냈다.

동그라미를 긋고 달리면서 너는 빠져나갈 구멍을 찾느냐?
알겠느냐? 네 달리는 것은 헛일이라는 것을. 정신을 차려.
열린 출구는 단 하나밖에 없다. 네 속으로 파고 들어가거라.

방황하던 청년 시절 잠들기 전에 가끔 읊조리던 〈덫에 걸린 쥐에게〉라는 시였다. 커피가 바닥을 드러냈을 때쯤 성 과장의 얼굴이 시무룩하게 변해 있었다. 동그라미 안에서 뱅글뱅글 도는 쥐의 모습이 자신의 모습과 겹쳐져 떠올랐기 때문이다.

#15 2064

서울 광화문 KM빌딩 23층의 벽시계가 오전 11:35을 가리켰다. 오수경 차장은 회의를 마치고 나오자마자 휴대폰부터 열어봤다. 회의 중 2번이나 진동이 울렸지만 받을 수 없었다.

010-××××-2064

발신자가 표시되지 않은 번호가 연속 2번 부재중 통화에 기록돼 있었다.
'누구지? 2064?'

하지만 그에게는 그리 오래 생각할 여유가 없었다. 서둘러 경기도 광주에 있는 컴퓨터BG로 출발해야 했다. 오후 2시까지 도착하려면 업무용 승용차로 여유가 있겠지만, 그날은 저녁에 술자리가 있어 부득이 대중교통을 이용해야 했다. 당장 출발하면 점심식사를 분당 서현역에서 때우고, 그곳에서 30분마다 운행되는 회사 셔틀버스를 이용할 수 있었다.

오 차장은 매월 컴퓨터BG 경영지원본부의 월례 회의에 참관인 격으로 배석했다. 게다가 그가 그날 광주공장을 방문하는 목적은 하나 더 있었다. 그는 사무동 3층 '공용 노트북'에 대해서 좀 알아보기로 했다.

패스워드를 변경한 이후로 다른 누군가가 자신의 컴퓨터에 접속한 흔적은 더 이상 없었다. 하지만 그는 아침에 그룹웨어에 접속할 때마다 찜찜한 기분을 떨쳐버리지 못했다.

오후 1:30, 오 차장은 컴퓨터BG 경영지원본부 사무실 문을 열어젖혔다. 큰 눈을 깜박거리며 다가오는 거무스름한 얼굴이 가장 먼저 눈에 들어왔다.

"어이, 오 차장 벌써 휴가 다녀왔다고? 기조실이 편하긴 편한가 봐. 아주 팔자 좋아졌어."

문경원 차장이 하얀 이를 드러내며 오 차장을 반갑게 맞아줬다.

"문 차장님도 얼른 다녀오세요. 누가 안 말립니다. 요즘도 야근하고 기숙사에서 쪽잠 주무신다고 들었는데. 근데 지난여름에는 그 난리 통에 혼자만 휴가 갔다 오시지 않았던가요? 하하하."

"야야. 알았다, 알았어. 이제 그만 좀 우려먹어라. 좀 이따 회의장에서 보자고."

오 차장은 컴퓨터BG에서 근무하던 당시부터 문 차장과 매우 막역하게 지냈다. 처음 문 차장이 경력 사원으로 들어왔을 때, 오 차장은 무엇보다도 그의 전문가적인 재무 지식에 감탄했다. 기업 가치 평가나 투자 분석은 물론 매우 고급한 금융 실무 지식까지, 그의 능력은 단지 이론에 머물러 있지 않고 실무적으로 매우 구체화된 수준이었다. 더구나 문 차장은 물러터진 성격의 오 차장과 달리 매우 냉철하고 균형 잡힌 사고의 소유자였다. 둘은 허구한 날 밤늦게까지 사무실의 불을 밝히다가 눈만 맞으면 약속이나 한 듯 선술집에 들러 유쾌한 얘기를 나누곤 했다.

물론 오 차장 자신이 기획조정실로 옮긴 이후로 그와 개인적인 자리 마련은 쉽지 않았다. 거기에는 다른 이유가 하나 더 있었다.

"오늘도 회식 자리 안 가실 겁니까? 그놈의 중성지방인지 뭔지는 언제 몸에서 빠져나간대요?"

문 차장은 전년도 말 건강검진 결과가 나온 직후부터 음주와 기름진 음식을 잠정 중단해버렸다. 그의 혈액 속에 중성지방 수치가 정상치를 심하게 초과했다는 이유였다.

"미안하다. 의사 말이 두세 달만 더 참으란다. 나중에 괜찮아지면 내가 크게 한번 쏠게."

문 차장은 큰 눈을 찡긋하고 나서 갑자기 오 차장에게 곁눈질로 뭔가 신호를 보냈다.

"어이쿠! 전무님 안녕하셨습니까?"

문 차장이 가리키는 방향에서 나타난 육중한 체구의 남자를 발견하고, 오 차장은 황급히 허리를 조아렸다.

"오수경, 너 여기 오면 누구한테 제일 먼저 인사해야 되냐? 하하하."

표병식 전무의 농담 섞인 인사에 오 차장은 웃으며 머리를 긁적였다.

3층의 모든 사람이 다이어리를 들고 우르르 2층 회의실로 몰려가기 시작했다. 조금이라도 일찍 내려가 표 전무에게서 멀리 떨어진 소위 '사각지대' 자리를 맡기 위해서였다.

"문 차장님, 이따 회의 끝나고 저랑 잠깐 얘기 좀 해요. 사소한 일인데 좀 물어볼 게 있어서요."

회의실로 발걸음을 옮기며 오 차장은 문 차장에게 넌지시 말을 건넸다.

잡담으로 웅성웅성하던 2층 회의실은 표 전무가 들어서자마자 쥐 죽은 듯이 조용해졌다.

"지금부터 KM전자 컴퓨터BG 경영지원본부 7월 월례회를 시작하겠습니다. 회의에 앞서 상호 예의를 갖추겠습니다. 차렷! 상호 간에 인사!"

벌써 2년째 사회를 맡고 있는 문 차장의 낭랑한 목소리가 회의의 시작을 알렸다. 이후 팀별로 전월 실적과 차월 계획을 발표하는 지루한 회의가 이어졌다.

오 차장의 다이어리가 어느덧 5페이지가 넘게 빽빽하게 채워지던 시각은 오후 4:22, 늘어진 회의에 지루함을 느낀 오 차장은 문득 오전에 걸려왔던 부재중 전화를 떠올렸다. 사실 부재중 전화는 비일비재하지만 웬일인지 그 뒷자리 번호가 계속해서 그의 머릿속을 떠다녔다.

'2064, 왠지 낯설지 않은 번호야. 어디서 봤더라?'

오후 5:30이 넘어서야 회의가 종료됐다. 오 차장은 회의장 정리를 마치느라 조금 뒤늦게 올라온 문 차장에게 잠깐 나오라는 눈짓을 보냈다. 1층 로비로 내려온 그들은 음료 자판기에서 캔 커피 2개를 꺼내어 각자 하나씩 나눠 가졌다.

"무슨 일인데 여기까지 불러내는 거야? 아깐 사소한 일이라더니."

"경영지원본부에 공용 노트북이 몇 대나 있어요? 제가 여기 있을 때는 별로 신경을 안 써서요."

오 차장은 뜸들이지 않고 단도직입적으로 물었다.

"공용 노트북이라. 2대 있지. 출장이 많은 경영관리팀 1대, 해외지원팀 1대. 데스크탑 쓰는 직원들 출장용으로 쓰는 거니까. 그건 왜?"

"별일 아니에요. 이유는 나중에 말씀드릴게요. 그럼 각 팀에 배정된 노트북을 다른 팀에서 사용하기도 하나요?"

"급한 경우에 서로 빌려 쓰는지는 모르겠지만 내가 알기론 그런 경우는 거의 없어."

"그렇군요. 그 정도면 됐어요. 고마워요. 차장님."

문 차장과 함께 다시 3층으로 올라온 오 차장은 해외지원팀 쪽을 슬쩍 쳐다봤다.

'저들 중에 내 메일을 훔쳐본 사람이 있다는 건가?'

골똘히 생각에 잠겨 있던 오 차장은 표 전무가 자신을 부른다는 얘기를 듣고 황급히 눈길을 거뒀다.

저녁 6:30, 남자 열댓 명이 호기롭게 떠들며 광주 태재고개 인근의 식당에 운집해 있었다. 역시나 문 차장은 참석하지 않았다. 술은 아니더라도 저녁이나 함께하자는 오 차장의 권유도 소용이 없었다.

자리에 앉자마자 방신희 부장의 건배 제안을 시작으로 술잔이 돌기 시작했다.

"우리 KM전자와 컴퓨터BG와 표병식 전무님의 건승을 위하여!"

"위하여!"

오 차장은 오랜만에 친정 부서 식구들과 마음 편히 술을 마실 참이었다. 함께 있을 때 고생스러웠지만 그래서 더욱 생각나는 사람들이었다. 초여름인 탓에 해가 떨어지지 않아 벌건 대낮이나 다름없는 시각, 몇 순배가 돌자 벌써 사람들의 얼굴이 벌겋게 달아올랐다.

1인분에 5만 원에 상당하는 최고급 등심이 쉴 새 없이 숯불 위에 올려졌다. 사람들은 자리를 바꿔가며 삼삼오오 서로의 고충을 늘어놓느라 시끌벅적했고, 빈 술병이 쌓여가는 속도는 점점 빨라졌다. 어느덧 표 전무의 식사 주문이 술자리의 마무리를 알렸다.

이윽고 식사가 나오자 표 전무가 누군가를 가리키며 박장대소를 터뜨렸다.

"야! 방신희, 이놈아. 너는 술 왕창 처먹고 나서 밥 나왔다고 기도를 하냐? 하하하. 하나님이 퍽이나 기뻐하시겠다."

성호를 그으며 눈을 감고 있던 방 부장은 주변에서 사람들이 웃어

대기 시작하자 기도를 포기해버리고 눈을 떴다. 일제히 웃음보가 터져나왔다. 오 차장도 오랜만에 배가 아플 정도로 마음껏 웃었다.

잠시 후 한참을 웃던 오 차장의 얼굴에서 일순간 웃음기가 싹 사라졌다. 그의 뇌리 속에 불현듯 어떤 숫자가 떠올랐다. 오늘 오후 내내 그의 마음 한구석에 불편하게 도사리고 있던 숫자. 그것은 오랜 세월 그의 기억 저편에 애써 묻어뒀던 네 자리 숫자였다.

"2064! 맞아. 성호! 그건 바로 십자가였어!"

오 차장은 자신도 모르게 외마디 비명을 질렀다. 그의 심장은 자신도 주체할 수 없을 만큼 요동치기 시작했다. 주변 사람들은 영문을 몰라 미친놈 보듯 그의 얼굴을 멀뚱히 바라볼 뿐이었다.

#16 의혹

월례 회의가 끝난 광주공장 사무동 3층에서는 목장을 탈출하는 양 떼들을 볼 수 있는 진풍경이 펼쳐지고 있었다. 표병식 전무를 비롯한 간부들이 모두 자리를 비운 날, 한 달에 한 번 발생하는 황금의 기회를 스스로 포기할 사람은 별로 없었다.

조용해진 사무실에서 양진우는 남들보다 조금 늦게 자리를 정리하며 멀리 문경원 차장의 모습을 확인했다. 예상대로 그는 모니터를 향해 꼼짝도 않고 앉아 있었다.

양진우가 문 차장 쪽으로 가까이 가보니 그는 누군가에게 전화를 걸고 있었다. 상대방이 계속 전화를 받지 않는지 그는 휴대폰을 내려놨다가, 다시 휴대폰을 귀에 대고 기다리다가, 마침내 포기했는지 책상 위에 던지듯 휴대폰을 내려놨다. 그제야 그는 누군가 곁에 와 있다는 사실을 알아차린 모양이었다.

"차장님, 누가 천하의 문 차장님 전화를 씹었나 봅니다. 집에 안 가세요? 우리 BG 일은 차장님이 혼자 다 하시는 거 같아요."

문 차장은 천천히 의자를 뒤로 돌려 사무적인 말투로 대꾸했다.

"집에 아직 안 갔구나? 응, 그냥 친구…. 근데 나한테 무슨 볼일 있어?"

"아뇨. 볼일은 무슨. 혼자 계시길래 한 번 와봤어요."

"잘됐다. 혹시 약속 없으면 저녁 먹고 갈래? 생각해보니 점심도 걸렀거든."

간단히 몇 가지를 묻고 가려 했던 양진우는 의외의 횡재를 만났다.

두 남자는 통근 버스를 타고 분당 서현역에서 내려 백화점 정문 근처의 허름한 중국집에 자리를 잡았다. 문 차장은 짬뽕밥을 그릇째 비웠고, 양진우는 탕수육 안주에 홀로 홀짝거린 고량주가 벌써 두 병을 넘어섰다.

"식사 다했으니까, 이제 물어봐도 된다."

짬뽕 그릇을 비운 문 차장이 쌍꺼풀 짙은 눈을 깜박거리며 말했다.

"아뇨. 전 그냥 차장님하고 저녁이나…."

문 차장은 씨익 웃으며 가방 손잡이를 잡으며 그렇다면 그냥 일어서겠다는 시늉을 보였다.

"차장님 눈치는 정말 못 당하겠네요. 알겠습니다. 그저께 저 오후 반차 내고 놀러 갔던 사건 말이에요. 들으셨는지 모르겠지만 방신희 부장님 때문에 딱 걸렸잖습니까."

"얘기는 들었어. 그게 뭐?"

"방 부장님이 그날 난리 치신 이유가 해외법인 상반기 결산자료 때문이다는데, 그것도 알고 계셨어요?"

"그건 몰랐어. 그런데 서론이 좀 기네."

문 차장이 약간 핀잔을 주며 본론을 재촉했다.

"제가 이번 결산보고 자료에 러시아법인 로컬 스크랩 내용을 언급했거든요. 상반기에 눈에 띄게 늘어나서 보고서에 몇 줄 넣은 것이 전부였어요. 이영표 대리가 러시아법인 담당인데 마침 출장 중이라 상세 분석은 못했고요. 근데 그걸 보시고 방 부장님이 그 난리를 쳤다는 겁니다. 뭔가 이상하지 않으세요?"

"…."

문 차장은 아무 대답 없이 양진우가 제기한 의문을 곰곰이 짚어 보는 표정이었다. 양진우가 때를 놓치지 않고 해설을 덧붙였다.

"한국 본사에서 자사 해외 판매법인으로 넘긴 제품에 결함이 있을 경우 RMA(본사로 반품하는 절차)를 하잖아요. 아시겠지만 그중에는 굳이 본사로 반품하지 않는 경우가 있죠. 예를 들면 결함 원인이 뻔해서 본사로 보내 수고롭게 테스트할 필요가 없고, 리워크(Rework)가 어려워 그냥 물류비 쓰느니 해외 현지에서 스크랩(Local Scrap)하는 경우 말입니다."

양진우의 교과서적인 설명을 듣던 문 차장이 천천히 고개를 끄덕이며 상대방의 의도를 알아차린 듯했다.

"음. 그러니까 네 말은, 러시아법인의 상반기 로컬 스크랩 급증이 표 전무님이 보시면 방 부장에게 곤란할 일이라는 말이군. 방 부장 님은 두 달 전까지만 해도 러시아법인 관리 담당으로 일했으니 그 일에 직간접적으로 관여했다고 보는 게 합리적일 테고. 선뜻 이해는 안 가지만 분명 이상한 구석이 있긴 하네."

문 차장은 매우 신중한 사람이었다. 그는 거의 명확해 보이는 일 도 100%가 아니라면 굳이 단정적으로 말하지 않았다. 그의 말에 고무된 양진우가 조금 더 깊이 들어갔다.

"그렇죠? 저도 원래 그럴 생각은 아니었지만, 더 들여다보지 않을 수가 없더군요. 최근 3개년 각 해외 판매법인 ERP 데이터를 모두 뽑 아봤어요. 유럽이나 미주 법인들은 로컬 스크랩이 거의 없다고 봐도 될 수준이더군요. 유독 러시아와 브라질법인만 매출 대비 약 1% 안 팎으로 매월 꾸준히 발생해왔어요. 그러다가 러시아법인에서 금년 상반기 특히 3월, 4월에 2%대로 쑥 올라간 겁니다."

가뜩이나 날카로운 문 차장의 눈매가 순간 매섭게 번득였다.

"그러니까 네 근본적인 의문은 왜 그 두 법인에서 유독 상대적으 로 많은 로컬 스크랩이 발생하느냐, 혹시 멀쩡한 제품들이 어디론가 빠져나가는 거 아니냐, 그거잖아?"

"맞아요. 그 두 법인만 그래요. 차장님이라면 혹시 이유를 알고 계 실 것 같았습니다만…"

양진우가 약간 흥분했는지 목소리의 톤을 높였다.

"글쎄다. 왠지 답을 알면서 내게 묻는 느낌인데."

문 차장의 시큰둥한 대답에 양진우는 실망한 기색을 감추며 다른 각도로 대화를 이어갔다.

"죄송합니다만 답을 알면서 물어볼 리는 없죠. 뭔가 구린 냄새가 나는 것 같은데 그림이 정리가 안 되는 겁니다. 게다가 의문이 또 있어요. 러시아와 브라질, 두 법인의 공통된 특징이 또 있더라구요."

"공통된 특징이라니?"

팔짱을 낀 문 차장이 양진우의 입에 주목했다. 양진우는 잠시 머뭇거리다 조심스레 입을 열었다.

"바로 이영표 대리가 담당한다는 공통점 말입니다. 그런 업무 분장을 정하신 분은 해외지원팀 조기룡 상무님이고요."

문 차장이 이마를 찌푸리며 속으로 생각을 정리하는 모습이었다. 그가 곧 진지한 얼굴로 입을 열었다.

"꽤 흥미로운 음모론이군. 하지만 섣불리 결론부터 내리지는 말자고. 그런데 말이야. 만일 네 추측대로 그 일이 누군가에 의해 의도적으로 일어나고 있다면 거기까지만 하는 게 좋겠다. 절대로 다른 사람들에게 얘기하지도 말고. 진심으로 네가 걱정돼서 하는 충고야. 그냥 자신에게 주어진 일을 충실히 하면 그뿐이야. 그게 회사라는 곳이니까."

문 차장에게서 지나치게 안주하는 기성세대의 모습을 봤는지, 양진우의 얼굴에 실망스러운 빛이 가득했다.

"선배님, 이건 회사의 재산이 누군가에 의해 비밀리에 사라지고 있다는…."

그는 입에 힘을 주며 발끈하려다가 말을 삼켜버렸다. 어차피 문 차장에게서 자신의 가설과 의견에 완전한 동의를 바란 것은 아니었

다. 자신의 의문이 터무니없지는 않다는 평가, 그 정도로 만족하기
로 했다.

양진우는 그날 아침 얼마 전 면접을 치렀던 회사로부터 불합격 통
보를 받았다. 만족스럽지 못했던 면접을 떠올리며 아쉽기도 했지만,
차라리 다행이라는 생각도 들었다. 해외법인들에 얽힌 의혹의 본질
을 파헤치라는 신의 계시일지 모른다는 생각이었다. 그 일은 어쩌면
입사 이래 처음으로 그의 심장을 뛰게 하는 첫 프로젝트였다.

잠시 어색한 침묵이 흘렀다. 문 차장이 갑자기 양진우 앞에 높인
술잔을 집어 들었다. 그는 고량주를 단숨에 들이켜고 탁 소리를 내
며 잔을 테이블에 내려놨다. 오랜만에 독한 술의 여파 때문인지 그
가 눈을 찡그렸다.

"어라? 차장님이 술을…."

너무 갑작스럽게 일어난 일이라 양진우가 미처 말릴 틈도 없었다.
그는 순간적으로 술잔을 내려놓는 문 차장의 셔츠 손목 부분이 까
맣게 얼룩져 있는 것을 발견했다.

#17 태경

오전 9:20, 오수경은 빈 회의실에 들어가 멍하니 창밖을 바라보고
있었다.

그의 머릿속에는 1994년 여름부터 1995년 봄까지의 빛바랜 영
상들이 떠다녔다. 오래전 그의 기억 속에서 가위로 오려낸 계절이었

다. 그의 낡은 사진 앨범에서도 통째로 사라진 기간이기도 했다.

그녀와 함께했던 사계절이었다. 젊은 날 첫사랑의 향기로 찾아들었고, 그의 가슴에 깊은 흉터를 남기고 떠난 그녀였다. 그는 마음의 서랍 가장 깊은 곳에 감춰뒀던 18년 전 그 시절을 오랜만에 더듬고 있었다.

때때로 고향 친구들과의 모임에서 그녀가 대학 졸업과 동시에 결혼했고, 어딘가 심한 병을 앓게 됐고, 치료를 위해 미국에 갔다가 아예 거기에 눌러산다고 들었다. 그녀의 소식을 들을 때마다 오수경은 귀를 막거나 애써 무관심한 척했다.

오수경의 기억이 틀림없다면, 전날 부재중 전화번호의 주인은 그녀일 가능성이 높았다. '2064'는 처음 만났을 때 그녀가 '십자가'를 연상하면 된다는 설명과 함께 건네줬던, 젊은 시절 그가 수없이 눌렀던 그녀의 집 전화번호 뒷자리였다. 그녀가 여전히 그 번호를 휴대폰 뒷자리 번호로 쓰고 있을 거라는 추측은 자연스러웠다.

'왜? 지금 와서 왜 내게? 또 전화가 올까? 혹시 어제 전화를 받지 않아서 포기한 것은 아닐까? 내가 한번 전화해볼까? 뭐라고 말을 해야 하지?'

그는 막상 그녀와 전화하게 되면 무슨 말을 해야 할지 이른 아침부터 머리가 아프도록 고민했다. 결국 문자라도 남기는 것이 좋겠다는 결론을 내렸다. 문자는 그런 경우에 꽤 편리한 수단이니까.

'혹시 어제 제게 전화하신 분인가요? 바빠서 못 받았습니다만.'

하루가 지나서 이런 문자는 좀 어색하다는 생각이 들었다. 그는 써놓은 문자를 지우고 좀 더 단도직입적으로 고쳤다.

'어제 전화를 받지 못해서요. 혹시 태경이···?'

활자화된 그녀의 이름이 낯설게 느껴졌다. 그는 잠깐 머뭇거리다 발신 버튼을 눌렀다. 하지만 몇 분을 기다려도 답신이 오지 않았다.

회의실에서 자리로 돌아온 지 30분이 지나도록 휴대폰은 조용하기만 했다.

'그녀가 아니었나? 하긴 우리나라에 2064를 쓰는 사람은 한두 명이 아닐 테니까.'

곤두섰던 신경이 누그러지면서 대신 허탈한 감정이 밀려왔다. 얼마 전 제주도 휴가지에서 그녀와 목소리가 비슷한 여자가 스쳐 지나간 기억이 떠올랐다. 어쩌면 그 이후로 그녀가 자신의 무의식 속에 들어와 있었던 것은 아닐까 생각이 들었다. 헛웃음이 나왔다. 바로 그때였다.

웨엥~.

요란스러운 진동과 함께 문자가 수신됐다. 오 차장의 손은 마음을 진정할 틈도 없이 휴대폰에 닿았다. 가슴이 두근거렸다. 발신자의 뒷자리 번호는 '2064'였다.

'내 번호를 알아보다니 여전히 영리하군. 갑자기 전화해서 놀랐지? 어찌 사는지 그냥 궁금해서리^^'.

누가 보면 18년 만에 연락하는 사람의 글이라고 생각하기 어려운 글귀였다. 오래전 생기발랄하던 그녀가 틀림없었다. 오수경의 입가에 환한 미소가 번졌다.

"무슨 좋은 일이라도 있나 봐? 뭘 그리 혼자 실실거려?"

그는 어느새 구자홍 부장이 근처에 다가온 줄도 모르고 있었다.

"아, 부장님. 오랜만에 친구 문자가. 별, 별거 아닙니다."

딱히 잘못한 일도 없는데 오 차장은 말까지 더듬었다. 쓸데없이 사무실 여기저기를 어슬렁거리는 구 부장이 그날따라 특히 거슬렸다. 오 차장은 그가 사라지자마자 꿈이 아니었을까 다시 한 번 문자를 확인해봤다. 그리고 그녀가 기다리지 않도록 서둘러 답장을 보냈다.

'태경이 맞구나. ㅎㅎ 반갑다. 나야 잘 지내지. 언제 시간되면 얼굴이나 한번 보자.'

만나자고 표현하기에는 18년의 터널이 너무 길었다는 생각에 '언제'라는 의례적인 단서를 달았다. 이번에는 곧바로 답이 왔다.

'내친김에 다음 주 월요일 저녁은 어때? 바쁜 척은 사절이다. 난 양재동 사니까 장소는 네가 정해라.'

만나도 될까? 18년이 흐른 뒤 그녀는 어떤 모습일까? 오 차장의 심장이 거세게 쿵쾅거렸다. 괜히 얼굴이나 보자고 한 것은 아닌지, 만나서 뭘 어쩌겠다는 건지 아주 잠시 후회도 들었다. 하지만 그의 머리는 벌써 어디서 만날지 장소를 검색하기 시작했다. 오랫동안 마음속에 품고 있었던 그녀에 대한 크고 작은 원망들은 이미 빠르게 녹아내리고 있었다.

#18 장마의 시작

오수경에게는 너무 길었던 주말이었다.

월요일 아침 그는 평소보다 10분 일찍 일어났다. 주말 동안 세탁을 마친 깔끔한 정장에, 평소 고위층 보고가 있는 날에만 착용하는 고급 넥타이를 꺼냈다. 그즈음 귀찮아서 사용하지 않던 헤어 젤도 발라봤다. 정수리 부근에 희끗희끗 드러나 있는 흰머리가 거슬려 몇 가닥 뽑다가 검은 머리카락까지 뽑아버렸다.

저녁 5:40, 그는 과감하게 자리를 정리했다. 오전에 인터넷 맛집 정보를 검색해 저녁 6:30으로 강남역 부근 일식집을 예약해뒀다.

그는 감색 상의를 구겨지지 않도록 조심스레 손에 들고 회사를 나섰다. 고위층을 자주 대하는 기획조정실 임직원들은 여름에도 정장을 착용해야 했다. 그는 우산을 잊지 않고 챙겨 나왔다. 밖에는 시원한 빗줄기가 내리고 있었다. 남쪽에서 머뭇거리던 장마전선이 다시 북상한 모양이었다.

빗줄기가 점점 거세져 오수경은 애초의 계획을 바꿔 강남역까지 지하철을 타기로 했다. 강남역 6번 출구로 나와 약간 걸어가다 오른쪽 골목으로 들어서자 예약해둔 일식집 간판이 보였다. 식당 입구에서 잠시 멈춘 오 차장은 마음과 옷매무새를 가다듬었다. 그녀를 만나서 처음 하려던 인사말이 도무지 기억나지 않았다. 종업원이 다가왔다.

"예약하셨습니까?"

"오수경 이름으로 예약했습니다만."

"그러시군요. 손님이 와 계십니다. 이쪽입니다."

그녀가 먼저 와 있었다. 오수경은 마른침을 크게 삼키고 종업원을 따라 미로처럼 생긴 좁은 복도를 지나쳐 갔다.

'난실'이라는 팻말이 붙은 방문이 천천히 열렸다. 미닫이문 틈으로 영화처럼 눈부시게 웃고 있는 그녀의 얼굴이 나타났다. 숨이 멎을 것 같았다. 그의 기억 속에 있던 젊은 시절 그대로의 그녀가 거기 앉아 있었다. 그녀는 약간 옅은 아이보리색의 민소매 티 차림이었다. 옛날과 달라진 점이 있다면, 약간 수척해진 얼굴과 차분하게 가라앉은 단발머리 정도였다.

"오랜만이다. 오수경."

그녀의 또랑또랑하고 장난기 섞인 목소리도 거의 변하지 않았다.

"먼저 왔네. 배고프지?"

어색하고 쑥스러운 나머지 오수경은 18년 만의 만남과는 어울리지 않는 첫인사를 꺼내고 말았다.

"너 만나면 어떻게 인사를 할까 고민하면서 앉아 있었어. 악수를 할까 아니면 허그를 할까. 갑자기 들어와서 아무것도 못했지 뭐야."

생글생글 미소 짓는 그녀 때문에 오수경은 도무지 정신을 차릴 틈이 없었다.

"어떻게 지냈어? 미국에 이민 갔다고 들었는데."

오수경의 질문에 그녀는 동문서답을 했다.

"나야 뭐 그럭저럭. 일하다 왔으니까 배고플 텐데. 식사부터 시킬까?"

오수경은 벨을 눌러 종업원을 호출했다. 그가 호기롭게 손가락으로 메뉴 상단을 가리키며 말했다.

"여기 이거 2개 주세요."

그녀는 테이블 위에 두 손으로 턱을 괴고 다시 반달 모양의 눈으로 오수경을 지긋이 올려다봤다.

"비싼 거 아니냐? 옛날에는 떡볶이도 벌벌 떨면서 사더니 많이 변했네."

태경의 계속되는 장난에 처음의 어색함은 눈처럼 녹아내렸다. 둘은 어느덧 18년의 세월을 거슬러 올라 예전의 그 모습으로 마주앉아 있었다.

"한국에는 잠깐 온 거야?"

첫 코스로 나온 전복죽을 뜨면서 오수경이 다시 물었다.

"아까 그 얘기하다 말았구나. 미국 얘기는 헛소문이야. 내가 조금 아프기도 했고, 바빠서 친구들한테 연락도 잘 못하고 두문불출하고 지냈더니 그런 소문이 났나 봐."

그때 오수경의 뇌리에 지난 제주도에서의 기억이 문득 떠올랐다.

"혹시 너 얼마 전에 제주도에 가지 않았어?"

"언제?"

태경은 시큰둥하게 되물었다.

"7월 초에. 거기서 너랑 비슷한 사람을 봤거든."

전복죽이 뜨거웠는지 태경은 대답 대신 기침을 했다. 그때 종업원이 두 번째 음식을 가지고 들어왔다.

식사 도중에 그녀가 큰 눈을 깜빡이며 호기심 많은 어린애 같은 표정으로 물었다.

"애는 몇이니? 너랑 닮았겠지?"

"이제 초등학교 들어간 아들 하나다. 넌?"

"난 애기가 없어. 물어볼까 봐 미리 말하자면 그냥 갖지 않았어."

그녀의 대답은 너무 간결해서 무성의한 느낌마저 들었다. 그녀가 또 물었다.

"너랑 사는 여자는 어떤 분이야?"

"그냥. 선봐서 만났어. 착하고 이해심 많고."

오수경 또한 그녀의 남편이 어떤 사람인지 궁금했지만 묻지 않기로 했다. 헛소문일 수도 있겠지만 오래전 고교 동창들에게서 대단한 부잣집 아들이라고 얼핏 들었던 기억을 떠올렸다. 그 당시 가슴에 치밀어 올랐던 이름 모를 감정을 다시 떠올리고 싶지 않았다.

서로의 해묵은 안부를 묻는 사이 테이블에 메인 코스가 올려졌다. 태경이 쌈을 싸더니 두 팔을 뻗어 오수경의 코앞에 내밀었다. 그는 잠시 머뭇거리다 피시식 웃으며 결국 손으로 그녀가 내민 쌈을 받았다. 그녀가 어색한 웃음을 지으며 말했다.

"그냥 친구로서의 호의인데. 무안하게시리."

"너에게 이런 자상한 면이 있는 줄 몰랐다. 날 버리고 갈 때는 언제고."

미안한 생각에 농담으로 응수했을 뿐이었다. 해맑게 웃기만 하던 그녀의 얼굴에 어두운 그림자가 슬쩍 스쳐갔다. 잠시 후 미소를 되찾은 그녀가 약간은 원망하는 말투로 나지막이 입을 열었다.

"말은 바로하자. 나를 버린 사람은 너였잖아. 몰라? 매일매일 만나자고 따라다닌 사람은 나였고, 네가 툭하면 헤어지자고 했을 때 매달린 사람도 나였고."

"마치 하나의 사건을 두고 서로 다른 시각으로 보는 두 사람의 영화 얘기 같구나."

고개를 갸우뚱하면서도 오수경은 쉽게 양보하지 않았다.

오수경이 대학에 입학한 1994년 봄 향우회인지 동창회인지 애매한 모임에서 그녀를 처음 만났다. 1993년도 대구 특정 지역의 고교 졸업자이면서 서울로 유학 온 대학생들의 모임이었다. 오수경은 대학 입시 재수를 했던 터라 1학년이었지만, 태경은 2학년이었다.

무리 중에 유난히 눈에 띄는 그녀였다. 투명한 얼굴 피부와 대조를 이루는 길고 윤기 흐르는 흑발, 웃을 때 초승달처럼 변하는 크고 아름다운 눈, 곧은 콧날 아래로 양쪽 끝부분이 살짝 올라간 듯한 가벼운 입술. 그리고 무엇보다도 굴곡이 뚜렷한 몸을 휘감은 보랏빛 원피스와 그 위에 가지런히 놓인 작은 손.

오수경이 그녀에게 눈길을 떼지 못했던 일은 어쩌면 당연했다. 나중에 알게 된 일이지만 그녀 또한 처음 만남에서 오수경에게 강렬한 무엇인가를 느꼈다고 했다. 서로에게 강렬한 느낌만을 가진 채 헤어졌던 그들은 그리 오래지 않아 다시 만나게 됐다. 그해 여름방학에 대구에 내려왔던 오수경이 귀경길에 찾은 버스 터미널에서 무거운 김치 통을 들고 표를 끊던 그녀와 마주쳤다. 그리고 그것이 그들의 시작이었다.

그 이후로 그들은 매일 만나다시피 했고, 헤어질 때마다 반드시 다음 약속을 미리 만들어놨다. 대학 시절 오수경의 학점이 가장 낮은 시기가 바로 그녀와 불같은 사랑에 빠졌던 1학년 2학기였다.

행복한 계절이 이어졌다. 하지만 그들의 만남은 그리 오래가지는 못했다. 가난한 고학생에 불과한 오수경에게 그녀는 과분하게 화려한 여대생이었다. 그는 태경이 자신과 어울리지 않는 다른 세계에 속한 사람이라는 생각을 끝내 떨치지 못했다. 사랑을 모르는 이기적인 남자는 늘 마음을 활짝 열지 못했고 자신이 혹시 받게 될지 모를 상처만을 염려했다. 그녀와 열정적인 키스를 나누면서도 그는 머릿속으로 불안한 이별의 그림자를 지우지 못했다.

1995년 5월, 오수경은 군에 입대했다. 자존심을 내세우던 자신의 옹졸함으로 인해 그녀와 다투는 일이 빈번해진 시점이기도 했다. 어차피 군대에 있는 동안 그녀가 떠날 거라 지레짐작한 그는, 이제 자신이 그녀를 놓아주리라는 그럴듯한 명분을 생각해냈다. 입대 전날 그는 일방적으로 이별을 통보했고, 다음날 홀로 논산행 버스에 올랐다.

제대하고 복학 준비로 대구와 서울을 오가던 즈음 그녀의 소식이 바람을 타고 날아왔다. 뜻밖에도 그녀가 결혼한다는 소식이었다. 오수경은 그날 하루 종일 걸었다. 그럴 줄 알았다고, 자신의 선택이 결국 옳지 않았냐고, 자신을 합리화하고 원망의 화살을 그녀에게 돌리면서 미친놈처럼 이름 모를 거리를 걸었다.

"2064, 옛날 너희 집 전화번호 맞지? 휴대폰에 아직 그 번호를 쓰더라."

오수경이 살며시 화제를 돌렸다.

"내가 좀 옛날 것에 집착하거든. 너도 그래서 생각났는지 몰라. 너도 옛날 남자니까."

오수경은 쓸쓸하게 웃었다. 과거형의 호칭에서 서운함을 느낀 자신이 조금 우습게 느껴졌다. 식사를 마치고 그가 물었다.

"늦었는데 이만 집에 가봐야 하는 거 아냐?"

오수경은 일찍 헤어지고 싶은 마음은 없었다. 그의 말은 어쩌면 그녀에게 시간이 더 있는지 확인하는 의미였다.

"9시도 안 됐는데 벌써 집 타령이야? 늦는다고 허락받고 왔으니까 내 걱정은 마라."

그녀의 대답에 오수경은 활짝 웃으며 계산서를 집어 들었다.

*

경기도 광주 KM공장의 시계가 오후 6:35을 가리키자, 성찬수는 슬그머니 가방을 챙겨 사무실을 빠져나왔다. 오후부터 내리기 시작한 비로 공장 단지 여러 곳에 물웅덩이가 생겼다. 사무실에서 우산을 가져오지 않은 일이 후회됐지만 그런대로 맞을 만했다.

그즈음 눈에 띄게 일찍 퇴근하는 자신에게 쏟아지는 눈총을 그도 모르는 바는 아니었다. 거사를 앞두고 평소와 다른 행동이 별로 유리하지 않다는 사실 또한 잘 알고 있었다. 하지만 그는 마음이 급했다. 치밀한 계획은 고사하더라도 아직 초기 단계에서 한 걸음도 나아가지 못했다.

지난 일주일 동안 그는 적합한 장소 물색에 여념이 없었다. 살인 계획도 한 편의 잘 쓰인 시나리오처럼 되려면 '장소', '방법', '시간'이라는 세 가지 요소가 잘 맞아떨어져야 했다.

막상 자신의 일이 되다 보니 살인 계획에도 이 요소들 중에 선후 순서가 있다는 것을 그는 깨달았다. 무엇보다도 '장소' 선정이 최우선이 돼야 했다. 인터넷이나 추리소설 속에 떠도는 완전범죄는 모두 특정한 장소와 상황이 전제된 경우가 많았다. 이를테면 어둠 속, 밀실, 외딴집, 인적이 드문, CCTV의 사각지대, 이런 수식어들이 보통 선호되는 살인의 무대였다. 장소와 상황이 정해지면 거기에 부합하는 최적의 방법을 생각하는 것이 순서였다. 성찬수는 어떠한 상황에서도 통용될 수 있는 일반적이고 완벽한 살인 방법이란 존재하지 않는다는 사실을 알게 되었다.

'표 전무로의 접근이 용이하고, 적당히 은밀할 뿐 아니라 나의 알리바이 조작이 가능한 장소. 과연 어디일까?'

그즈음 매일 밤 꿈속에서 그를 따라다니던, 그의 인생에서 가장 큰 숙제였다.

난관은 표 전무의 행동반경이 매우 제한적이라는 데 있었다. 표 전무는 가끔씩 외부 인사들과 저녁 약속을 잡는 것을 제외하고는 집과 회사만을 오가는 매우 단조로운 패턴을 보였다. 그나마 그가

주말마다 집 주변의 한강공원에서 조깅을 즐긴다는 것이 예외적인
이벤트였다.

그의 압구정 자택에 침입하는 것은 처음부터 고려 대상에서 제외
시켰다. 성찬수 자신에게 그럴 만한 용기도 없거니와 남의 집에 침입
할 수 있는 전문성도 없었다. 주말 오후 한강공원도 고려 대상에 넣
지 않기로 했다. 백주 대낮에 달리고 있는 그를 따라가다가 슬쩍 독
침을 놓는다든가 하는 것은 영화에서나 가능한 일이었다.

표 전무가 가장 많은 시간을 보내는 곳은 물론 회사였다. 하지만
보안 검색이 유별난 회사 내부도 적당한 장소는 아니었다. 공장 단지
곳곳의 CCTV는 물론이거니와, 사무실에서 은밀하게 그와 단둘이
있는 상황은 예측할 수 없다는 한계가 있었다.

성찬수는 분당 미금역 근처 PC방의 문을 열고 흡연석에 자리를
잡았다. 집이나 회사 PC의 검색어 기록이 범죄의 증거가 되는 사례
를 종종 TV에서 본 적이 있었다. 로그인은 절대 하지 않았다. 게다
가 PC방 또한 매번 새로운 곳을 찾는 치밀함도 그는 잊지 않았다.

그는 좀처럼 진전이 보이지 않는 '장소'에 대해서는 일단 접어두기
로 했다. 답이 막혀 있는 문제에 골몰하기보다는 차라리 다른 요소
들에 대해 대강의 초안을 만들어야겠다고 판단했다.

그는 먼저 '시간'에 대해서 잠정적인 결론을 내릴 수 있었다. 거사
시점은 뒤로 미룰수록 유리하다는 판단이었다. 최근 '10km 마라
톤' 행사에서 그가 겪었던 수모를 기억하는 사람이 적지 않았다. 가
까운 시일 내에 사건이 일어난다면 살인 동기 측면에서 자신이 용의

104

선상에 오르는 것은 불은 보듯 뻔했다.

어차피 치밀한 계획을 세우려면 한 달 이상의 시간이 필요했지만, 칼을 빼든 이상 마냥 늦출 수만도 없었다. 살인은 최소 2개월이 지난 시점이 적당해 보였다.

그다음으로 그는 '방법'에 대한 대원칙을 세웠다. 어떠한 장소하에서라도 피를 보는 방법은 가급적 피하고 싶었다. 흉기나 둔기를 사용할 담력이 부족하기도 하려니와 옥신각신 몸을 부대끼는 과정에서 현장에 증거물을 남길 가능성도 컸다.

성찬수는 처음부터 약물 사용을 긍정적으로 고려해왔다. 최종 살해 도구로서는 물론 상대방을 제압하는 목적으로 약물은 유용하리라는 생각이었다. 표 전무는 거구인 데다가 50대의 나이에도 젊은이 못지않은 체력을 자랑하는 인물이었다.

성찬수는 인터넷 검색창에 '마취제'와 '독극물'을 각각 검색해봤다. 금지된 약물을 구매할 수 있는 루트가 적지 않았다. 독극물은 아니더라도 마취제의 경우에는 접근이 너무 쉬웠다. 마이클 잭슨의 죽음에 사용됐다는 마취제, 1990년대 국내 유명 가수의 죽음에 쓰였다는 동물 마취제 등 종류도 다양했다. 마취제가 환각 목적으로도 사용된다는 사실은 처음 알게 되었다.

밤 8:30이 가까운 시각, 마취제 구입 루트까지 확인한 성찬수는 잠시 쉬기로 했다. 배도 고팠지만 담배가 더 급했다. 그는 담배를 피우면서 스마트폰으로 회사 메일을 체크하기 시작했다. 언젠가부터

할 일 없을 때마다 그의 습관이 돼버린 일이었다.

대여섯 통의 신규 메일이 와 있었다. 리스트의 맨 위에 문경원 차장이 발송한 따끈따끈한 메일이 눈에 띄었다. '2013년 경영계획 수립 가이드 및 컴퓨터BG 워크숍 일정 공지'라는 제목이었다.

매출 20% 증대, 고정성 경비 동결, 변동비 증가율 10% 이내 운영 등등.

상투적인 표현들이 나열돼 있는 메일의 말미에는 휴가철과 추석 연휴가 끝나고 경영지원본부에서 주관하는 워크숍을 예고하고 있었다.

'또 그 지긋지긋한 워크숍이구만. 가만있자. 어디라고 했지?'

성찬수는 눈을 부릅뜨고 이메일을 다시 천천히 읽어봤다. 메일을 읽는 도중 그의 머리가 놀라우리만치 고속으로 회전했다.

'그거야. 바로 연수원!'

그의 호흡이 점점 가빠졌다.

'이천 연수원은 오래된 건물이라 정문과 숙소 입구 말고는 CCTV가 없지. 한밤중에 표 전무의 방에 침입하는 건 어렵지 않을 거야. 잘만 하면 특별히 알리바이도 필요 없겠어. 워크숍에 참석한 모든 사람이 든든한 용의자 후보군이 돼줄 테니까.'

성찬수는 짐을 챙겨 PC방을 나왔다. 비는 어느덧 그쳐 있었다. 택시를 타고 집으로 향하는 그의 머리는 더욱 속도를 내어 구체적인 그림을 완성하고 있었다.

'9월 13일 밤 이천 연수원! 시간과 장소는 정해졌어. 이제 치밀하고 완벽하게 방법을 보완하는 일만 남은 거야. 피를 튀기지 않고 조용히 그를 보낼 수 있는 방법을 말이지.'

택시 안에서 그는 그해 여름이 인생에서 가장 바쁜 계절이 될 것임을 예감하며 이를 악물었다. 문득 백미러를 통해 운전사와 눈이 마주친 그는 황급히 입가에 미소를 머금었다.

*

오수경과 태경은 양재역 방향으로 도보로 5분쯤 걸어 회색 건물 앞에 이르렀다. 꼭대기층에 위치한 카페 내부는 월요일인데도 빈자리가 보이지 않을 정도로 손님들이 붐볐다. 입구에 서 있던 웨이터가 미안하다는 손짓과 함께 창가에 나란히 놓인 비좁은 자리밖에 없다고 말했다.

오수경은 발길을 돌리려고 했지만 태경은 오히려 함께 야경을 바라보기 좋다며 그를 붙잡았다.

창가에 두 잔의 붉은색 와인이 놓였다. 두 사람은 네온사인을 담아 보석처럼 반짝이는 잔을 말없이 내려다보고 있었다.

"우리 건배할까?"

어색한 기운을 날려보려고 오 차장이 뜬금없는 건배를 제안했다.

"무엇을 위해서? 이 나이에 젊음을 위해라고 하긴 좀 그렇잖아."

답을 구하는 학생의 눈빛으로 그녀는 오수경의 옆얼굴을 지그시 바라보며 물었다.

"뭐 그냥, 아무거나."

"여전히 싱겁기는…."

옆으로 마주한 두 사람의 사이로 반짝이는 잔이 경쾌한 소리를 내며 부딪쳤다.

3분의 1을 단숨에 마셔버린 오수경이 잔을 내려놓으며 물었다.

"집이 이 근처야? 대학 때도 양재동에서 자취했었잖아."

"그랬었지. 기억하고 있네? 그러고 보니 이 동네를 벗어나지 못하고 있구나. 역시 난 과거에 갇혀 사는 여자인가 봐. 나 좀 바보 같지?"

무심하게 말하고 멍하니 밖을 내다보는 태경의 눈망울에 알 수 없는 외로움이 묻어 나왔다. 카페로 자리를 옮긴 후로 그녀의 말수가 부쩍 줄었다. 어색한 침묵이 흘렀다.

"무슨 생각해? 말도 별로 없고."

오수경이 묻자 태경은 천천히 얼굴을 돌려 그의 눈동자를 그윽하게 바라봤다.

"아무 생각도. 네 체취를 맡고 있었어. 예전과 똑같은 너의 냄새. 잊지 않고 있었거든."

오수경의 얼굴이 자신도 모르게 조금씩 그녀에게로 다가갔다. 태경의 눈가에 작은 주름이 일렁거렸다. 그녀가 살며시 눈을 감았다. 둘은 시간을 거슬러 18년 전의 달콤한 입맞춤을 나누기 시작했다. 주변의 시선도 전혀 아랑곳하지 않은 채.

그 순간 오수경의 머릿속에는 운명 같은 예감이 메아리치고 있었다.

'이번에는 내가 다가가겠어. 이 짧은 인생에서 후회는 한 번이면 충분하니까.'

오수경은 잠시 얼굴을 들어 여전히 눈을 감은 그녀를 내려다봤다. 그리고 더 이상 참을 수 없다는 눈빛으로 격렬하게 그녀의 숨결을 빨아들였다. 그의 왼손은 그녀의 잘록한 허리를 힘껏 감싸 안고 있었다.

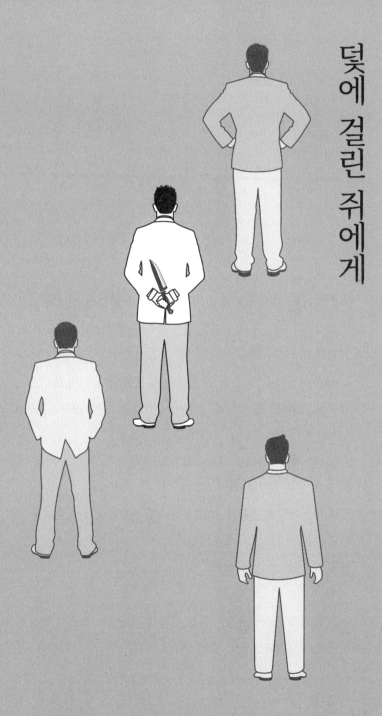

덫에 걸린 쥐에게

#19 그날

아침 7:05, 전날까지만 해도 청명하던 가을 하늘에는 낮게 먹구름이 드리워져 있었다. 오수경은 승용차 내비게이션에 경기도 이천에 위치한 KM전자 연수원을 입력했다. 트렁크에는 이미 워크숍 참관을 위해 하룻밤을 자고 올 짐을 던져 넣은 뒤였다. 가벼운 비즈니스 캐주얼 차림의 그는 아파트 5층에서 자신을 내려다보는 아들을 발견하고, 운전석의 창문을 열어 손을 흔들었다.

경부고속도로를 달리고 영동고속도로를 거쳐 이천 IC 근처에 다다른 오 차장은 시간을 확인해봤다. 어느덧 아침 8시. 그는 이어폰을 끼고 누군가에게 전화를 걸었다. 익숙한 연결음이 들려오는 동안 그의 얼굴에는 미소가 떠나지 않았다.

"통화 가능해? 잠은 잘 잤어?"

지난 두 달간 오수경에게는 많은 변화가 일어났다. 특별히 업무가 많은 날을 제외하고는 퇴근 후면 거의 그녀를 만나러 달려갔다. 전에는 홀가분한 기분으로 맞이했던 금요일이, 이제는 그녀와의 작별을 아쉬워하는 원망스러운 날로 변해버렸다.

무엇보다도 가장 근본적인 변화는 그의 일상 매 순간으로 그녀가 들어왔다는 사실이었다. 아침에 아파트 문을 나서면서 간밤에 그녀에게서 온 문자가 없는지 확인했고, 사무실에 도착해서는 안부 전화를 위해 그녀의 남편이 출근하는 아침 8시 이후를 살폈다.

허락되지 않은 행복에는 대가가 따르기 마련이었다. 회사에서 그녀와 수시로 문자를 보내고 전화를 하느라 자리를 비우는 경우가 부쩍 잦아졌다. 회사 업무에 전보다 소홀한 흔적들이 서서히 눈에 띄고 있었다. 상사의 질문에 제대로 대답을 못하는 경우가 생겨났고, 회의 준비를 완벽히 못해 민망한 장면이 연출된 적도 있었다.

집에서는 직장에서보다 더 심각한 상황이었다. 바쁜 일상 속에서도 그나마 가족을 기쁘게 해주던 소소한 노력들마저 시들해졌다. 아들의 숙제를 봐주는 일은 물론 주말에 청소를 돕는 횟수도 점점 줄어들었다. 아내와의 대화 수준은 기초적인 생사 확인 수준까지 퇴보했다. 무엇보다 큰 문제는 스스로의 불안하고 불편한 느낌, 말하자면 죄책감이었다. 5분 전까지 아파트 앞마당에서 그녀와 달콤한 통화를 나누다가, 집에 들어와 구두를 벗어 던지는 순간 남편과 아빠로 변신해야 하는 고통. 예전에는 경험해보지 못한 새로운 증상이었다.

'살얼음 위를 걷는 불편하고 부도덕한 행복이라….'

누가 뭐라 해도 상관없다고 그는 스스로를 다독였다. 자신과 그녀 사이에 작용하고 있는 운명의 자력만을 믿기로 했다. 18년 전보다 더 강해진 자석의 힘을.

"오늘 워크숍 가는 길이지? 오늘은 정말 못 본다고 생각하니까 더 그리워지네. 요즘은 나 혼자 있을 때도 네가 함께 있는 것처럼 느껴진다. TV를 봐도 너랑 보는 것 같은 착각이 들고. 어쨌든 일 잘해라. 바쁘겠지만 간간이 문자라도 주면 좋겠고."

이른 아침 잠결에서 완전히 벗어나지 못한 그녀의 목소리가 너무나 감미로웠다. 그립다는 그녀의 말이 그의 가슴을 방망이질 치게 했다.

오 차장의 흰색 승용차는 어느덧 'KM전자 연수원 200미터 전방'이라는 이정표가 보이는 곳에 다다랐다. 이정표가 서 있는 삼거리 모퉁이에 작은 구멍가게도 눈에 들어왔다. 그는 연수원 경비실 앞에서 잠시 정차해 창문을 통해 사원증을 보이고, 다시 약간 비탈진 언덕을 올라가 대강당 앞에 주차를 마쳤다. 30년 전에 지어져 군데군데 페인트가 벗겨진 푸른색 5층 건물이 그를 맞이하고 있었다.

초가을의 아침 공기가 하루가 다르게 선선한 느낌이었다. 검은 구름이 빠르게 이동하고 있는 하늘은 일기예보에서 말한 대로 비 소식을 예고하고 있었다.

*

성찬수 과장은 일찍부터 대강당 출입구 부근 맨 뒷자리에 앉아 100여 명의 북적거리는 인파를 관찰하고 있었다. 70여 명의 경영지원본부 4개팀 임직원 전원이 집결했고, 20여 명의 해외법인 관리 담당 주재원도 모두 참석했다. 그 밖에 R&D, 생산, 영업, 물류, 인사, 총무, 기획, 전산 등 컴퓨터BG 내 현업 부서장들의 낯익은 얼굴까지. 초대된 사람들은 전부 모인 듯했다.

성 과장은 시작 시간이 임박해서야 헐레벌떡 달려 들어온 그룹 기획조정실의 오수경 차장을 발견하고 반갑게 인사를 건넸다.

"오 차장님. 안녕하세요? 서울에서 오신 유일한 손님이시네요."

"아, 과장님. 제가 좀 늦어서요. 이따가 또 뵙죠."

오 차장은 본인의 자리가 어딘지 찾느라 눈도 마주치지 않고 황급히 지나쳐 갔다.

오전 8:30, 경영관리팀 이정석 상무가 연단에 올라가 마이크를 잡았다.

"지금부터 2013년 경영계획 지침 수립을 위한 컴퓨터BG 워크숍을 시작하겠습니다. 먼저 이번 워크숍의 개략적인 일정을 말씀드리겠습니다. 금일 오전 대강당에서 경영계획 가이드 기본안 발표에 이어, 오후에는 소회의실로 분산돼 부문별로 의견 조율과 토의가 예정돼 있습니다. 저녁 식사 후에는 연수원 식당에서 화합의 장이 마련돼 있고, 내일 오전에 부문별 토의 결과를 정리해 발표하는 것으로 마무리될 예정입니다."

당연히 다음날 오후 일정에 대해서는 언급이 없었다. 워크숍의 좋은 점 한 가지를 굳이 꼽자면, 마지막 날 이른 귀가가 허용된다는 사실이었다.

곧이어 표병식 전무의 허연 머리가 단상 위로 올라왔다. 몸살이라도 걸렸는지 그의 안색이 별로 좋지 않아 보였다. 그의 길지 않은 개회사와 함께 워크숍은 예년과 다름없이 평범한 시작을 알리고 있었다.

주최 측의 일방적인 분위기 속에서 오전 일정이 그럭저럭 지나갔다.

오후 12:03, 성 과장은 우민재 과장과 뛰다시피 하며 연수원 식당으로 달려갔다. 식당 입구에 이르자 갑자기 우 과장이 배를 움켜쥐고 인상을 찡그렸다.

"왜 그러세요?"

"죄송합니다. 먼저 들어가서 식사하세요. 전 급해서 안 되겠어요."

과민성대장염을 앓고 있는 그에게는 드물지 않은 일이었다. 그는 언젠가 퇴근길에도 같은 증상으로 통근 버스를 세우고 대로변에서 볼일을 본, 민망한 장면을 연출한 전력이 있었다. 우 과장이 뒤도 돌아보지 않고 화장실로 달려간 이후, 성 과장은 새로이 밥 친구를 물색하느라 스무 명이 넘는 사람들을 앞세워야 했다.

오후 6:04, 워크숍 첫날 일정은 이제 저녁 식사 자리만 남겨놓고 있었다.

"과장님. 마이크 들고 뛰어다니는 거 못할 짓이네요. 저 아까 자빠질 뻔했던 거 보셨습니까? 혹시 웃지는 않으셨겠죠?"

식당으로 몰려가는 길에 양진우가 성 과장의 옆으로 다가왔다. 그는 질의응답 시간에 마이크 전달 역할을 맡았었다.

"봤지. 왜 안 웃었겠냐? 오후에 해외법인 관리 담당들이랑 별일 없이 잘 마쳤겠지?"

"예산 안 깎이려고 모두 아쉬운 소리나 좀 해보려다 말던데요. 박 순주 차장님이 알아서 적당히 대처하셨고요."

식당 입구에는 우민재 과장이 먼저 와서 기다리고 있었다.

식당에는 4인용 테이블마다 전골 냄비가 올려져 있었다. 양진우 는 주변을 두리번거리며 누군가를 찾는 눈치였다.

"어서 전화해봐라. 홍 대리는 오다가 화장실 갔나 보다."

성 과장의 말에 양진우가 전화기를 꺼내 들었지만 이미 늦었다. 예기치 못한 불청객이 벌써 남은 한 자리를 향해 다가오고 있었다.

"어이. 여기 앉아도 되겠지?"

러시아법인 관리 담당 남경찬 차장이 특유의 거들먹거리는 목소 리로 물었다. 성 과장이 식당 입구 쪽을 보니 저 멀리 황급히 손짓을 하는 홍수진 대리의 모습이 보였다. 하지만 이미 손쓸 수 있는 타이 밍은 지났다.

"어서 오세요. 차장님. 대환영이죠."

활기찬 목소리로 남 차장을 응대한 사람은 양진우였다.

"스파씨바! 역시 진우 씨밖에 없네. 너 얼마 전에 모스크바로 나한 테 전화했었지?"

"네. 밖에 나가고 안 계시더라고요. 별일은 아니었어요."

"뭔데? 남자가 얘기 꺼냈으면 끝을 봐야지."

거만한 말투의 남 차장은 성 과장보다 두 살이나 어렸지만 차장 직급이었고, 두 달 전에 방신희 부장의 후임으로 모스크바 주재원 발령을 받았다. '싸움닭'이라는 그의 별명은 그가 현업 부서들을 얼마나 쑤시고 다녀서 상사들의 신임을 얻었는지 가늠하게 했다.

"하하. 진짜 별거 아닙니다. 평소에 러시아에 대해 궁금하던 게 하나 있었거든요. 나중에 따로 전화드리겠습니다."

"짜아식! 싱겁기는. 알았다."

불편한 사람과의 합석이 거사를 앞두고 평정심을 유지해야 하는 성 과장에게는 적지 않게 방해가 되고 있었다. 식사가 거의 마무리될 무렵 표 전무가 자리에서 일어나 테이블마다 돌아다니며 술잔을 교환하는 모습이 보였다.

밤 9:11, 이정석 상무의 인사를 마지막으로 첫날 일정이 모두 마무리됐다. 식당에서 진행된 공식 술자리 내내 성 과장은 평소와 다름없이 많은 술을 마셨다. 그러나 계획대로 30분마다 화장실에 들러 모두 토해내는 일 또한 잊지 않았다.

이제는 이천 시내 술집으로 빠져나가 부족한 주량을 채우거나 숙소에서 몰래 홀짝거리며 잡담을 나누는 무리로 갈라질 시간이었다. 연수원 내부로 주량 반입은 엄격히 제한돼 있기는 하나, 가방에 몰래 술을 숨겨와 방에서 마시는 일은 암묵적으로 행해지는 일이었다.

숙소동은 연수원 건물 뒤쪽에 위치한 4층 건물로 약 180명을 수용할 수 있는 규모였다. 각 층에는 중앙 계단을 중심으로 양쪽에 각각 10개씩의 방이 있고, 4층은 1인실, 2층과 3층은 2인실, 1층은 전부 4인실로 꾸며져 있었다. 임원과 팀장들은 4층의 1인실로 배정받고, 그 외의 직원들은 2층부터 3층까지의 2인실에서 묵게 됐다. 1층의 4인실은 숙박 인원이 많을 경우에만 운영됐는데, 다행히 그날은 컴퓨터BG의 워크숍 이외에 별다른 교육 프로그램이 없었다.

성 과장은 누구보다도 먼저 움직여야 했다. 그는 2층의 숙소로 곧장 들어와 베란다 문을 열었다. 베란다 난간에 기대어 담배를 피우며, 그는 숙소 앞마당을 지나 연수원 출입구 쪽으로 걸어 내려가는 무리들을 헤아렸다. 그들은 연수원 출입구 근처 삼거리에서 미리 예약한 택시를 타거나, 아니면 밤공기를 쐬며 20분 거리를 걸어갈 예정이었다.

시내로 빠져나간 사람은 70여 명이었다. 표 전무는 예상했던 대로 나가지 않았다. 그는 항상 1차에서 모든 에너지를 불사르고, 좀처럼 2차를 가는 경우가 없었다.

성 과장은 숙소 배정표를 사전에 챙기고 숙지해놨다. 표 전무는 4층 우측 끝에 위치한 401호로 배정됐고 왼쪽 옆 402호는 경영관리팀장인 이정석 상무가, 아래의 301호는 방신희 부장과 문경원 차장이 묵게 돼 있었다.

'이제 드디어 시작인가?'

성 과장은 담배 연기를 크게 한 번 들이마시고 베란다 문지방을 넘어 방으로 들어왔다. 룸메이트인 양진우는 벌써 샤워를 마치고 TV를 켜고 있었다.

"우리도 한잔 더 하자. 내가 준비해온 게 있거든."

"역시 과장님이 챙겨오셨군요. 무슨 술입니까?"

관심을 보이기는 했으나, 양진우는 의외로 달가워하는 눈치는 아니었다.

"팩소주 작은 것 4개 챙겨왔어. 얼마 안 되니까 아껴 먹어야 된다."

성 과장은 지난주 경영관리팀에 가서 숙소 배정표를 미리 확인해 봤다. 그리고 문경원 차장에게 적당히 둘러대어 같은 방에 배정된 차상준 대리를 양진우로 바꾸도록 부탁해놨다. 술고래나 다름없는 차 대리는 무조건 밖에 나가 연수원 출입 통제 시간까지 술을 퍼마실 녀석이었다. 반면 양진우는 부득이한 경우가 아니면 사람들과 부대끼는 것보다 조용히 방에서 홀짝거리는 것을 선호하는 편이었다.

양진우가 혹시라도 시내에 나가려고 하면 방에서 마시자고 꼬드기려 했는데, 그럴 필요도 없었다. 출발이 매우 순조로웠다.

"잔이 없으니까 그냥 하나씩 까서 마시자."

성 과장은 팩소주 2개를 개봉해 자신만 알아볼 수 있도록 표시된 팩을 양진우 앞에 놨다. 그에겐 미안한 일이지만 집에서 가져올 때부터 2개의 팩에만 수면제를 주입해놨다.

이런저런 얘기를 나누다 성 과장이 불쑥 물었다.

"중국 출장은 언제 가나?"

해외지원팀 직원들은 해외법인 경영계획 수립 시점에 직접 출장해 지원해야 했다.

"매출 계획 확정되면 바로 다음날 떠나야죠. 아마도 이달 말은 돼야 할 것 같은데요. 아 함."

그가 하품을 했다. 벌써 약효가 나타나는 모양이었다. 그때 양진우의 휴대폰 벨이 요란하게 울렸다. 그는 발신자를 확인하더니 성 과장의 눈치를 슬쩍 살피며 전화를 받았다.

"여기 우리 방인데요. 성 과장님하고 같이 있어요. 어디세요? 아, 잠깐만요. 과장님, 홍 대리님이 여기로 와도 되냐고 묻는데요?"

생각지도 못한 변수가 발생했다. 성 과장은 대답 대신 양진우의 휴대폰을 가로챘다.

"홍 대리. 오늘 시내 안 나갔던가? 여긴 금녀의 구역이야. 술도 다 떨어졌고. 그래, 미안하다. 낼 보자."

성 과장은 속으로 안도의 숨을 내쉬며 휴대폰을 주인에게 건네줬다.

"남은 거 빨리 해치우고 자자고. 내일 아침 먹으려면 7시에는 일어 나야 되니까."

그는 표시된 두 번째 팩을 양진우 앞으로 슬쩍 밀어 넣었다.

양진우를 재우는 데는 그리 오래 조바심을 낼 필요가 없었다. 두 번째 팩을 개봉한 지 얼마 지나지 않아, 그는 큰 머리를 좌우로 기울 이더니 흐트러진 자세로 뒤척이기 시작했다.

"오늘따라 왜 이리 졸리지? 소주 이거 옛날에 나온 독한 거 아니 에요? 과장님 아무래도 저 안 되겠어요. 잠이 너무 와서. 죄송한데 이거 내일 아침에 제가 치울게요."

도저히 못 참겠다는 얼굴로 그는 자신의 침대 속으로 기다시피 들어갔다.

'미안하다. 진우야. 잘 자거라.'

성 과장은 잠시 뜸을 들이며 짐을 정리하는 척하다가 양진우의 머리맡으로 다가갔다. 양진우가 나지막하게 코를 골며 깊은 잠으로 빠져든 것을 확인한 그는 천천히 복도로 향하는 문을 열었다.

밤 10:23, 2층 복도에 지나다니는 사람은 보이지 않았다. 희미한 복도 전등불 아래로 어느 방에서인지 간간이 사람들의 작은 말소리가 흘러나올 뿐이었다. 성 과장은 태연한 걸음걸이로 숙소동 앞마당까지 나왔다. 도심에서 멀리 떨어진 곳이지만 먹구름이 자욱한 하늘엔 별빛 하나 반짝이지 않았다.

그는 담뱃불을 붙이면서 천천히 숙소 방향을 관찰하기 시작했다. 401호의 불은 꺼져 있었다. 역시 예상한 대로였다. 저녁 행사 내내 표 전무는 적지 않은 술을 마셨다. 귀가가 필요 없는 홀가분함 때문인지, 어쩌면 하루 종일 불편해 보이는 그의 심기 때문인지 모르겠지만, 그는 그날따라 허리띠를 풀고 마셔 대는 모습이었다.

아직 여름의 열기가 완전히 가시지 않은 계절 탓인지, 401호의 베란다 문은 반쯤 열려 있었고 커튼도 반만 쳐져 있었다. 모기를 차단하기 위한 방충망만 굳게 닫혀 있을 뿐이었다. 401호뿐만 아니라 대부분의 방이 크게 다르지 않았다.

'너무 순조로워서 불안할 정도군. 침입 루트는 계획대로 베란다야.'

신원이 확인된 회사 사람들끼리 묵는 시설이라는 특성과 초가을이라는 계절적 특성이 결합돼 나타나는 연수원 숙소의 개방성. 성 과장은 이를 사전에 계산에 넣어뒀다. 물론 눈으로 확인할 목적으로 지난달 군이 직무 교육을 신청해 연수원을 다녀갔었다.

표 전무의 옆방인 402호는 불이 꺼져 있었다. 그 방의 주인인 이정석 상무가 아까 시내로 나가는 모습을 이미 확인했다. 아래층인

301호에서는 매우 희미한 불빛이 흘러나오고 있다. 방신희 부장이 시내로 나갔으니, 문경원 차장이 홀로 방을 지키고 있는 모양이었다. 건강 때문에 금주 중인 그가 방에 처박혀 있으리라는 것 또한 쉬운 예상이었다.

무대 점검을 마친 성 과장은 다시 자신의 방으로 돌아가려고 담뱃불을 바닥에 던지고 발로 비볐다. 그때였다. 401호에서 순간적으로 번쩍하는 불빛이 나타났다 사라졌다. 한 1초 정도나 됐을까? 아주 짧은 섬광과도 같은 불빛이었다.

'표 전무가 아직 안 자나? 그렇다면 이건 큰일인데!'

성 과장은 불안에 휩싸여 다른 움직임은 없는지 조금 더 지켜보기로 했다. 또 한 대의 담뱃불이 그의 코끝에서 타올랐다.

'뭐였을까? 표 전무는 담배를 피우지 않으니, 라이터 불도 아니겠고.'

10분 정도가 흘렀을까? 401호에는 적막한 어둠만이 흐를 뿐 별다른 변화가 보이지 않았다.

'혹시 잠깐 깨서 화장실에 다녀온 건 아닐까? 그러고 보니 화장실 문을 열 때 비친 불빛 같기도 했어.'

어느덧 10:45, 더 이상 지체할 시간이 없다고 판단한 그는 피우던 담배를 바닥에 던졌다.

방으로 돌아온 성 과장은 옷장 문을 열었다. 양진우의 코 고는 소리가 매우 규칙적으로 들려오고 있었다. 그는 집에서 가져온 배낭의 지퍼를 열고 그 속에서 또 하나의 작은 배낭을 꺼내 등에 둘러멨다. 방문 앞에 놓인 숙소용 슬리퍼를 신은 그는 머리를 내밀어 복도를 조심스레 내다봤다.

길게 심호흡을 내뿜은 성 과장은 빠른 걸음으로 계단을 올랐다. 2층에서 3층, 3층에서 4층, 4층에서 옥상으로 향하는 쪽문으로 빠져나가, 401호 바로 위의 옥상 난간까지 도달하는 데 걸린 시간은 채 2분도 되지 않았다.

밤 10:56, 연수원 출입이 통제되는 12시 데드라인에 맞춰 대략 1시간 후면 사람들이 대거 몰려올 시간이었다. 뒷정리에 소요되는 시간까지 감안해 11:30분까지는 작업을 마쳐야 했다. 이제 그에게 주어진 시간은 30분 정도. 미리 시뮬레이션을 마친 작업 리드 타임이 20분 정도임을 감안하면, 시간은 충분하지도 않지만 그리 부족하지도 않았다.

성 과장은 배낭 속에서 모자를 꺼내 머리카락을 단단히 고정하고, 목장갑을 양손에 끼고 슬리퍼를 벗었다. 족적을 남기지 않기 위해 양말 바람으로 침입할 계획이었다. 그는 배낭에서 미리 고리 매듭을 지어놓은 부드러운 소재의 밧줄을 꺼냈다. 이것을 옥상 난간에 매면 아래 베란다로 사뿐히 내려앉을 수 있었다.

옥상 철제 난간에 밧줄을 고정시키고 아래를 살피던 성 과장은 황급히 허리를 숙여야 했다.

'마당에 누군가 있다!'

이마에 식은땀이 흘러내렸다. 그는 마음을 진정시키고 나서 슬며시 다시 고개를 내밀어봤다. 어깨까지 내려온 단발머리를 흔들고 있는 트레이닝복 차림의 여자였다.

'홍 대리잖아. 이런 망할!'

가로등 불빛에 비친 실루엣은 한눈에 봐도 홍수진 대리였다. 그녀는 이어폰을 꽂은 채 숙소 앞마당 벤치에 앉아 음악을 듣고 있는 듯했다.

'저 친구가 왜 저기에. 대체 언제 들어가려는 거지? 제발 들어가다오. 제발.'

성 과장의 목이 바짝바짝 타들어갔다. 벌써 2번씩이나 자신의 가슴을 철렁하게 만든 그녀를 향해 은근한 적개심마저 피어올랐다.

'11시 15분이 마지노선이다. 저 우라질 홍 대리가 그때까지 사라지지 않으면….'

연신 마른침을 삼키는 성 과장의 시선이 손목시계와 아래쪽을 바쁘게 오르내렸다.

시계는 결국 11:15를 가리키고 말았다. 게다가 그녀는 한술 더 떠서 흥겨운 음악이라도 듣고 있는지 고개를 좌우로 흔들며 리듬을 타고 있었다.

성 과장은 이를 악물고 옥상 난간의 밧줄을 풀었다. 그리고 뒤도 돌아보지 않고 옥상에서 2층 숙소로 달려 내려왔다.

양진우의 코 고는 소리가 복도까지 울려 퍼지고 있었다. 방문을 열고 들어온 성 과장은 배낭을 맨 채로 침대에 털썩 드러누웠다.

'차라리 잘된 일인지도 모른다.'

어찌된 일인지 실패했다는 좌절감이 아니라 알 수 없는 안도감이 밀려왔다. 지난 두 달여 동안 유일한 진통제였고 동시에 무겁게 마음을 짓누르는 돌덩이였던, 얼음처럼 단단하고 차갑던 살의가 서서히 녹아내리고 있었다.

'어쩌면 홍 대리에게 감사해야 할지도 모르지. 살인자가 되지 말라는 신의 계시라고 생각하자.'

불현듯 아내와 딸의 모습이 떠올랐다. 뜬금없이 눈가에 물기가 고였다. 언젠가 놀러 갔던 월정사 입구에서 작은 막대기를 들고 천진난만하게 오솔길을 뛰어다니는 딸아이와 그 뒤에서 행복한 웃음을 짓고 서 있던 아내의 얼굴. 안구에 가득 고인 물방울에 그들의 모습이 클로즈업됐다가 갑자기 툭하고 터져버렸다.

잠시 뒤 성 과장은 조용히 일어나 배낭을 책상 위에 아무렇게나 던져놓고 양말을 벗어 책상 아래 밀어놨다. 샤워도 하지 않을 생각이었다. 그는 일단 침대로 기어 들어가 모든 것을 잊고 잠들기로 했다.

이삼십 분 정도 뒤척이다 보니, 사람들의 취기 어린 목소리가 복도에서 들려왔다. 그리고 방문들이 여닫히는 소리, 복도에서 슬리퍼를 질질 끄는 소리들이 간간이 들려왔다. 새벽 1시가 되도록 성 과장은 뜬눈으로 이리저리 몸을 뒤척이고 있었다.

성 과장이 벌건 눈으로 휴대폰 버튼을 눌러 확인한 시각은 새벽 1:22, 주변은 이제 쥐 죽은 듯 잠잠했다. 고개를 살짝 들어보니 책상 위에 던져놓은 배낭이 눈에 들어왔다.

'모두 잠든 시간이야. 이런 기회는 흔치 않지. 고난의 현실은 하나도 변하지 않은 채 너를 기다리고 있잖아. 진우는 여전히 곯아떨어져 있어. 아직도 늦지 않았다고!'

'버틸 만큼 버티다가 안 되면 차라리 회사를 관두는 거야. 딸을 생각해서라도 살인자 아빠가 될 수는 없어. 남의 피를 손에 묻히면서까지 얻을 수 있는 행복이란 애초에 없는 거야!'

갈등하던 성 과장은 침대에서 벌떡 일어섰다. 그리고 책상 위의 가방을 둘러메고 다시 모자를 썼다. 운동화를 신고 거침없이 복도로 나온 그는 저벅저벅 1층 현관으로 내려갔다. 그러나 그가 향한 곳은 옥상이 아니라 숙소동 뒤편의 산책로였다. 그는 내면을 갈등을 피하기 위해 살인 준비물들을 아예 없애버리기로 했다.

성 과장은 산책로 중간 부근에 조그만 소각장에 다다랐다. 주로 산책로 주변의 낙엽이나 잡쓰레기를 소각하는 용도로 만든 소규모 소각장이었다. 원래는 표 전무를 죽이고 나서 증거를 인멸할 장소로 미리 봐둔 곳이기도 했다.

그는 가방에서 면장갑과 밧줄을 꺼내 라이터로 불을 붙였다. 면장갑에 금세 불길이 번졌다. 활활 타오르는 면장갑 위로 그는 1회용 주사기와 유리 앰플을 올려놨다. 잠시 후 탁탁하면서 유리병이 터지는 소리가 났다. 그것은 마취제였다. 표 전무의 방에 침입하자마자 잠들어 있는 그의 팔뚝에 주입할 계획이었다. 소음 없이 대상을 제압하려는 목적이었지만 앰플 속에 든 전량을 사용한다면 그 자체만으로도 사망에 이르게 할 수도 있었다. 당초 그의 계획은 주사액을 모두 주입하고 장갑을 낀 손으로 표 전무의 목을 조른 후, 마지막으로 숨을 쉬지 않는 그를 최종 확인하는 것이었다.

성 과장은 빈 배낭을 메고 터벅터벅 다시 방으로 돌아왔다.
침대에 눕자마자 반쯤 열어놓은 창문 사이로 굵은 빗소리가 들려왔다. 메마른 살기로 가득 차 있었던 그의 마음을 씻어주는 단비였다. 그는 정말로 깊은 잠에 빠져들었다.

#20 다음날

비-익. 비-익. 비-익.
아침 7시를 알리는 휴대폰의 알람음에 양진우는 가까스로 눈을 떴다. 그는 벌떡 일어나 멍한 상태로 주위를 둘러봤다. 왼쪽으로 돌아보니 벽면을 향해 얼굴을 묻고 잠들어 있는 성찬수 과장이 보였다. 방바닥에는 어젯밤 마신 술자리의 흔적이 말끔히 치워져 있었다. 머리가 지끈지끈 욱신거려왔다.
"과장님, 아침 안 드실 거예요? 일어나세요."
양진우는 성 과장에게 다가가 우악스럽게 흔들어 깨웠다.
"먹어야지. 먹어야 살지."
성 과장은 눈을 찡긋하며 기지개를 켰다. 몹시 눈이 충혈된 것으로 보아 숙면을 취하진 못한 것 같았다.
"과장님이 벌써 다 치웠네요? 근데 어제 우리 많이 마셨나 봐요.

머리가 왜 이리 아프지? 섞어 마시지도 않았는데. 과장님 술에 혹시 뭐라도 탄 거 아닙니까?"

잠기운이 가득한 목소리로 양진우가 농담을 던졌다.

"그래, 이놈아. 자다가 너 덮치려고 약 좀 탔다. 씻고 밥 먹으러 갈래, 아님 아침 먹고 다시 올까?"

"왔다 갔다 하기도 귀찮은데 다 준비하고 나가죠. 과장님 먼저 씻으세요."

성 과장은 옷을 훌훌 벗어 던지고 비틀거리며 샤워실로 들어갔다. 샤워실 문이 닫히는 소리를 확인한 양진우는 침대 머리맡에 놓인 휴대폰을 집어 들었다. 밤새 여러 통의 문자와 부재중 전화가 들어와 있었다. 발신자는 오직 한 사람이었다.

"진우야, 수건 남는 거 좀 없냐?"

갑자기 샤워실 문이 덜컥 하고 열렸다. 그 바람에 답신 문자를 보내던 양진우는 깜짝 놀라 휴대폰을 바닥에 떨어뜨리고 말았다.

*

지난밤 대규모 전투를 벌인 여파로 강당 내부는 술집을 방불케 하는 냄새로 온통 뒤엉켜 있었다. 가을을 재촉하는 빗줄기는 아침 식사 무렵 더욱 굵어졌다가 거의 맞아도 될 만큼 잦아들었다.

아침 8:25, 오수경 차장은 워크숍이 끝나는 오후에 서울 본사로 돌아가야 할지 말지 갈등하고 있었다. 처음으로 태경과 낮부터 긴 시간을 함께 보낼 수 있는 절호의 기회였다. 그동안 그녀와의 데이트는 저녁 식사와 차 한잔이 고작이었다.

오 차장의 의사 결정은 그리 오래 걸리지 않았다. 그는 휴대폰에 짧은 메시지를 적어 발신 버튼을 눌렀다.

'오후에 시간 있어? 오늘 나 일찍 끝날 것 같은데.'

시계를 보니 어느덧 워크숍 시작 시간을 5분 넘긴 8:35이었다. 그러고 보니 아직 표 전무가 강당에 모습을 드러내지 않았다. 매사에 정확한 그로서 지각은 드문 일이었다. 오 차장은 문득 지난밤 방신희 부장의 술주정을 떠올렸다.

시내 감자탕 식당에서 잠시 바람을 쐬러 밖에 나온 오 차장을 붙들고, 방 부장은 표 전무님 기획조정실 영전이 물 건너갔다며 울상을 지었다. 그의 말에 따르면 워크숍 첫날 이른 아침 기획조정실 고위 임원들과 표 전무 사이에 조찬 미팅이 있었다. 거기서 표 전무의 영전에 대한 부정적인 의견들이 공식적으로 쏟아졌다는 것이었다.

'전무님의 상심이 많이 컸나 보군. 늦잠까지 주무시는 걸 보면.'

오 차장은 속으로 중얼거리면서 가슴 다른 구석으로는 사필귀정이란 단어를 떠올리고 있었다.

"안녕하십니까? 어젯밤은 잘 주무셨습니까? 컴퓨터BG 워크숍 2일 차 일정을 곧 시작할 예정이오니 정숙해주시기 바랍니다. 먼저 죄송하다는 말씀을 전해드립니다. 표 전무님께서 몸이 좀 불편하신 모양입니다. 잠시만 기다리시면 됩니다. 전무님 오시는 대로 바로 시작하도록 하겠습니다. 여러분께서는 돌아다니지 마시고, 자리에서 잠시 휴식을 취해주시기 바랍니다."

전날의 과음에도 불구하고 평소와 똑같은 2:8 가르마를 정갈하게 빗어 넘긴 이정석 상무의 안내 멘트였다. 하지만 그의 우려와 다르게 자리를 이탈해 돌아다니는 사람들은 없었다. 모두가 누렇게 뜬 얼굴로 무표정하게 앉아 있을 뿐이었다.

어느덧 휴대폰의 시계가 9:00를 가리켰다. 오 차장은 슬슬 걱정이 들기 시작했다. 표 전무의 몸 상태 때문이 아니었다. 이러다 전체 일정이 뒤로 밀려 모처럼 작심한 그녀와의 시간이 줄어들지 않을까 하는 걱정이었다. 게다가 아직까지 그녀의 답신이 없다는 사실도 은근히 신경이 쓰였다.

이런저런 생각에 잠겨 의자에 기댄 오 차장은 자신도 모르게 깜빡 잠이 들고 말았다.

그가 선잠에서 깨어난 것은 잠결에 주변이 몹시 소란스러워졌음을 느꼈을 때였다. 소요의 진원지를 찾아보니, 흐릿한 시야에 강당 입구에 서서 창백한 얼굴로 부들부들 떨고 있는 방신희 부장이 들어왔다. 오 차장은 본능적으로 뭔가 심상치 않은 일이 있어났음을 직감했다. 그가 자리에서 벌떡 일어나 방 부장 쪽으로 달려가려던 그 순간, 그의 휴대폰에서 진동이 울렸다.

'굿모닝! 미안해. 신랑이 늦게 출근하는 바람에. 네가 땡땡이치는 것만 아니라면 나야 좋지. 기다리고 있을게^^'.

*

"지금부터 제 말을 잘 들어주시기 바랍니다. 전무님께서 유고 상황입니다. 절대로 동요하시면 안 됩니다. 지금부터 무조건 제 지침에 따라 행동해주셔야 합니다. 이건 정말 비상사태입니다."

이정석 상무의 공식 발표에도 불구하고 사람들의 동요는 무너진 둑처럼 터져 나왔다.

"어쩌다가! 어떻게 돌아가신 거지? 어제 저녁 때만 해도 멀쩡하셨는데."

"어제 아침부터 표정이 안 좋으시던데. 혹시 자살하신 걸까?"

"언제 돌아가신 거야? 어젯밤이야, 아니면 오늘 아침이야?"

뒤쪽 구석에 앉은 성찬수 과장은 두근거리는 마음을 진정시키려 애쓰고 있었다. 옆에 앉은 양진우도 벌어진 입을 다물지 못하고 있었다.

"조용히 하세요. 이럴 때일수록 우리 KM의 저력을 발휘해야 됩니다. 지금부터 누구라도 외부와의 연락은 금지하겠습니다. 절대로 언론에 노출되지 않도록 주의해야 됩니다. 가족에게도 연락 못합니다. 지금부터 휴대폰을 수거하겠습니다. 한 사람도 빠짐없이 휴대폰 전원을 당장 끄고 앞에 연단 위에 올려놓으시기 바랍니다. 곧 시작될 경찰의 현장조사가 끝날 때까지, 여러분은 여기 대강당을 절대로 벗어나시면 안 됩니다. 특히 숙소동에는 절대 출입 금지입니다. 여러분 개인 짐들도 조사 대상이니까요. 화장실도 각 팀장 허락하에 둘

132

이상씩 다녀오세요. 현장조사가 끝나고 나면 여러분도 저도 모두 개별적으로 조사를 받게 될 것입니다. 경찰에게 전무님이나 회사에 대해 불필요한 얘기는 절대 입 밖에 내지 마시기 바랍니다. 그냥 이번 사건과 관련한 확인 질문에만 답하시면 됩니다. 현재는 우리 모두가 용의 선상에 올라 있는 겁니다. 정신들 바짝 차리세요."

이 상무의 설명이 끝나자마자 앞자리의 누군가가 손을 들고 질문을 던졌다.

"개인 짐도 조사 대상이라고요? 용의 선상은 또 무슨 말입니까? 설마 전무님이 타살이라도 당하셨다는 말입니까?"

그가 내뱉은 '타살'라는 단어에 사람들은 다시금 크게 술렁거렸다. 이 상무는 잠시 뜸을 들이고 나서 마이크에 입을 가져갔다.

"어차피 알게 될 테니 이 정도로만 말씀드리죠. 아까 경찰과 함께 현장에서 확인한 바로는 살해당하신 것 같습니다."

성 과장은 자신의 귀를 믿을 수가 없었다. 꿈을 꾸고 있다는 착각마저 들었다.

*

오수경 차장은 이 상무와 문 차장을 대동해 경찰이 임시 수사본부를 차린 연수원 소회의실의 문을 두드렸다. 분주하게 움직이는 대여섯 명의 경찰 중에서 짧고 희끗거리는 머리에 네모난 금테 안경을 쓴 사람이 밝게 웃으며 다가왔다.

"아이고, 이렇게 오시라고 해서 미안합니다. 다들 많이 놀라셨지요? 하하하. 걱정 마세요. 오래 걸리진 않을 겁니다. 어차피 치러야 될 절차라고 보시면 됩니다. 하하하."

몹시 가벼운 목소리를 가진 사람이었다. 목소리만큼이나 인상도 가벼워 보였다.

"내 정신 좀 보게. 미안합니다. 저는 안상식 경감입니다. KM에서 이런 일이 발생한 건 내가 경찰에 있으면서 처음 봅니다. 근데 현장이 좀 알쏭달쏭한 것은 사실입니다. 그건 뭐 조사해보면 다 풀리게 돼 있습니다만."

오 차장과 문 차장은 안 경감에게 명함을 건네주고 맞은편 자리에 앉았다.

"아까 1차적으로 이 상무님으로부터 어제 일정에 대해 개략적으로 들었습니다. 대충 밤 9시까지 전원 식당에 계셨고, 그 후로 전무님은 숙소로 들어오셨다는 거죠. 식당에서 나온 대부분 직원분들은 시내에 나가 약주를 드셨고, 일부는 숙소에 남아 계셨고. 맞죠? 밖에서 약주 드신 분들은 모두 밤 12시쯤 연수원으로 복귀했다. 대강 이런 거였죠?"

그는 자신의 말이 맞는지 확인하려는 의도로 중간에 말을 멈추고 이 상무의 눈을 빤히 들여다봤다.

"네. 맞습니다."

"계속하겠습니다. 정확한 사망 시간은 정밀 부검 결과가 나와야 하겠지만, 현장 검시 1차 결과로는 대략 10시 전후라고 합니다. 사인은 얼굴을 덮은 비닐봉지로 보아 당장은 질식사로 보고 있지만, 정확한 것은 역시 부검 결과를 봐야 하겠고요. 자아, 그러니까 그런 거는 우리 경찰 일이고, 세 분을 오시라 한 이유는 용의자 범위를 좀 좁혀볼 필요성 때문입니다. 당장이라도 일하셔야 할 분들을 전부 붙잡아둘 수도 없는 일이고 해서요. 상무님께는 아까 말씀드렸죠? 어젯밤 10시쯤 연수원 내에 있었던 사람들 명단 말입니다. 안타깝게도 그분들은 오늘 당장은 귀가하기 어려울 것 같습니다."

장사꾼 같던 안 경감의 말투와 표정이 어느새 단호해졌다.

"준비해왔습니다. 일일이 확인하고 대조했으니까 틀림없을 겁니다."

이 상무가 문 차장에게 눈으로 신호를 보냈다. 문 차장은 A4 한 장에 정리한 명단을 안 경감 앞에 내놨다.

전날 밤 연수원에서 숙박한 사람들은 총 105명이었다. 표 전무를 포함해 컴퓨터BG 인력이 102명이었고, 그 밖에 입구 경비 요원 2명, 건물 관리 당직자 1명이 더 있었다. 컴퓨터BG 102명 중에서 공식 일정 이후에 시내에 나가지 않은 사람은 총 28명이었다. 물론 죽은 표 전무를 제외한 숫자였다.

"감사합니다. 참고하겠습니다. 생각보다 술을 안 좋아하시는 분이 좀 많군요. 더 나가서 즐기셨더라면 우리도 편하고 좋았을 텐데요. 그죠?"

28명의 명단을 훑어본 안 경감이 안경 너머로 눈알을 굴리다가 다시 말을 이었다.

"혹시 어제 표 전무님을 마지막으로 본 사람이 누군지 알 수 있을까요?"

오 차장은 물끄러미 이 상무와 문 차장의 눈치를 살폈다. 그는 전날 밤 숙소에 들르지도 않고 바로 시내로 나갔기 때문에 자신은 해당사항이 없다고 생각했다. 잠시 머뭇거리던 이 상무가 헛기침을 하며 대답했다.

"글쎄요. 제가 마지막으로 뵀을 수도 있겠습니다. 어제 저녁 술자리가 파하고 제가 전무님을 모시고 숙소로 올라왔으니까요. 전무님이 방에 들어가시는 것을 확인하고 나서 저도 시내로 나갔습니다."

"그렇군요. 혹시 전무님이 방에 들어가실 때 이상한 점은 없었습니까?"

"술이 좀 과하셨을 뿐이지, 별로 이상한 점은 느끼지 못했습니다. 그냥 저에게 손짓으로 그만 됐다, 가봐라 말씀하시고 들어가셨습니다."

안 경감은 고개를 끄덕끄덕하다가 갑자기 생각난 듯이 또 캐물었다.

"아 참, 숙소 방문은 어떤 식으로 관리되고 있습니까?"

이번에는 문 차장이 나서서 대답했다.

"방마다 열쇠를 제공합니다. 어제 아침에 방마다 한 개씩 지급해 워크숍 시작 전에 개인 짐을 다 풀도록 했습니다. 회사 직원들만 사용하는 시설이지만 개인 물품이 있다 보니 대부분 문을 잠그고 다닙니다. 하지만 밤에 문을 열고 자는 사람도 더러는 있습니다. 안전한 곳이니까요."

'안전한 곳'이라는 말이 무색하게 들렸는지, 경감이 실실 웃으며 이 상무에게로 시선을 돌려 물었다.

"전무님은 어떻게 하셨는지 혹시 기억나십니까?"

"열쇠로 문을 열고 들어가셨습니다. 술이 과하셔서 제가 문 여는 것을 도와드렸으니까 그건 확실합니다. 하지만 들어가신 다음에 문을 잠그고 주무셨는지는 저도 잘 모르겠습니다."

안 경감은 만족하는지 불만족스러운지 알 수 없는 표정으로 연신 고개만 끄덕였다.

"됐습니다. 그럼 이제 도난품에 대해서도 얘기해볼까요? 사건 현장을 조사하다 보니 전무님 방 책상 위에 노트북이 놓여 있더군요. 그런데 켜보니 하드디스크가 없다고 나왔답니다. 원래 그런 상태였을 리는 없고 혹시 자초지종을 알고 계신 분 없습니까?"

'하드디스크라고?'

오 차장은 소스라치게 놀라며 눈을 치켜떴다. 단순한 살인 사건이 아니라는 현실을 그는 깨닫기 시작했다. 모두가 서로의 얼굴만 쳐다보며 무슨 영문인지 몰라 당황하던 그 순간, 그나마 정신을 차리고 제대로 대응한 사람은 이 상무였다.

"그건 저희도 몰랐습니다. 그보다도 그 일은 나중에 별도로 다루면 좋겠습니다. 원래 그랬는지 아닌지는 저희도 사실을 파악해야 하고요. 저희는 직원들 동요가 커서 이제 가봐야 될 것 같습니다. 점심 식사도 해결해줘야 되고 또…."

서둘러 자리를 피하려는 이 상무의 의도를 눈치챘는지 경감은 다시 약장수의 표정으로 돌아와 고개를 끄덕거렸다.

"알겠습니다. 이 정도면 일단 됐습니다. 일단 직원분들 모여 계신 곳으로 돌아가주시고 또 필요한 사항 있으면 상무님께 연락드리겠습니다. 곧 점심시간이지요? 점심 드시고 난 후에 이 명단에 있는 28명은 먼저 개별 조사에 들어가겠습니다. 물론 나머지 분들도 제 허락 없이는 귀가시키지 마십시오. 참고로 개인 짐 조사가 생각보다 시간이 많이 걸리고 있습니다. 미리 양해를 구합니다."

오 차장과 일행이 일어나 문을 열고 나오려는 순간, 뒤에서 안 경감의 목소리가 다시 들려왔다. 뒤돌아보니 그는 아까 건네준 28명의 명단을 흔들고 있었다.

"문경원 차장님이라고 하셨나요? 차장님도 어젯밤 숙소에 있었군요."

"네. 저는 건강 때문에 술을 못 마십니다."

"저런, 그렇군요. 그럼 방에서 뭐하고 계셨습니까? 물론 누구랑 같이 계셨겠죠?"

"혼자였습니다. 컴퓨터로 작업을 좀 하고 있었습니다."

오른손으로 턱을 감싼 안 경감의 눈초리가 다시금 매서워졌다.

"알겠습니다. 문 차장님은 이따 오후에 또 뵙게 될 테니까 여기서는 이만하지요."

3명은 무거운 표정으로 소회의실 밖으로 나왔다. 오 차장은 나오자마자 크게 한숨을 쉬며 문 차장에게 다그쳤다.

"술 못 먹는 건 알지만 어제 같이 나가서 얘기라도 나누자 했잖아요? 내 말만 들었어도…"

눈알을 부라리는 오 차장을 바라보며 문 차장은 목을 움츠리며 멋쩍은 웃음을 지었다.

*

강당 안은 예정에 없던 햄버거 냄새로 가득 차 있었다. 식당으로의 출입도 허용되지 않아 외부에서 조달된 점심이었다. 성찬수 과장은 콜라를 마시면서 주변의 상황을 예의 주시하고 있었다.

아침에 표 전무의 죽음을 알게 된 직후, 그에게는 행여 자신이 용의자가 되지는 않을까 걱정 아닌 걱정이 엄습했다. 그는 제 발이 저린 도둑의 심정으로 전날 밤 자신이 혹시라도 떨어뜨렸을 깃털이라도 없었을까 되짚어봤다. 그리고 그는 일단은 안심해도 되겠다는 결론에 도달할 수 있었다.

먼저 양진우는 잠에 빠진 직후 자신이 밖에 다녀온 사실 자체를 아무도 알 리 없었다. 곧바로 잠을 잤다고 알리바이를 대도 절대 무리가 아니었다. 그가 기억하는 한, 시내에 나갔던 사람들이 돌아오기 전까지 자신과 숙소 밖에서 서로 마주친 사람은 아무도 없었다.

문제는 새벽에 흔들리는 마음을 정리하기 위해 숲속 산책로에서 물건들을 태운 흔적이었다. 밧줄, 목장갑, 주사기, 마취제 앰플. 모두 평범하게 넘길 수 있는 물건들은 아니었다. 원래 범행을 저질렀을 경우 계획된 일이었고 방에 보관했더라면 더 곤란했겠지만, 간밤에 내린 비가 영 신경을 건드렸다.

'문제될 일은 없어. 분명 타다 남았을 테지만 그것들을 내가 버렸는지 누가 알겠어? 아침까지 시원하게 내린 비로 산책로에 행여 남겨졌을 발자국은 흔적도 없이 사라졌을 테고.'

더군다나 표 전무는 비닐봉지를 뒤집어쓴 채 질식사했다고 사람들이 수군거리는 소리를 들었다. 최악의 경우에 소각장에 버린 물건들이 발견되고, 그것들이 자신의 물건이라 밝혀진다 한들 실제 사건과는 무관한 소품들이었다.

성 과장은 차츰 마음의 평정을 찾아가고 있었다. 망자에게는 미안한 일이지만, 어쩌면 본인이 직접 위험을 감수하지 않고도 소기의 목적을 달성했다는 얄팍한 계산이 그의 머릿속에서 꿈틀거리기 시작했다.

"그나저나 저는 어젯밤 안 하던 짓을 해서 운이 좋았습니다. 방에 계셨던 분들에게는 미안하지만 말입니다."

우민재 과장이 햄버거 한 개를 벌써 해치우고 여벌로 주문한 햄버거의 포장을 뜯으며 말했다. 그는 전날 밤 평소와 다르게 룸메이트인 차상준 대리에게 억지로 이끌려 시내로 나갔었다. 성 과장은 우 과장의 말을 듣고 속으로 웃음을 삼켰다.

'그게 다 내 덕분입니다.'

사전에 룸메이트를 바꿔친 사람이 바로 자신이기 때문이다.

"그러게요. 불행 중 다행입니다. 저와 진우 씨는 방에 술을 자제했다는 죄로 조사를 받을 운명이거든요. 둘이서 함께 술 마시고 있었으니 크게 문제는 없을 것 같지만, 그래도 은근히 겁이 나네요. 경찰은 태어나서 한 번도 상대해본 적이 없으니 말입니다."

성 과장이 말하고 나자, 사람들의 눈길은 약속이나 한 것처럼 홍수진 대리에게로 쏠렸다.

"됐거든요? 그래요. 저는 박순주 차장이 시내로 나가는 바람에 혼자 방에 있었죠. 그렇다고 해서 의심이나 동정의 눈초리는 사절이네요."

홍 대리의 볼멘소리는 분명 농담조였지만 눈치 없는 우 과장은 걱정이 가득 찬 눈으로 그녀를 바라봤다.

＊

오후 2시가 넘은 시간인데도 경찰에게서는 아무런 연락이 없었다. 401호를 비롯한 숙소를 중심으로 현장조사가 어느 정도 마쳐졌고 개인별 짐 조사도 거의 마무리됐다고 알려졌다. 하지만 아직 개인별로 조사를 받은 사람은 아무도 없었다.

오수경 차장은 주머니 속의 휴대폰을 만지작거렸다. 그는 휴대폰 반납 대상에서 제외됐다. 사건이 발생한 순간부터 실시간으로 기획조정실에 상황을 보고해야 하기 때문이다. 그것은 기획조정실 소속이라는 그에게 부여된 특권이자 동시에 책임이기도 했다.

'미안하지만 갑자기 일이 생겼어. 오늘 약속은 안 되겠다.'

마음을 비운 오 차장은 그녀에게 짧은 메시지를 보냈다.

'무슨 급한 일? 별일은 아닌 거지?'

'그냥. 별거 아냐. 작은 사건이 있어서.'

대충 둘러댔지만 결코 작은 사건은 아니었다. 회사 시설 내에서 임직원 간에 벌어진 초유의 사건은 한동안 경영진의 빗발치는 보고 요구로 이어질 것이 분명했다.

직원들은 조금씩 충격에서 벗어나는 모습이었다. 옆자리에는 문경원 차장이 눈을 감고 무엇인가 생각에 잠겨 있었다. 이정석 상무도 조금 지쳤는지 약간 관망하며 사태를 지켜보는 눈치였다. 다만 아직도 연단 아래 구석 자리에 쪼그리고 앉은 비쩍 마른 남자가 문제였다. 점심도 거른 방신희 부장의 눈동자에는 초점이 돌아올 기미가 없었다.

오 차장은 방 부장을 향해 보내던 측은한 시선을 거두고 잠시 눈을 감았다.

무엇보다도 의문스러운 것은 표 전무 노트북에서 사라졌다는 하드디스크였다. 그 안에 뭔가 대단한 회사 기밀이 담겨 있었다는 것은, 기획조정실의 예사롭지 않은 반응만 보더라도 짐작할 수 있었다. 하드디스크에 대해 이미 알게 된 이 상무와 문 차장 외에는 절대 보안을 유지하라는 불호령도 내려왔다.

'어떤 비밀 정보가 담겨 있었을까? 원한 따위가 아니라 정보를 탈취하려는 목적으로 살인을 저질렀단 말인가.'

오 차장은 어느덧 지난여름 누군가 자신의 이메일을 훔쳐봤던 사건을 떠올리고 있었다.

갑자기 강당 밖에서 요란한 발소리가 들려왔다. 경비원이 뛰어와 급하게 이 상무를 찾았다. 경비원으로부터 뭔가 긴밀한 귓속말을 들은 이 상무의 얼굴이 붉으락푸르락 심상치 않게 변했다. 그는 곧바로 연단으로 뛰어 올라가 모두가 들을 수 있도록 큰소리로 외쳤다.

"어떤 놈이야? 연수원 입구에 기자가 떴어. 휴대폰 전부 반납했는지 일일이 주머니라도 뒤져야 되겠어? 신사적으로 처리하려고 했더니 말이야."

이 상무의 격앙된 목소리에 분위기는 삽시간에 얼어붙었다. 그는 상기된 얼굴로 연단에서 내려와 오 차장에게 다가왔다.

"오 차장, 언론이 냄새를 맡은 이상 이젠 내 선에서 감당하기 힘들어 졌어. 자네가 기조실에 보고해서 새로운 대응 지침을 받아줘야겠네."

오 차장이 머리를 끄덕이며 바지 주머니에서 휴대폰을 꺼내든 순간, 휴대폰에서 짧은 진동음이 흘러나왔다.

'미안. 청소하느라 이제 봤어. 무슨 사건? 너는 별일 없는 거지?'

갑작스런 메시지에 몹시 당황한 오 차장은 엉겁결에 삭제 버튼을 누르고 말았다.

*

오후 3:20, 연수원 앞 옥외 주차장에 검은색 고급 승용차 2대가 연달아 들어왔다.

"저기 사장님 아니야? 홍학재 사장님이다!"

연예인이라도 나타났는지 직원들이 창가에 몰려들었다. 창가로 다가간 성찬수 과장은 고급 승용차에서 내려 강당 현관을 향해 걸어오고 있는 백발의 노신사를 발견했다. 말로만 듣던 KM그룹의 2인자 홍학재 기획조정실장이었다. 큰 키에 검은색 고급 양복을 휘날리며 걸어오는 그의 뒤에는 KM전자 감사실장의 모습도 보였다.

"어쩌면 집에 갈 수 있겠어. 분명 우릴 구하러 오신 걸 거야."

심리적으로 불안에 떨던 사람들은 마치 신병 시절 부모님이 면회 라도 온 것처럼 호들갑을 떨었다.

창문에서 등을 돌린 성 과장은 눈썹을 씰룩거리며 골똘히 생각에 잠겼다. 그에게는 갑작스런 고위 경영진의 출현이 왠지 자연스러워 보이지 않았다. 사내 시설에서 살인 사건이 발생했다는 것은 분명 기업 이미지에 좋지 않지만, 기자 몇 명이 냄새를 맡았다고 해서 홍보실장도 아닌 기획조정실장이 달려올 일은 아니었다. 표 전무는 컴퓨터BG에서 하늘같은 존재가 틀림없지만, 거대 KM그룹의 시각에서 보면 그저 일개 사업부의 관리 담당 임원에 불과했다.

'이상한 일이군. 이건 부대 내에서 연대장 하나가 죽었는데, 사단장도 아닌 육군 참모총장이 달려온 격이니.'

성 과장의 의문을 증폭시키는 일은 기획조정실장과 감사실장이 달려온 지 30분도 지나지 않아 또 일어났다.

"전부 앞으로 모이세요. 여러분 모두 집에 돌아가실 수 있게 됐습니다."

이 상무의 말 한마디에 사람들은 환호성을 질렀다. 상황은 급변하고 있었다.

"조용히 하세요. 앞으로의 새로운 지침을 알려드리겠습니다. 이 시간 이후로 여러분은 여기서 일어난 모든 일을 무조건 함구하시기 바랍니다. 만일 그렇지 않을 경우 상당한 불이익이 있을 것이라고 미리 경고해둡니다. 물론 전무님이 돌아가셨다는 사실 자체를 감출 수는 없겠지요. 하지만 누구라도 자초조정을 물으면 무조건 모른다고 대답하세요. 자살인지도 타살인지도 여러분은 정말로 모르는 겁니다. 물론 여러분에 대한 경찰 측의 조사는 앞으로 계속될 것입니다. 하지만 회사 차원에서 직원 여러분을 보호하기 위해 창구는 본사 감사실로 일원화하기로 했습니다. 혹시라도 경찰에서 직접 연락이 오면 절대 개별적으로 대응하면 안 됩니다. 반드시 감사실에 먼저 알리고 기다려주셔야 합니다. 쉽게 말하자면 이제부터 감사실이 여러분의 변호사라고 보시면 됩니다. 그럼, 조금만 여기서 대기하시다가 4시가 되면 각자 숙소의 짐을 챙겨서 집으로 돌아가시기 바랍니다. 다시 한 번 말하지만 여기에서 있었던 모든 기억을 지우면 여러분께는 아무 문제없습니다."

오후 4:15, 연수원 숙소 앞에 4대의 버스가 대기하고 있었다. 각각의 버스 앞 유리창에는 광주공장, 분당 서현역, 수원, 서울 양재역이라는 팻말이 붙어 있었다. 홍 대리가 뛰어오더니 아침에 갈아입고 비닐봉지에 고이 담아둔 속옷까지 경찰이 온통 헤집어놨다며 한참을 투덜거렸다. 서울행 버스에 먼저 자리를 잡은 양진우가 유리창 너머로 손을 흔들었고, 홍 대리는 그 옆에 정차돼 있는 수원행 버스에 올랐다. 우민재 과장의 모습은 어쩐지 보이지 않았다.

성 과장은 분당행 버스에 올라 버스 맨 뒤쪽에 빈자리를 발견하고 자리에 앉았다.

'기조실장이 뜨니까 바로 귀가 조치라니. 더군다나 경찰이 일개 기업 감사실에 수사를 의존하는 모양새라…'

버스가 출발한 직후, 성 과장은 그제야 사건에 대한 가장 본질적인 질문을 꺼내고 있었다.

'표 전무를 죽인 사람. 도대체 누구일까?'

자신이 치밀한 계획을 세우고 있을 때, 같은 공간에서 같은 생각을 품은 사람이 있었다. 그 또한 연수원을 '장소'로 선택했다.

성 과장은 오른손 가운뎃손가락으로 좌석 손잡이를 연신 두드렸다. 뭔가 복잡한 문제를 풀 때 나타나는 그의 버릇이었다.

#21 불안

장마전선이 물러가고 다시 구름 한 점 없는 월요일 아침이 찾아왔다. 성찬수는 하마터면 아침 통근 버스를 놓칠 뻔했다. 가까스로 출발하려는 버스에 오른 그는 턱까지 차오른 숨을 고르고 있었다. 정신적으로나 육체적으로 매우 힘든 주말을 보낸 뒤였다.

전날 아침 표 전무의 발인이 있기까지, 경영지원본부 거의 모든 인력은 서울 강남에 위치한 장례식장에서 상주 역할을 하다시피 했다. 직원들은 끝없이 이어지는 회사 조문객을 안내하고 심지어 조의금 계산까지 발 벗고 나섰다. 물론 장례식장에서 그의 죽음과 연수원과 대해 언급하는 사람은 아무도 없었다.

주말 동안 인터넷 신문을 아무리 검색해봐도 표 전무의 죽음을 알리는 기사 쪼가리 하나 찾을 수 없었다. 귀신같이 냄새를 맡고 연수원까지 찾아온 기자들을 어떻게 처리했는지 성 과장은 KM의 힘에 새삼 놀라고 말았다.

전날 밤, 그는 모처럼 가족과 함께 오붓한 시간을 보냈다. 밤 10시

반까지 그는 평소 좋아하는 TV 코미디 프로그램을 보며 딸과 함께 깔깔거리기도 했다. 그런데 이상한 일이었다. TV를 가리키며 웃고 있는 성 과장의 가슴 한쪽에 이유를 알 수 없는 불안감이 불규칙하게 꿈틀거렸다.

출근을 마친 오전 7:45, 사무실의 공기가 여느 때와 달리 심상치 않았다. 이른 아침부터 이정석 상무가 누군가와 큰소리로 통화하고 있었다. 일찍 출근한 이들은 모두 숨을 죽이고 귀를 쫑긋하는 상황이었다. 성 과장이 있는 해외지원팀은 경영관리팀과 거리가 있어 자세히 들리지는 않았지만 분명 간간이 '문 차장'이라는 단어가 언급되고 있었다. 성찬수는 반사적으로 고개를 들어 문 차장의 자리를 살펴봤지만, 그의 모습은 보이지 않았다.

성 과장은 경영관리팀 근거리에서 안테나를 세우다 돌아온 우민재 과장을 통해 자초지종을 들을 수 있었다.

"이거 완전 의외입니다. 문 차장님이 어제 저녁 경찰서로 불려가 지금까지 조사를 받고 있다는군요. 지금 이 상무님이 감사실 누군가와 통화하는 것 같은데, 경찰이 약속을 무시하고 문 차장님을 바로 데려갔답니다. 그런데 좀 이상한 게 있었어요. 통화 말미에 성 과장님 이름도 언급이 되는 것 같았습니다."

"저를요?"

지난밤부터 성 과장의 가슴 한구석에 도사렸던 불안의 실체가 다시금 꿈틀거렸다.

"성찬수 과장!"

사무실 저 끝에서 이정석 상무가 자신을 부르며 성큼성큼 다가오고 있었다. 성 과장은 나쁜 짓을 하다 들킨 사람처럼 그 자리에 얼어붙고 말았다. 마치 살인이라도 저지른 사람처럼.

*

오수경 차장은 마지막 엔터 키를 누르고 길게 기지개를 켰다. 그는 연수원에서 나온 지난 금요일 저녁은 말할 것도 없거니와, 주말 내내 사무실에서 밤새도록 불을 밝혀야 했다.

토요일 오전에는 기획조정실장이 주관하는 비상 대책 회의가 열리기도 했다. 상식적으로 이해할 수 없는 해괴한 일이 하나둘씩 일어나고 있었다. 비상 대책 회의에서는 컴퓨터BG를 담당하고 사건 현장에도 함께 있었던 오 차장에게 배석조차 허락되지 않았다. 더군다나 현장 책임자였던 이정석 상무 또한 사건 현장 설명을 위해 잠시 회의장에 들어갔다가 10분 만에 나와야 했다.

오 차장은 어리둥절했다. 그는 회의 목적이 사라진 하드디스크와 무관하지 않음을 추측만 할 뿐이었다.

'혹시 세간에서 잊을 만하면 떠들어대는 비자금에 대한 정보라도 유출된 것일까?'

오 차장은 머리를 가로저었다. 그는 굳게 믿고 있었다. 1년 전 누군가의 제보로 시작된 검찰 조사의 결과가 말해주듯이 글로벌 기업 KM에는 그런 구태가 오래전에 사라졌다고.

오 차장이 주말 내내 정리한 엑셀 양식의 자료는 컴퓨터BG 워크숍 참석자 전원의 인적 사항이었다. 꼬박 3일 동안 총 102명의 명단을 마무리할 수 있었다. 가족 관계, 고과 등급, 상벌 사항, 담당 업무 등 인사 기록 카드에 있는 일반적인 사항만 정리한다면 그렇게 오래 걸릴 이유가 없었다. 엑셀 자료에는 개개인의 정치적 성향, 직계가족 구성원의 특이 사항, 회사에 대한 충성도, 향후 커리어에 대한 코멘트 등 조직 관리 목적으로 기획조정실에서만 보관하는 항목들도 담겨 있었다.

'이건 굳이 왜 정리하라고 한 걸까? 경찰 놔두고 회사가 직접 범인을 찾아 나서기라도 한다는 의미일까?'

카페인이 간절해진 오 차장은 혹시나 동전이 있는지 주머니를 뒤적이며 자리에서 일어섰다.

23층 자판기 앞에서 서성이던 오 차장의 등 뒤에서 누군가가 말을 건넸다.

"주말에 고생 많았겠어. 문상은 잘했겠지?"

역시나 구자홍 부장이었다.

"고생은요. 자료는 이제야 다 끝냈습니다. 문상은 그야말로 조문만 하고 왔어요. 부장님은 그때 안 보이시던데요."

"어이구. 난 바빠서 조의금만 보냈지. 주말 내내 회의 참석하느라."

"회의라뇨?"

"비상 대책 회의인가 뭔가. 알 텐데?"

"…."

오 차장은 말문이 막히고 말았다.

"이상하게 생각지는 마셔. 나도 주말에 쉬고 싶은데 억지로 불려 간 거니까."

"이상하게 생각하다니요. 컴퓨터BG 담당은 편하게 보고서만 쓰고, 화학 담당인 부장님이 힘들게 회의에 참석하셨다니 죄송해서 그러죠."

"이거 오 차장이 은근히 가시가 있는 말도 할 줄 아네. 하하하."

"저야 기조실 일개 신참인데요. 부장님 따라가려면 아직 멀었죠. 근데요…."

"뭐야? 뜸들이지 말고 말해봐."

"그 하드디스크 말입니다. 도대체 뭐가 들어 있길래 저 난리죠? 표 전무님이 쓰시던 노트북이니 대외비 보고서는 당연히 많았을 테지만, 세상에 알려지면 큰일 나는 X-파일이라도 있었던 건가요?"

"나도 몰라. 높은 분들이 하시는 일을 어찌 다 알겠어. 우린 회의 결과에 따라 움직이는 장기판 말이잖아."

구 부장의 무성의한 대답에 오 차장도 더 묻지 않는 것이 좋겠다고 생각했다.

"그렇죠. 우리 머슴들이란. 저는 졸려서 커피나 한잔하고 오겠습니다."

오 차장은 당초 자판기 커피를 마실 생각이었으나, 구 부장과 얘기하다 보니 1층 로비에서 파는 고급 아메리카노가 생각났다. 엘리베이터로 향하려는 오 차장에게 구 부장이 뭔가 생각난 듯 다가와 귓속말을 건넸다.

"내 평소에 아끼는 후배니까 충고하는데, 하드디스크 얘기는 앞으로 어디 가더라도 꺼내지 않는 것이 좋을 거야. 경찰 현장조사 기록에서도 하드디스크 내용이 삭제됐다면 대충 감이 오겠지?"

오 차장은 싱글거리는 구 부장을 정면으로 바라보지 않은 채 굳은 얼굴로 고개만 끄덕였다.

KM빌딩 1층 현관 오른쪽 구석에는 테이크아웃을 주로 하는 커피 전문점이 있었다. 주문한 커피를 받아들고 현관 쪽으로 향하던 오 차장은 회전문을 통해 들어오는 낯익은 사람들을 발견했다.

"홍수진 대리가 여긴 웬일이야? 성 과장님도 오셨군요."

오 차장은 홍 대리와 성 과장과 악수를 나누고, 뒤에 엉거주춤 서 있던 머리 큰 남직원에게도 눈인사를 건넸다.

"저희 감사실에 불려왔어요. 우리 감옥 갈지도 몰라요."

홍 대리가 장난기 섞인 농담을 하며 익살스럽게 울상을 지어 보였다.

"내가 들은 바로는 아마 워크숍 참석했던 사람들 전부 다 한 번씩은 감사실에 오게 될 거라던데. 첫 타자로 온 것뿐일 거야. 그러고 보니 모두 그날 시내에 안 나갔던 사람들이네? 이제 회사 생활 잘하려면 술도 잘 마셔야 된다는 걸 깨달았겠지?"

오 차장은 상황에 어울리지 않는 농담을 하며 애써 그들을 위로하려 했다.

"저희가 처음은 아니네요. 혹시 문 차장님 얘기 못 들으셨어요? 어머, 아직 못 들으신 모양이네요. 어젯밤에 경찰서로 가셨대요. 주말 내내 표 전무님 상가에 계시다가 곧바로 경찰서로 끌려가신 거죠."

홍 대리가 호들갑을 떨었다.

"너무 과장하진 마라. 전화 받고 가셨지, 끌려가기는. 차장님, 저희 시간이 다 돼서 이만 갈게요. 나중에 뵙겠습니다."

성 과장이 나서며 수다스러운 홍 대리에게 핀잔을 줬다. 그들 일행이 엘리베이터 쪽으로 사라지고 난 후 그 자리에는 오 차장 홀로 멍하니 서 있었다.

'문 차장님이? 말도 안 돼!'

그의 손이 부르르 떨렸다. 하마터면 손에 들고 있던 커피가 바닥에 떨어질 뻔했다.

*

"성찬수 과장님? 기다리고 있었습니다. 나머지 두 분도 함께 오셨군요."

16층에 내려 감사실 팻말이 위치한 곳에 이르자, 훤칠한 키에 검은 뿔테 안경을 쓴 남자가 다가왔다. 번들번들한 얼굴에 탄탄한 체격으로 전형적인 다혈질처럼 보이는 사내는 성 과장과 비슷한 나이로 보였다.

"박상인 차장님이시죠? 우민재 과장님한테서 말씀 들었습니다."

성 과장은 그에게 주눅이 들어서는 안 되겠다는 생각이 앞서 큰 목소리로 인사를 했다.

"우 과장? 아아 그 뚱땡이 말인가요? 미국 유학 때 알게 된 친구죠. 재무도 쥐뿔 모르는 놈이 경영지원본부에는 왜 가 있는지 아직도 이해가 안 가지만요."

박 차장은 잠시 시계를 쳐다보더니 다시 말을 이었다.

"죄송하지만 다들 멀리서 오셨고, 또 빨리 돌아가서 일하셔야 할 테니 바로 진행하겠습니다. 오늘 왜 오셨는지는 대강 알고 계실 거라 생각합니다. 홍수진 대리님은 저기 '신뢰'라고 쓰인 방 보이죠? 저기로 들어가시면 되고, 양진우 씨는 그 옆 '책임'룸으로 가시고, 성 과장님은 저를 따라오시면 됩니다."

박 차장을 따라간 회의실 입구에는 '진실'이라는 팻말이 붙어 있었다. 6명이 앉을 수 있도록 꾸며진 소회의실이었다. 성 과장은 애써 태연한 표정을 지으며 출입문 안쪽에 앉았다.

박 차장은 맞은편 의자에 엉덩이를 대기도 전에 질문부터 던졌다.

"빙빙 돌려서 묻지 않겠습니다. 사건이 일어난 밤에 연수원 뒤쪽 산책로에 가셨더군요. 정확히 말하자면 사건 발생 다음날 새벽 1:40에서 2:10까지 말입니다."

성 과장은 아무런 대꾸도 하지 못했다. 심장이 횡격막까지 철렁 내려앉는 느낌이 들었다. 자신을 매섭게 노려보는 사내의 안경알 위로 문득 아내와 딸의 얼굴이 아른거렸다.

#22 덫

"문경원 차장 소식은 아직인가?"

이정석 상무의 연이은 채근에 방신희 부장은 슬슬 짜증이 나기 시작했다.

"본사 감사실에서 경찰서에 전화를 했다고 말씀 안 드렸습니까? 합의한 대로 앞으로 감사실 통해서 수사하겠다고 약속했답니다. 말단 형사 놈 하나가 잘 모르고 저지른 일이라고 사과까지 했다 안 합니까."

"나는 문 차장 소식을 물은 거야."

"아, 그렇죠. 경찰 말이 문 차장의 경우는 워낙 긴박해서 어쩔 수 없었다고…."

볼멘소리를 늘어놓는 방 부장에게서 예전의 의기양양한 모습은 찾아보기 어려웠다. 그는 더듬이가 부러진 사마귀 신세라는 것을 스스로 실감하고 있었다. 업무 능력은 부족했지만 충성스럽고 모사에 능한 그에게 날개를 달아준 사람은 표 전무였다. 늘 친동생처럼 자신을 챙기던 표 전무가 죽은 다음날 아침, 그의 날개는 흔적도 없이 사라져버렸다.

"뭐가 그렇게 긴박했다는 거냐고? 확인해봤어?"

"제가 아는 건 문 차장한테 불리한 증거가 발견됐다는 것뿐입니다."

방 부장은 더 할 말이 없어 고개를 꾸벅 숙이고 돌아서려 했다.

"서울 본사로 불려간 해외지원팀 직원들은 어떻게 됐어?"

이 상무의 질문이 다시 그를 돌려세웠다.

"감사실 얘기로는 그냥 간단한 알리바이 조사랍니다. 그 세 직원이 평소에 워낙 몰려다녔고 그날도 방구석에 있었으니 한꺼번에 불러들인 것 같습니다."

방 부장의 추측 섞인 대답에 이 상무는 고개를 좌우로 흔들며 그만 가라는 손짓을 했다.

*

서울 본사 '진실' 회의실, 박상인 차장의 언성이 점점 커지고 있었다.

"표 전무님으로부터 미운털이 박혀 있었다는 사실은 익히 들어 알고 있습니다. '10km 마라톤' 행사 때 있었다던 그 일도 들었고요. 그렇지만 제가 말하려고 하는 것은 그런 심증적인 정황이 아닙니다. 목격자가 나타났어요. 절대로 실수가 없는 목격자, 바로 산책로 입구 가로등에 숨겨진 CCTV였습니다. 원래 사용을 안 하다가 여름부터 숲속에서 들짐승들이 출몰하는 것으로 의심돼 다시 작동시키고 있었다더군요. 애석하게도 사건 당일 밤 카메라에 잡힌 생명체는 성 과장님 단 한 명뿐이었습니다."

성 과장은 가까스로 놀란 표정을 감췄다. 전혀 예상하지 못했던 증거였다. 섣불리 어설픈 변명을 늘어놓다가는 더 크게 꼬일 수 있다는 생각이 들었다. 인정할 부분은 인정해야 했다.

"그 시간에 산책로에 다녀온 것은 맞습니다. 잠이 안 와서 바람을 쐰 겁니다. 그게 뭐 어쨌다는 건가요?"

성 과장의 항변을 들은 박 차장의 입꼬리가 묘하게 실룩거렸다.

"정말 몰라서 묻습니까? 경찰이 소각장에서 타다 남은 물건들을 발견했는데도요? 밧줄, 면장갑, 주사기, 깨진 앰플 등 범행 도구들을 말입니다."

성 과장의 이마에서 진땀이 흘렀다. 하지만 바짝 정신을 차려야 했다.

"제가 버린 것들은 맞습니다. 그런데 그것들이 범행 도구라니요? 전무님은 질식사하셨다고 들었습니다만. 무슨 말인지 잘 모르겠습니다."

성 과장의 말이 끝나기 무섭게 박 차장이 기다렸다는 듯이 회심의 일격을 날렸다.

"지난 주말 동안 경찰의 정밀 감식 결과가 나왔다고요. 전무님 몸에서 미세한 주삿바늘 자국이 발견됐고, 직접 사인은 마취제 과다 투여로 인한 심장마비였습니다. 비닐봉지는 확인 사살용이었던 겁니다. 물론 전무님을 죽음에 이르게 한 마취제는 소각장에서 발견된 그 약병과 동일한 약물이었습니다. 이제 설명이 됐나요?"

말도 나오지 않았다. 성 과장은 급격히 무너지기 시작했다. 범인이 자신과 유사한 '방법'까지 생각했을 줄은 꿈에도 상상하지 못했다. 그 후로 이어진 박 차장의 부연 설명은 마치 꿈결 속의 얘기처럼 귀에 들어오지도 않았다.

"졸레틸이라고 하더군요. 요즘 마약 대용으로도 쓰이는 동물 마취제라고요. 설마 마약 용도로 휴대했다고 변명하시려는 건 아니겠죠?"

"…"

덫에 걸려든 쥐새끼처럼 찍 소리도 낼 수 없었다. 호기심에 샀던 마취제를 사용하려다 마음이 바뀌어버렸다고 우길까 생각해봤지만, 밧줄과 면장갑까지 한꺼번에 설명할 묘안이 떠오르지 않았다.

헝클어진 머리를 감싸 쥐고 괴로워하는 성 과장을 향해 박 차장이 말했다. 그는 어느새 어린애를 타이르듯 말투를 바꿨다.

"물론 과장님이 의심스러운 물건들을 소각했다는 것 자체가 살인을 했다는 결정적인 증거는 아니겠죠. 저도 법학도 출신이라 그 정도는 압니다. 결국 과장님이 전무님 방에 머물렀다는 증거가 있어야죠. 그래서 말인데요. 전무님의 공식 사망 추정 시간이 공식 술자리가 끝난 지 얼마 되지 않은 밤 10:30경으로 나왔습니다. 그 시각에 과장님은 정확히 무얼 하고 있었습니까? 이젠 시간 낭비 마시고 솔직히 털어놓으시죠."

밤 10:30? 성 과장이 양진우를 재우고 나와 최종 점검을 위해 숙소동 앞마당을 어슬렁거리던 시점이었다.

"말씀드렸지 않았습니까? 10시 15분경 양진우가 잠들었고, 그 후로 새벽에 산책로에 갈 때까지 방에서 뒤척이고 있었다고요. 제 말을 믿어주세요. 제발요."

성 과장은 급기야 읍소하기 시작했다. 문득 그 시각 자신이 숙소 앞마당에서 목격했던 401호의 섬광이 떠올랐다. 그것은 혹시 범인이 방문을 열고 나갈 때 비친 복도 불빛이 아니었을까?

박 차장의 냉정한 한마디가 비수처럼 날아왔다.

"결국 그날 밤 10:30 전후로 과장님의 알리바이를 증명할 수 있는 사람이 아무도 없다는 뜻으로 이해하겠습니다."

오후 2시가 넘어서야 성찬수 과장은 서울 본사를 빠져나왔다. 청명한 가을 날씨가 그를 맞이하고 있었다. 광화문 세종문화회관 방향으로 향하던 그의 다리는 마치 구름 위를 걷는 것처럼 아무런 감각이 없었다.

버스 정류장 벤치에 앉아 고개를 푹 숙인 그의 눈가에는 방금 전 지옥을 다녀온 사람처럼 다크 서클이 짙게 내려와 있었다.

광화문 세종문화회관 앞에서 좌석 버스에 오른 성 과장은 맨 앞자리에 털썩 주저앉았다. 차창 밖으로 도심의 풍경이 비현실적으로 평온하게 흘러갔다. 그는 질끈 눈을 감고 회의실을 나서기 직전 박상인 차장이 남긴 마지막 말을 떠올렸다.

'안타깝게도 과장님은 살인 용의자로 의심받기 충분한 조건을 갖추셨습니다. 다만 과장님이 강하게 부인하고 있으니 시간을 두고 더 알아보겠습니다. 감사실은 어차피 직원 보호 차원에서 나선 것이니까, 확실하다는 판단이 서야 경찰에 넘길 계획입니다. 참고로 소각장 증거물의 주인이 과장님이라는 사실도 아직은 경찰에 전달하지 않았습니다. 오늘은 일단 돌아가십시오. 조만간 또 뵐 테니까요.'

감사실이 곧바로 자신을 경찰에 넘기지 않은 점을 이상하게 여길 여유 따위는 없었다. 성 과장은 아내에게 전화를 하려고 휴대폰을 꺼내 들었다가 도로 집어넣었다. 전화를 했다가는 울음부터 터뜨릴 것만 같았다.

'마음에 살의를 품었다고 해서 감옥에 갈 수는 없어. 난 범인이 아니야! 살인을 저지르지 않았어. 진실을 꼭 밝혀야만 해.'

마음속으로 결백을 주장하면서도 어처구니없지만 자신이 빠져나오기 어려운 덫에 걸려들었다는 현실을 성 과장은 깨닫고 있었다. 다만 그가 아직 인지하지 못한 것은 그 덫의 치명적인 깊이였다.

#23 오해

정오가 조금 넘은 시각, 광주공장 식당동에 자리한 4명은 아무런 대화도 없이 밥만 먹고 있었다. 깍두기와 김칫국으로 구성된 그날의 부실한 식단 때문만은 아니었다. 양진우는 어색한 분위기를 벗어나기 위해 그럴듯한 얘깃거리를 생각해냈다.

"문 차장님이 어젯밤 풀려났다네요. 혐의가 풀렸다고 하던데요."

그러나 모두가 알고 있던 뉴스는 사람들의 흥미를 끄는 데 실패했다. 양진우는 내친김에 다른 의문을 던져봤다.

"원래 이런 일 생기면 회사 감사실이 나서는 게 자연스러운 건가요? 저는 회사 다닌 지 얼마 안 돼서요."

오지랖 넓은 우민재 과장이 그나마 양진우의 연이은 질문에 대응했다.

"사내 시설에서 살인 사건이 일어나고, 회사 직원 100여 명이 동시에 용의 선상에 오르는 일이 어디 흔하겠습니까? 전례가 없던 일이라 뭐라 말하긴 어렵겠죠. 물론 그렇다 하더라도 감사실이 경찰 조사의 창구 역할을 하는 건 말도 안 되죠. 제 감사실 동기 녀석도 불만이 많습니다."

가만히 듣고만 있던 홍수진 대리도 불쑥 한마디를 보탰다.

"뭔가 통제하려는 목적이 아닐까 해요."

성찬수 과장이 처음으로 눈을 반짝이며 대화에 가세했다.

"통제라니? 어떤?"

"글쎄요. 말이 좋아 창구 역할이지, 바꿔 말하면 감사실이 1차적으로 사람들을 걸러내고 경찰에 넘긴다는 거잖아요. 직원 보호 차원이라지만, 회사가 보호하려는 대상이 정말 직원들일까 수상해요. 아마 경찰이 직접 직원들을 휘젓고 다니는 것을 우려하는 게 아닐까요? 회사가 뭘 그렇게 걱정하는지는 모르겠지만요."

남자 3명은 이제 홍 대리의 입만 쳐다보는 형국이었다. 홍 대리가 신이 나서 계속 말을 이었다.

"이건 분명히 회사나 경찰에게 서로 부담스러운 담합일 거예요. 경찰이 수사권을 스스로 제한했다는 사실이 나중에 언론에 이슈화되기라도 한다면 큰일이겠죠. 범인이 금방 잡히면 아무도 모르게 넘어가겠지만, 사건이 미궁에 빠지면 어떻게 될 것 같으세요? 아마 범인을 못 잡겠으면 만들어내기라도 해야 할걸요? 그 뭐야, 재작년에 나왔던 영화 〈부당거래〉처럼 말예요."

그녀의 말이 끝나기가 무섭게 성 과장이 무거운 얼굴로 자리에서 불쑥 일어났다. 밥은 반도 먹지 않은 상태였다.

"저는 정리할 게 있어서 먼저 사무실 들어가겠습니다."

우 과장이 매점에서 사온 캔 음료를 받아 들고, 3명은 느린 걸음으로 운동장 트랙을 향해 발걸음을 옮겼다.

"성 과장님은 지금 위기인 것 같아요. 어제 저와 진우 씨가 감사실에서 받았던 질문들은 전부 성 과장님에 대한 거였거든요."

홍 대리가 한숨을 쉬며 말했다. 양진우가 옆에서 눈치를 줬지만 그녀의 입을 다물게 하지는 못했다.

"우 과장님도 어차피 아시게 될 텐데 뭘. 어제 저랑 진우 씨는 말하자면 용의자가 아니라 참고인으로 불려간 셈이에요. 성 과장님이 평소에 표 전무와 관계는 어땠느냐, 그날 방에서 몇 시까지 마셨느냐, 성 과장이 잠든 것을 봤냐, 전부 이런 질문들이였죠."

"그래서 뭐라고 대답했는데요?"

불쑥 우 과장이 물었다.

"아는 대로 대답할 수밖에요. 진우 씨는 언제 잠이 들었는지 기억도 안 나지만 제 전화를 받은 직후라고 말했고, 저는 밤 10시쯤 진우 씨에게 전화를 걸어 성 과장님과도 잠깐 통화를 했다고 말했죠. 물론 성 과장님이 표 전무로부터 툭하면 꾸중을 들었다는 얘기는 벌써 알고 있는 눈치였고요."

이해한다는 표정으로 고개를 끄덕거리며 우 과장은 의미심장한 질문을 던졌다.

"두 분은 어떻게 생각합니까? 성 과장이 전무님을 정말 죽였다고 생각하세요?"

곤혹스러운 질문이었는지 홍 대리는 슬쩍 양진우에게 먼저 대답하라는 눈짓을 보냈다. 양진우는 사뭇 진지한 얼굴로 자신의 생각을 말했다.

"성 과장님이 아니었기를 바랄 뿐입니다. 죽이고 싶었겠죠. 저도 그건 이해할 수 있습니다. 하지만 그 정도 이유로 사람을 죽이는 것이 가능할까요?"

"그럼요. 저도 같은 생각이네요."

홍 대리도 고개를 끄덕이며 그의 옆에서 맞장구를 쳤다.

오후 2:20, 문경원 차장이 사무실에 들어섰다. 그는 아침에 서울 본사 감사실로 출근해서 경과 보고를 마치고 광주공장으로 오는 길이었다. 별일 없이 앉아 있던 방신희 부장이 벌떡 일어나 그를 맞이했다.

"문 차장, 정말로 욕봤다. 그놈들 어떻게 문 차장을 의심할 수가 있나? 헛다리를 짚어도 유분수가 있지. 내 그럴 줄 알았다. 멍청한 경찰 새끼들."

이정석 상무는 방 부장의 호들갑에 눈살을 찌푸리면서 문 차장 앞으로 성큼 다가왔다.

"고생 많았지? 대강 자초지종은 들었어. 회의실로 가서 차나 한잔할까?"

함께 들어오라는 말은 없었지만, 방 부장은 그들을 따라 은근슬쩍 회의실로 들어섰다.

"걱정 끼쳐드려 송구합니다. 저도 제 지문이 거기서 나올 줄은 정말 몰랐습니다. 다 제 불찰이었어요."

문 차장이 자리에 앉아 자초지종을 꺼내는 사이, 방 부장은 얼른 회의실 냉장고에서 음료수를 가져와 각자의 자리에 내려놨다. 그가 앞니를 내밀며 말했다. 흥분했는지 경상도 억양이 몹시 두드려졌다.

"나도 안다. 방문 손잡이하고 전무님 얼굴을 덮은 그 비닐봉지에서 문 차장 지문이 나왔다 그거 아이가?"

방 부장의 참견에 이 상무는 다시 이마를 찌푸렸다. 하지만 문 차장은 방 부장에게 머리를 숙이며 설명했다.

"저도 무심코 휴지통에 버렸던 비닐봉지가 범행에 쓰였을 거라고
는 상상도 못했으니까요."

"아이고, 됐다. 전무님이 약주 드시고 홍초 음료를 꼭 챙겨 드시는
건 우리야 다 아는 사실 아이가?"

방 부장이 맞장구를 치자 문 차장이 머리를 긁적이며 다시 말을
이었다.

"사실은 저녁 행사 시작 전에 전무님께서 제게 부탁하신 건데 뒤
늦게야 기억이 났습니다. 저녁 먹다가 8시쯤 됐을 때였죠. 부랴부랴
매점에 가보니 문을 닫았길래 어쩔 수 없이 연수원 앞 구멍가게까지
달려가 사왔습니다. 그것들은 전무님 방 냉장고에 넣고, 담아온 비
닐봉지는 무심코 휴지통에 버렸는데 그 봉지가 바로…."

"그런 일은 밑의 직원들 시키지, 문 차장이 왜 직접 그런 수고를
했어?"

이 상무가 안타까워하면서도 짐짓 나무라는 투로 물었다.

"요즘 술을 못 마시니까 제가 가는 게 낫겠다 싶었던 거죠. 아무
튼 구멍가게 할머님께 인사라도 드리러 가야겠습니다. 할머니가 어
제 경찰서까지 직접 오셔서 제가 그 시간에 가게 다녀온 사람이 틀
림없다고 확인해주셨거든요. 아! 연수원 건물 관리인도 마찬가지였
습니다. 경찰이 관리인을 불러서 제가 잠깐 열쇠를 빌렸다가 돌려준
시간까지 꼼꼼히 확인을 했다더군요."

이 상무가 만족스러운 얼굴로 고개를 끄덕이는 동안 방 부장이
또 끼어들었다.

"그보다 자네 그건 어떻게 됐나? 전무님 돌아가셨다는 시간에 자

네 알리바이 말이야. 자네가 내 룸메이트인데 나만 혼자 놀다 와서 은근히 신경 쓰였거든."

"그것도 잘 해결하고 나왔습니다. 그 시간에 저는 그룹웨어 들어가 현업 부서에 이메일을 보내고 있었거든요. 다행히 경찰이 사망 추정 시간이라고 하는 밤 10:30 전후로 제가 보낸 3건의 메일을 다 확인했습니다."

문 차장의 설명에 귀를 쫑긋하던 방 부장이 째진 눈을 더욱 가늘게 뜨며 물었다.

"이메일 보낸 게 알리바이가 되나? 누가 대신 보내줄 수도 있고, 모바일로 보낼 수도 있는 거 아이가?"

이 상무가 더 이상 못 참겠다는 듯이 그를 정면으로 노려보며 핀잔을 줬다.

"자네는 지금 부하 직원을 위로하는 건가, 아니면 심문을 하는 건가?"

문 차장이 입가에 옅은 미소를 머금으며 방 부장을 두둔했다.

"아닙니다. 부장님이 잘 지적하셨습니다. 요즘 경찰이 그렇게 허술하겠습니까? 이메일이 휴대폰이 아니고 제 노트북에서 발송된 것을 IP로 확인했더군요. 그뿐 아니라 메일이 다른 자동발송 프로그램에 의해 발송되지 않았다는 것도 전문가를 통해 조사를 마쳤다고 들었고요. 물론 다른 직원을 통해 메일을 대신 발송했을 가능성에 대해서도 혐의를 벗었습니다. 그때 연수원 숙소 건물 내에 혼자 있던 직원은 2명밖에 없었답니다. 그분들이 제 방을 들락거리지 않은 걸로 판단했다네요."

"그게 누군데?"

이 상무가 물었다.

"술 취해서 주무신 조기룡 상무님. 그리고 홍수진 대리랍니다. 홍 대리는 사건 발생 시각에 줄곧 숙소 앞마당에 있었다네요."

그제야 이 상무가 만면에 미소를 지었다. 하지만 그는 잠시 후 다시 심각한 얼굴로 혼잣말처럼 중얼거렸다.

"그나저나 누가 그런 짓을 한 걸까? 어제 감사실에서 성찬수 과장에 대해서 꼬치꼬치 물었거든. 그놈들 왜 그러냐고 물어도 시원한 답이 없어. 오늘 아침에 성 과장에게 물어봐도 영 개운치가 않고 말이야."

#24 추적

저녁 6:10, 모두가 저녁을 먹으러 나간 사이 사무실에 우두커니 앉아 있던 성 과장은 서랍 안에서 A4 용지 한 장을 꺼냈다. 우민재 과장이 감사실 박상인 차장으로부터 어렵게 입수했다는 문서였다. 맨 윗줄에는 '컴퓨터BG 사건 발생 시각 연수원 내 체류직원 명단'이라는 긴 제목이 쓰여 있었다.

사건 당일 표 전무를 죽일 수 있는 물리적 가능성을 가진 임직원은 총 28명이었다. 자료는 배정된 방이 아니라 사건 발생 시각 그들이 실제로 머물렀던 장소를 기준으로 작성됐다.

[컴퓨터BG 표병식 전무 사건 발생 시각 연수원 내 체류직원 명단]

2012. 9. ××. KM전자 감사실

□ 숙소 내 혼자 있었던 임직원 : 총 3명
조기룡 상무(405호, 해외지원), 문경원 차장(301호, 경영지원), 홍수진 대리(320호, 해외지원)

□ 연수원/숙소 내 공동으로 있었던 임직원 : 총 25명
강당 : 서우종 부장(영업), 박성식 과장(경영관리), 정연철 대리(경영관리), 김성재 대리(경영관리)
303호 : 전영석 과장(경리), 배태식 과장(경리), 양동호 대리(경리), 강귀식 사원(경리)
308호 : 최현성 과장(투자분석), 남현식 대리(투자분석), 김충환 대리(투자분석)
315호 : 이종만 차장(경리), 강병철 과장(경리), 홍순영 사원(경영관리), 최종현 사원(경리)
319호 : 이한나 과장(투자분석), 손연희 사원(경리)

203호 : 성찬수 과장(해외지원), 양진우 사원(해외지원)
212호 : 김성기 과장(경영관리), 신현호 대리(투자분석), 문정우 대리(경리), 이재복 대리(경리), 이인서 사원(경영간리), 손정우 사원(경리), 안장혁 사원(경리)

성 과장은 우선적으로 숙소에 혼자 있었던 사람들 면면부터 살펴

봤다. 직접 범행을 계획했던 입안자의 입장에서 단독 범행의 가능성을 우선 고려해보기로 했다.

먼저 조기룡 상무는 석식 행사가 끝남과 동시에, 만취해 사람들 등에 업혀가다시피 했다. 그가 평소 술을 즐겼지만 그 정도의 과음은 흔치 않았다는 점을 고려해 일단 세모 표시를 해뒀다.

문경원 차장은 이미 경찰에서 알리바이를 증명하고 혐의를 벗었다지만 전해 들은 알리바이는 어딘가 석연치 않았다. 딱히 그가 의심스럽다는 것은 아니지만 그가 보냈다는 이메일을 직접 확인해봐야겠다는 의미로 그의 이름 위에도 세모 표시를 해뒀다.

그다음은 홍수진 대리였다. 그날 밤 홍 대리에게서 전화가 왔던 시간은 대략 10시가 조금 넘어서였다. 표 전무의 사망 추정 시간은 밤 10:30. 그녀는 양진우에게 전화를 걸어 놀러 가도 되냐고 물었다. 범행을 앞둔 사람이 하기에는 부자연스러운 행동이었다. 물론 부족한 알리바이를 조금이라도 보완해보려는 가상한 노력이었을 가능성도 배제할 수는 없었다. 그리고 그녀는 밤 11시경 숙소 앞마당 벤치에 앉아 있었다. 그러고 보니 범행 시각 전후로 유독 그녀가 눈에 띄었다.

'내가 지금 무슨 생각을 하는 거지? 설마 홍 대리가 여자의 몸으로…'

성 과장은 이건 아니다 싶어 고개를 저으며 쓴웃음을 지었다.

다음으로 삼삼오오 함께 모여 술판을 벌인 무리들의 명단에 이르러, 성 과장은 눈앞이 캄캄해졌다. 사건이 복수의 공모자에 의한 것이라면 살인자들의 조합은 부지기수로 불어난다는 사실을 새삼 깨달았다.

성 과장은 서랍 속에 종이를 밀어 넣고 한숨을 내쉬었다. 단순히 사건 시각 직원들의 거취 정보만으로는 애초에 부족했다. 용의자의 범주를 좁힐 수 있는 결정적 단서라든가, 살인 동기를 가늠할 수 있는 개개인의 정보들이 없으면 더 나아갈 수 없었다.

한참을 멍하니 자리에 앉아 있던 성 과장에게 문득 떠오른 생각이 있었다. 자신에게 남겨진 시간이 생각보다 적을 수 있다는. 그에게 바로 내일 아침 경찰들이 몰려와 수갑을 채우더라도 결코 이상한 일이 아니라는.

그는 한참 동안 빈 사무실에 멍하니 홀로 앉아 있었다.

*

오전 1:07, 새벽이 가까워옴에도 불구하고 분당 야탑역에 위치한 나이트클럽은 가정을 포기한 중년 좀비들로 가득 차 있었다. 지하로 내려가는 계단에서부터 후끈한 땀 냄새가 풍겨 나왔다. 성 과장은 혼자였다. 그는 퇴근길에 혼자서 정자역 'Red Fox'를 찾아 위스키 2병을 혼자 비웠다. 비틀거리며 거기서 나온 그의 머릿속에 어찌된 영문인지 한 번도 가보지 않은 나이트클럽이 떠올랐다.

싸구려 양주와 주문하지도 않은 과일 안주가 나온 지 5분도 되지 않아, 성 과장은 자리에서 일어났다. 휘청거리는 그의 발걸음이 향한 곳은 무대였다.

무대 위에는 이름 모를 무명 가수들의 립싱크 공연이 한창이었다. 그 아래에는 아마도 그날 처음 만났을 법한 남녀들이 뒤엉켜 광란의 몸짓을 뿜어대고 있었다. 한동안 쓸쓸한 눈빛으로 무대를 바라보던 성 과장은 천천히 그 무리 속으로 걸어 들어갔다. 군중을 제치고 무대의 한가운데에 이르자, 그가 갑자기 미친 듯이 춤을 추기 시작했다. 그의 춤은 주변 사람들의 시선은 물론 심지어 흐르는 리듬도 무시해버린, 머릿속의 모든 액체가 쏟아질 정도의 격렬한 몸짓이었다.

얼마나 춤을 췄을까? 느리고 애절한 음악이 흘러나오기 시작하면서, 일순간 주변이 조용해졌다. 성 과장의 내면에는 주변의 아무나 부둥켜안고 싶은 충동이 일었다. 그는 풀린 눈으로 마침 무대를 나서는 젊은 여인을 따라가기 시작했다. 그녀의 오른팔이 거의 손에 닿을 수 있을 때쯤, 성 과장은 그 자리에 얼음처럼 멈춰 섰다.

무대 근처 대형 스피커 뒤쪽, 어둠 속에서 자신을 노려보고 있는 누군가의 시선이 느껴졌다. 성 과장은 낯선 시선이 시작되는 곳으로 천천히 고개를 돌렸다. 검은 정장 차림에 검은 테 안경을 쓰고 있는 사내가 똑바로 자신을 바라보고 있었다. 온몸의 피가 역류하면서 마법처럼 취기가 싹 사라졌다.

성 과장은 시선을 살짝 돌리면서 곁눈질로 사내를 살펴봤다. 사내의 입꼬리가 왼쪽으로 살짝 위로 올라가 있었다. 마치 성 과장 자신을 비웃고 있기라도 한 것처럼.

새벽 2:50, 성 과장은 취기와 공포가 뒤섞여 혼미한 정신으로 비틀거리며 귀가하고 있었다. 그는 발소리를 낮춰 엘리베이터에 올랐다. 고요한 새벽, 스무 해를 넘긴 낡은 엘리베이터의 소음이 유난히 크게 울렸다. 가족들이 깰까 슬그머니 아파트 현관문을 열고 구두를 벗던 성 과장은 어둠 속에서 울려 퍼지는 갑작스런 새 울음소리에 앞으로 고꾸라질 뻔했다.

뿌우~ 삐비빗! 뿌우~ 삐비빗!

허리를 숙여 가만히 들여다보니 거실 바닥에 작년에 딸과 함께 에버랜드에 갔을 때 샀던 플라스틱 새장이 놓여 있었다. 아마도 딸아이가 오랜만에 꺼내어 가지고 놀다가 그대로 전원을 켜둔 모양이었다. 새장 속에 이름 모를 작은 새는 박수 소리와 같은 외부의 충격에 소리를 내며 반응하는 원리였다.

성 과장은 쪼그리고 앉아 새장 속에 갇힌 장난감 새를 한참 들여다봤다. 언젠가 출근길에 아파트 복도로 날아들어 죽어가던 이름 모를 새가 떠올랐다.

안방 문을 열고 보니 아내가 딸과 함께 곤히 잠들어 있었다. 성 과장이 술을 마시고 늦을 때면 딸이 자신의 잠자리를 대신하는 경우가 많았다.

그는 딸의 잠든 얼굴을 물끄러미 내려다봤다. 세상 누구보다도 평화로운 얼굴 위로 굵은 물방울이 툭 떨어졌다.

"아가야, 아빠가 못된 생각을 품은 죄로 한동안 너를 못 볼 수도 있겠구나. 미안하다. 미안하구나."

다음날 아침, 성 과장은 눈꺼풀을 비집고 들어온 밝은 기운에 잠을 깼다. 휴대폰 시계를 확인하니 오전 10시가 넘은 시간이었다. 주위에는 아무도 없었다. 안방에 가보니 침구는 잘 정리돼 있었다. 이상한 일은 아니었다. 아내는 출근을 했고, 딸은 엄마 출근길에 함께 나서 어린이집에 갔을 시간이었다.

그는 딸의 침대에 걸터앉아 간밤의 기억을 떠올렸다.

'누군가 나를 미행하고 있어! 벌써 경찰에게 정보를 넘긴 게 분명해.'

두려움 대신 목구멍이 붙어버릴 것 같은 갈증이 밀려왔다. 그는 가까스로 일어나 냉장고 앞에 서서 냉수를 벌컥벌컥 마셨다.

회사는 하루 빠질 생각이었다. 어차피 갈 수 있는 몸 상태도 아니었다. 그는 팀장에게 아파서 하루 쉬겠다는 속보이는 문자를 보내고 다시 누워버렸다. 그리고 자신도 모르게 다시 깊은 잠에 빠져들었다.

#25 주사위

오후 1:30, 양진우는 그룹웨어에서 러시아법인 남경찬 차장의 전화번호를 검색하고 있었다. 모스크바와 한국의 시차는 5시간으로 남 차장이 막 출근했을 시간이었다. 그는 전화번호를 자신의 휴대폰에 입력해놓고 회의실로 들어가 통화 버튼을 눌렀다.

"남 차장님, 안녕하세요? 해외지원팀 양진우입니다. 잠시 통화 가능하십니까?"

"진우 씨가 웬일이야? 아침부터 나한테 전화를 다 주시고."

"워크숍 끝나고 잘 돌아가셨죠? 그냥 문안 인사도 드리고, 뭐 약간 궁금한 것도 있고 겸사겸사요."

"아이고, 그 일 때문에 거기 분위기가 장난 아닐 거야. 나도 그날 술 마시러 안 나갔다면 꼼짝없이 지금 한국에 있었을 테고. 직원들은 좀 어때?"

"뭐, 그럭저럭요. 그것보다 급하게 여쭐 일이 있어서 전화했어요."

"하하하. 그래 궁금한 게 있다고 했지. 뭔데? 말해봐라."

양진우는 침을 꼴깍 삼키며 뜸을 들이다가 물었다.

"사실 지금 상황에서 여쭤볼 필요가 있나 하는 생각도 드는데요. 사실은 지난주에 그러니까 표 전무님께서 돌아가시기 전에 지시하신 사항이 있었거든요. 러시아 로컬 스크랩 물량이 유독 모스크바 특정 보세 구역에 있는 위성 창고에서 나오고 있는데 무슨 특별한 사유가 있는지 확인해보라고 하셨습니다."

전화기 너머에서 일순간 침묵이 흘렀다. 이윽고 흘러나온 그의 목소리는 약간 귀찮아하는 투로 바뀌어 있었다.

"에이, 전무님은 뭐 그런 걸 물어보셨대. 하지만 돌아가셨어도 지시는 지시니까. 알았어. 내가 여기 온 지 얼마 안 돼서 파악을 좀 해봐야 돼. 근데 러시아법인 담당은 이영표 대리 아닌가? 왜 진우 씨에게 지시를 하셨을까?"

"글쎄요. 전무님께서 워낙 성격이 급하셔서 그냥 눈에 제가 보여 지시하신 것 같네요. 여하튼 답변 주시는 대로 이정석 상무님께 보고를 올리도록 하겠습니다."

갑작스런 질문에 당황한 양진우는 대충 생각나는 대로 둘러댔다.

"어, 그래. 진우 씨가 수고가 많네. 잘 지내고 연락 자주 하자고. 언제 시간되면 모스크바에 함 놀러오고."

자리로 돌아온 양진우는 휴지를 뽑아 이마에 흐르는 땀을 닦아
냈다.

'이제 주사위는 던져졌어!'

남 차장으로부터 어떤 형태의 답변이 오는지에 따라, 오랜 추적은
어떤 형태로든 대미를 장식하게 될 예정이었다.

막막한 벽에 부딪혀 포기할 생각마저 품었던 지난 8월 말경, 양진
우는 해외법인의 창고 임차현황 자료를 뒤져보다가, 상파울루와 모
스크바에 주요 창고라고 해도 무색할 큰 규모의 위성 창고가 존재한
다는 사실을 알게 됐다.

그는 영업 부서에 근무하는 동기에게 혹시 그러한 위성 창고에 대
해 들어봤는지 물어봤다. 뜻밖의 대답이 돌아왔다. 두 나라의 경우
는 보세 구역까지만 물품을 인도해달라고 요구하는 거래선이 적지
않다는 것이었다. 그러한 거래선들은 소위 '검은 통관'이나 '회색 통
관'으로 물품들을 자국에 밀반입해 탈세를 도모한다는 설명과 함께
였다.

여기까지는 크게 의미 있는 진전은 아니었다. 그러나 양진우는 며
칠 후 두 나라의 로컬 스크랩 물량들이 100% 문제의 두 위성 창고
에서만 발생했다는 사실을 확인하게 됐다. 모든 퍼즐이 한꺼번에 맞
아떨어지는 전율의 순간이었다.

보세 구역의 위성 창고는 로컬 스크랩 대상이라 규정한 물품의
처리에 안성맞춤인 장소였다. 누군가가 멀쩡한 제품을 로컬 스크랩

으로 처리한 뒤 어둠의 경로를 통해 밀반입 과정을 거치고 암시장에서 현금 뭉치로 바꿨으리라는 추론이 가능했다.

검은돈을 만들어내는 프로세스는 거기까지 파악됐다. 그다음은 돈이 누구에 의해서 어디로 흘러 들어가느냐 하는 문제가 남았다. 양진우가 남 차장에게 던진 질문은 그 문제에 대한 해답을 확인해 줄 묘안이었다.

해답은 남 차장으로부터 예상되는 세 가지 유형의 반응으로 확인될 예정이었다.

첫 번째, 그동안 품었던 모든 의심이 헛된 음모론에 불과하다는 결론. 이 경우는 남 차장으로부터 매우 설득력 있고 객관적으로 이해할 수 있는 답변이 온다는 전제였다. 오랜 추적의 결과물로서 양진우에게는 약간 허탈한 결과일 수 있겠으나, 어쩌면 가장 해피엔딩의 케이스였다.

두 번째는 소수의 무리들에 의한 횡령이라는 결론. 이 경우에는 남 차장이 끝내 답을 내놓지 않거나, 납득할 수 없는 변명으로 얼렁뚱땅 넘어가려는 반응이 예상됐다. 여기서 소수의 사람들이란 조기룡 상무와 방신희 부장, 이영표 대리 그리고 두 해외법인의 관리 담당 정도를 의미했다. 방 부장이 일전에 표 전무에게 뭔가 감추려 했던 해프닝으로 미뤄봤을 때 가장 가능성이 높은 케이스로 추측할 수 있었다.

세 번째는 생각만 해도 끔찍했다. 최고 경영진을 포함한 회사가 조직적으로 비자금을 조성해왔다는 결론. 이 경우라면 표 전무도 분명히 개입했을 것이고, 그가 뻔히 아는 일을 알아보라고 지시를 내렸다는 거짓말은 남 차장이 즉각적으로 눈치챘을 것이 자명했다. 물론 방 부장이 표 전무에게 자세한 내용이 보고될 것을 우려한 것은 언뜻 이해가지 않았지만, 회사 차원의 비리에 개인적인 일탈이 가미되었을 가능성을 배제할 수 없었다. 이 경우에는 남 차장으로부터 어떠한 답변을 기대할 수 없음은 물론, 회사의 조직적 결정에 의해 양진우 자신에게 심각한 조치가 취해질 수 있었다. 각오는 돼 있었다. 어차피 그런 회사라면 다니고 싶은 생각도 없었다.

양진우는 느슨해진 넥타이 매무새를 고치고, 서랍에서 수건을 꺼내어 천천히 안경알을 닦았다. 그는 오래지 않아 수면 위로 드러날 진실의 실체를 담담하고 차분하게 기다릴 작정이었다.

*

몇 시간이나 잠들었을까? 성찬수 과장은 베개 밑 휴대폰에서 울려오는 진동음에 다시 눈을 떴다.
'아프시다 하던데 몸은 좀 괜찮으세요? 몸조리 잘하시고 내일 봬요.'
우민재 과장이 보낸 문자였다. 성 과장은 잠시 눈을 찌푸리고 휴대폰 전원을 꺼버리려다 벌써 오후 2시가 넘었음을 알게 됐다. 문득 강렬한 통증처럼 허기가 밀려왔다. 그는 라면이라도 먹어야겠다는 생각으로 몸을 일으키려 했다.
바로 그때였다.

빠지직!

거실에서 들려오는 소리였다. 그해 봄에 새로 이사를 오면서 거실 바닥을 목재로 교체했는데 공사가 부실했는지 군데군데 밟으면 삐 걱대는 소리가 나곤 했다.

'누구지? 거실에 누군가 있어!'

아내가 돌아올 시간도 아니었고, 딸이 유치원에서 혼자 귀가했을 리도 만무했다.

성 과장은 천천히 몸을 일으키고 거실 쪽으로 신경을 곤두세웠 다. 한동안 아무런 인기척이 들리지 않았다. 그는 밖의 동정을 확인 하기 위해 방문 쪽으로 살금살금 다가갔다.

뿌우~ 삐비빗! 뿌우~삐비빗!

문틈 사이로 장난감 새의 울음소리가 들려왔다.

"헉! 바, 밖에 누구야?"

뒷목이 서늘해지는 느낌에 그는 외마디 비명을 지르며 방문을 열 어젖혔다.

#26 죽은 자의 편지

아침 9:05, 양진우는 성찬수 과장과 함께 흡연장에서 나오는 길이 었다. 이른 아침임에도 하루 일과를 담배로 시작하려는 사람들의 행 렬이 계속 몰려오고 있었다.

"술도 몸을 생각하면서 드세요. 좀."

"…"

양진우의 조심스러운 핀잔에 성 과장은 묵묵부답이었다. 담배를 피우는 동안에도 그는 아무 말도 하지 않았다.

"어제 휴가 내신 거 술병 때문인지 다 알거든요."

"…."

양진우는 그에게 더 말을 붙여봐야 소용이 없다는 것을 깨달았다. 그는 마치 정신이 나간 사람처럼 무엇인지 자신의 생각에만 골몰해 있었다.

"아아악!"

날카로운 비명이 들려온 것은 양진우가 사무실 문을 막 열고 들어서던 순간이었다. 곧이어 누군가의 울먹이는 소리가 조용한 사무실을 뒤흔들었다.

"제가 알아보고 오겠습니다."

양진우는 성 과장에게 말하고 소리의 진원지로 뛰어갔다. 경영관리팀 복도쪽 끝자리에 앉은 여자 사원의 주변으로 사람들이 몰려들었다. 그녀는 죽은 표병식 전무의 비서였다.

두 손에 얼굴을 묻고 흐느끼는 여비서를 뒤로하고, 사람들은 그녀의 모니터를 들여다보고 있었다. 모니터에 집중된 그들의 눈에는 충격과 공포가 서려 있었다. 어떤 이는 짧은 탄식 같은 비명을 내뱉기도 했다.

양진우는 사람들 틈을 비집고 그녀의 모니터를 들여다봤다.

이메일이었다. 수신자는 경영지원본부 전원이었으므로 자신의 자리에서도 확인 가능한 메일이었다. 양진우는 메일의 위쪽에 발신자의 이름을 확인하고 한동안 입을 다물지 못했다.

발신 : 표병식<bspyo11@km.co.kr>

수신 : 경영지원본부(전자_컴퓨터BG_직할)

제목 : (없음)

2012년 9월 ××일 오전 09:07:22

내 물건을 훔치고 나를 죽인 자여! 너 또한 처참하게 죽게 될 것이다.

*

오전 10:10, 서울 KM빌딩 23층의 오수경 차장과 광주 휴대폰 공장 이정석 상무의 통화가 길게 이어지고 있었다.

"상무님, 이메일 발신자 파악은 아직인가요?"

"전산팀에서 발신한 PC까지는 확인했어. 그런데 출장자용 공용 노트북이라는군. 누군가 표 전무님 아이디로 그룹웨어에 접속했어. 전무님이 전산상으로는 아직 처리가 안 돼 있었다는군."

오 차장의 뇌리에서 '공용 노트북'이라는 단어가 굵은 글씨체로 확대돼 떠올랐다.

"혹시 해외지원팀 노트북 아니었나요?"

"그걸 어떻게 알았지? 벌써 소식 들은 거야?"

"아, 아닙니다. 그냥 짚어봤습니다. 그럼 누가 그 노트북을 사용했는지는 아직이다, 그 말씀이시죠? 혹시 파악이 가능은 하겠습니까?"

"글쎄, 솔직히 쉽지는 않겠어. 노트북은 아래 2층 회의실 구석에서 발견됐다는데, 자네도 알겠지만 계단으로 잠깐 2층에 내려갔다 온 사람들을 일일이 확인할 길이 없지. 사무실 내부를 감시하는 CCTV는 없으니까 말이야."

"어쨌든 발신자는 표 전무님의 그룹웨어 패스워드를 알고 있었던 직원이잖아요. 그걸로 용의자를 추려볼 수는 없을까요?"

"알면서 왜 그래? 우리 회사도 보안을 중시하지만, 표 전무님이 어떤 분이셨나? 예전부터 출장 중에 긴급한 전자 결재 건이 있어도 절대로 남에게 패스워드를 알려주신 적이 없었잖아."

오 차장은 고개를 끄덕였다. 하지만 자신의 이해가 중요한 상황은 아니었다. 그는 목소리의 톤을 한층 높여서 본사의 심각한 분위기를 전달해야 했다.

"상무님, 이번 일은 대충 넘어가시기 어려워 보입니다. 기조실에서 매우 심각하게 받아들이고 있어요. 하드디스크 도난 사실은 현장에 있었던 상무님과 저도 함구하던 특급 보안 사항이잖습니까? 누군가가 그 사실을 흘렸다는 사실을 크게 우려하는 분위기입니다. 오후 1시부터 기조실 긴급 중역 회의가 소집됐으니까, 아마 상무님께도 올라오시라고 곧 전화가 갈 겁니다."

전화를 마친 오 차장은 복도로 걸어가 자판기 커피를 뽑았다. 표 전무가 죽은 이후 겨우 한숨 돌리는가 싶더니 또 사건이 터지고 말았다.

'분명 누군가가 있어. 나를 포함해 중요한 사람들의 패스워드로 회사의 정보를 캐는 누군가가.'

어쩌면 그 일은 생각보다 오래전부터 진행돼왔을 수도 있겠다는 생각에 이르자, 그의 목덜미에 서늘한 소름이 돋았다.

*

"근데요. 대체 그 '물건'이라는 게 뭘까요? 그날 밤 살인범이 '훔쳐 간' 뭔가가 있었다는 말인가요?"

점심식사를 위해 식당동 쪽으로 발걸음을 옮기던 홍수진 대리가 고개를 갸우뚱거리며 물었다.

"쉿! 대리님 조용히 하세요. 아까 그 이메일 삭제하고 절대 함구하라는 불호령을 벌써 잊었어요?"

양진우가 눈을 부라리며 손으로 홍 대리의 입을 막는 시늉을 했다.

"야! 그걸 누가 몰라? 우리끼리니까 묻는 거잖아."

그녀가 펑퍼짐한 연두색 바지에서 손을 꺼내 양진우의 손을 탁 치며 응수했다.

"글쎄요. 누가 장난친 건 아닐까 그런 생각도…."

우민재 과장이 그녀의 질문에 대꾸를 하려다 주변에 누가 엿듣는지 뒤돌아보더니 순간 우물거렸다.

"저기 이정석 상무님 맞죠? 식사도 안 하시고 어디 가시는 걸까요?"

우 과장이 짧고 통통한 손가락으로 가리킨 곳에는 이정석 상무가 자신의 차량에 오르는 모습이 보였다.

"오늘 이메일 사건 때문에 한 따까리 하러 서울 가시는 것 아니겠어요? 언제 이 바람이 잔잔해지려는지….'"

양진우가 심드렁하게 대꾸했다. 성찬수 과장만이 일행 중에서 굳게 입을 다물고 있었다. 그는 묵묵히 식당으로 앞장서서 발걸음을 재촉했다.

*

식사를 하는 둥 마는 둥 숟가락을 놓은 성 과장은 오른손 가운뎃손가락으로 연신 테이블을 두들기고 있었다.

'누군가 표 전무의 물건을 훔쳐갔다?'

어느덧 그는 전날 오후에 그의 아파트에서 벌어졌던 공포의 기억을 떠올리고 있었다.

성찬수가 열어젖힌 문 뒤로 정장 차림의 괴한이 모습을 드러냈다. 큰 키에 짧은 머리, 검은 테 안경. 나이트클럽에서 자신을 지켜보던 바로 그 사내였다. 그의 야수와 같은 눈빛이 성 과장의 동그랗게 치켜뜬 눈동자에 부딪혔다.

"누, 누구…."

성찬수의 말이 끝나기도 전에 괴한은 우당탕 소리를 내며 쏜살같이 현관문을 열고 도망쳤다. 찰나의 순간에 벌어진 일이었다. 성찬수는 다리가 얼어붙어 꼼짝도 못하다가 가까스로 거실로 걸어 나왔다. 현관문 밖에서 계단을 통해 뛰어 내려가는 괴한의 구둣발 소리가 들려왔다.

그는 사내를 추적할 엄두가 나지 않아 베란다로 뛰어가 아래를 내려다봤다. 얼마 후 검은 정장의 사내가 허둥대며 1층 현관을 빠져나오는 모습이 보였다. 그는 근처에 주차된 검은 승용차의 문을 열고 곧바로 차를 움직였다. 굉음과 함께 차는 멀리 사라져갔다. 너무 멀어 번호판도 보이지 않았다.

베란다에 서서 마음을 진정시키던 성찬수는 정신을 차리고 거실로 돌아왔다. 사내가 다녀간 흔적을 확인해보기로 했다. 이상하게도 딸의 장난감 방문이 활짝 열려 있었다. 장난감 새장은 그 방에 놓인 작은 책상 위에 놓여 있었다.

'여기서 뭘 하고 있었을까? 새와 놀았을 리는 없겠고.'

그는 돌아서려다 문득 책상 위에 놓인 PC 모니터가 켜져 있는 것을 발견했다.

'내 PC를?'

성 과장은 PC 앞에 앉아 마우스에 손을 갖다 댔다. 모든 디렉토리에 걸쳐 파일 검색이 진행 중이었다. 검색어는 'Project-K'라 입력돼 있었다.

'누가 보낸 사람일까? 그리고 Project-K는 또 무슨 뜻일까?'

새벽까지 성 과장을 잠 못 들게 한 의문들이었다. 불면의 성과는 전혀 없지는 않았다. 성찬수는 괴한이 최소한 경찰이 아니라고 어렴풋이 깨달았다. 경찰이라면 무단으로 남의 집에 침입해 파일을 뒤지는 짓을 하지는 않을 테니까.

"성 과장님 무슨 생각을 그렇게 골똘히 하세요? 요즘 얼굴이 너무 힘들어 보이세요."

맞은편에서 식사를 마친 홍 대리가 걱정스런 얼굴로 물어왔다.

"…"

여전한 묵묵부답에 그녀는 머쓱한 표정을 지었다. 성 과장의 오른손 마디에서 메트로놈처럼 규칙적인 리듬이 흘러나왔다. 몇 개의 장면이 그의 머릿속에서 파노라마처럼 흘러가고 있었다.

표 전무 살인 사건 당시 연수원 현장을 직접 방문했던 기획조정실장의 굳은 얼굴, 감사실이 경찰 조사의 창구가 돼 직원을 보호하겠다는 이정석 상무의 발표, 회사가 뭔가 통제하려 하는 것 같고 그들이 보호하려는 것이 직원들은 아닐 것 같다며 의문을 제기하던 홍 대리의 천진난만한 얼굴, 자신의 아파트 거실에 서서 컴퓨터를 뒤지던 검은 양복의 사내, 그리고 오늘 아침 죽은 표 전무가 보낸 이메일 문구.

'그거야!'

테이블을 두드리던 성찬수의 손가락이 갑자기 동작을 멈췄다. 그는 식판을 들고 벌떡 일어나는 모습으로 일행을 또 어리둥절하게 만들었다.

늦은 밤 귀갓길에 오른 성찬수는 머릿속으로 차분하게 직소 퍼즐을 맞추고 있었다.

'이제야 그림의 윤곽이 보이기 시작하는군. 표 전무가 죽은 날 그가 가진 어떤 '물건'이 사라진 게 분명해. 뭔지 모르겠지만 그 물건에는 외부에서 알면 안 되는 '정보'가 담겨 있어. 괴한이 찾던 그 'Project-K'와 관련된 정보일 거야. 회사의 목표는 단 하나, 극비의 정보가 담긴 그 물건을 비밀리에 회수하는 일이지. 그리고 회사는 내가 표 전무를 죽이고 그 물건을 가지고 있다 믿고 있어. 물건을 회수할 때까지 나를 괴롭히고 따라다니겠지. 아이러니한 것은 회사가 나를 범인으로 의심하는 한 오히려 나를 경찰에 넘기지 못한다는 사실이야.'

통근 버스에서 내리는 순간 그의 가슴속에 묘한 희망의 불씨가 피어오르고 있었다.

'어쨌든 아직 기회는 있어. 서둘러야 해. 정보가 공개되기 전에 내가 직접 범인을 찾아야 하니까. 죽은 표 전무일 리는 없고, 누굴까? 나에게 힌트를 준 사람. 그자가 범인이야. 그 사람은 분명 사무동 3층에 있어!'

#27 새벽 집회

검은 승용차가 신선한 새벽 공기를 가르며 광주공장 출입문을 통과했다. 잠시 후 사무동 야외 주차장에 모습을 드러낸 사마귀 같은 얼굴이 연신 암흑 속을 두리번거렸다. 주변에는 그의 승용차 말고도 낯익은 2대의 차량이 눈에 띄었다.

새벽 4:50, 방신희 부장이 사무동 1층 회전문을 통과해 향한 곳은 3층 사무실이 아니라 2층에 위치한 화상 회의실이었다.

전날 밤 9시경 그에게 휴대폰 문자가 도착했다. 그는 그 시각 수원

영통 부근의 식당에서 복어 회를 안주 삼아 질편하게 술을 마시던 중이었지만, 일행의 튀어나온 입을 무시하고 부리나케 식당을 나와야 했다.

'그들'로부터 내려진, 실로 1년 만의 소집 통보였다.

화상 회의실의 문을 열고 들어서니, 다른 2명이 먼저 자리를 잡고 앉아 있었다.

"상무님, 제가 좀 늦었습니다."

방 부장은 간사한 목소리로 인사를 건네고, 화상 모니터 앞자리에 가방을 놨다. 상대방은 아무 말도 없이 눈을 감고 있었다. 방 부장은 머쓱한 얼굴로 다른 젊은 남자에게 물었다.

"화상 시스템 연결은 아직인가?"

"예정보다 약간 늦게 오시나 봅니다. 좀 전에 5시 20분에 시작하겠다고 연락이 왔습니다."

의자에 앉은 방 부장은 자신도 모르게 나오려는 하품을 가까스로 참았다. 새벽 회의실 내부에 괴괴한 침묵이 흘렀다. 잠에 빠져들던 방 부장은 꿈결처럼 들리는 사람들의 웅성거림에 번쩍 눈을 떴다.

대형 스크린을 통해 낯익은 얼굴들이 서로에게 인사를 건네고 있었다. 국내외 모두 열두 개의 분할된 화면이 스크린을 꽉 채웠다. 얼마 전까지 자신이 근무했던 러시아법인 후임자의 얼굴도 보였다.

중앙 화면에 위치한 남자가 무거운 표정으로 먼저 말문을 열었다.

고급스런 금테 안경에 백발을 가지런히 빗어 넘긴 노신사였다.

"거의 1년 만인 것 같습니다. 알고 계시겠지만 우리가 모였다는 것은 별로 좋지 않은 일이 일어났다는 것을 의미합니다. 오늘 무슨 일인지는 다들 아실 겁니다. 지난주 컴퓨터BG의 표 전무가 안타까운 일을 당했습니다."

노신사는 잠깐 말을 끊고 주변을 둘러봤다. 그는 계속 말을 이어 갔다.

"그런데 그의 죽음보다 더 심각한 일이 있었습니다. 그가 보관하지 말아야 할 자료들을 사적으로 소유해왔고, 그 자료가 누군가의 손에 들어갔다는 엄청난 사건 말입니다. 이 자리에서 여러분께 엄중히 경고합니다. 'Project-K'와 관련된 털끝만큼의 정보라도 개인적으로 보관하고 있다면, 그것은 곧 파멸을 의미한다는 것을 말입니다. 사건은 거기서 끝나지 않았습니다. 표 전무 이름으로 누군가가 어제 발송한 이메일은 우리에 대한 선전포고나 다름없는 일입니다. 지금부터 비상 체제를 선포합니다. 내가 직접 진두지휘하겠습니다. 먼저 하드디스크 회수는 어떻게 진행되고 있습니까?"

노신사의 질문에 그의 왼쪽 칸 화면 속의 남자가 우물거리며 입을 열었다.

"컴퓨터BG 해외지원팀 내에 유력하게 조사 중인 직원이 있습니다. 증거물도 확보해놨습니다."

"그래요? 이메일 사건 용의자도 동일 인물이겠죠?"

"그게, 좀. 이메일 발송자는 아직 확인 중입니다만 조만간 누구 소행인지 밝혀내겠습니다."

그때 중앙 화면의 노신사가 미간을 찌푸리며 손을 가로저었다. 일순간 주위가 쥐 죽은 듯 조용해졌다.

"확인 중이라는 말이 나옵니까? 도대체 뭘 하고 있는 겁니까? 우리가 오늘 모인 이유를 아직 모르겠습니까? 바로 지난여름 그 사건을 제대로 마무리하지 못해서입니다. 1년이 지나도록 그 쥐새끼를 찾아내지 못했기 때문이란 말입니다. 이번에도 틀림없이 그놈입니다. 정신 바짝 차리세요. 우선 그 해외지원팀 직원은 24시간 감시 체제로 전환하세요. 필요하다면 극단적인 방법도 허락하겠습니다. 이메일 발신자도 틀림없이 그놈이겠지만, 우리 내부의 배신자일 가능성도 배제하지 않겠습니다. 샅샅이 조사해서 일주일 내에 결과를 보고하세요. 신속하고 은밀하게 움직이셔야 합니다. 작년처럼 언론이 나서기라도 하면 여러분과 제가 설 자리는 더 이상 없다는 점을 명심하시기 바랍니다."

노신사는 물을 한 잔 마시면서 잠시 호흡을 가다듬었다. 그의 낮고 음산한 목소리에 화면 속 얼굴들은 정지 화면처럼 얼어붙어 있었다. 잠시 후 그가 또 입을 움직였다.

"마지막으로 하나 더 당부드립니다. 지금 이 순간부터 별도의 지시가 있을 때까지 'Project-K'는 잠정 중단하겠습니다. 최악의 경우에 대비해 혹시라도 있을지 모를 증거 인멸에 착수하시기 바랍니다. 다시 한 번 강조합니다. 지금은 비상 상황입니다."

새벽 5:45, 동이 터오는 사무동 건물 앞에는 3명의 사내가 갈 곳을 몰라 서성이고 있었다.

"이 대리, 가서 차 좀 가지고 온나."

방 부장이 동그란 안경을 쓴 젊은 사내에게 말했다.

"차는 왜? 어디 가려고?"

체격이 다부지고 권투 선수처럼 눈이 부은 중년의 사내가 물었다.

"아침밥 먹으러 안 가실랍니까? 상무님."

방 부장이 간사한 목소리로 대답했다.

"해장국 먹자는 말이구먼. 아까부터 냄새가 풀풀 나더니만. 그럼 이 대리가 수고 좀 해줘."

이영표 대리는 조기룡 상무의 말이 떨어지기 무섭게 쏜살같이 주차장으로 달려갔다.

둘만 남게 되자 방 부장의 목소리가 사뭇 은밀해졌다.

"결국 비상 선포까지 오게 됐네요. 이런 정도면 상무님이 본부장 자리로 가는 게 더 확실해진 거 아니겠습니까?"

"누가 듣겠어. 조용히 좀 해라."

조 상무가 주변을 둘러보며 나무라는 투로 그에게 말했다.

"아이고, 여기 누가 있다고 그러십니까? 그나저나 양진우 그 녀석 건은 어떻게 처리할 계획이십니까?"

방 부장이 사마귀 같은 눈을 사방으로 굴리며 물었다. 조 상무의 얼굴이 더욱 굳어졌다.

"어떻게 하긴? 더 커지기 전에 바로 조치해야지. 지금 성찬수도 문제지만 우리에게 더 큰 문제는 양진우야. 어르신 귀에 들어가기라도 하면 본부장은 고사하고 우리 둘 다 옷 벗어야 한다고. 그러니까 떡고물도 적당히 해먹었어야지. 자네의 꼬리가 길어서 생긴 문제니까 양진우는 자네가 알아서 조용히 처리하라고."

방 부장이 윗입술을 바르르 떨면서 볼멘소리로 대꾸했다.

"제게만 뒤집어씌울 생각은 아니시겠죠? 저 혼자만 먹은 건 아니잖습니까? 할 수 있을 때 빵 부스러기라도 챙기자 하신 분은 바로 상무님…."

갑자기 조 상무가 방 부장의 멱살을 잡고 흔들었다. 방 부장의 발끝이 땅에 닿을락 말락 했다. 조 상무가 이빨을 드러내며 으르렁거렸다.

"닥쳐! 빵 부스러기와 빵 조각도 구분 못하는 멍청한 새끼! 또 그딴 소릴 했다간…."

조 상무는 말을 멈추고 방 부장의 허수아비 같은 몸뚱어리를 내려놨다. 100여 미터 앞에서 검은 승용차가 비상등을 깜빡이며 다가오고 있었다.

두 사내는 아무 일도 없었던 것처럼 옷을 털고 승용차 뒷자리에 올라탔다. 멀리서 희뿌옇게 동이 트고 있었다.

*

성찬수는 아침 출근길에 매점에 들러 음료수 2개를 챙겨뒀다. 예상대로 그는 사무실에 일찍 나와 있었다. 그는 늘 먼저 출근하고 제일 늦게 퇴근했다.

"차장님. 저랑 잠깐 얘기 좀…."

문경원 차장은 대답 대신 피시식 웃으며 눈짓으로 자신의 앞자리를 슬쩍 가리켰다. 방신희 부장이 자신의 책상에 엎드려 코를 골면서 자고 있었다.

"저분 정신력 하나는 알아줘야겠지? 너도 이런 건 배워둬라. 술 마시다 지각할까 봐 아예 회사에 와서 주무셨나 보다 글쎄. 그래. 뭔 얘기인지는 모르겠지만 오래 걸리지만 않는다면."

그는 성 과장이 대꾸도 하기 전에 일어나 회의실로 앞장서 갔다.

회의실에 앉자마자 문 차장은 성 과장이 건넨 음료수를 단숨에 들이켰다.

"그러고 보니 요즘 내 코가 석 자라 너한테 별로 신경도 못 썼다. 감사실에 불려갔었다는 얘긴 들었어. 별일은 없었던 거지?"

평소 사무적이던 그의 목소리에서 그날은 따뜻한 온기가 배어 나왔다. 까무잡잡한 그의 얼굴이 유난히 반들반들 빛났다.

"사실은 차장님 도움이 좀 필요해서요."

"도움이라니? 그럼 별일이 있었다는 거야?"

문 차장이 자세를 고치고 성 과장의 눈을 정면으로 들여다봤다.

"요점만 말씀드릴게요. 차장님의 그룹웨어 패스워드를 하루만 빌려주실 수 있을까요?"

음료수 캔을 만지작거리던 문 차장의 손이 갑자기 멈췄다.

"패스워드를? 내가 알아듣게 설명을 좀 해봐."

"제가 직접 범인을 잡아야 하니까요. 아니면 내가 잡혀갈 상황이고요."

문 차장이 길게 한숨을 내쉬었다. 좌우로 눈알을 굴리던 그가 천천히 입을 열었다.

"범인이 아니라는 네 말뜻은 알겠어. 어쩌다가 범인으로 몰렸는지 모르겠지만 다른 사정이 있을 테고. 그런데 내 패스워드로 뭘 확인하려는 거지?"

문 차장은 머리가 비상한 사람이었다. 그는 성 과장의 말에서 핵심을 간파하고 있었다.

"솔직히 말씀드리죠. 사실은 전무님을 죽이려는 계획을 가졌었습니다. 하지만 전 죽이지 않았어요. 불리한 증거를 남겼고 그것 때문에 뒤집어쓴 처지 정도로만 말씀드리죠. 패스워드요? 규정에 어긋나는 일인 줄은 알지만 차장님은 인사 웹 접근 권한이 있으시잖아요. 본부원들 인사 기록을 확인해보고 싶어요. 도움이 될지 모르겠지만 지푸라기라도 잡아야 하는 상황이니까요."

문 차장에게는 본부 전체를 총괄하는 실무 책임자로서 예외적으로 본부원 전체에 대한 열람 권한이 제공돼 있었다. 큰 눈을 깜빡거리던 문 차장의 상체가 의자 등받이로 조금 멀어졌다. 팔짱을 낀 채로 눈을 지그시 감았던 그가 다시 눈을 떴다.

"전무님을 죽이고 싶었던 이유는 묻지 않으 마. 대충은 이해하니까. 그래. 네 사정은 대충 알겠어. 그렇지만 패스워드는 곤란해. 너도 알잖아. 이놈의 회사 보안 정책이 결벽증 수준인 거."

성 과장이 양손을 모으고 상체를 숙이며 다시 부탁해봤다.

"차장님. 압니다. 그래서 부탁을…."

"미안하다. 어려운 사정은 알겠지만 못 들은 걸로 하마."

원칙을 중시하는 성향으로 미뤄 예상하지 못한 바는 아니었지만, 그는 결국 부탁을 거절하고 자리에서 일어났다. 성 과장은 그의 좁고 구부정한 어깨가 문틈으로 사라지자마자 고개를 푹 숙였다.

*

저녁 6:23, 광화문 본사의 오수경 차장은 오랜만에 이른 퇴근을 준비하고 있었다. 표 전무 사건으로 정신이 없기도 했지만, 일찍 퇴근할 분위기도 아니었다. 그녀의 얼굴을 보지 못한 지난 일주일의 기간이 마치 한 달처럼 느껴졌다.

표 전무 사건은 좀처럼 해결될 기미가 보이지 않았다. 감사실의 조사 과정이나 결과는 오 차장에게 거의 공유되지 않는 상황에서, 사건과 관련해 그가 할 수 있는 일은 사실상 별로 없었다.

오수경은 회사 앞에서 택시를 잡았다. 그녀를 만나기로 한 곳은 회사에서 기본요금 거리인 안국역이었다. 그동안 그녀와의 데이트 장소로 회사 주변은 가급적 꺼려왔지만, 그날은 그녀가 인사동 거리를 걷고 싶다는 말에 생각을 바꿔야 했다.

오수경이 택시에서 내리려는 순간, 안국역 6번 출구 앞에 환하게 웃고 있는 그녀의 얼굴이 눈에 들어왔다. 아니, 더 정확히는 그녀의 얼굴만.

"오랜만이다. 바쁜 직딩하고 친구하니까 참 힘드네."

그녀는 언제나처럼 만날 때마다 악수를 하자며 손을 내밀었다. 오수경은 악수 대신 그녀의 손을 꼭 붙잡고 인사동 입구로 발걸음을 옮겼다.

"야. 너 아는 사람이라도 만나면 어쩌려고 이래? 빨리 놔."

하지만 그녀의 말투는 그리 적극적이지는 않았다.

"오랜만이라 반가워서 그런다. 옛날에는 늘 이렇게 다녔는데."

오수경은 오히려 그녀의 손을 더 꼭 쥐고, 곁눈질로 그녀의 표정을 살펴봤다. 이상하게도 그녀의 눈에서 어두운 기색이 느껴졌다.

그들은 인사동 쌈지길을 5분 정도 걷다가 왼쪽 골목길로 들어섰다. 허름한 한옥 식당 앞에서 태경은 발걸음을 멈췄다.

"저번에 너 간장게장 좋아한다고 했지? 널 위해서 특별히 예약해 뒀거든. 돈 못 버는 아줌마지만 오늘은 내가 산다."

안으로 들어서니 한창 저녁 시간임에도 손님이 별로 없었다. 둘은 방으로 안내를 받았다. 2개의 테이블이 놓인 작은 방이었다.

"유명한 곳이라더니 손님도 없고 썰렁하네 뭐."

오수경이 장난기 어린 눈으로 태경을 슬쩍 흘겨봤다.

"이상하다. 분명히 예전에는 자리가 없어 줄 서서 먹었는데."

태경은 멋쩍은 얼굴로 오수경에게 방석을 건네주며 혼잣말했다. 오수경이 물었다.

"언제? 누구랑 왔었는데?"

"그게. 누구랑 왔더라? 하도 오래돼 생각이 안 나네."

태경이 실없이 웃었다. 어쩐지 그녀의 얼굴이 다시금 어두워졌다.

"수경아, 사실은 오늘 할 얘기가 있어."

오수경이 반 그릇 정도를 비울 때쯤 그녀가 조용히 젓가락을 내려 놓으며 말했다.

"아까부터 이상하더라. 오랜만에 만났다고 낯을 가리나. 뭔데?"

태경은 뜸들이지 않고 짧은 말을 툭 던졌다.

"그만 만나자."

방 안을 유영하던 모든 먼지가 일순간 동작을 멈춘 듯했다.

오수경은 고개를 들어 그녀의 눈을 올려다봤다. 그녀의 흔들리는 갈색 눈동자 속에 눈을 동그랗게 뜬 자신의 얼굴이 나타났다.

벙어리처럼 말문이 막힌 오수경의 시선을 피하면서, 그녀는 또박 또박 말을 이었다.

"하루 종일 너에게 연락을 할까 말까 전화기를 만지작거리는 내가 싫어졌어. 나 때문에 힘들어하는 너를 볼 면목도 없고."

"말했잖아. 그, 그런 건…."

오수경의 목소리가 가늘게 떨렸다. 하지만 태경이 그의 눈을 똑바로 보면서 입을 여는 바람에 더 이상 말을 잇지 못했다.

"어느 날 문득 너를 부를 마땅한 호칭이 없다는 사실에 슬퍼진 적이 있었어. 친구도 아니고, 남편도 아니고. 오빠도 아니고. 굳이 말하자면 내연남이겠지. 한 번도 보지 못한 너의 아내와 아들이 꿈에 나와 나를 무섭게 노려보더구나. 수경아, 난 자신 없어. 더 깊어지기 전에 여기서 멈춰야 할 것 같아."

오수경은 고개를 숙이고 묵묵히 그녀의 얘기를 들었다. 한참 후 얼굴을 든 그의 목소리는 차분하게 누그러져 있었다.

"밥은 다 먹고 헤어지는 거다."

그는 천천히 숟가락을 손에 쥐고 다시 밥을 먹기 시작했다.

식당을 나온 두 사람은 말없이 걸었다. 손을 잡고 내려왔던 골목길을 거슬러 올라가 그들은 어느덧 안국역에 다다랐다. 지하철역으로 내려가는 계단 앞에서 그녀가 오수경을 향해 손을 내밀었다. 하지만 그는 그녀의 손을 잡지 않았다. 그는 잘 가라는 인사만 건네고 획 돌아서버렸다.

10여 미터를 걸어간 그가 문득 뒤를 돌아봤다. 고개를 숙이고 지하철 계단을 내려가는 그녀의 모습이 보였다. 그는 눈을 질끈 감고 뒤돌아 걷다가 다시 돌아봤다. 이제는 그녀의 모습이 보이지 않았다. 오수경은 그 자리에 멈춰 그렇게 한참을 서 있었다.

잠시 후 오수경은 어디론가 하염없이 걷고 있었다. 젊은 날 그녀의 결혼 소식을 들었던 그날처럼 다리가 휘청거렸다. 대학로 방향으로 펼쳐진 가로등 빛이 그의 눈가에 맺힌 무언가와 부딪혀 반짝거렸다. 그리고 반짝이는 불빛들은 어느새 녹아내려 그의 두 뺨을 타고 흘러내렸다.

#28 미행

텅 빈 주말의 사무동 3층, 성찬수 과장은 자신의 자리에서 컴퓨터를 켜고 그룹웨어 창을 열었다. 오후 3:45, 오전에 직원 몇이 다녀간 뒤로 사무실에는 아무런 인기척이 없었다. 주말에도 평일처럼 직원들이 북적이던 사무실의 풍경과는 사뭇 달라졌다. 그 또한 표병식 전무의 죽음으로 인한 변화 중의 하나였다.

그룹웨어 초기 화면에 아이디와 패스워드를 입력하고 엔터 키를 누르자, 화면 왼쪽 상단에 '안녕하세요? 문경원 님'이라는 문구가 나타났다.

'생각해보니 규정이라는 것도 다 사람 살자고 있는 건데, 내가 좀 매정했다. 인사 정보가 네 일에 도움이 될지는 의문이다만, 사정이 그렇다니 외면하기도 어렵더군. 내 패스워드를 보낸다. 단 월요일에는 패스워드 변경할 테니 그리 알고.'

전날 늦은 시각, 문경원 차장이 보낸 문자 메시지였다.

성 과장은 인사 웹 검색에 뚜렷한 목적을 가지고 있었다. 표 전무를 죽인 사람은 어떤 물건을 탈취하려는 목적도 있었지만, 그를 살해하는 것 또한 주요 목적이었다. 단순히 물건만 탈취하려 했다면 표 전무가 방을 비운 시간에 침입했으면 더 쉬웠을 테다. 무엇보다도 범인이 사전에 약물을 준비했다는 것이 애초에 살인을 계획했다는 증거였다.

성 과장은 경영지원본부 구성원들의 인사 기록을 통해 표 전무에게 살의를 품었을 만한 용의자군을 1차적으로 추려보고 싶었다. 물론 그날 연수원에는 본부 인력 이외에도 현업 팀장들과 해외 주재원들이 일부 포함돼 있었다. 그러나 성 과장은 사무동 3층의 본부원들에게 집중할 계획이었다. 표 전무의 계정으로 이메일을 보낸 사람은 물리적으로 가까이 있는 직원들이 유력하기 때문이다. 이메일이 해외지원팀 공용 노트북에서 발송됐다는 사실은 본부 내에 떠도는 공공연한 비밀이었다. 성 과장은 본부원 중에서도 어쩌면 해외지원팀 동료들을 더욱 의심의 눈으로 봐야 할 필요성을 느꼈다.

성 과장은 상단 메뉴에서 '인사 웹'을 찾았다. 그리고 하위 메뉴에서 '교육 이력'을 찾아 클릭했다. 최근 몇 달간 이천 연수원 교육과정 참석자들의 기록을 열람하려는 의도였다.

그는 자신과 같은 날짜에 같은 장소에서 거의 유사한 살인 방법을 선택한 범인이 이미 범행 계획 과정에서도 비슷한 과정을 지나왔으리라는 가설을 세웠다. 실제로 자신이 지난여름 휴가 시즌에 사전 답사 목적으로 하루짜리 연수원 교육과정을 다녀온 점을 상기했다.

성 과장은 검색 조건에서 기간은 8월, 대상자는 경영지원본부로 입력한 후, 엔터 키를 눌렀다. 달랑 1명이 검색됐다. 놀랄 것도 없이 성 과장 자신의 이름이었다. 하계휴가 기간이라 개설된 과정도 적었을 뿐 아니라 신청자 또한 거의 없었다.

기간을 6월에서 7월 사이로 변경해봤다. 10건의 교육 실적이 있었다. 초임 임원을 대상으로 하는 리더십 과정에 조기룡 상무가 다녀온 기록이 있었다. 의무교육인지라 이상한 일은 아니었다. 방신희 부장을 포함한 부장급 몇 명도 임원 승진 대상이 되기 위해 필수적으로 받아야 하는 3일짜리 과정에 다녀왔다. 눈에 띄는 것은 우민재 과장과 홍수진 대리의 하루짜리 교육이었다.

'해외법인 관리규정 교육, 이런 과정도 있었나? 그러고 보니 나한 테도 같이 가자고 했던 기억이 나는 것도 같고.'

일단 화면에 나온 모든 이의 명단을 옮겨 적은 그는 5월 이전의 교육 이력은 조회하지 않기로 했다. 5월 말경 반나절 동안 경영지원 본부 전원이 참석했던 상반기 전략 회의가 기억났기 때문이다.

교육 이력 확인을 마친 성 과장의 얼굴에는 실망의 빛이 역력했다. 내심 기대했지만 별로 특이할 만한 사항은 없었다.

이어서 성 과장은 인사카드를 열었다. 인사카드에서는 직원 개개인의 기초적 인적 사항, 가족 사항, 학력 사항, 상벌 사항, 보유 자격증, 사내 발령 이력, 인사 평가 기록 등을 확인할 수 있었다. 누구부터 열어볼까 골똘히 생각하던 차에 흡연 욕구가 강하게 밀려왔다. 그는 잠시 휴식을 취하기로 했다. 엘리베이터를 타고 내려간 그는 야외 계단을 내려가 야외 흡연장으로 향했다.

점심 무렵 잠깐 내렸던 비가 그쳐 있었다. 가을 주말 오후 공장의 풍경은 새삼 여유로워 보였다. 흡연장에는 엔지니어 서너 명이 담소를 나누고 있었다. 급하게 2대의 담배를 연거푸 태운 성 과장은 다시 사무실로 향했다. 가는 길에 1층 로비에서 따뜻한 커피를 뽑아

올라갔다.

자리로 돌아온 그는 경영관리팀부터 직급 내림차순으로 조회를 시작하기로 했다. 물론 특이 사항이 발견되면 바로 기록하기 위해 다이어리와 펜을 옆에 준비해뒀다.

맨 처음 이정석 상무에 이어 방신희 부장의 인사 기록을 읽어 내려가던 성 과장은 뭔가 이상한 느낌이 들어 집중을 하기가 어려웠다.

'뭐지? 아까부터 신경이 쓰이는데…'

담배를 피우고 돌아왔을 때부터 사무실 내에 그의 신경을 거스르는 무엇인가가 있었다. 실체가 불분명한 불편한 느낌이 머리를 흔들어 떨치려 해도 사라지지 않았다. 찝찝한 기분을 털어버리려 기지개를 켜는 순간, 불현듯 짧은 단상 하나가 그의 뇌리를 스쳐갔다.

'그래! 모니터였어.'

성 과장이 자리에 돌아왔을 때, 틀림없이 모니터 화면이 환하게 빛나고 있었다. 화면 보호기가 작동했다면 그럴 수 없었다. 그는 제어판에 들어가 화면 보호기 설정 메뉴에서 대기 시간이 5분임을 재확인했다. 담배를 피우고 오는데 적어도 10분은 넘게 소요됐음을 감안하면 분명 '틀린 그림 찾기'감이었다.

'그 사이에 누군가 내 컴퓨터를 건드렸다는 말인가?'

성 과장은 자리에서 일어나 사무실 구석구석을 둘러봤다. 아무런 인기척이 없었다.

'그놈들이 감시하고 있을지도 모르겠군.'

하지만 시간이 없었다. 문경원 차장의 패스워드를 사용할 수 있는 기간은 단 하루뿐이었다. 그는 마음을 진정시키고 다시 인사 웹에 정신을 집중해야 했다.

2시간 정도를 눈이 빠지도록 검색했지만 인사카드에서도 특별한 성과는 나오지 않았다. 성 과장은 점점 마음이 초조해졌다.

사무실 원형 벽시계는 벌써 오후 6:30을 가리키고 있었다. 창밖을 보니 곧 어둠이 밀려올 기세였다. 어느덧 인사카드 조회 대상자는 해외지원팀만을 남기고 있었다.

해외지원팀 명단의 맨 위에 있는 조기룡 상무의 이름을 클릭했다. 당년 48세의 그는 KM에 입사한 이래 줄곧 홍콩 지사 주재원을 포함해 엘리트 코스를 밟아왔다. 소위 해외파 관리통으로 남들과 차별화되는 커리어를 자랑하는 그는, 나이 든 사람치고는 젊은 사람 못지않게 중국어와 영어에도 능통했다.

이미 알고는 있었지만, 박순주 차장은 영국 유학생 신분으로 현지 한국 회사에서 일하다가 2005년 KM전자에 특별 채용됐다. 그녀의 고과는 예상대로 늘 평균 이상을 유지해왔다.

40세의 우민재 과장은 미국 오스틴에서 컴퓨터 S/W 관련 석사 과정을 중퇴하고, 2003년 KM전자 컴퓨터BG S/W 엔지니어로 입사했다. 그는 특이하게도 2008년에 사무직으로 전직해 이후 경영지원본부에서 근무해왔다. 가족 사항에서 부모 항목에 부친 칸이 비어 있다는 점도 눈에 띄었다. 언젠가 그가 부친 제사라며 술자리를 마다했던 기억이 떠올라 굳이 다이어리에 옮겨 적지는 않았다.

이영표 대리는 미국에서 고등학교와 대학을 나왔다. 그 또한 가족 사항에 부모 모두가 비어 있었다. 그가 평소 보인 행색으로 보아 고아 같지는 않았기 때문에 성 과장은 이를 기록해뒀다.

차상준 대리는 역시 평범한 대학을 졸업하고 평범한 고과를 받으며 그저 평범하게 생활하는 녀석이었다. 특이할 만한 사항이 너무 안 보였다.

홍수진 대리와 양진우 사원은 성 과장이 평소 너무나 잘 알고 있는 내용들뿐이었다. 다만 홍 대리가 이공계 대학을 나왔다는 사실은 처음 알게 됐다. 평소 해박한 경영 지식을 뽐내는 통에 당연히 경영학과 출신이라 여겼던 그녀의 전공은 생물학이었다. 그녀의 인사 고과 또한 놀라웠다. 입사 6년 차에 해당하는 그녀는 입사 초기에 B 이상의 상위 고과를 받다가 2년 전에 D로 하위 고과를 그리고 전년도에는 E라는 최하위 고과를 받았다. 성 과장이 봐도 업무 면에서는 나무랄 데가 없는지라, 다소 의아스러운 부분이었다. 성 과장은 이 또한 특이 사항으로 기록해뒀다.

모든 검색을 마친 성 과장은 시무룩한 얼굴로 컴퓨터를 껐다. 창밖은 완전히 어두워졌다. 언제부터인가 다시 비가 추적추적 내리고 있었다.

'남의 뒷조사를 하는 일이 별로 재미있지는 않군. 오늘은 이만해야겠어. 솔직히 내가 지금 여기서 뭐하고 있는지 모르겠거든.'

성 과장은 컴퓨터를 끄고 우산을 챙겼다. 사무실 소등은 순찰 경비원의 몫으로 남기기로 했다. 사무동을 나와 주차장 쪽으로 걸어가던 성 과장은 20미터쯤 걸어가다가 생각보다 비가 거세다는 사실을 알게 됐다.

'우산을 쓰나마나야. 빗줄기가 좀 약해지면 가야겠어.'

그는 다시 사무동 현관 쪽으로 발걸음을 돌렸다. 문득 건물을 올려다보니 사무동 3층 말고 4층에도 불이 켜져 있었다. 4층에는 인사팀과 총무팀이 있었다. 아마도 다음 주에 있을 경영지원본부장 발령을 준비하느라 주말에도 작업을 하러 나온 것 같았다.

시선을 내리고 두어 걸음을 걷던 그가 다시 발걸음을 멈췄다. 사무동의 불빛 속에서 뭔가 움직이는 물체를 본 것 같았다. 그는 천천히 고개를 들어 시선을 위로 향했다.

3층과 4층 사이, 불 꺼진 비상계단 라인의 어두운 구석에 사람의 형체가 보였다. 팔짱을 낀 채 성 과장 쪽을 내려다보고 있는 사내는 검은 정장 차림을 하고 있었다.

#29 역습

두 가지 굵직한 이벤트가 기다리는 월요일 아침이 밝았다. 먼저 2013년도 경영계획을 위한 매출 목표가 확정될 예정이었다. 또한 경영지원본부장 인사 발령도 그날 발표가 예고돼 있었다.

기본급 인상이나 성과급 지급률 발표처럼 초대형 이벤트는 아니지만, 누가 자신의 상전 자리에 오를지는 초미의 관심사일 수밖에 없었다.

양진우는 아침에 오자마자 이메일부터 확인했다. 매일매일 기다리던 메일은 그날도 오지 않았다. 어느 정도는 예상했던 일이지만 실망감이 밀려왔다. 그에게는 오늘 본부장이 누가 되는지, 내년도 확정 매출 계획이 얼마인지보다 그 메일이 더 중요했다.

그는 며칠 전 러시아법인의 남경찬 차장에게 최후통첩 메일을 보냈다. 일전에 요청했던 보세 구역 창고물품 관련 확인요청 사항을 무조건 주말 내로 회신해달라는 내용이었다. 이정석 상무에게 보고 일정이 월요일로 잡혀 더 이상 미룰 수 없다고도 덧붙였다.

그가 답을 주고 있지 않는 상황에서 이번 실험 결과의 무게중심은 이미 세 번째 경우의 수로 기울고 있었다.

오전 10:03, 드디어 차년도 매출 목표가 공지됐다. 컴퓨터BG 총 9.5조, 해외법인 연결 기준으로 총 10조라는 목표가 수립됐다. 여기저기서 직원들의 웅성거리는 소리가 들려왔다.

"이거 너무 심한 거 아닌가요? 금년 예상 매출이 연계 기준으로 8조 수준인데. 내년에 25% 초과 달성을 하라는 얘기네요. 이건 지난번 워크숍 때 결정된 가이드보다 한 술 더 떴는데요? 내년에도 죽어 나겠어요."

자리에서 일어난 홍수진 대리가 황당하다는 표정으로 팀원들을 둘러보며 말했다.

"양진우 씨, 매출 계획 나온 거 해외법인별로 쪼개서 각 담당에게 보내주세요. 오전 중으로 가능하시겠죠?"

박순주 차장의 카랑카랑한 목소리에도 짜증이 섞여 있었다.

오전 10:46, 열심히 매출 데이터를 정리하고 있던 양진우에게 성찬수 과장이 다가와 넌지시 물었다.

"내일 출발이지? 상하이 출장."

"네. 2주일 동안 사무실을 뜬다는 것만으로 신이 나네요."

"괜찮으면 오늘 간단하게 저녁이나 먹자. 우 과장님하고 홍 대리랑. 앞으로 당분간 뭉치기도 어려울 테니까. 어때?"

"저야 좋지요. 짐은 주말에 벌써 챙겨놨으니까요."

성 과장과 대화를 나누는 도중 직원들이 다시금 술렁이기 시작했다.

"게시판 한번 보세요. 인사 발령 떴습니다."

모니터를 들여다보던 우민재 과장이 들뜬 목소리로 외쳤다. 양진우는 작업하던 엑셀을 닫고 곧바로 그룹웨어의 게시판을 펼쳐봤다.

'보직 발령(컴퓨터BG)', 불과 30초 전에 올라온 게시물이었다. 화면을 바라보던 양진우는 자신의 눈을 믿지 못하겠다는 듯 눈을 서너 번 깜빡거렸다.

	현행	변경
조기룡 상무	컴퓨터BG 경영지원본부 해외지원팀장	컴퓨터BG 경영지원본부장 겸 해외지원팀장
이정석 상무	컴퓨터BG 경영지원본부 경영관리팀장	KM America Inc. 관리담당임원
방신희 부장	컴퓨터BG 경영지원본부 경영관리팀	컴퓨터BG 경영지원본부 경영관리팀장

* 시행일자 : 2012. 9. ×× 일부

204

예상치 못한 반전이었다. 그뿐만이 아니었다. 곧이어 추가로 올라온 전보 발령 내용은 양진우의 말문을 아예 막아버리고 말았다.

그는 이를 악물고 한동안 몸을 부르르 떨었다. 그리고 이내 실성한 사람처럼 큰소리로 껄껄껄 웃음을 터뜨렸다. 그의 주변에 동그랗게 눈을 뜨고 입을 벌린 사람들이 하나둘씩 모여들고 있었다.

	현행	변경
양진우 사원	컴퓨터BG 경영지원본부 해외지원팀	컴퓨터BG 경영지원본부장 겸 해외지원팀장

* 시행일자 : 2012. 9. ×× 일부

*

오수경 차장의 바지 주머니 안에서 휴대폰의 짧은 진동이 울렸다. 그는 허겁지겁 휴대폰을 꺼내봤다.

'형님, 역삼동 미러 초이스 권 상무입니다.'

그는 씁쓸한 기분으로 휴대폰을 책상 위에 던지듯 올려놨다. 하루 종일 신경을 쏟은 휴대폰이 이제는 지긋지긋해 보였다.

태경과 이별하던 그날 밤, 그는 이리저리 거리를 떠돌다 새벽이 돼서야 집에 돌아왔다. 차라리 잘된 일이라고 스스로를 위로하며 잠을 청했다. 이제 아내와 아들을 보며 죄책감을 갖지 않아도 되고, 회사에서도 눈치 보며 비상계단으로 나가서 전화할 일도 없고, 집 앞

엘리베이터에서 수고스럽게 통화 기록을 삭제하지 않아도 된다며 억지 위안을 삼기도 했다.

하지만 다음날 아침 이별 뒤에 밀려오는 공허함은 견딜 수 없는 고통이었다. 가슴이 답답하다 못해 미어졌다. 그는 짧은 기간 동안 그녀가 자신의 일상을 너무나 크게 지배하고 있었다는 사실을 깨닫게 됐다.

'태경아, 아직 난 헤어질 준비가 되지 않은 것 같아. 제발 연락이라도 좀 해줘.'

머릿속으로 읊조리던 오 차장은 기조실 간부 회의에 안 가느냐는 팀장의 핀잔을 듣고 나서야, 허겁지겁 다이어리를 챙겨 들고 자리에서 일어섰다.

*

양진우는 저녁 7시에 출발하는 퇴근 버스를 타기 위해 사내 버스 승강장에 도착했다. 나머지 일행은 먼저 와서 그를 기다리고 있었다. 양진우 옆에 분위기에 맞지 않게 싱글벙글 웃고 있는 누군가를 발견하고 성찬수 과장이 물었다.

"이 대리가 웬일이지? 분당에 무슨 볼일이라도 있어?"

양진우가 히죽거리며 웃고 있는 이영표 대리 대신 대답했다.

"나오는데 같이 가고 싶다고 하네요. 어차피 오늘 제 환송회처럼 됐으니 제가 좋다고 했습니다."

"어쨌든 잘 왔어."

206

성 과장은 별로 반기는 얼굴은 아니었지만, 목소리로는 흔쾌히 그를 맞이했다.

양진우는 곧바로 다음날부터 새로운 부서로 출근하게 돼, 오후 내내 컴퓨터를 포함한 개인 짐을 위층으로 옮겨야 했다. 너무 갑작스러운 인사 발령에 부서원 모두가 함께하는 공식적인 환송회는 나중으로 미뤘다.

"오늘은 곱창? 삼겹살? 기분도 꿀꿀한데 곱창으로 가죠."

홍수진 대리의 제안에 우민재 과장의 얼굴이 순간 밝아졌다.

30분 후, 5명은 둥그런 철제 테이블에 옹기종기 앉아 술잔을 기울이고 있었다.

"상하이 출장 예약은 다 취소한 거냐?"

"네. 예약은 힘들었는데 취소는 참 쉽더라고요. 헤헤헤."

아무렇지도 않다는 듯이 히죽거리는 양진우에게, 홍 대리가 술잔을 내밀었다.

"아까도 말했지만 정말 난 이해할 수가 없다. 넌 혹시 이유를 알고 있는지 모르지만."

그녀는 안주가 나오기도 전에 벌써 세 잔째 들이키고 있었다.

"제가 일이 서툴렀나 보죠. 제 몫의 업무는 이제 남은 분들이 십시일반 해야겠네요. 미안하지만 저는 아주 후련합니다. 하하하."

안주가 나오면서 화제는 자연스럽게 본부장 인사 발령의 충격으로 바뀌었다.

"이 상무님 너무 안되셨어요. 본인도 모르고 계셨는지 무척 당황하는 모습이던데. 조 상무님이 난데없는 복병이 되시다니. 게다가 방 부장님은 또 뭐죠? 팀원 역할도 못하는 사람을 핵심 팀장 자리에 앉히다니. 회사가 도대체 어떻게 돌아가는 건지."

홍 대리의 푸념을 시작으로 사람들은 이정석 상무가 해외 근무를 안 해봤으니 회사에서 배려한 것일 수도 있다는 둥, 조기룡 상무가 본부장과 팀장을 겸직하게 됐으니 어쩌면 해외지원팀이 편해질 거라는 둥, 방신희 부장이 팀장이 됐으니 어쩌면 경영관리팀 직원들이 가장 큰 피해자라는 둥 나름의 분석을 내어놨다.

양진우는 묵묵히 그들의 말을 들으며 고개를 끄덕일 뿐 조용히 술잔만 기울이고 있었다. 조 상무나 방 부장이 전면에 배치된 배경을 그는 어렴풋이 짐작하고 있었다. 진실과 맞바꾼 대가는 너무나 혹독했다. 그는 이제 회사를 떠날 때가 임박했음을 깨닫고 있었다. 취기가 오르면서 연신 담배 연기를 뿜으며 킬킬거리는 이 대리의 모습도 조금씩 거슬리기 시작했다.

조용히 술잔만 홀짝홀짝 비우던 양진우가 난데없이 건배를 제안했다.

"이거 마지막이라고 생각하니 좀 아쉽군요. 우리의 고생스러웠던 날들을 위해 건배 한번 하시죠. 위하여!"

잔들이 붙었다가 떨어질 때쯤 양진우는 다시 이 대리의 잔을 향해 힘껏 자신의 잔을 부딪쳤다.

쨍그랑!

부서진 잔을 쥐고 있는 양진우의 손가락 사이로 선홍색 핏물이 주르륵 흘러내렸다.

안 취했다고 우기는 홍 대리를 택시에 태워 보내고, 네 남자가 다시 모인 곳은 10평 남짓한 작은 선술집이었다. 우 과장이 반창고를 3개나 붙인 양진우의 손가락을 살폈다. 다행히 상처는 깊지 않았다. 양진우는 그만 들어가라는 동료들의 권유에도 불구하고 고집스럽게 자리를 지키고 있었다.

얘깃거리가 거의 떨어진 시점이었다. 비교적 정신이 멀쩡한 이 대리가 새로운 화두를 막 꺼내려던 참이었다.

"이렇게 모인 김에 우리 얘기 좀 해볼까요? 미궁에 빠져 있는 전대미문의 사건 말입니다. 정말로 누가 표 전무님을 죽였을까요?"

"술맛 떨어지게 죽은 사람 얘기는 해서 뭣하게?"

벌써 만취한 성 과장이 그만두자는 의미로 투덜거렸다.

"에이, 그래도 바로 얼마 전까지 우리 보스였는데 관심 좀 가져드리자고요. 정 뭐하면 추리 놀이라고 해도 좋습니다."

이 대리가 물러서지 않고 능청을 떨었다.

"아마도 전무님을 죽여서 이익을 얻을 사람이 아니겠어요?"

우 과장이 시큰둥하게 원론적인 대답을 내놓으며 놀이는 시작됐다.

"그렇다면 말입니다. 결과적으로 오늘 한 자리씩 차지하신 두 분은 아닐까요? 방 부장님은 사건 현장에 없었으니까 일단 제끼고, 조 상무님은 술에 취했더라도 숙소에 계셨으니 가능은 하겠네요. 어떻게 생각하십니까?"

이 대리는 신명난 사람처럼 사회자의 역할을 도맡았다.

"그렇지. 평소 술도 많이 안 드시는 분이 그날따라 떡이 되셨으니, 당근 리스트에 올려야겠지. 근데 그런 걸 여기서 왜 묻느냐고. 인마!"

혀가 꼬부라진 성 과장의 훼방에도 불구하고 이 대리는 아예 집계까지 맡으며 바람을 잡았다.

"자아, 일단 조 상무님 한 표 나왔고요. 근데 고작 상사의 자리를 차지하려는 생각으로 직장 내에서 살인을 저지른다는 거 이거 좀 약하지 않나요? 그럼 관점을 달리해서 이익이 아니라 피해를 줄이려는 목적이었다고 보면 어떻겠습니까? 전무님 때문에 고달팠던 사람은 우리 3층 직원 거의 전부였잖아요. 그중에서도 제일 괴롭힘을 받았던 직원이라면 어떨까요?"

이 대리의 말이 끝나기가 무섭게 양진우는 자신도 모르게 성 과장과 시선이 마주쳤다. 성 과장은 말없이 연거푸 마신 술로 이미 눈동자의 초점이 사라진 상태였다.

"그래. 씨발! 나다! 내가 죽였다. 이 새끼야. 표 전무한테 찍히고 힘들어서 내가 죽였어. 그 말이 듣고 싶었던 거냐? 이 씨발 놈아."

성 과장의 갑작스런 술주정에 주변 테이블의 손님들이 힐끔힐끔 눈치를 보았다. 양진우와 우 과장은 이제 집에 갈 때가 됐다며 주섬주섬 가방을 챙기기 시작했다. 반면에 이 대리는 재미있다는 듯이 야릇한 표정을 지으며 성 과장을 지켜봤다. 성 과장은 한 번 터진 감정을 주체 못하고 계속 큰소리로 외쳤다.

"근데 어쩌지? 난 죽이지 않았거든. 그날 밤 내가 죽이려고 했지만 딴 새끼가 먼저 죽여버렸어, 이 개새끼들아. 난 아냐! 난 절대로 감옥에 못 가! 흐흐흑."

절규는 어느덧 흐느낌으로 바뀌었다. 성 과장을 바라보는 우 과장의 얼굴도 덩달아 침울해졌다. 성 과장의 흐느낌이 점차 누그러지고 있을 때쯤 이 대리가 이상하다 싶을 정도로 집요하게 다시 파고들었다.

"약간 진정된 것 같으니까 다시 진행해보겠습니다. 과장님이 죽이려 했다고 하셨죠? 그럼 그날 밤 전무님 방에 들어가긴 했다는 겁니까?"

테이블에 엎드려 있던 성 과장이 천천히 몸을 일으키며 이 대리를 노려봤다. 서슬 퍼런 기세에도 이 대리는 전혀 주눅이 들지 않는 모습이었다. 성 과장은 낮게 깔린 목소리로 혼잣말처럼 중얼거렸다.

"들어갔냐고? 내 손으로 죽여버렸으면 억울하지나 않지. 나도 다음날에야 알았거든. 그날 밤 그 방에 들어갔다 해도 표 전무는 이미 뒈져 있었을 거란 걸. 이런 젠장!"

술자리는 거기까지였다. 위액까지 내뿜고 헛구역질을 시작한 성 과장을 우 과장이 업고 택시를 잡았다. 그리고 그를 아파트 현관까지 데려다주는 수고를 도맡아야 했다.

양진우의 인사 발령이 있었던 날, 환송회는 그렇게 피와 눈물과 누런 토사물로 얼룩지고 말았다.

#30 먹잇감

"내가 저 새끼일 줄 알았다. 내 처음부터 인상이 안 좋다 했다 아이가."

얼굴이 벌겋게 달아오른 방신희 부장이 사람들 들으라는 듯이 큰 소리로 외쳤다. 점심시간이 끝나고 오후 업무를 시작할 즈음이었다. 양진우는 미처 챙기지 못한 개인 짐을 챙기러 3층에 내려왔다가, 사무실에 펼쳐진 낯선 광경에 깜짝 놀라고 말았다.

3층 창가에는 거의 모든 직원이 밖을 내다보느라 업무 마비나 다름없는 상태였다. 양진우는 자초지종을 파악하기 위해 문경원 차장에게 다가갔다. 그는 굳은 얼굴로 팔짱을 낀 채로 자리에 앉아 있었다.

"차장님, 대체 무슨 일입니까?"

"글쎄다. 형사들이 와서 다짜고짜 성 과장을 데리고 갔어."

"형사라고 했나요? 아까 오전에도 멀쩡히 저랑 담배를 피웠는데요. 그냥 조사 차원이겠죠?"

"수갑을 채우고 갔어. 체포 영장도 가지고 왔고. 난 잘 모르겠다. 경찰이 또 엄한 사람 고생시키지 않길 바랄 뿐이지만."

양진우는 문 차장의 말이 끝나기 무섭게 계단을 뛰어 내려갔다.

*

오후 1:29, 사무동 정문 앞, 2대의 경찰차에서 뿜어내는 경광등이 요란하게 반짝거렸다. 양쪽으로 경찰과 팔짱을 낀 채 성찬수 과장은 꿈을 꾸는 얼굴로 비틀비틀 경찰차를 향해 걸어갔다.

수갑의 느낌은 생각보다 차갑지 않았다. 아니, 경찰이 주머니 속에서 데워놨는지 오히려 따스한 느낌이었다. 차가움은 오히려 그의 머리 위로 보이는 100여 개의 눈동자에서 쏟아지고 있었다.

212

경찰차에 오르던 성 과장은 잠시 멈추고 뒤를 돌아다봤다. 놀라움이 담긴 눈빛, 냉소와 조롱이 담긴 눈빛들 가운데 걱정스러워하는 눈빛도 드물게 있었다. 어떻게 알고 내려왔는지 양진우의 큰 머리통이 현관 앞에서 어른거렸다.

경찰차 뒷좌석 가운데 자리에 앉은 성 과장은 쓰린 속 때문에 얼굴을 찡그렸다.

'드디어 그들이 물건을 회수하기라도 한 것일까?'

문득 집요하게 자신의 범행 여부를 캐묻던 이영표 대리의 얼굴이 떠올랐다. 성 과장은 이를 악물었다.

'그랬군. 역시 그 녀석과 술을 마시는 게 아니었어.'

수갑을 찬 두 손이 바르르 떨렸다.

'제기랄! 내 취중 진담이 그들에게 전달된 거야. 이제 영화처럼 경찰의 먹잇감으로 던져진 것이군.'

그는 조용히 눈을 감았다. 가족의 얼굴이 멀리서 찍은 사진처럼 희미하게 눈앞을 스쳐갔다. 그러고 보니 전날 밤에도, 그날 아침에도 딸의 맑은 눈망울을 보지 못했다.

취조실이었다. 영화처럼 천장에 매달려 불안하게 흔들리는 백열등이 아니라 환한 형광등 불빛이 내리쬐고 있었다. 실내의 공기 또한 그리 험악하지 않았다. 윽박지르며 머리를 내리칠 것 같은 우락부락한 형사 대신에 왜소한 몸집의 형사가 방문을 열고 들어왔다. 까무잡잡한 피부에 눈매가 매우 날카로워 보이는 사내였다.

노트북 앞에 앉은 형사는 대뜸 이름을 물어보는 것으로 시작했다. 이어서 주민등록번호와 주소 확인까지는 영화나 드라마에서 보던 것과 유사했다. 형사의 질문이 갑작스레 본론으로 들어서자 성찬수는 현실에 있음을 깨닫고 자세를 고쳐 앉았다.

"지난 9월 13일, 그러니까 사건이 일어나던 밤 10시 30분을 전후로 피해자가 묵던 401호에 들어간 사실이 있습니까?"

"없습니다."

성찬수는 주저 없이 대답했다.

"좋습니다. 사건 발생 다음날 새벽 1시 30분경 연수원 뒤편 숲속에는 왜 갔었죠? 회사에서 제시한 CCTV도 확보돼 있으니까 시간 낭비하지 마시고요."

"예. 거기에 갔었습니다."

경찰차로 오는 길에 예상했던 질문이었다. 다만 회사에서 모든 증거물을 경찰에 제출했음을 새로이 알게 됐다.

"왜 갔냐고 물었습니다."

"개인적인 물품들을 버리기 위해서였습니다."

"어떤 물건들이었죠?"

"밧줄, 목장갑, 주사기, 약병 뭐 이런 것들입니다."

성찬수는 호송돼오는 동안 이제는 모든 것을 사실대로 말해야겠다는 원칙을 세워뒀다.

"어디에 쓰려는 물건이었습니까?"

"원래는 표 전무를 죽이려고 준비한 물건이었습니다. 하지만 맹세코 사용하지는 않았습니다."

"사용하지도 않았다면 굳이 소각장까지 가서 버린 이유는 무엇이었나요? 그것도 불에 태우기까지 했던 이유 말입니다."

다소 설명하기 복잡한 질문이었다.

'표 전무를 죽이라고 자신의 내면에서 부추기던 악마를 잠재우기 위해 그랬다면 경찰이 믿어줄까?'

잠시 말문이 막힌 성찬수가 입을 열기도 전에 형사가 다그치기 시작했다.

"그것 보세요. 대답을 못하시잖아요? 다시 묻겠습니다. 401호에 들어간 사실이 정말 없습니까?"

"맹세코 그 방이 어떻게 생겼는지도 모릅니다. 들어가지 않았다고요."

애써 유지하려던 냉정함을 잃고 성찬수의 목소리가 흔들리기 시작했다.

"401호 베란다 문틀에 교묘하게 끼어 있던 머리카락 하나가 추가로 증거물로 나왔습니다. 현장조사에서도 발견 못했는데 오히려 당신네 회사에서 찾아내 경찰에 분석 의뢰한 증거물입니다. DNA 분석 결과가 곧 나오겠지만 불행하게도 외관상 당신의 머리카락과 유사한 곱슬머리입니다. 이제 사실대로 말하시는 게 어때요?"

증거 조작, 회사가 그렇게까지 할 줄은 상상조차 못했다. 잠시 할 말을 잃은 성찬수는 패닉 상태에 빠져들었다. 아직 가시지 않은 숙취도 그가 급격하게 무너지는 데 한몫을 했다. 그의 눈가에 경련이 일기 시작하더니, 이윽고 그의 메마른 입술 사이로 거친 절규가 터져 나왔다.

"맘대로 해봐. 개새끼들아! 너희 계획대로 되는지 어디 두고 보자고. 이 씨발 놈들아!"

성찬수의 시선은 앞에 앉은 형사가 아닌 허공의 누군가를 향하고 있었다.

*

오후 6:10, 눈물 많은 아내와의 짧은 면회를 마친 성찬수는 유치장 구석에 웅크리고 앉아 앞으로 벌어질 일들을 상상해봤다.

보통의 동기에 의한 계획적 살인, 상식적 기준으로는 에누리 없이 징역 10년 정도가 매겨질 죄목이었다.

'초범이고, 직장에서 받은 스트레스 등이 살인 동기에 정상 참작되고, 재판 과정에서 많이 뉘우치는 모습을 보이면 형량은 어느 정도 줄어들겠지. 여하튼 5년에서 10년 정도는 집을 떠날 각오를 해야 할 거야. 내가 출소하고 나오면 딸은 사춘기 소녀가 돼 있겠군. 교복을 입은 딸이 과연 전과자 아빠를 향해 지금처럼 두 팔 벌리며 달려와줄 수 있을까?'

눈앞이 캄캄했다. 자신도 모르게 고개가 좌우로 흔들렸다.

'출소하고 나면 무슨 일을 할 수 있을까? 전과자 딱지를 붙이고 할 수 있는 일은 정말 막노동 말고는 없는 것일까?'

이번에는 피식 웃음이 나왔다. 군대 시절에 사격은 고사하고 삽질도 제대로 못해서 늘 핀잔을 받았던 자신의 모습이 떠올랐다.

'감옥은 어떤 곳일까? 신참이 들어오면 험악한 남자들 앞에서 엉덩이를 까야 한다는 게 사실일까?'

216

점점 현실로 다가오는 어두운 그림자를 외면하기 위해 그는 무릎 사이로 얼굴을 깊이 파묻었다.

*

"오 차장, 방신희 부장 잘 알지?"

무슨 좋은 일이 있는지 구자홍 부장이 휘파람을 불며 다가와 물었다.

"글쎄요. 제가 사원 때부터 함께 근무했지만, 최근까지 주재원으로 나가 계셔서 잘 안다고는 할 수 없죠. 왜요?"

"이번에 새로 팀장 달았잖아. 나하고는 입사 동기거든. 컴퓨터BG 쪽에 실세가 됐으니 술이나 한잔하자고. 오 차장도 함께 말이야."

구 부장의 제안에 오 차장은 애매한 웃음으로 얼버무렸다. 방 부장과의 술자리는 별로 유쾌하지 않다는 것을 잘 알고 있었다.

"그나저나 표 전무 죽인 놈 어제 잡혀 들어갔다며? 뭔 찬스인가 하는 그놈, 누군지 잘 알겠네?"

"작년에 경력 입사한 친구입니다. 근데 정말 확실한 증거가 나온 거겠죠? KM 문화에 적응하지 못해 조금 헤매고 있긴 하지만, 그런 일을 벌일 친구는 아닌 것 같았는데요."

"나야 잘 모르지. 감사실 얘기 얼핏 들어보니 증거는 확실하다던데?"

"그래요? 참 알 수 없는 세상이네요. 그런데 말입니다."

오 차장의 목소리가 조금 은밀해졌다.

"그럼 하드디스크도 회수된 건가요?"

구 부장은 주변을 경계하면서 성의 없이 대답했다.

"나도 잘 몰라. 당신이 알아내서 나 좀 알려줘. 나도 궁금하니까."

어울리지 않는 윙크를 날리고 구 부장은 다시 휘파람 소리와 함께 사라졌다. 그는 항상 잘 모른다고 하지만 항상 무엇인가를 알고 있었다.

자리에 앉은 오 차장은 표 전무가 죽은 직후 직접 정리해 고위층에 제출했던 파일을 열어봤다. 그는 곧바로 성찬수 과장에 해당하는 페이지를 찾았다.

1975년생, B대학교 무역학과 94학번, 2001년 미성반도체(코스닥 등록 중견 기업) 입사, 2003년 ST전자 입사, 2006년 D정밀부품(중소기업) 입사, 2009년 K대 MBA 과정 입학, 2011년 1월 당사 경력 입사.

기본적인 항목들은 대략 훑어봤다. 그는 보고서 아래 항목에 주목했다. 해당 팀장들이 매년 초 업데이트해 비밀리에 기획조정실에 제출하는 부분이었다.

[Comment]
- 경력 입사 후 약 1년 경과. 업무적으로는 양호한 편이나, 조직 적응에는 아직 미흡한 부분이 있음.
- 다양성과 자율성을 중시하는 개인 성향으로 보수적인 조직 문화 적응에 다소 한계를 보임.

- 좋은 인상과 매너로 인간관계는 양호하나 호불호가 분명한 성격이 사내 대인 관계에서도 나타나고 있음.
- 부친이 인천의 지방 언론사에 재직하다 2006년에 정년 퇴임함.
- 학창 시절 1학년 때 운동권 경험이 있었으나 적극적인 참여는 아니었던 것으로 판단됨. 노조에 대한 관심도 높지 않아 보임.
- 과도한 음주로 간혹 지각하는 경우를 제외하고는 근태상 특징적인 이슈 없음.
- 종합적으로, 조직에 대한 로열티를 유도해 업무 성과 제고에 기여하도록 지도 예정임.

별로 특별하다 할 만한 내용은 없었다. 파일을 닫은 오 차장은 턱을 괴고 생각에 잠겼다.

'그가 범인일까? 정말 그가 내 메일을 훔쳐봤을까? 어쩐지 그럴 위인은 아닌 것 같은데. 그냥 느낌이지만.'

#31 거래

점심시간이 가까운 시각, 성찬수의 배에서 꼬르륵 소리가 났다. 그는 유치장에서까지 규칙적으로 움직여주는 자신의 소화기관이 대견스럽다는 생각이 들었다.

'지금쯤 우리 팀 직원들은 앞다퉈 식당으로 달려가고 있겠군.'

그가 이런저런 상념에 빠져 있을 때, 깡마른 형사가 잔뜩 인상을 찌푸리며 창살 쪽으로 다가오고 있었다.

'드디어 올 것이 왔군.'

그날 성찬수는 구치소로 옮겨질 예정이었다. 이미 마음의 준비는 돼 있었다. 형사는 철창 앞에 서서 신경질적으로 손가락을 까딱이며 말했다.

"성찬수 씨, 나오세요."

'철컹' 하고 문이 열렸다.

빠른 걸음으로 앞서 걷던 형사가 갑자기 뒤돌아서며 얼굴을 성찬수의 코앞에 들이밀었다.

"당신 빽이 아주 든든한가 봐."

그는 거칠게 성찬수를 쏘아봤다.

"무, 무슨 말입니까?"

"증거 불충분이랍니다. 더러워서 이 짓도 못해먹겠네. 쌍!"

성찬수는 자신의 귀를 의심했다

"그, 그럼…."

"왜 집에 가기 싫어?"

"어찌된 영문인지…."

"궁금한 거 있으면 잘난 당신네 회사 가서 물어보시든가."

어느새 반말로 변해버린 형사의 신경질적인 태도에 성찬수는 더 물어볼 엄두가 나지 않았다. 의문을 풀어줄 사람은 그리 멀지 않은 곳에서 그를 기다리고 있었다.

48시간 만에 세상은 낯선 곳으로 변해 있었다. 가을 하늘에 날벼

락이 내렸는지 밖은 장대비로 온통 물 세상이었다. 우산도 없이 경찰서 정문을 나서자마자 성찬수는 속옷까지 흠뻑 젖었다. 큰길 건너편에 편의점이 보였다.

편의점 앞에는 검은 승용차 한 대가 비상등을 켠 채 대기하고 있었고, 그 옆에는 통통하고 작달막한 남자가 우산을 들고 서 있었다. 웬일인지 그가 성찬수를 알아보고 손을 흔들었다.

"고생 많으셨습니다. 성찬수 과장님. 이런 흠뻑 젖으셨네요. 일단 뒤에 타시죠."

성 과장은 영문을 모른 채 그 사내가 안내하는 대로 승용차 뒷좌석에 올랐다. 물에 빠진 생쥐 꼴이나 다름없었던 그는, 차에 오르자마자 운전석의 남자를 알아보고 가슴이 철렁했다. 그림자처럼 자신을 따라다니던 검은 정장의 사내였다.

뒷좌석 안쪽에는 백발의 노신사가 지그시 눈을 감고 앉아 있었다. 성 과장은 그를 알아보고 또 한 번 흠칫했다. 이천 연수원에서 먼발치에서 처음 실물을 봤던 기획조정실장이었다. 성 과장이 차에 오른 지 수분이 지났음에도 불구하고 그는 일언반구가 없었다. 그는 마치 성 과장을 투명인간처럼 취급하고 있었다.

검은 승용차는 빗속을 달리기 시작했다. 그리고 영원히 열리지 않을 것 같았던 노신사의 무거운 입이 천천히 열렸다.

"성찬수 과장이라고 했나? 자네는 좋은 동료를 뒀나 보군. 오늘 아침 내 비서에게 서류 봉투 하나가 배달됐어. 지난번 표 전무가 죽을 때 그의 노트북에서 하드디스크도 함께 사라졌거든. 봉투 속에 그것

을 찍은 사진이 들어 있었지. 일련번호를 확인할 수 있도록 친절하게
도 찍었더구만. 그리고 짧은 편지도 함께 들어 있었어. 자네를 풀어주
지 않으면 모든 파일을 외부에 공개하겠다는 협박 편지였네."

누가? 왜? 말문이 막혔다. 성 과장은 꿈을 꾸고 있는 사람처럼 멍
한 얼굴로 노신사의 입만 물끄러미 바라봤다. 그가 계속 말을 이었다.

"내 제안을 하나 하지. 자네의 그 훌륭한 친구를 내 앞에 모셔다
주시게. 물론 자네도 당장은 누군지 모를 수 있겠지만 말이야. 그렇
게만 해주면 회사에서 자네 원하는 것은 무엇이든 보장해줄 거네."

성 과장의 머리가 복잡하게 돌아갔다.

"저를 도와준 사람을 배신하라는 말입니까? 당신들은 제가 범인
이 아닌 줄 알면서도 경찰에 대용품으로 넘겼습니다. 저에게 다시
손대지 않겠다고 어떻게 보장하시겠습니까?"

노신사가 눈을 떴다. 그의 입가에 야릇한 미소가 흘렀다.

"우리 입장도 이해해주게. 자네만큼 살인범으로 훌륭한 조건을 갖
춘 사람이 없더구만. 징징대는 경찰에게도 뭔가 명분을 줘야 하지
않겠나. 우릴 못 믿겠다는 말이군. 하지만 자네가 믿지 못하겠다면
어쩔 텐가? 우리에겐 힘이 있고 나와의 약속이 자네의 유일한 탈출
구인 것을."

노신사를 노려보는 성 과장의 눈가에 비장함이 감돌았다. 노신사
는 다시 눈을 감고 입을 지그시 다물었다.

어느덧 집 근처에 이르렀는지 왼쪽으로 분당구청이라는 표지판이
보였다. 갑자기 조수석에 앉은 통통한 남자가 입을 열었다.

"옷도 갈아입어야 할 테니 집으로 가야겠죠? 성 과장님."

상냥한 말투가 가식적으로 느껴지는 사내였다. 굳이 길을 설명하지 않아도 승용차는 정확히 성 과장의 집을 찾아가고 있었다. 시간이 별로 남아 있지 않았다. 성 과장은 차에서 내리기 직전 마음의 결정을 내렸다. 노신사의 말이 옳았다. 살기 위해서는 선택의 여지가 없었다.

"알겠습니다. 찾아내겠습니다. 시간을 주십시오."

노신사는 미동도 없이 조수석의 사내에게 짧은 지시를 내렸다.

"구 부장이 세부 사항을 안내 좀 해주게."

성 과장을 따라 땅딸보 사내가 내렸다. 그가 자신의 명함을 건네며 말했다.

"필요한 것들은 나한테 연락하세요. 그리고 경찰서에서 여기까지의 모든 기억은 잊어야 한다는 거, 말 안 해도 아시겠죠?"

부드럽지만 협박처럼 느껴지는 말이었다.

"언제까지 해야 합니까? 기한을 묻는 겁니다."

"글쎄요. 우리보다 먼저라야 가치가 있겠죠. 우리도 놀고만 있지는 않으니까요."

땅딸보 같은 사내는 총총히 검은 승용차 안으로 사라졌다.

성 과장도 발걸음을 서둘러 아파트 입구로 향했다. 이틀 동안 집을 비웠을 뿐인데도 딸의 얼굴이 잘 떠오르지 않았다

다음날 아침, 성 과장은 출근하자마자 조기룡 상무에게 인사를 다녀왔다.

"웰컴 백, 과장님. 조 상무님은 뭐라 하시던가요?"

홍수진 대리가 호들갑을 떨면서 막 자리에 앉으려 하는 그에게 다가와 물었다.

"뭐, 다행이다, 몸은 괜찮냐, 그런 얘기 정도."

"다행은 정말 다행이죠. 낼모레 과장님 면회 가려고 했는데 수고롭게 갈 필요가 없어졌으니 말예요. 황금연휴의 시작에 면회가 웬말이냐고요. 어쨌든 고생하셨으니까 출소 기념으로 앞으로 5일간 쭉 쉬세요."

다음날은 추석 연휴가 시작되는 날이었다. 홍 대리의 수다를 듣는 사이 부서원들이 하나둘씩 출근해 인사를 건넸다.

"어이, 돌아왔군요. 성 과장님."

환하게 웃어주는 우민재 과장의 얼굴이 그렇게 반가운 적이 없었다. 모든 것이 변함없었다. 변한 것이 있다면 자신에게 전달되는 동료들의 호의를 이제는 의심의 눈초리로 살펴야 한다는 냉혹한 현실이었다.

낯설게 느껴진 자신의 자리에 적응이 됐다 싶은 시각, 성 과장은 주변을 살피면서 명함을 하나 꺼내 들었다. KM그룹 기획조정실 경영기획팀, 명함 속의 남자는 컴퓨터BG 출신 오수경 차장과 같은 팀 소속이었다.

'구자홍 부장이라. 생긴 거랑 이름이랑 영 어울리지가 않는군.'

성 과장은 명함 속의 휴대폰 전화번호로 문자 메시지를 보냈다.

'지금까지의 경찰 조사 내용 부탁드립니다. 꼭 필요합니다.'

채 1분이 지나지 않아 그에게서 답신이 왔다. 답신은 휴대폰이 아니라 사내 메신저를 통해서였다.

'앞으로 통신은 그룹웨어로만. 필요하다 판단되는 정보를 추려서 금일 저녁 아파트 우편함에 직접 전달하겠음.'

외부 통신망보다 내부 통신망이 통제하기 편하다는 의미였다. 성 과장은 그와의 대화 창을 닫고 다른 직원의 대화 창을 열었다.

'10분 후 연구동 뒤편에서 봅시다.'

엔터 키를 누르고 성 과장은 곧바로 자리를 떴다.

그는 먼저 와서 성 과장을 기다리고 있었다. 주머니에 손을 찔러 넣은 채 그는 성 과장을 향해 옅은 웃음을 지었다.

"과장님, 어쩐 일로 저를…. 억!"

성 과장의 주먹에 그의 동그란 안경이 바닥에 떨어졌다. 한 손으로 방어 자세를 취한 그가 눈을 치켜떴다.

"뭐야? 씨발! 갑자기 왜? 어이쿠!"

무섭게 눈을 부릅뜬 성 과장의 두 번째 주먹질에 그는 바닥에 나동그라졌다.

"몰라서 물어? 쥐새끼 같은 새끼! 네가 얼마나 대단한 놈인 줄은 모르겠지만, 한 번만 더 그딴 짓 하다 걸리면 죽는다."

성 과장은 스스로 흥분을 주체하지 못하고 바닥에 쓰러진 그에게 마지막 발길질을 가했다. 그래도 분이 풀리지 않는지 숨을 거칠게 몰아쉬며 바닥을 쏘아봤다.

연구동 건물 모퉁이를 돌면서 성 과장은 뒤를 돌아봤다. 사내는 안경을 주워 일어서고 있었다. 그는 입가에 비열한 미소를 머금으며 자신을 향해 히죽거렸다.

사무실로 돌아오기 전에 담배를 2대나 피웠지만, 흥분은 쉽게 가라앉지 않았다. 얼마 후 부서원들이 술렁이기 시작했다.

"이 대리 어디 갔다 왔어? 얼굴은 왜 그래?"

"하하. 죄송합니다. 잠시 매점 다녀오다가 계단에서 넘어졌어요. 쥐새끼가 하나 지나가길래 놀라서 말이죠. 별거 아닙니다."

"별거 아니긴. 눈가도 찢어졌는데. 빨리 병원 가서 치료받고 와요."

주변의 소란에도 아랑곳하지 않은 채 성 과장은 묵묵히 앉아 이메일을 체크하고 있었다.

#32 재회

오전 11:40, 서울 본사는 명절 연휴 전날인지라 평소보다 이른 퇴근 분위기가 무르익었다. 가방을 챙기던 오수경 차장은 아내로부터 한 통의 전화를 받았다. 집에 오는 길에 문구점에 들러 100장 이상을 담을 수 있는 클리어 파일을 사오라는 부탁이었다. 아들의 학교 준비물이었다. 아내는 몸이 약간 좋지 않아 추석 장보기도 다음날로 미뤘다고 했다.

12시가 되자, 오수경은 동료들과 인사를 나누고 서둘러 사무실을 나섰다. 회사 근처에 작은 문구점들도 있었지만, 내친김에 인근 교보문고에 들러 아들에게 필요한 문구류를 이것저것 살 생각이었다. 아들이 학교에 들어가기 전에도 간혹 그곳에 들러 신기한 스티커나 오르골 등을 고르곤 했었다. 그는 오랜만에 기뻐할 아들의 모습을 기대하며 KM빌딩을 나서는 회전문을 밀었다.

광화문역은 KM빌딩을 나와 왼쪽으로 코너를 돌아 도보로 5분 거리에 있었다. 추석을 목전에 둔 서울의 거리는 벌써 쇼핑을 나온 차량으로 붐볐다.

교보문고 근처에 이르렀을 즈음 바쁘게 걷던 오수경이 갑자기 걸음을 멈춰 섰다. 길 건너편에서 누군가의 시선이 느껴졌다. 그의 눈길이 본능적으로 길 건너편을 살폈으나, 마침 지나가는 버스에 가려 아무것도 보이지 않았다. 그는 자신의 예민한 신경을 탓하며 다시 걸음을 재촉했다.

교보문고 내부는 서울 사람들이 전부 모여 있다는 생각이 들 정도로 북적거렸다. 목적 없이 쇼핑하는 스타일과 거리가 먼 오수경은 곧바로 문구 코너로 이동해 클리어 파일부터 찾았다. 120장을 담을 수 있는 파일을 골랐다. 표지는 아들이 좋아하는 연두색이었다. 그는 클리어 파일을 손에 들고 아들의 휴대폰 장식을 사기 위해 팬시 용품 코너로 발걸음을 옮겼다.

인파를 헤치던 그가 무심코 고개를 들어 방향을 확인하던 바로 그때였다. 그의 손에 들려 있던 파일이 바닥에 떨어졌다. 파일을 다시 주워 들은 오 차장의 시선은 멀리 잡지 코너에서 황급히 얼굴을 돌리고 출구를 향해 뛰어가는 한 여인에게 고정돼 있었다.

오 차장은 자신도 모르게 그녀를 향해 뛰어갔다. 출구를 지나면서 들고 있던 파일 때문에 경보음이 울렸다. 그는 바닥에 파일을 던져놓고 다시 뛰었다. 출구를 지나 지상으로 향하는 계단 중간쯤에서 그녀의 손을 붙잡을 수 있었다.

"태경아, 잠깐만."

돌려세운 그녀의 눈망울에 물기가 가득했다.

커피 잔에서 피어오르는 아지랑이 주변으로 어색한 침묵이 감돌았다.

오수경은 원망스럽다는 말투로 먼저 입을 열었다.

"무슨 의미로 받아들여야 할까? 난 나름 열심히 노력하고 있었어. 네가 원하는 방향으로."

"…"

태경은 고개를 숙인 채 아무 말이 없었다.

다시 침묵이 흘렀다. 오수경의 바지 속 휴대폰이 진동음을 울렸지만 그는 미동도 하지 않고 고개 숙인 태경의 이마만을 바라봤다.

마침내 그녀가 평온한 미소를 지으며 고개를 들었다. 그녀의 깊은 눈빛과 마주하자 오수경의 가슴이 묘하게 요동치기 시작했다. 그녀가 말했다.

"견딜 수 없이 네가 그리울 때가 있더라. 오늘은 재수 없게도 딱 걸렸지만."

오수경의 가슴이 메어질 듯 벅차올랐다.

"방금 '오늘은'이라고 했니? 그렇다면…"

"…"

태경의 입가에 가늘게 경련이 일어났다. 그녀는 얼굴을 감추려는 듯 창밖으로 고개를 돌렸다. 깜빡이던 그녀의 큰 눈에서 물방울 하나가 톡 아래로 떨어졌다. 헤어진 다음날부터 되뇌었던 무수한 고해성사들은 이제 오수경의 머릿속에서 흔적도 없이 사라졌다.

오수경의 휴대폰에서 다시 진동음이 느껴졌다. 테이블 아래로 슬쩍 확인해보니, 집에서 걸려온 전화였다. 잠시 머뭇거리던 그는 휴대폰의 전원 버튼을 길게 눌렀다.

#33 의심

고요한 사무실 내에 자판을 두드리는 신경질적인 소리가 울려 퍼졌다. 그것은 길었던 추석 연휴의 후유증이었다.

점심시간이 가까워질 때까지 사람들은 뾰로통한 얼굴로 자리에 앉아 서서히 '회사원'으로 변신하고 있었다.

성찬수 과장은 의자를 뒤로 돌려 홍수진 대리의 뒷모습을 유심히 바라봤다. 그는 슬며시 일어나 그녀에게로 다가갔다.

"진우가 없으니 기운이 없어 보이네. 괴롭힐 사람 없어서 허전하겠지?"

"그러게요. 아쉬운 대로 과장님이 대타로 당해보시게요?"

"뭐, 필요하다면야. 그런데 말이야. 홍 대리 혹시 어제 분당에 왔었어?"

"예? 제가요? 아닌데. 분당 어디요?"

그녀의 강한 부인에 성 과장은 일단 뒤로 조금 물러났다.

"아니야. 내가 잘못 봤나 보네. 명절에는 뭐하고 보냈어?"

태연한 척하면서도 성 과장의 얼굴은 자신도 모르게 굳어졌다. 그녀가 거짓말을 했다. 성 과장은 분명히 전날 분당 정자역 부근에서 그녀를 목격했다. 대낮이었을 뿐 아니라, 언젠가 그녀가 회사에 입고 왔던 우스꽝스러운 옷차림을 잘못 봤을 리가 없었다. 더군다나 그녀는 "아니"라고 하면서 동시에 "어디요"라고 물었다.

추석 명절 동안 성찬수는 연휴를 즐기지 못했다. 그는 최소한의 친가 방문만을 마치고 기획조정실 구자홍 부장이 우편함에 넣어둔 자료를 분석했다. 대부분 경찰 자료 사본이었고, 회사 내부에서 작성한 자료도 일부 섞여 있었다.

연휴의 마지막인 전날 오후, 그는 오랜만에 정자역 인근 PC방을 찾았다. 그간 확보한 정보들을 토대로 주요 타깃과 그들의 우선순위를 정할 계획이었다.

3시간을 꼬박 PC방 의자에 앉아 있던 성찬수는 사건의 핵심 개요를 정리하고 용의자의 범위를 5명으로 압축했다. 기준은 크게 두 가지였다.

먼저 사건 발생 시각에 물리적으로 연수원에 있었던 사람들, 거기에 자신에게 다소라도 우호적이라 여겨지는 사람. 두 기준의 교집합이 자연스럽게 도출됐다.

조기룡 상무, 문경원 차장, 홍수진 대리, 양진우, 그리고 우민재 과장.

물론 자신과 한 방을 썼던 양진우는 범행에 직접 가담했을 리는 없었겠지만, 막연하나마 누군가와의 공범 가능성을 고려해 일단 포함시켰다. 그리고 심사숙고 끝에 우민재 과장도 명단에 추가했다. 그는 어쩌면 회사 내에서 성 과장에게 가장 우호적인 사람이었다. 그 또한 물리적으로 연수원에 있지는 않았지만, 양진우와 같은 이유로 포함시켰다.

성 과장은 대상자별로 수집된 정보들을 정리한 비교표를 만들었다. 5명을 한눈에 비교하는 표를 만드니 우선순위가 자연스럽게 정해졌다. 뜻밖에도 가장 유력한 용의자는 홍수진 대리였다.

우선 그녀에게는 알리바이가 뚜렷하지 않았다. 사건 직전에 양진우에게 전화를 걸었고, 사건 후에는 숙소 앞마당에서 혼자 음악을 듣고 있었다. 또한 그녀는 사건 두 달 전 연수원 교육을 다녀왔다. 사전 답사 목적이었는지는 아무도 모르지만 일단 필요조건은 갖춘 셈이었다. 게다가 그녀는 최근 2년간 인사 고과가 이상하리만치 형편없었다. 물론 그 자체로서 살인 동기로는 무리겠지만, 그 배경에 살인 동기와 연관된 연결고리가 있을 것 같았다.

홍 대리에 대한 생각이 많아지면서, 성 과장은 그녀가 자신을 위기에서 구해줄 이유가 있는지 반문해봤다. 문득 지난여름 취중에 그녀와 택시 안에서 벌인 해프닝이 떠올랐다. 뚜렷한 기억은 아니지만 그녀가 자신의 짓궂은 행동에 대해 완강히 거부하지는 않았다. 더군다나 그녀가 선뜻 자신을 용서했다는 사실도 다른 각도의 의미로 다가왔다.

'어쩌면 그녀가 나를 남자로서 좋아하고 있었던 건 아닐까?'

자신을 노출시키는 위험을 무릅쓰고 도울 정도라면, 일반적인 동료애 따위가 남녀 간의 애정에 비견될 수는 없었다.

PC방에 들어올 때까지만 해도 전혀 예상치 못했던 일이었다. 문을 나서는 성 과장의 가슴속에는 홍 대리에 대한 의심이 슬며시 싹을 틔우고 있었다.

PC방을 나선 오후 5시경, 성찬수는 택시를 타기 위해 정자역 광장을 가로질러 걸어가고 있었다. 담배를 물고 성큼성큼 걷던 바로 그때, 그의 시야에 익숙한 옷차림을 한 여자가 들어왔다. 눈에 확 띄는 개나리색 블라우스에 검은 레이스 치마를 입은 여자가 허둥대며 김밥가게로 들어갔다. 어깨까지 내려온 헤어스타일 또한 영락없이 홍 대리였다.

'휴일에 분당에는 웬일일까?'

성찬수는 본능적으로 몸을 감출 곳을 찾았다. 절묘하게도 그녀에 대해 가느다란 의혹이 피어오르던 시점인지라, 숨어서 그녀를 관찰해보기로 했다. 10분쯤 지나 그녀가 김밥집에서 나왔고, 곧바로 그 옆의 편의점으로 들어갔다.

'남의 동네에 와서 뭔 음식을 저렇게 사고 있을까? 그것도 혼자.'

검은 비닐봉지를 들고 편의점에서 나온 그녀는 모퉁이를 돌아 골목 안으로 걸어갔다. 성찬수는 놓칠세라 종종걸음으로 그녀 뒤를 쫓아갔다.

200미터쯤 걸어간 그녀가 갑자기 고개를 뒤로 휙 돌렸다. 성 과장은 깜짝 놀라 옆의 상가 건물 현관으로 몸을 숨겼다. 그녀는 두리번거리며 주변을 경계하더니 앞에 있는 건물 안으로 휙 하니 사라졌다.

성찬수는 그녀가 사라진 건물 앞에 한동안 멍하니 서 있었다. 모텔이었다. 그녀가 백주대낮에 김밥과 음료수를 싸 들고 모텔로 들어갔다.

'정말 여기로 들어간 게 맞나?'

눈으로 보고도 믿어지지 않았다. 성찬수는 모텔 정문을 가리고 있는 비닐 차양을 젖히고 내부를 엿봤다. 주차장에는 번호표가 가려진 차들이 10대쯤 주차돼 있었다. 빨간색 스포티지 차량이 눈에 띄었다. 회사에서 가끔 봤던 그녀의 승용차였다.

저녁 식사 시간이 임박한 상황에서 성찬수는 모텔 골목을 서성거렸다. 그렇지만 그녀가 나올 때까지 마냥 기다릴 수도 없었다.

'누굴까? 누구와 함께 있을까?'

그가 집에 다다랐을 때쯤, 그녀에 대한 의심의 싹은 세포 증식을 거듭해 해바라기처럼 불쑥 커져 있었다.

"명절에 뭘 했겠어요? 노처녀가 어디 갈 데도 없고. 연휴 내내 두문불출하고 집에서 쉬었죠."

그녀는 눈도 깜박거리지 않고 태연하게 거짓말을 늘어놨다.

"그랬군. 좀 피곤해 보이길래 물었어."

"제가요? 피곤이야 하죠. 부침개 부치랴. 병원일 도우랴. 또 엄마가…."

성 과장의 눈에서 작은 섬광이 번뜩였다.

"자, 잠깐. 병원일이라고? 홍 대리 집이 병원이야?"

"하하하. 병원은 병원이죠. 동물병원이니까. 이래 뵈도 한때는 의사가 돼보려고 의대에 지원한 적이 있었어요. 미역국 먹고 결국 생물학을 전공했지만요."

이어진 그녀의 얘기들은 하나도 뒤에 들어오지 않았다.

'동물병원?! 그렇다면 범행에 쓰인 동물 마취제, 졸레틸을 구하는 것은 식은 죽 먹기였겠군. 그냥 선반 위에서 꺼내오면 그뿐이니까.'

성 과장의 심장이 거칠게 쿵쾅거렸다.

퇴근 시간을 넘긴 오후 6:54, 성 과장은 팀원들이 주변에 없는 것을 확인하고, 파일 하나를 열었다. 파일 제목은 '연수원 P사건 리포트', 죽은 표병식 전무의 영문 약자였다. 그는 연휴부터 작성해온 파일 내용 일부를 보완할 생각이었다.

그는 파일의 '용의자 후보' 항목에서 홍 대리와 관련된 내용을 주로 수정했다. 그리고 그녀의 항목에 굵은 선으로 표시를 해뒀다. 그녀를 최우선 타깃으로 선정한다는 의미였다.

그러나 성 과장은 그녀가 그로부터 한 달 뒤에 회사를 그만두겠다고 선언할 줄은 꿈에도 예상하지 못했다.

[별첨] 연수원 P사건 리포트

⑴ 사건 개요
○ 사건 발생 시각
- 표 전무의 사망 추정 시각은 경찰의 최종 조사 결과인 22:30 전후.

- 실제 범행은 22:00~22:30 사이에 발생했을 것으로 추정.

☞ 21:30~22:15 사이 나는 양진우와 방에서 술자리 중이었고, 21:58에 양진우의 휴대폰으로 홍 대리가 전화를 걸어옴.

○ 침입 경로

- 표 전무 숙소(401호) 침입은 경찰 조사로 방문을 통한 것이라는 결론.

☞ 방문 도어 구멍에 무리하게 금속 물질을 삽입해 훼손한 흔적이 발견됨.

- 경찰은 범행 후 퇴로 또한 방문을 이용한 것으로 보고 있으며, 다음 날 아침 방문이 잠긴 상태로 발견된 점으로 미뤄 범인은 안에서 버튼을 눌러 방문을 잠그면서 나간 것으로 판단.

☞ 22:30경 숙소동 앞마당에서 내가 목격한 401호 내부의 불빛은 범인이 나갈 때 비친 복도의 불빛으로 추정됨.

○ 범행 내용

- 범인은 술 취해 잠든 표 전무의 왼쪽 발등 정맥에 주사해 치사량 이상의 졸레틸을 투입.

☞ 졸레틸은 동물용 마취제로서 인터넷이나 약국에서 개인 정보 노출 없이 쉽게 구매할 수 있으며, 일부 마약으로 활용되기도 함.

- 표 전무 얼굴에 비닐봉지를 씌우고 목 부분에 포장용 테이프로 5회 감아 밀봉함. 테이프의 끝은 날카로운 커터 칼로 절단된 흔적. 손목과 발목 또한 동일한 테이프로 각각 결박됨.

- 직접 사인은 약물 과다 투여로 인한 심장마비로 밝혀졌으며, 경찰 조

사로는 주사 직후 2~3분 내에 사망했을 것으로 판단.

☞ 경찰 기록에는 없으나, 회사 자료상 살인 이외에도 범인은 표 전무의 노트북에서 하드디스크를 훔쳐감.

- 범행 도구의 일부로 추정되는 주사기, 앰플 등이 산책로 소각장에서 발견됐다고 경찰 기록에 명시됨. 커터 칼과 포장용 테이프는 발견되지 않음.

☞ 그러나 실제 범인이 사건 당일 소지품 검사를 피해 어디에 범행 도구들을 은닉했는지는 오리무중.

(2) 하드디스크 정보 추정

○ 외부에 공개될 경우, 최고 경영진이나 기업 이미지에 심각한 훼손을 줄 수 있는 내용으로 추정됨.

○ 기획조정실 고위층까지 직접 나서서 비밀리에 범인 색출에 나서는 것으로 미뤄, 최고 경영진의 비리(예를 들어, 비자금 조성이나 횡령)와 관련됐을 가능성이 높음.

☞ 2011년 여름 회장 일가의 공금 횡령 제보 사건과 연관성을 염두에 둘 필요.

(3) 범인 추정

○ '살인' 관점에서, 표 전무 개인에 대한 원한 관계를 가진 인물로 추정.

○ '도난' 관점에서, 회사나 최고 경영진에 대한 반감을 가진 인물로 추정.

○ 범인은 사전에 살인 장소나 방법과 관련해 장기간 치밀한 계획을 수립한 것으로 보이나, 표 전무의 '정보' 보유 사실을 어떻게 인지했는

지는 알 수 없음.

○ 범인은 1명의 단독 범행일 가능성이 높으나, 1명 이상의 공범자가 관여했을 가능성도 배제할 수 없음.

(4) 객관적 상황

○ 덫

- 범행 동기, 증거물, 사건 발생일 행적 등을 고려할 때, 나는 매우 충분한 용의자의 자격을 갖춤.

○ 남은 시간

- 나는 범인이 하드디스크 정보를 미공개로 보유하는 시점까지만 안전함.

- 정보가 외부로 공개되거나 회사로 회수되는 순간, 회사에서 나를 보호할 가치는 즉시 소멸됨.

- 범인이 정보를 왜 즉시 공개하지 않는지, 또 언제 공개할지는 미지수임

○ 출구

- 범인이 정보 공개 시, 나는 경찰에 넘겨짐.

- 회사가 먼저 범인 검거 시, 나는 경찰에 넘겨짐.

- 심지어 경찰이 직접 범인을 검거하더라도, 회사는 나를 진범 대신 경찰에 넘길 가능성이 높음

- 내가 범인을 잡을 경우, 100% 확실치는 않으나 회사의 안전 보장 약속이 현재로서는 유일한 출구임.

(5) 용의자 후보

[비교표]

구 분	양진우S	홍수진D	우민재K	문경원C	조기룡SM
알리바이 (사건발생 시각)	○ (직접 확인)	× (사건 직후 숙소동 배회)	○ (건물 밖 음주)	△ (업무 처리: 경찰 확인)	× (미확인 취침)
공모 참여 가능성	△	-	○	-	-
나와의 친밀도	높음 (고민 상담 수준)	매우 높음 (이성으로서 호감?)	높음 (우호적)	보통 (대학원 선배)	보통 (업무적 배려)
범행 동기1 (살인)	불확실	하위 고과 연관 가능성	업무 미숙 지적 빈번	?	본부장 지위 욕심
범행 동기2 (도난)	불합리성 배격 성향	사회 정의 의식 높음	?	?	?
사건 전 3개월 내 연수원 방문	×	○ (6월)	○ (6월)	×	○ (6월)
특이 사항	-표 전무 사후 총무팀 발령 사유 확인 필요	-사건 당일 이례적으로 외부 술자리 불참 -부친 동물 병원 운영 -하위 고과 사유 파악 필요 -모텔 출입 동반자 확인 필요	-엔지니어 출신 으로 2008년 사무직 전환	-사건 직전 표 전무 숙소 출 입(음료수) -최초 경찰 조 사에서 노트 북 정밀검사 결과로 알리바 이 입증됨(세부 내용은 확인 중)	-사건 당일 이 례적 과음으 로 2차 술자 리 불참

#34 가을 소풍

10월로 달력을 넘기고 첫 번째 주말이었다. 푸르른 가을의 기운을 받으며 성찬수는 아침 9시경 가족과 함께 집을 나섰다. 앞으로 헤쳐나가야 할 수많은 난관을 생각하면 마음이 급했지만, 가족을 추스르는 일도 소홀히 할 수는 없었다. 유치장에서의 경험은 아내와 딸의 소중함을 한층 일깨워주는 계기가 됐다. 그는 주말 아침 식탁에서 갑작스런 가을 소풍을 제안했고 딸은 곧바로 아끼던 운동화를 신었다.

승용차의 밖으로 펼쳐진 노란 나뭇잎 사이로 완연한 가을 냄새가 풍겨왔다. 그들이 도착한 곳은 천안 인근에 위치한 B파크였다.

입장료가 다소 비싼 게 흠이었지만 입장 후 얼마 안 돼 돈 아깝다는 생각은 금방 사라졌다. 딸은 여기저기 설치된 곰 조형물에 뛰어가 사진을 찍어달라고 아우성이었다. 사진을 찍고 일어나는 성찬수의 손을 아내가 슬며시 잡아줬다.

"여보, 이제 걱정 안 해도 되는 거 맞지? 난 이렇게 우리 세 식구만 함께 있으면 더 이상 바랄 게 없어."

"당신에게 하나만 맹세할게. 다시는 긴 출장을 떠나지 않겠다는 것."

그러나 남편의 얼굴에서 안도할 만한 무엇인가를 발견하지 못했는지 아내는 표정은 그리 밝지 못했다.

"이제는 진짜 반달곰을 보러 갈까?"

성찬수는 무거운 분위기를 떨치기 위해 딸의 손을 잡고 반달곰

서식지로 발걸음을 옮겼다. 나른한 오후에 거의 모든 곰은 나른한 단잠에 빠져 서로 엉켜 있었다.

오후 2:19, 성찬수는 마지막 코스로 아내가 좋아하는 수목원으로 앞장섰다. 분재 화분이 좌우로 늘어선 수목원 안에는 거의 사람이 보이지 않았다. 다만 멀리 나가는 문 쪽으로 한 쌍의 남녀가 잠시 쉬고 있는 듯 벤치에 앉아 있었다.

아내는 신기한 듯 나무의 축소판들을 관심 있게 살펴보기 시작했다. 성찬수는 아내의 즐거움을 방해하지 않기 위해 딸의 손을 잡고 앞장서서 걸었다.

수목원 내부를 이리저리 뛰어다니는 딸의 뒤를 따라다니던 성찬수는 뒤를 돌아봤다. 아내는 아직도 멀리 입구 근처를 맴돌고 있었다. 반대쪽 출구 방향으로는 처음 들어왔을 때부터 벤치에 앉아 있던 남녀 중에서 남자가 일어나 여자의 사진을 찍고 있었다.

성찬수 일행이 거의 그들에게 다가갔을 무렵, 남녀는 손을 잡은 채 밖으로 막 나가려던 참이었다.

"어라? 오 차장님 아니세요?"

늘 정장 차림만 보다가 청바지를 입은 그를 보니 처음에는 긴가민가했다. 반짝이는 금테 안경을 쓴 남자는 틀림없이 오수경 차장이었다. 그는 자신을 부르는 소리에 깜짝 놀라며 뒤돌아보더니, 성 과장을 알아보고 몹시 환하게 반겨주었다.

"아니, 성 과장님을 이런 데서 만나다니. 하하하. 세상 참. 여긴 제

아내입니다."

오 차장 옆의 여인은 부끄러웠는지 잡았던 손을 빼내려고 했다. 하지만 오 차장은 미소를 잃지 않으며 동시에 그녀의 손도 놓치지 않았다.

"형수님이시군요. 첨 뵙겠습니다. 차장님과 전에 함께 근무했던 성찬수라고 합니다."

여자는 쑥스러워하는 얼굴로 말없이 고개를 숙였다.

"얼마 전에 겪으셨던 고초는 전해 들었습니다. 천만다행입니다. 물론 저는 처음부터 믿지 않았지만요."

오 차장이 별로 유쾌하지 않는 얘기를 꺼내려던 순간, 어느 틈에 엄마에게 가 있던 딸이 멀리서 부르는 소리가 들렸다. 오 차장이 손을 흔들며 말했다.

"가족분들이신가 보네요. 저희는 집으로 가려던 참이었어요. 그럼 구경 잘하고 올라오세요."

오 차장 일행이 막 돌아서려 할 때, 성 과장에게 문득 친절한 생각이 떠올랐다.

"아까 보니 사진을 따로 찍으시던데, 괜찮으시면 제가 두 분 사진을 찍어드리겠습니다."

여자의 얼굴에 별로 내키지 않는 기색이 비쳤다. 반면에 오 차장이 그녀의 손을 이끌며 기다렸다는 듯이 포즈를 취했다.

"2번 찍었습니다. 형수님께서 정말 미인이시네요."

"그럼 나중에 회사에서 뵙겠습니다."

가벼운 인사를 남기고 그들은 수목원을 빠져나갔다. 그리고 그들의 뒷모습을 바라보는 성 과장의 뇌리에는 작은 의문이 머물다 바람에 휙 날아갔다.

'둘이 참 보기 좋네. 그런데 오 차장에게 아이가 없었던가?'

*

"난 너 아직도 잘 모르겠다. 어쩜 눈 하나 깜짝 안 하고 그렇게 거짓말을…."

승용차에 오르자마자 태경이 눈을 흘기는 시늉을 하며 말했다.

"속으로는 나도 진땀을 뺐어. 하필 이런 데서 아는 사람을 만날 줄이야. 네가 좀 놀랐겠구나. 미안하다."

오수경은 서둘러 시동을 켰다.

"그리고 내가 왜 네 아내야?"

"그럼 애인이라고 할 걸 그랬나? 하하하. 그나저나 얼떨결에 우리 사진이 생겼네. 우리 둘이 찍은 첫 사진."

입을 삐쭉 내민 그녀에게 오수경은 자신의 휴대폰을 내밀었다. 뿌루퉁한 눈으로 사진을 들여다보던 그녀의 입꼬리가 살짝 올라갔다. 그녀가 말했다.

"정말로 우리가 함께 찍은 유일한 사진이네. 옛날도 너랑 함께 찍은 사진은 다 버렸으니까. 이거 메일로 좀 보내줄래?"

"물론이지. 서울 도착하면 바로 보내줄게."

"고마워. 근데 아까 그 남자분은 어디에서 근무해? 예전에 너랑 근무했다고 하던데. 너 언제 회사 옮겼었어?"

"내가 얘기 안 했던가? 회사를 옮긴 건 아니고, 내가 전에 지방 사업부에 있었거든. 경기도 광주에 KM 노트북 공장 알지? 작년까지 거기 있었어. 근데 그건 왜?"

"아니, 그냥. 늦겠다. 속도 좀 내 봐. 너 저녁 먹기 전에 집에 들어가야 할 텐데."

갑자기 낯빛이 어두워진 태경이 뜬금없이 길을 재촉했다. 고속도로 정체로 예상보다 길었던 귀경길 내내 그녀는 좀처럼 입을 열지 않았다.

출구가 없다!

#35 환송회

아파트 12층 베란다의 블라인드 사이로 동이 터 올랐다. 밖에는 안개가 짙게 드리워져 있었고, 일기예보상으로 약간의 구름만 예고돼 있었다. 베란다 창문을 열고 손을 내밀어보니 초겨울의 시린 기운이 느껴졌다.

그날은 홍수진 대리가 회사에 나오는 마지막 날이었다. 성찬수 과장은 끓어오르는 흥분을 애써 가라앉히며 승용차에 올랐다. 차는 자욱한 안개를 헤치며 미끄러지듯 분당구청으로 향했다.

차년도 경영계획이 10월 말경 최종 승인됐다. 그리고 그날 저녁에 홍 대리가 돌연 회사를 그만두겠다고 선언하는 사건이 벌어졌다. 한 달의 인수인계 기간이 정해졌다. 그녀는 11월 말까지 나오기로 했고, 팀원들은 매년 11월 초에 떠나는 1박 2일의 단합 야유회를 미뤄 그녀의 환송회를 겸하기로 했다.

성 과장이 분당구청 입구에 차를 세운 시각은 아침 8:05. 홍 대리와 양진우가 먼저 와서 기다리고 있었다. 양진우는 총무팀 소속이었지만, 동고동락했던 홍 대리의 퇴사가 못내 아쉬웠던지 연차 휴가까지 내고 합류했다.

"기사분이 이렇게 늦으면 어떡합니까?"

양진우의 능글맞은 아침 인사였다.

"둘은 오붓하게 뒤에 타라. 우 과장님 오면 앞에 타라고 할 테니."

"마지막 날까지 둘이 열심히 싸워라 이거죠?"

홍 대리가 먼저 뒷좌석에 오르며 성 과장에게 눈을 찡긋하며 말했다. 성 과장은 룸미러를 통해 양진우와 해맑게 웃으며 장난치는 그녀의 모습을 바라봤다. 그의 입가에 의미심장한 미소가 흘렀다.

추석 명절 이후로 성 과장은 인생에서 가장 치열한 가을을 보냈다. 주말이 되면 아침 일찍부터 홍 대리의 집 앞에서 잠복했고, 그녀의 모습이 눈에 나타나면 무조건 뒤꽁무니를 따라야 했다. 그녀의 단골 목욕탕이나 미용실은 그에게도 너무나 친숙한 장소가 돼버렸다. 언젠가는 어설프게 그녀의 뒤를 따라 걷다가 하마터면 정면으로 마주칠 뻔한 적도 있었다.

추적은 집요하게 계속 됐다. 그리고 성 과장은 드디어 그녀의 차를 타고 모텔을 들락거리던 사내의 얼굴을 확인할 수 있었다.

쑥스러워하는 기색도 없이 모텔 입구에서 호기롭게 대실료를 지불하던 도라에몽처럼 생긴 남자. 그는 양진우였다.

이런저런 잡담을 나누는 사이 길 건너편에 커다란 배낭을 메고 아이스박스를 손에 든 거구의 사내가 나타났다.

"아이고, 늦어서 미안합니다. 버스 타고 오다가 배가 아파서 도중에 내렸다가 오느라 말입니다."

서울 압구정동에서 9407번 버스를 타고 온 우민재 과장이었다.

"과장님, 웬 짐이 그렇게 많으세요? 저녁에 먹을 것들은 거기서 사면 되는데."

우 과장이 조수석에 앉자마자 양진우가 웃으며 핀잔을 주었다.

"아, 아이스박스는 빈 통입니다. 오늘 성 과장님이랑 밤낚시나 하려고요."

그는 싱글벙글 웃으며 마치 소풍을 떠나는 어린아이처럼 들떠 있었다.

"얼마나 걸려요, 과장님?"

홍 대리가 물었다.

"2시간 정도? 졸리신 분은 자도 좋습니다."

야유회 장소는 성 과장이 정했다. 서해안 서산 부근에 위치한 누나의 주말 별장이었다. 별장이라고는 하지만 화가인 매형이 작업실로 쓰는 곳이었다. 그는 누나에게 부탁해 그 집을 통째로 빌려놨다.

메마른 단풍의 흔적만 남은 초겨울의 나무들이 좌우로 획획 넘어졌다. 1시간여를 달려 그들은 고속도로를 나와 국도로 접어들었다. 조수석의 우 과장은 차에 오르는 순간부터 줄곧 코를 골았다. 룸미러를 통해본 뒷좌석에는 양진우도 잠들어 있었다. 홍 대리만이 잠들지 않고 창밖을 물끄러미 바라보며 생각에 잠긴 모습이었다.

성 과장의 눈길이 룸미러를 통해 그녀의 눈과 마주쳤다. 그가 물었다.

"회사 그만두게 되니까 기분이 어때? 그래도 6년씩이나 다니던 곳이잖아."

"신입 사원 때 생각나네요. 그때는 정말 컴퓨터BG 최초의 여성 임원이 되겠다고 기고만장했었는데. 참 우습죠?"

그녀의 대답에서 진한 아쉬움이 묻어나왔다.

"근데, 진짜 앞으로 뭐할 계획이야? 정말 외국으로 뜰 생각인가?"

"어느 나라로 갈지, 언제 갈지는 모르겠지만 일단 유럽을 고려하고 있어요. 혹시 알아요? 외국에 가면 나 좋다는 남자가 줄을 서게 될지. 헤헤."

또 거짓말이었다. 그렇다면 그녀가 입버릇처럼 노래를 불렀던 프랑스나 영국에 집을 구해야 했다. 그러나 성 과장이 확인한 바에 의하면, 그녀는 엉뚱하게도 대구에 작은 전셋집을 구해놨다. 성 과장이 어렵게 알아낸 그녀의 비밀이 하나 더 있었다. 그것은 그녀가 참혹한 인사 고과를 받았던 이유였다.

지난 두 달여 동안의 고독한 추적에서, 성 과장은 신중한 자세를 잃지 않으려 노력했다. 홍 대리를 절대적인 의혹의 시선으로 봐온 사실이나, 다른 용의자 4인에게서도 조사를 소홀히 하지 않았다. 하지만 시간이 흐를수록 그녀에게서 새로운 사실들이 발견됐고, 성 과장은 이제 범인의 실체에 거의 접근했다는 확신의 단계에 이르러 있었다.

그녀가 표 전무의 눈 밖에 나고 하위 고과를 받게 된 사건이 있었다. 홍 대리는 2년 전 프랑스법인 관리 담당에게 부탁해, 그곳으로 직장을 옮기려 했다. 해외법인 관리 담당자가 해당 법인으로 소속을 바꾸는 일은 금기에 해당했다. 그 일로 인해 그녀는 물론 해당 법인의 관리 담당까지 표 전무에게 심한 질책을 받았다.

그뿐만이 아니었다. 성 과장의 추측으로는 그녀에게 공범이 있었다. 그녀와 주말마다 밀회를 즐기는 양진우였다. 다만 그가 왜 갑작스럽게 총무팀으로 쫓기듯 옮겼는지는 끝내 알아내지 못했다. 간혹 술자리에서 취기를 이용해 슬쩍 물어봤지만, 알면 다친다는 식의 농담만 돌아오곤 했다. 평소에 회사에 크고 작은 불만을 토로하던 그가 젊은 혈기와 정의감을 불태운 나머지 고위 간부들의 눈 밖에 날 만한 짓을 저질렀으리라 성 과장은 추측할 뿐이었다.

물론 여자인 홍 대리 혼자 범행을 실행하게 된 점에 의문은 남아 있었다. 하지만 성 과장은 그 일에 어쩌면 자신이 결정적 역할을 했다고 생각했다. 범행 시작을 알리는 홍 대리의 전화에도 불구하고 양진우를 붙잡아뒀고, 게다가 수면제를 먹여 재우기까지 한 사람은 자신이었다. 돌발적인 상황 변화에서도 홍 대리는 평소 여장부 같은 성격대로 침착하게 범행을 실행할 수 있었다. 그녀에게 주사기를 이용한 살인 정도는 별로 어렵지 않은 작업이었다. 어렸을 때부터 동물 병원 일을 도우며 자란 그녀로서는 주사 정도는 눈 감고도 가능했을 테니까.

승용차는 어느덧 목적지에 다다랐다.

"우와! 생각보다 집이 훌륭하네요. 저는 남아도는 회사 예산 안 쓰고 왜 여기로 정했을까 투덜댔는데. 역시 이유가 있었군요?"

홍 대리는 굵은 모래를 깔아놓은 별장 입구에 들어서자 환호성을 질렀다. 그녀의 환호성에 우 과장과 양진우도 잠에서 깨어났다.

커다란 2층 목조 주택 앞으로 썰물에 바닥이 드러난 서해가 펼쳐 있었다.

박순주 차장과 차상준 대리는 먼저 도착해 있었다. 이영표 대리는 약 5분 후에 자신의 차로 도착한다고 연락해왔다.

"남자들은 1층에 묵을 것 같으니, 여자들은 2층에 짐을 풀면 좋겠네요."

박 차장이 전망이 좋은 2층을 탐냈다. 해외지원팀은 팀장인 조기룡 상무가 본부장을 겸하고 있어, 차선임자인 박 차장이 웬만하면 팀장 역할을 대행하고 있었다. 조 상무는 그날 중요한 보고가 있다는 핑계로 참석하지 않았다.

성 과장이 예상했던 대로였다. 이 대리와 차 대리는 대낮부터 술판을 벌였다. 홍 대리와 양진우는 바지락이라도 캐오겠다며 갯벌로 데이트를 떠났다. 박 차장은 혼자서 산책을 즐기기로 했다. 성 과장은 우 과장과 함께 밤낚시에 대비한 현장 적응을 목적으로 방파제로 향했다. 우 과장은 의외의 조과를 은근히 기대하며 신이 나서 성 과장의 뒤를 따랐다.

저녁 5:50, 야유회의 유일한 단체 프로그램이 시작됐다. 팀원들은 바비큐 준비에 여념이 없었다. 이 대리와 차 대리가 과음을 한 탓으로 대신 불을 피우게 된 양진우의 입이 튀어나왔다.

"제가 장어라도 잡아왔으면 구워 먹기 딱이었을 텐데요."

우 과장이 서 있는 채로 연신 고기를 주워 먹으며 말했다. 바닷물이 빠진 오후 시간대에는 입질이 거의 없었다. 애꿎은 불가사리만 서너 마리 낚은 것이 전부였다.

"우리는 새끼 게라도 잡아왔죠. 이거 밤에 라면 먹을 때 넣으면 끝내줄 겁니다."

양진우가 이름 모를 작은 게들이 수북이 담겨진 바가지를 가리키며 의기양양하게 말했다.

"잡는 재미가 쏠쏠했겠군. 그나저나…."

성 과장이 말끝을 흐리자 사람들의 시선이 모아졌다. 그는 천연덕스럽게 말을 계속했다.

"이영표 대리는 어디 갔어? 아까부터 안 보이던데."

성 과장이 계획한 실험의 시작이었다. 그 시각 이 대리는 성 과장이 미리 귀띔한 대로 바닷가를 거닐며 취기를 바람에 날리고 있었다.

"그러고 보니 안 보인 지 꽤 된 것 같네요. 30분은 넘은 것 같은데. 말도 없이 어디 간 거지? 낮부터 떡이 돼 있더니만."

홍 대리가 한심스럽다는 말투로 말했다.

"전화도 안 받는데요. 혹시 자고 있나 제가 방에 다녀올게요."

양진우가 말하고 별장 1층 현관 쪽으로 쪼르르 달려가 안을 들여다보았다. 곧이어 그는 고개를 흔들어 아무도 없다는 신호를 보냈다. 그는 다시 뭔가 생각해냈는지 건물 뒤로 뛰어갔다. 잠시 후 그가 숨을 헉헉대며 뛰어와 외쳤다.

"이상합니다. 이 대리님 타고 온 자가용도 그대로 있고. 술 취해서 어디 멀리 가지도 않았을 테고. 성 과장님, 어디 집히는 데 없으세요?"

실험은 애초에 설계된 방향으로 순조롭게 진행되고 있었다. 성 과장의 얼굴이 갑자기 어두워졌다. 아니, 어두워 보이도록 했다.

"글쎄, 혹시 화장실에 있는 건 아닐까?"

성 과장의 말이 끝나기 무섭게 별장 안으로 달려 들어간 양진우가 잠시 후 다급하게 외치며 뛰어나왔다.

"맞습니다. 화장실 문이 잠겨 있어요. 취해서 쓰러졌는지 두들겨도 안에서 아무런 대답도 없고요. 성 과장님 화장실 열쇠 어디 있어요?"

"잠깐만!"

성 과장은 다급하게 누나에게 전화를 걸었다. 아니, 거는 척했다. 송신음조차 울리지 않았다.

"예, 저예요. 급해서 그러는데 혹시 1층 화장실 열쇠 어디 뒀어요? 아, 따로 없다고요? 아뇨, 나중에 다시 전화할게요."

성 과장과 일행은 모두 목조 건물 1층으로 몰려 들어갔다.

"119를 부를까요?"

홍 대리가 물었다. 119란 단어에 사태의 심각성을 깨달은 일행의 얼굴이 더욱 창백해졌다.

"여기 완전 시골이라 한참 걸릴 거야. 안에서 호흡곤란 상태라면 한시가 급해."

성 과장이 눈을 부릅뜨고 고개를 흔들며 대답했다.

"문을 부수면 안 될까요?"

양진우가 허락을 구하듯 눈빛으로 성 과장에게 물었다.

"한번 해보자!"

양진우가 곧바로 거실 반대쪽에서 달려와 화장실 문에 어깨를 부딪뜨렸다. 두어 번의 충격에도 문은 멀쩡했고 양진우는 어깨를 감싸 쥐었다. 이번에는 우 과장이 움직이려 하자 성 과장이 그를 제지하며 말했다.

"두꺼운 목재라 쉽게 부서질 문이 아닙니다. 이럴 때가 아니에요. 누구 문을 열 수 있는 사람 없어요?"

화장실 손잡이는 둥근 형태로 연수원 숙소동의 그것과 유사한 형태였다. 성 과장은 곁눈질로 슬쩍 홍 대리를 쳐다봤다. 그녀는 걱정이 가득한 얼굴로 발을 동동 구르고 있었다. 성 과장의 입꼬리가 살짝 올라갔다가 내려왔다.

'이제 가면을 벗어던질 때야. 전에 네가 열었던 종류와 똑같은 도어 락이거든!'

성 과장은 홍 대리의 범행 동기를 80% 이상 확인했다고 판단했다. 하지만 그것만으로는 부족했다. 그녀가 범행 도구들을 어디에서 처리했을까를 많은 시간을 들여 조사해보기도 했다. 하지만 결과는 빈손이었다. 더군다나 그녀는 사직서를 제출했다. 이제 시간이 남아 있지 않았다. 뭔가 결정적인 한 방이 필요했다. 윗선에 보고하기 위해서는 객관적인 증거물은 아니더라도 결정적인 정황 증거 하나가 절실했다.

성 과장의 실험은 그래서 기획됐다. 표 전무의 숙소에서처럼 그녀가 열쇠가 아닌 무엇으로 도어 락을 여는 모습을, 그것도 이왕이면 공개적 테스트로 시연하고 싶었다.

다른 방도를 찾지 못하고 우왕좌왕하는 동안, 홍 대리는 거의 울상이 되다시피 했다. 그녀의 눈동자가 흔들리고 있었다. 성 과장은 속으로 숫자를 세기 시작했다.

'이제 거의 다 왔어. 어서 문을 열라고. 하나, 둘, 셋!'

바로 그때였다.

"잠깐만 기다려보세요."

누군가 쏜살같이 마당으로 뛰어나가더니, 텃밭 울타리에서 철사 조각 하나를 끊어 다시 돌아왔다. 능숙한 솜씨로 이리저리 구부려진 철사가 화장실 손잡이에 꽂혔다.

툭!

이어 5초도 걸리지 않아 화장실 문이 스르르 열렸다.

"여자분들은 모두 밖으로 나가 계세요."

그는 만일의 경우 아름답지 못할 광경에 대비해 여자들을 대피시키는 치밀함까지 보였다. 이마에 흐르는 땀을 소매로 문지르며 텅 빈 화장실 내부를 들여다보는 그는, 뜻밖에도 우민재 과장이었다.

#36 2개의 사건

월요일 저녁 6:20, 성찬수 과장이 퇴근을 하려다 무심코 돌아본 곳에는 빈자리가 하나 늘었다. 홍수진 대리의 책상 위에는 낡은 전화기 한 대만이 쓸쓸히 놓여 있었다. 우민재 과장은 무슨 일인지 6시 종소리가 울리기 무섭게 퇴근했다. 다행이었다. 하루 종일 그와 눈길이 마주치지 않으려고 무진히 애를 썼다.

성 과장은 지난 주말 내내 극심한 혼란에 빠져 그날 오후까지도 현기증 비슷한 증상을 앓았다.

우 과장은 분명 사건 당일 밤 이천 시내에 있었다. 그와 함께 있었던 목격자는 너무나 많아서, 유체 이동이 아니라면 그가 밤 10시가 조금 넘은 시각에 표 전무의 방문을 열었음을 설명할 길이 없었다.

성 과장은 약속 시간을 확인하고 서둘러 공장 단지 내 버스 승강장으로 발길을 옮겼다. 그리고 분당이 아닌 서울 강남으로 가는 버스에 올랐다. 본사 기획조정실 구자홍 부장과의 저녁 식사가 그를 기다리고 있었다.

"생각보다 머리가 잘 돌아가더군. 아주 멋진 계획이었어. 진작 이유를 말해줬으면 이 대리가 조금 덜 투덜댔을 거 아냐. 영문도 모르고 시키는 대로 움직여줬지만 말이야. 어쨌든 아주 멋진 시나리오였어. 회사 관두고 작가해도 되겠는걸."

밤 8:15, 땅딸보 사내가 대리석 재질의 넓은 테이블 위에 놓인 순가락의 포장을 뜯으며 말했다. 그는 몹시 기분이 좋아 보였다. 40평 정도의 고급 룸에는 그와 성 과장 단둘뿐이었다.

"솔직히 말씀드리자면, 저도 예상치 못한 결과였습니다. 어찌 된 건지 아직도 영문을 모르겠다고요. 어떻게 우 과장이…"

구자홍 부장은 테이블로 향하던 젓가락을 흔들며 성 과장의 말을 끊었다.

"내 말이. 우 과장, 그 곰탱이 같은 녀석이 그런 짓을 벌일 위인이라고 상상이나 해봤겠어? 정답부터 말하면 그놈이었어. 주말 동안 조사 끝냈거든. 그놈이 하드디스크를 훔쳐갔어."

여유로운 웃음으로 음식을 권하는 그와 달리 성 과장은 마음이 급했다.

"어떻게요? 그는 사건 현장에 있지도 않았는데요?"

젓가락을 어디로 보낼지 주춤거리던 구 부장이 심드렁하게 성 과장을 올려다봤다.

"이런 비싼 데는 처음일 것 같은데, 일단 좀 먹자고. 오늘은 성 과장을 치하하는 자리라니까."

저녁 식사가 마무리돼갈 때쯤, 기다렸다는 듯이 30대 중반 정도 돼 보이는 여자가 룸에 들어왔다. 그녀는 구 부장에게 호들갑스럽게 인사를 건네며 그의 옆자리에 바짝 엉덩이를 밀착했다.

"아이고, 부장님. 요즘 좀 뜸하셨네요. 식사는 좀 어떠셨어요?"

구 부장도 환하게 웃으며 그녀의 어깨에 손을 올렸다.

"인사치레는 됐고, 여기 우리 회사의 아주 촉망 받는 엘리트야. 성찬수 과장이라고 하지. 오늘 최고로 모셔야 돼."

여인이 입가에 웃음기를 머금은 채 성 과장에게 인사를 건넸다.

"KM에 이런 미남도 있으셨네? 반가워요."

"아, 네."

세월의 흔적이 살짝 비쳤지만 묘한 기품을 풍기는 여인이었다. 그녀가 구 부장에게 물었다.

"지난번처럼 30년산으로 세팅하면 되겠죠?"

"알아서 해. 그리고 애들은 한 15분쯤 뒤에 넣어줘. 이 친구랑 잠깐 할 얘기가 있으니까."

자리를 뜨면서 여인은 성 과장을 향해 야릇한 미소를 보냈다. 곧이어 종업원 서너 명이 들어왔다. 대리석 탁자는 어느새 밥상에서 술상으로 변신하고 있었다.

"특별히 10분의 질의응답 시간을 주는 거야. 내 오늘 기분이 좋으니까 무슨 질문이든 답해주지."

구 부장이 이쑤시개로 어금니를 후비며 말했다.

"아까 우 과장이 어떻게 범행 현장에 있었는지 물었습니다."

"음. 나는 우 과장이 하드디스크를 훔쳐갔다고 말했지, 표 전무를 죽였다고는 안 했어. 무슨 뜻인지 아직 모르겠어?"

"…."

성 과장은 고개를 갸웃거리며 묵묵부답이었다.

"자네는 물론 우리도 창의성이 부족했어. 그점은 반성할 필요가 있지. 우리는 각각 독립적인 2개의 사건을 하나로만 인식했거든. 우

258

과장은 표 전무가 죽기 전에 이미 하드디스크를 가져간 거였어."

억지로 욱여넣었던 밥알들이 성 과장의 입에서 튀어나올 뻔했다.

"네? 언제 말입니까?"

"그것 때문에 주말 내내 여러 명 고생했다니까. 자네도 알겠지만 연수원 숙소동 입구에 CCTV가 하나 있잖아. 전에는 볼 생각도 없었던 낮 시간대까지 눈 빠지게 들여다봤거든. 깜짝 놀랄 장면이 있었지. 점심시간 시작할 때쯤 그 뚱땡이가 숙소동에 들어갔다가 10여 분 후에 나오더군. 전부 밥 처먹으러 가기 바쁜 시간을 이용한 거지."

"하지만⋯."

성 과장은 숙소동에 표 전무의 방만 있는 건 아니지 않느냐 말하려다 입을 다물었다. 그의 머릿속에서 그날 점심시간이 시작되자마자 배를 움켜쥐고 화장실로 달려가던 그의 모습이 떠올랐기 때문이다. 급한 용변을 참으며 연수동 화장실이 아니라 멀리 숙소동까지 뛰어갈 이유는 없었다.

"대충 이해한 모양이군. 우 과장이 평소와 다르게 밤중에 왜 시내로 나갔는지는 말을 안 해도 알겠지?"

"그렇다면 하드디스크를 감추기 위해⋯."

"빙고! 표 전무가 혹시 밤에 노트북을 켜기라도 한다면 난리가 날까 걱정했을 테니까, 물건을 시내 어디엔가 감춰놓고 오려는 목적이었겠지. 이를테면 술집 화장실 변기에 밀봉 상태로 감췄다든가 말이야. 하지만 다음날 표 전무는 차가운 시체로 발견됐고 우 과장도 적잖이 놀랐을 거야. 나중에 천천히 물건을 회수할 생각이었겠지만 마음이 급해졌겠지. 다음날 오후 귀가가 허락되자마자 그놈은 다시 시내로 달려가 하드디스크를 찾아갔을 거야. 모두 버스를 타고 연수원을 빠져나간 뒤에 혼자 연수원 정문을 걸어 나가는 장면이 CCTV에 남아 있더군."

성 과장은 믿기지 않는다는 얼굴로 생각에 잠겼다. 쉽게 받아들이기 어려운 얘기들이 한꺼번에 쏟아진 탓이었다.

"하지만 전부 추측이잖습니까. 다른 측면으로도 해석할 수 있는 정황들일 뿐입니다. 그날 밤 오랜만에 사람들과 어울리고 싶은 생각이 들었을 수도 있습니다. 게다가 다음날은 짐을 챙기다가 버스를 놓쳐 어쩔 수 없이 걸어나가서 택시를 이용했을 수도 있고요."

구 부장이 고개를 옆으로 돌리며 코웃음을 쳤다. 그의 말투가 살짝 은밀해졌다.

"그 녀석의 범행 동기를 말해줘도 그런 한가한 얘기를 늘어놓을 수 있을까? 아주 옛날에 우일테크라는 회사가 있었더군. 우 과장 아버님께서 운영하던 중소기업이었다나 뭐라나. 그 친구 작고한 부친에 대한 기록은 철저히 감춰놨더구만."

성 과장은 인사 웹에서 확인했던, 그의 비어 있던 부친 항목을 떠올렸다. 구 부장이 손목시계를 힐끗 살피더니 다시 말을 이었다.

"비극은 2002년 KM과의 공급 계약 해지에서 시작된 거야. KM만 믿고 다른 납품처를 발굴하지 않은 것이 그 회사의 실수라면 실수였지. 여하튼 KM의 말만 믿고 생산 설비를 대폭 확충한 회사는 하루아침에 부도가 나버리고, 사장은 자살하고 말았어. 게다가 당시 우일테크와 계약을 담당했던 직원이 표 과장이었지. 죽은 표 전무 말이야. 이제 대충 그림이 그려지지?"

성 과장의 머릿속에서 흩어져 있던 퍼즐 조각들이 화르륵 제자리를 찾아 날아다녔다. 우 과장은 2002년 미국 유수의 대학에서 S/W 전공으로 석사 과정을 밟고 있었으나, 학업을 중단하고 돌연 귀국해 2003년 KM전자에 입사했다. 컴퓨터BG S/W 개발팀의 일개 말단 사원으로 입사한 그는 탁월한 능력을 인정받아 남들보다 1년 빠르게 대리로 승진하는가 싶더니, 2008년 난데없이 사무직으로 이직을 신청해 경영지원본부로 자리를 옮겼다.

"우 과장은 왜 표 전무를 죽이지 않고, 하드디스크만 노렸을까요?"

"그건 나도 모르지. 별로 궁금하지도 않고. 중요한 건 그놈이 작년에 회사 기밀을 외부에 누설한 놈과 동일인물이라는 거야."

"어쨌든 전무님을 죽인 사람은 따로 있다는 결론이잖습니까?"

"뭐, 그런 셈이지."

구 부장의 말투가 왠지 심드렁하게 들렸다.

"그렇다면 홍수진 대리일 겁니다. 퇴사했지만 지금이라도 빨리…"

"아니야, 틀렸어."

구 부장은 이마를 살짝 찌푸리며 소파에 등을 붙이며 말을 계속했다.

"그년은 신경 꺼도 돼. 사실은 나도 홍수진과 양진우 두 연놈들 때문에 적잖이 시간만 허비했지. 밤낮으로 연애질이나 해대는 그것들 때문에 고생한 것을 생각하면, 어이구. 어쨌든 걔들은 아니야. 집과 주변을 탈탈 털어서 얻은 정보니까 그 정도만 말해두지."

성 과장은 망치로 머리를 한 대 맞은 사람처럼 멍해졌다.

"저, 저는 이제 어떻게 되는 겁니까? 경찰은 앞으로도 살인자를 계속 쫓을 텐데요."

구 부장은 눈을 동그랗게 뜨면서 웃음을 터뜨렸다.

"어떻게 되다니? 자네가 죽인 게 아닌데 뭘 걱정해. 이제 마음 편히 회사 댕기면 되는 거지. 안 그래? 하하하."

"하지만…."

"어떡하지? 10분을 다 썼거든. 이제 좀 놀아보자고."

구 부장은 능글맞은 웃음을 지으며 테이블 구석에 있는 벨을 눌렀다.

밤 11:25, 성 과장은 영혼이 빠져나간 사람처럼 소파에 널브러져 있었다. 뿌옇게 흐려진 시야로 구 부장의 동그란 얼굴이 들어왔다.

"정신 차리고 휴대폰 좀 줘볼래?"

"휴, 휴대폰은 왜요?"

성 과장은 중얼거리듯 말하며 바지 주머니에서 휴대폰을 꺼냈다.

"요즘 폰들은 기능이 너무 좋아서 말이야. 혹시라도 녹음 기능이 신경 쓰여서그래."

휴대폰을 확인한 후에 테이블 위에 툭 던져놓으며 구 부장이 말했다.

"지금부터 내가 하는 얘기 잘 들어. 기억할 수 있겠지?"

"아, 네."

갑자기 심각해진 구 부장의 목소리에 성 과장은 정신을 차리고 몸을 고쳐 앉았다.

"살인범이 멀쩡하게 돌아다니고 있겠지만 우리의 관심사는 아냐.

오늘부로 감사실에 임시로 설치했던 사건 대응 TFT팀은 해체했어. 살인범을 잡는 일은 이제 정상적으로 경찰의 몫이지. 물론 성 과장은 절대 건드리지 말라고 얘기해뒀으니 걱정은 안 해도 될 거야. 그리고 자네가 잘 모르는 것 같아서 말하지만, 우리는 신의를 매우 중요시하지. 약속대로 성 과장은 이제 자유의 몸이야. 이제 됐지?"

덫의 출구가 활짝 열린 순간이었다. 성 과장은 안도의 숨을 내쉬며 고개를 끄덕였다.

"알겠습니다. 그럼 됐습니다."

"아직 중요한 얘기가 하나 남았어. 여기를 나가는 순간부터 이번 사건과 관련한 모든 기억을 지워야 해. 자네 뇌를 포맷하라는 뜻이야. 난 앞으로 우 과장을 처리하는 일로 여념이 없을 테니, 쓸데없는 말을 흘려서 나를 골치 아프게 하지 않았으면 해. 알아들었지?"

성 과장의 얼굴에 갑자기 어두운 그림자가 드리워졌다. 자신의 처지에만 골몰한 나머지 그동안 떠올리고 싶지 않았던 현실과 맞닥뜨렸기 때문이다.

"물론 절대 함구하겠습니다. 그런데 우 과장을 처리한다는 것은 무슨 뜻이죠? 그냥 설득해서 하드디스크만 회수하면 되는 거 아니었습니까?"

갑자기 구 부장이 웃음을 터뜨렸다. 그가 성 과장을 손가락질하면서 대답했다.

"생각보다 순진한 구석이 있군. 하드디스크만 회수하면 된다고? 데이터라는 것은 얼마든지 무한 복제할 수 있어. 중요한 것은 자료를 가진 사람의 의지야. 높은 분들이 원하는 것은 완벽하게 그 의지를 꺾어놨다는 증거물이지."

"그, 그러니까 의지를 꺾는다는 게 무슨 뜻입니까?"

성 과장의 등골에 서늘한 소름이 돋았다.

"설마 죽이기야 하겠어? 안 그래? 우린 회사원이라고, 회사원. 하하하. 자, 이제 헤어질 시간이야. 내가 먼저 일어나도 괜찮겠지?"

구 부장은 대답도 듣지 않고 음흉한 웃음과 함께 사라졌다. 성 과장은 멍하니 문을 닫고 나가는 그를 올려다봤다.

'나를 곤경에서 구해준 사람이지만 살인자라고 믿었기 때문에 그들의 요구에 따랐던 거야. 젠장! 우 과장님은 이제 어떻게 되는 걸까?'

성 과장은 괴로워하며 두 손으로 얼굴을 감쌌다.

잠시 후 누군가 문을 노크하는 소리가 들렸다. 문가에 빨간색 원피스의 여자가 상체만 내밀었다.

"오빠, 안 가세요?"

앳된 여자의 목소리였다. 하지만 성 과장은 전혀 못 들은 사람처럼 꼼짝도 하지 않았다.

#37 비상 경영

점심식사를 마치고 나른한 분위기가 사무실에 감돌았다. 반면에 오수경 차장의 얼굴에는 대조적으로 생기가 넘쳤다. 무슨 좋은 일이라도 있는지 그는 콧노래를 흥얼거리며 포털사이트를 클릭했다. 경쾌한 손놀림으로 그가 입력한 검색어는 '수도권 펜션'이었다.

점심시간 동안 그는 태경과의 오랜 통화 끝에 1박 2일의 밀월여행을 떠나기로 약속했다. 3일 후 금요일에 오후 반차를 내고 출발해 토요일에 귀가하는 일정인지라, 아무래도 가까운 곳을 선택해야 하는 제약이 있었다. 오 차장은 마치 대학 시절 그녀와 함께 떠났던 기차 여행 때처럼 들떠 있었다.

"오 차장, 어디 놀러 가나봐?"

뒤에서 들려온 익숙한 목소리에 오 차장은 황급히 검색창을 닫아버렸다.

"뭘 그리 놀라? 애인하고 몰래 여행이라도 가는 사람처럼."

구자홍 부장이 능글맞은 웃음을 짓고 있었다.

"애인은요, 무슨. 주말에 애가 어디 좀 가고 싶다고 해서. 근데 웬하품을 그리 하세요? 어젯밤 또 무리하셨나 봅니다."

"좀 달렸어. 오전에 좀 멀리 외근도 다녀왔고. 그나저나 지금 시국이 비상 경영이다 뭐다 하는데 놀러 다닐 여유가 있나? 참 부럽다, 부러워."

구 부장은 뼈 있는 농담을 던지고 그의 자리로 어슬렁대며 걸어갔다.

'비상 경영이라고?'

오 차장이 입사한 이래 무수히 들어온 단어였다. 그는 그룹웨어를 열고 이메일을 체크해봤다. 아니나 다를까, 메일 리스트에서 '비상 경영'이라는 단어가 눈에 띄었다. 그는 지체 없이 메일 제목을 클릭했다.

수신 : 각 계열 부문 코디네이터

발신 : 기획조정실 경영기획팀장

제목 : 비상 경영 선포에 따른 세부 실행계획 수립 요청

2012년 12월 4일 화요일 오후 13:14:56

수신자 제위, 노고가 많으십니다.

최근 유럽, 북미 경기 침체의 장기화로 인해 기 수립한 2013년도 경영 목표 달성이 불투명하다는 지적이 대두되고 있습니다.

이에 2013년 비상 경영 목표 수립과 목표 달성을 위한 구체적 실행 방안을 수립하도록 금일 그룹 경영회의에서 결정됐습니다.

각 코디네이터들은 담당 계열사에 신속히 내용 전달해, 차주 월요일 12/10 17:00까지 첨부 양식으로 결과물이 제출될 수 있도록 조치 바랍니다.

*참고로, 지수 목표는 기존 경영계획 대비 10% 수준의 경비 감축을 가이드라인으로 삼으시기 바라며, 실행 방안은 단순한 슬로건이 되지 않도록 구체적인 실행 가능성 점검 후에 제출될 수 있도록 각별히 유념 바랍니다.

별첨 : 계열사별 2013년 비상 경영지수 목표 및 실행 방안_양식.xls

'다음 주 월요일까지라고? 이런 젠장!'

순간 눈앞이 캄캄해졌다. 까딱 잘못하다간 주말 작업이 발생할 수 있었다. 그녀와의 여행 계획에 적신호가 켜졌다. 그는 당장 컴퓨터BG에 전화를 걸어야겠다고 생각했다.

'무조건 서둘러야 해. 무엇보다도 그녀를 실망시키고 싶지 않아.'

*

화요일 밤 11:10, 컴퓨터BG 사무동 3층 구석에 작은 불빛이 흘러 나왔다. 모니터의 푸른 불빛이 한 남자의 초췌한 얼굴을 비추고 있 었다. 사무실에는 문경원 차장 혼자였다. 그는 저녁 식사도 거른 채 문서를 작성하고 있었다. 모니터 상단에 보이는 문서명은 '컴퓨터 BG 2013년 비상 경영지수 목표 및 실행 방안'이었다.

그날 오후 오수경 차장에게서 비상 경영계획 수립 건으로 전화가 왔다. 통화를 마친 문 차장은 일주일도 안 되는 납기에 정상적인 프 로세스를 밟기에는 턱없이 무리라고 판단했다. 현업 부서장들과 일 일이 협의해 작성하려면 보름은 족히 걸릴 일이었다.

지수 목표는 그룹 기획조정실이 원하는 수준으로 일괄 조정해 우 선 충족시켜주고, 실행 방안은 예전에 작성했던 방안들을 편집해 납기를 지키는 것이 급선무라고 판단했다. 현업 부서장들과의 협의 과정은 사후에 거쳐도 무방하리라 생각했다. 물론 오 차장도 같은 의견이었다.

하지만 낮에 문 차장의 계획을 보고받은 방신희 부장이 일을 꼬 이게 만들었다. 그는 팀장이 된 이후로 사사건건 문 차장과 의견이 부딪히곤 했다.

'문 차장. 그렇게 요령으로 때우면 되겠어? 제대로 해야지 일을. 현업 부서장들 전부 소집해서 합의된 결과를 본사에 전달만 하자고? 우리가 손댔다가 나중에 현업에서 나 몰라라 하면 어쩔라고? 자네가 책임질 거야? 내일이라도 당장 회의 소집해. 뭐? 내일하고 모레는 전부 모이기가 어렵다고? 그럼 금요일에 하면 되잖아.'

뭔가 항변하고 싶었지만 방 부장의 벌어진 앞니 틈 사이로 악취가 느껴져 문 차장은 뒤로 물러서고 말았다.

문 차장은 금요일 회의 소집 공고를 자료작성 양식과 함께 발송하고, 씁쓸한 표정을 지으며 자리에서 일어섰다. 주말을 꼬박 회사에서 보내야 한다는 현실은 이미 받아들였다.

'오늘도 기숙사 신세를 져야겠어. 맥주나 하나 사들고 들어가야겠군.'

야근이 잦은 그는 서울 강북까지 집이 멀어 종종 기숙사에서 밤을 보내는 경우가 많았다. 사무실을 나선 그는 기숙사가 위치한 공장 단지 후문 쪽으로 발걸음을 옮겼다.

후문을 나와 편의점에 들러 맥주와 간식거리를 사들고 문 차장은 터벅터벅 기숙사로 향했다. 기숙사 앞에 다다르자 그가 문득 걸음을 멈췄다. 그는 우두커니 하늘을 올려다봤다. 보름달 주변에 어렴풋이 달무리가 져 있었다.

문 차장은 주머니 속의 지갑을 열어 무엇인가를 꺼내 들었다. 꼬깃꼬깃 구겨지고 군데군데 얼룩이 배인 작은 종잇조각이었다.

그는 우두커니 서서 쪽지를 물끄러미 들여다봤다.

가로등 아래 시멘트 바닥으로 그의 그림자가 길게 늘어져 있었다. 어느덧 그림자의 어깨 부분이 조금씩 들썩이기 시작했다. 무심한 달빛 아래에서 그림자는 점점 더 격하게 그리고 불규칙하게 흔들리고 있었다.

*

다음날 아침, 이메일을 확인하던 차상준 대리가 망연자실한 얼굴로 푸념을 늘어놨다.

"말이 안 나옵니다. 얼마 전 끝낸 경영계획에 잉크도 마르지 않았는데, 비상 계획을 또 수립하라니. 이건 뭐 똥개 훈련도 아니고 말입니다."

박순주 차장의 반응 또한 별다르지 않았다. 그녀도 적잖이 맥이 풀린 모습이었다.

"그러게요. 그나마 다행인 것은 비용과 투자만 손대면 된다는 사실이네요. 매출은 놔두고."

"비용만 손대면 된다지만 우리는 지금 5명입니다. 거기다가 우 과장님은 이틀째 무단결근이고요. 이런 걸 비상이라고 해야 한다 말입니다."

차 대리는 고개를 절레절레 흔들며 대꾸했다.

"성 과장님은 금요일 회의에 저랑 같이 참석하시는 게 어때요? 같이 들으시는 게 좋을 것 같은데."

박 차장은 성찬수 과장의 눈치를 슬쩍 살피며 물었다.

"..."

성 과장은 아무 말 없이 고개만 끄덕였지만 말귀를 알아들은 표정은 아니었다. 그는 우민재 과장의 빈자리를 멍하니 바라보고 있었다.

*

오수경 차장은 조용히 사무실을 빠져나가 비상구 계단으로 향했다. 그녀에게 급하게 전화를 하기 위해서였다.

"태경아, 잘 잤어? 지금 통화 괜찮아? 아니 별일은 아닌데, 이번 주 금요일 출발을 좀 늦춰야 할 것 같아서. 아, 별일은 아냐. 갈 수는 있어. 오후 반차 내기가 좀 어려워진 것 말고는. 한 저녁 6시쯤 출발하면 안 될까? 그래. 네 차 가지고 올 수 있는 거지? 그럼 그때 양재역에서 보는 거다."

전화를 끊은 오 차장은 안도의 한숨을 내쉬었다.

'하필이면 금요일 오후에 회의를 할 건 뭐람? 혹시라도 회의가 늘어지거나 술자리로 이어지더라도 5시에는 무조건 나오는 거야. 적당한 핑계를 미리 생각해놓아야겠어. 그래! 그거야. 제사가 좋겠어. 아무도 붙잡지 못할 좋은 핑곗거리지.'

#38 접선

우민재 과장이 사흘째 회사에 나오지 않았다.

저녁 6:15, 성찬수 과장은 사무실을 일찍 나서며 서울 강남행 통근 버스에 올랐다. 그를 만나러 가는 길이었다. 그날도 불길한 예감에 휩싸여 일이 손에 잡히지 않았던 하루였다. 아침부터 20통이 넘는 전화와 문자를 우 과장에게 시도했지만 소용이 없었다. 그러던 와중에 퇴근 무렵 한 통의 문자 메시지가 날아들었다.

'만납시다. 730에 신사역 4번 출구. 도착 즉시 문자 요망.'

730은 저녁 일곱 시 반을 의미하는 우 과장의 짧은 표현이었다.

이틀 만에 다시 찾은 서울의 거리에는 스산한 바람이 불고 있었다.

택시에서 내린 성 과장은 우 과장에게 문자를 보냈다. 3분여를 기다렸지만 그에게서 곧장 답신이 오지 않았다. 성 과장은 편의점에 들러 담배를 사고 나와 천천히 기다려보기로 했다. 5분쯤 지나 손에 든 휴대폰에서 "부우욱!" 하며 짧은 진동이 느껴졌다.

'미안합니다. 8번 출구로 다시 나오셔서 나온 방향으로 계속 걸으세요.'

첩보 영화에서나 볼 만한 상황이었다. 성 과장은 지하도로 다시 들어가 8번 출구로 나왔다. 그리고 천천히 주변을 살피며 천천히 발걸음을 뗴었다.

"성 과장님!"

50여 미터를 걸었을 때 뒤에서 우 과장의 목소리가 들렸다.

"여기로."

낡은 상가 건물에서 얼굴만 빼꼼 내민 그가 성 과장을 향해 손짓하고 있었다.

우 과장을 따라 건물 지하로 계단을 내려가 들어간 곳은 뜻밖에도 노래방이었다. 어두컴컴한 밀실에서 모자를 눌러쓴 우 과장의 모습은 평소와 다른 사람처럼 느껴졌다. 그는 불안하고 초조한 눈빛으로 계속 문밖을 경계했다.

"미안합니다. 사람들의 눈을 피하려니 이런 데밖에 없더군요. 성 과장님 예전에 이 노래 잘 부르시던데."

그는 리모컨으로 김광석의 〈잊어야 한다는 마음으로〉를 선택하고, 시작 버튼을 눌렀다. 익숙한 멜로디가 흐르면서 실내의 불안한 공기가 다소 누그러졌다.

"무슨 일이 있었던 거군요?"

성 과장의 목소리가 가늘게 떨렸다.

"화요일 출근길에 누군가가 집 앞에 찾아왔어요. 구자홍이라고 아마 과장님도 아는 사람일 겁니다. 자세한 얘기는 하고 싶지 않아요. 예상했던 회유와 협박이었으니까요. 거절했습니다. 애초에 개인적인 이익을 취하려고 시작한 일은 아니었으니까요."

"죄송합니다. 저 때문에…."

기어 들어가는 목소리로 말하던 성찬수가 고개를 푹 숙였다.

"그런 생각을 하실 것 같아서 보자고 했습니다. 과장님은 살기 위해서 할 일을 한 것뿐입니다. 상관 마세요. 내 정체가 탄로 나는 것은 과장님이 아니었더라도 시간문제였을 거니까요."

"하지만 과장님은 곤경에 처한 저를 위험을 무릅쓰고 구해주셨는데…."

우 과장은 온화한 미소를 지으며 성 과장의 말을 이어줬다.

"저의 선택이었을 뿐입니다. 제가 꾸민 복수로 인해 또 하나의 가정이 억울하게 무너지는 것을 원치 않았을 뿐이죠. 제 명분의 순결함을 지키고 싶었던 겁니다."

노래방 안에는 짧지 않은 침묵이 흘렀다. 후렴구의 슬픈 노랫가락이 성 과장의 가슴을 깊게 후볐다.

성 과장이 고개를 들고 우 과장의 작은 눈을 들여다보며 물었다.

"표 전무의 이메일, 그거 과장님이 보내신 거죠?"

"맞습니다. 하드디스크를 가지고 나온 다음날, 저도 표 전무가 죽은 사실을 알고 깜짝 놀랐습니다. 살인 용의자로 과장님이 주목됐을 때도 물론 놀랐지만요. 두 가지 목적이었습니다. 하나는 과장님께 시간을 벌어주려는 목적. 단순 살인자라면 회사에서 곧바로 경찰에 넘길 거라고 저도 눈치챘으니까요. 또한 동시에 그건 저를 위한 목적이기도 했습니다. 살인 범행 시간에 알리바이를 확보해둔 저를 의심하지 않게 하려는 목적 말입니다."

성 과장은 자신도 모르게 고개를 끄덕였다. 어수룩한 줄로만 알았던 그에게서 섬뜩할 정도의 치밀함을 발견하는 순간이었다.

"하지만 왜 하드디스크였죠? 과장님께 복수의 대상은 부친을 돌아가시게 한 표 전무가 아니었습니까?"

"처음에는 그랬죠. 하지만 알게 됐어요. 표 전무는 단순 행동대원에 불과했다는 사실을요. 그때는 지금보다 하청 업체로부터 구매 가격을 부풀려 비자금을 조성하는 일이 흔했던 시절이었습니다. 아버지께 죄가 있었다면 융통성이 부족했다는 것이었지요. 표 전무는 머슴에 불과했습니다. 그의 뒤에는 회사를 마치 자신의 것인 양 주인 행세하는 오너 일가가 있었죠. 어느덧 내 목표는 그들을 무너뜨리는 것으로 바뀌어 있더군요."

김광석의 노래가 끝났다. 우 과장은 리모컨을 들어 같은 곡을 반복 재생하고 다시 말을 이었다.

"내 걱정은 마세요. 일단 가족을 안전한 곳에 피신시키고 전쟁을 시작할 생각입니다."

우 과장의 결연한 얼굴에 묘한 슬픔이 함께 배어나왔다.

"혹시 제가 도울 일은 없겠습니까?"

"짐작하시겠지만, 지난여름 많은 사람을 고생시켰던 그 사건도 제가 저지른 일이었습니다. 제가 좀 어설펐죠. 물증 없는 정보만으로는 역부족이었습니다. 거대 재벌 기업에게 의미 있는 타격을 주려면 그 정도로 어림없다는 한계만 확인했어요. 하지만 이번에는 다를 겁니다. 저는 꽤 오랫동안 중요한 정보들이 오가는 길목들을 감시해왔고, 이제 결정적인 증거를 확보했으니까요. 당장은 과장님까지 이 위험한 일에 끌어들이고 싶지는 않아요. 혹시 나중에라도 필요하면 말씀드리겠지만요."

"하드디스크에서는 원하는 정보를 얻은 겁니까? 'Project-K'인가 뭔가 하는 내용이 진짜 있었던 건가요?"

우 과장은 잠시 입을 굳게 다물었다가 천천히 고개를 끄덕이며 말했다.

"그런 것 같습니다. 다만 그들만이 아는 언어로 돼 있어서 생각보다 시간이 걸릴 뿐입니다."

김광석의 노래가 두 번째로 마무리됐다. 우 과장은 다시 리모컨을 만지지 않았고, 이제 노래방에는 정적만이 흘렀다.

침묵을 깨고 성 과장이 물었다. 노래방에 들어오기 전부터 머릿속을 떠나지 않던 의문이었다.

"묻고 싶습니다. 저를 도와주셨던 진짜 이유. 정확히 말하자면 제가 살인을 하지 않았고 누명을 쓴 거라고 믿은 그 이유 말입니다."

"사실은…."

우 과장은 잠시 말문을 닫고 리모컨을 만지작거렸다. 같은 노래가 세 번째 반복되기 시작했다.

"오늘 과장님을 보자고 했던 본론을 말할 차례군요. 단순한 직관이나 믿음은 아니었습니다. 오히려 저는 그런 걸 경계하는 편이죠. 간단합니다. 제가 눈여겨보는 용의자가 따로 있었던 겁니다."

담배를 꺼내던 성 과장의 손가락이 부르르 떨렸다. '딸깍' 소리를 내며 켜진 라이터의 불꽃이 몹시 휘청거렸다.

"그, 그게 누, 누구였습니까?"

우 과장은 잠깐 뜸을 들이다가 결심한 듯 입을 열었다.

"문경원 차장입니다. 과장님은 혹시 그분에게서 이상한 점을 못 느꼈습니까?"

성 과장은 길게 한 모금 연기를 내뱉으며 대꾸했다.

"알리바이로 제시된 이메일 말인가요? 문경원 차장님 노트북은 정밀 감식을 통해 경찰이 확인을 거쳤다고 알고 있습니다만."

"그랬죠. 저도 관심 있게 지켜봤습니다. 누군가 대신해 이메일을 발송할 만한 사람은 없었을 겁니다. 그 부분에 대해서는 저도 수긍했습니다. 노트북 IP를 확인했으니, 모바일 기기로 범행 중에 보내지 않은 건 분명하고요. 그렇다면 혹시 예약 발송 기능을 이용했을까? 그것도 아니었습니다. 분 단위로 발송 시간을 예약하게 돼 있는 회사 프로그램으로는 발송 시간의 초 단위가 '00'으로 나오게끔 돼 있는데, 수신자의 메일 확인 결과 초 단위까지 나왔더군요."

듣고 있던 성 과장이 성급하게 끼어들었다.

"그럼 혹시 어떤 프로그램을 만들고 설치해 이메일을 자동으로 발송하지는 않았을까요?"

"그것도 아니었습니다. 경찰의 정밀 감식이 바로 그 부분이었습니다. 노트북에는 그런 프로그램이 없었고, 최소한 삭제했다면 기록이 남아 있어야 하는데 그것마저도 없이 깨끗했다고 합니다. 저 또한 S/W를 전공한 사람으로서 경찰이 문 차장의 알리바이를 인정한 것은 그럴 만했다고 생각해요."

"알리바이가 완벽하다면 문 차장을 왜…."

"완벽하다고는 말하지 않았습니다. 다만 우리가 모르는 다른 무언가가 있었을 수도 있겠죠. 하지만 제가 정작 그를 용의자로 의심하게 된 배경은 다른 곳에 있었습니다. 알리바이가 아니라 증거물, 바로 비닐봉지 말입니다."

"연수원 삼거리 가게에서 음료수를 사왔다는 그 봉지 말이군요."

"네, 맞습니다. 지금까지 사건에 대한 가설은 이렇습니다. 살인자는 표 전무에게 치사량의 약물을 주입했고, 현장을 떠나면서 만의하나에 대비하기 위해 휴지통에 있는 비닐봉지로 얼굴을 밀봉했다는 겁니다. 뭔가 이상하지 않습니까?"

"…"

성 과장은 침을 한 번 꿀꺽 삼키기만 하고, 마땅한 대답을 내놓지 못했다.

"생각해보면 아주 쉬운 허점이 있습니다. 살인자는 사전에 치밀한 계획을 세웠고 모든 살해 도구를 준비해가지고 들어갔어요. 근데 왜 휴지통에 있는 비닐봉지를 사용하게 됐을까요? 더구나 살인자는 휴지통에 비닐봉지가 있었다는 사실을 어떻게 알게 됐을까요? 범행 후에 우연하게도 휴지통을 뒤져보니 비닐봉지가 있었고, 그래서 즉흥적으로 그것을 사용했다는 것인데 이게 말이 될까요?"

"듣고 보니 이상하군요. 하지만 돌발적이고 즉흥적인 조치였을 가능성도 전혀 없다고는 볼 수 없을 것 같습니다만."

성 과장의 대답에 우 과장은 고개를 절레절레 흔들었다.

"글쎄요 저는 비닐봉지가 오히려 치밀하게 계산된 계획이었다는 쪽에 무게를 두고 있어요. 범인이 고도로 계산된 탈출구를 미리 만들어뒀을 가능성 말입니다. 범인은 초저녁에 표 전무가 지시했을지 모를 음료수를 사가지고 현장에 들어갔다 나옵니다. 나중에 진짜 목적으로 다시 들어갔을 때 혹시라도 남길 미세 증거물에 대비해 미리 빠져나올 구실을 만든 건 아니었을까요? 또 표 전무의 얼굴에는 문 차장의 지문이 듬뿍 묻은 비닐봉지가 씌워져 있었습니다. 왜 그랬을까요? 나는 이렇게 추측합니다. 살인자는 사건 초기에 용의자로 경찰에 불려갔다가, 미리 준비한 장치들을 가동해서 멋지게 풀려남으로써 오히려 조기에 용의 선상에서 빠지는 효과를 노린 건 아니었을까 하고요. 아마도 그는 증인으로 활용할 구멍가게 할머니나 숙소동 관리인의 기억에 자신을 각인시키려 꽤나 노력했을 겁니다."

우 과장의 긴 설명은 그럴싸했고, 분명 수긍할 만한 여지가 충분했다.

"그럴 수도 있겠습니다. 정말로 그랬다면 문 차장님은 보통 사람이 아니군요."

하지만 성 과장의 말투는 마치 추리소설의 결말을 이해한 정도의 감탄에 불과했다. 그는 며칠 전 가까스로 빠져나온 덫을 되돌아보고 싶지 않았다. 이를 눈치챘는지 우 과장이 진심 어린 마지막 충고를 보냈다.

"마음고생하신 거 압니다. 하지만 그들을 너무 믿지는 마세요. 어떠한 약속도 말입니다. 살인범이 잡혀야 과장님이 진정으로 자유로울 수 있다는 취지로 말씀드린 겁니다. 이제 가봐야겠어요. 언젠가 다시 만날 수 있으면 좋겠습니다."

노래방 문을 나서면서 우 과장은 성 과장을 향해 싱긋 미소를 지어 보였다. 그의 눈동자에는 결연함과 두려움이 함께 흔들리고 있었다. 그는 육중한 몸을 뒤뚱거리며 노래방 문틈 사이로 사라졌다.

화면에 남은 시간은 약 40분이었다. 성 과장은 어쩐지 그날이 그와의 마지막 날일지 모른다는 불길한 느낌에 휩싸였다.

#39 첫눈

의자에 앉은 채 팔짱을 낀 성찬수 과장의 시선은 아까부터 멀리

문경원 차장을 향하고 있었다. 그는 늘 그렇듯 초췌한 얼굴을 모니
터에 파묻고 있었다. 그가 자리에서 일어나 사무동 3층 현관에 들
어선 오수경 차장을 향해 환하게 웃는 모습이 보였다.

'무엇보다도 중요한 건 살인 동기야. 그림이 전혀 그려지지 않아.
그가 왜 표 전무를 죽였겠어? 일 잘해서 표 전무의 사랑을 너무 받
아서 탈이었다면 모를까. 어쨌든 이제는 나와 상관없는 일이지만.'

생각에 잠겨 고개를 흔들던 성 과장은 누군가가 다가와 어깨를
툭 치는 느낌에 화들짝 놀랐다.

"뭐하세요? 회의 가실 시간입니다."

박순주 차장은 100페이지가 넘는 자료를 들고 회의실로 앞장섰
다. 3층 출입구의 벽시계는 오후 1:30을 가리키고 있었다.

사무동 2층 회의실에는 경영지원본부 직원 10여 명 외에도 영업,
생산, 연구, 인사, 기획 등 10여 명의 현업 팀장이 참석해 있었다.

"글로벌영업팀 팀장님만 조금 늦는다고 연락이 왔습니다. 다른 분
들은 다 모이셨으니까 시간 관계상 바로 시작하겠습니다."

거드름을 피우는 말투로 방신희 부장이 회의 시작을 알렸다. 이
어서 현업 팀장들은 미리 정해진 순서대로 해당 부문의 경비 절감
목표 지수와 달성 방안을 발표하기 시작했다. 시작은 순조로웠다. 별
다른 이의 제기나 의견 제시가 없는 가운데 생산 부문의 발표까지
진행된 시각은 오후 3:40이었다. 10분의 휴식시간이 주어졌다.

성 과장은 담배를 피울까 잠깐 고민하다가 그냥 1층 로비에 있는

자판기로 향했다. 그곳에는 문 차장과 오 차장이 먼저 와 담소를 나누고 있었다.

문 차장은 자판기 앞으로 다가오는 성 과장을 발견하고 먼저 씩 웃었다.

"조마조마하구나. 방 부장님이 언제 또 엉뚱한 데로 튈지 모르니. 방 부장님도 그렇지만 여기 오 차장님도 은근히 신경 쓰여. 다음 주 월요일 아침부터 자료 달라 닦달할 거 아냐? 하하하."

오 차장은 문 차장이 건네주는 캔 커피를 받아 들고 빙그레 웃으며 답했다.

"당연하죠. 아마도 월요일 아침 8시부터 전화 갈 겁니다. 성 과장님은 그간 잘 지내셨죠?"

"네, 덕분에. 그날은 잘 올라가셨죠? 길이 좀 막히지 않았나요?"

"네, 약간."

성 과장의 물음에 오 차장의 말꼬리가 약간 수그러들었다.

문 차장은 눈을 동그랗게 뜨고 두 남자를 번갈아 바라봤다.

"두 사람 언제 나 빼고 만나기라도 했어? 혹시 술이라도 마신 거야?"

성 과장이 미처 대답할 틈도 없이, 오 차장이 좌우로 손사래를 치며 대답했다.

"술은요 무슨. 전에 회사 밖에서 우연히 마주친 적이 있었어요."

"아 그래? 세상이 참 좁다니까. 어디서?"

문 차장이 재차 물었지만 오 차장은 겸연쩍게 웃으며 슬그머니 화제를 다른 곳으로 돌렸다.

"저 오늘 저녁 뒤풀이는 못 갑니다. 5시쯤에는 무조건 나가봐야

하거든요. 마침 오늘이 할아버지 제사네요."

문 차장은 그즈음 건강검진 결과가 호전됐다며, 다시 술을 입에 대고 있었다. 그가 커피를 든 손으로 엘리베이터 쪽을 가리키며 엄살을 부리며 말했다.

"술자리는 매번 서로 엇갈리는군. 하지만 나도 오늘은 저녁만 먹고 나와야 되는 신세야. 당장 오늘 밤부터 자료를 정리하지 않으면 주말 내내 일해도 부족하거든."

오후 3:55, 영업 부문의 발표를 시작으로 회의는 속개됐다. 일사천리로 진행되던 앵무새들의 향연에 제동을 건 사람은 불만이 가득한 표정으로 마이크를 잡은 방 부장이었다. 그는 사투리를 쓰지 않으려고 몹시 발음에 신경 쓰는 말투였다.

"아무리 의견을 모으자고 모인 자리지만, 짚어야 할 것은 짚고 넘어가야 안 되겠습니까? 방금 글로벌영업팀 고중호 부장께서 시간외수당을 줄이고 정시 퇴근 문화를 정착시키자 말씀하신 것은 비상경영을 외치는 본사의 취지에 역행하고 있다는 우려가 듭니다. 그래서 이런 제안을 하겠습니다. 오늘 논의되는 비용 절감과는 별개로 우리의 각오를 다진다는 측면에서 컴퓨터BG 모든 팀장은 아침 출근 시간을 1시간 앞당기면 어떻겠습니까? 혹시 제 의견에 반대하시는 분 계십니까?"

말을 마친 방 부장이 작은 눈을 좌우로 부라렸다. 일벌레였던 표 전무가 살아 돌아온 것 같은 그의 제안에 일순간 주위는 쥐 죽은 듯 조용해졌다.

팀장이 일찍 오면 부하 직원들도 최소한 간부들 눈치가 보여 일찍 나올 수밖에 없지 않는가, 시행에는 찬성하지만 한시적인 방안이니 종료 시점을 사전에 정해야 되지 않는가, 작은 볼멘소리들이 튀어나왔다가 금방 수그러들었다. 방 부장의 서슬 퍼런 기세에 근본적으로 반대하는 목소리는 들리지 않았다.

난처한 표정으로 눈만 깜빡이는 현업 팀장들을 바라보면서, 성 과장은 KM에서 경영관리팀장이라는 자리의 위력을 새삼 실감할 수 있었다.

"그럼, 여기 계시는 분은 모두 동의하시는 것으로 알고 남은 발표 계속 진행합시다."

의기양양한 모습으로 앞니를 내민 방 부장이 의자를 뒤로 젖히면서 회의는 다시 진행됐다. 회의실 구석에 앉은 성 과장은 표시가 나지 않을 만큼 얼굴을 찡그리며 속으로 중얼거렸다.

'비상 경영 하자는데 아이디어가 고작 1970년대 수준이라니. 충성심을 과시하려는 방 부장 하나 때문에 올겨울 내내 말단 직원들까지 새벽별 보게 생겼군.'

*

5:10, 슬그머니 가방을 챙겨 나가는 오 차장의 모습이 보였다. 회의는 예정된 시간을 넘겼지만 거의 막바지에 이르고 있었다. 마지막 발표 자료가 거의 한두 페이지 정도만 남았을 때쯤 성 과장의 휴대폰에 문자 수신음이 울렸다.

'여보. 밖에 좀 봐. 첫눈이야^^'

성 과장은 창밖을 내다봤다. 언제인지 모르게 몰려든 검은 구름
사이로 하나둘씩 흩날리는 진눈깨비가 보였다. 첫눈이었다.

얼마 후 방 부장이 폐회를 알리는 순간, 첫눈은 어느새 차가운 빗
줄기로 바뀌어 있었다.

#40 저수지

토요일 밤 11:05, 저녁상을 물린 차 씨는 슬그머니 일어나 낚시 장
비를 주섬주섬 챙겼다. 그는 자신의 낡은 금색 경승용차를 몰고 근
처 수원 연화장 부근의 저수지로 향했다.

그는 실직한 지 네 달이 넘은 백수 가장이었다. 그날 그는 초등학
교 다니는 아들, 유치원에 다니는 딸과 하루 종일 집에서 뒹굴며 지
냈다. 원래는 공원에 나가 놀아줄 계획이었으나 금요일 저녁부터 계
속 내린 비로 땅이 너무 질척거렸다.

경기도 기흥에 위치한 작은 반도체 장비 회사에서 조립공으로 근
무하던 그는, 그해 여름 청천벽력 같은 정리 해고 통지를 받았다. 조
업량이 급격히 줄고 있는 상황에서 그것은 예견된 일이었다.

비는 그쳐 있었지만 저수지의 물은 눈에 띄게 불어 있었다. 그는
언제부터인지 집보다 낚시터에 있을 때가 마음이 더 편했다. 다만
비 개인 후의 초겨울 한파가 매서웠다. 그 때문인지 저수지에는 낚
시꾼은 말할 것도 없고, 지나가는 차량도 드물었다.

'토요일 밤에 그것도 이렇게 추운 날 낚시하는 미친놈은 나밖에 없을 거야.'

그는 차가 다니는 길에서 약간 떨어진 곳에 자리를 잡았다. 불빛이 전혀 없는 어두컴컴한 곳까지 가기에는 마음이 내키지 않았다.

잔 씨알의 배스가 잔잔한 저수지를 가르며 간간이 걸려 올라왔다. 그는 욕심을 내어 약간 더 멀리 캐스팅을 시도해보기로 했다. 어둠 속에서도 능숙하게 먼 거리를 공략할 수 있었다.

비거리를 높여 던져진 추가 바닥에 닿았다. 그런데 어찌된 일인지 낚싯바늘이 어딘가에 걸려 꼼짝도 하지 않았다. 바닥 걸림을 풀기 위해 이리저리 힘을 줘봤지만 소용이 없었다. 그는 할 수 없이 줄을 끊어버릴 생각으로 낚싯대를 잡고 줄을 힘껏 끌어당겼다.

투두둑!

줄이 끊어졌다.

'역시 그쪽에 던지는 게 아니었어.'

그는 힘없이 늘어진 낚싯줄을 회수하기 시작했다. 조과도 형편없는 데다 날씨도 더 추워져 집에 갈까 망설이던 바로 그때였다.

저수지 물속에서 이상한 소리가 들려왔다. 그것은 배수구에서 물이 빠지는 소리처럼 들리기도 했고, 물개들이 아우성치는 소리와도 같았다. 그는 고개를 돌려 헤드랜턴 불빛으로 수면을 비춰봤다. 아까까지만 해도 잔잔하던 수면에 작은 소용돌이 같은 움직임이 일었다.

'헉! 저게 뭐지?'

어슴푸레한 달빛이 비치는 검은 저수지 위로 형체를 알 수 없는 큰 물체가 떠올랐다. 그는 문득 어린 시절 소년 잡지에서 봤던 네스 호의 괴물을 떠올리며 그 자리에 꽁꽁 얼어버렸다.

그리고 잠시 후 그는 괴물의 실체를 알아차리고 허겁지겁 휴대폰을 꺼내 들었다.

#41 대리 기사

성찬수 과장은 사무동 건물 앞에 정차된 경찰차를 보고 주변을 두리번거렸다. 그는 언제부턴가 경찰차만 보면 겁부터 덜컥 내는 이상한 버릇이 생겼다. 일요일임에도 불구하고 그는 아침 일찍 가동된 비상 연락망을 통해 출근하는 길이었다.

"박 차장님, 밖에 웬 경찰차입니까? 무슨 일 났어요?"

사무실에는 박순주 차장이 먼저 와 있었다. 그녀의 표정 또한 심상치 않았다.

"저도 아직 잘 모르겠어요. 경찰이 와서 좀 전에 다들 2층 회의실로 몰려 들어갔거든요. 금요일 회의 참석자들이 다 불려온 것 같아요. 어서 가보시죠."

계단을 타고 달려 내려온 2층 회의실 입구에서 의문은 곧 풀렸다.

"무슨 일 났습니까?"

사람들의 낯빛으로 보아 거의 패닉 상태나 다름없었다.

"회사 생활 20년에 처음 겪는 일이야. 이번에는 방 부장님이 당했어. 이건 정말 회사가 망할 징조라고."

누군가가 초점이 풀린 눈으로 중얼거렸다. 성 과장은 심장이 철렁 내려앉는 느낌이었다. 청천벽력 같은 소식이었다. 그는 황급히 회의실 안으로 뛰어 들어갔다.

컴퓨터BG 사무동 2층 회의실에는 조기룡 상무만 추가됐을 뿐 지난 금요일 회의 참석자가 모두 집결해 있었다. 아니 단 한 명의 불참자, 방신희 부장의 모습은 보이지 않았다.

단상 위에는 어딘가 낯익은 사내가 서 있었다. 희끗거리는 짧은 머리카락, 네모난 금테 안경에 점퍼 차림을 한 그는, 바로 표 전무 사건 때 이천 연수원에서 조사를 지휘하던 고위 경찰이었다.

성 과장의 시선이 경찰과 마주쳤다. 그 순간 가슴 한구석에서 실체를 알 수 없는 무엇인가가 서서히 떠오르는 느낌이었다. 그는 심호흡을 길게 하며 애써 그 느낌을 털어내려 했다.

"바쁘신 와중에 모이시라 해서 정말 송구합니다. 저와는 자주 안보는 것이 좋은데, 이렇게 또 뵙게 될 줄은 정말 몰랐습니다. 불과 몇달 새에 KM처럼 훌륭한 회사에서 이렇게 연달아 대형 사건이 터지니까 저 또한 당황스럽군요. 여기 계신 분 대부분 저를 기억하시리라 생각됩니다만, 저는 안상식 경감입니다. 쉬시는 날이지만 아주 기초적인 사항만 확인하려고 이렇게 모셨습니다."

안 경감은 잠시 헛기침을 하고 나서, 사람들의 쭉 둘러본 후에 다시 말을 이었다.

"바로 본론으로 들어가죠. 여기 계신 분 중 지난 금요일 회의 후에 저녁 식사에 불참한 분 계십니까? 계시면 손 좀 들어주시겠습니까?"

성찬수 과장은 주저 없이 손을 번쩍 들었다. 그러고 보니 손을 든 사람은 성 과장과 오수경 차장 둘뿐이었다.

"됐습니다. 두 분은 그날 퇴근부터 자정까지의 행적을 확인해주시겠습니까? 일단 구두로 말입니다."

성 과장은 차분하게 막힘없이 퇴근 후 자신의 행적을 말할 수 있었다.

"예. 저는 곧바로 분당 집으로 귀가했습니다. 저는 회의 배석자라 뒤풀이 참석 대상이 아니었으니까요. 가족은 물론 아파트 곳곳의 CCTV들이 확인해줄 수 있을 겁니다."

"집 밖으로는 나오시지 않았나요?"

"그렇습니다. 아! 밤 10시쯤 치킨을 주문해 먹었네요. 페리카나치킨이었습니다. 배달부가 저를 기억할 수도 있을 것 같습니다. 제 카드로 결제했으니까 그것도…."

마음이 급했는지 안 경감이 말을 끊고 들어왔다.

"좋습니다. 그럼 다른 한 분은요?"

"저, 저는 집에 제사가 있어서 회의 도중에 일찍 갔습니다. 저는 여기 근무자가 아니고 서울 본사에서 회의 참관 차 왔습니다."

오 차장의 말투가 평소와 다르게 어눌했던 것은 성 과장만의 느낌은 아니었다. 안 경감의 눈초리가 날카로워졌다.

"물론 이후 행적을 확인해줄 사람은 있겠지요?"

"아, 네. 아니요. 나중에 별도로 말씀드리면…."

오 차장이 말꼬리를 흐리자 사람들이 웅성거리기 시작했다. 노련

한 경감은 오 차장에게서 눈을 떼지 않으며 일단 다음 질문으로 넘어갔다.

"일단 그렇게 알겠습니다. 그럼 두 분과 조 상무님을 제외한 나머지 분은 모두 식사 자리가 파한 밤 10시경까지 계셨다는 거죠?"

경찰의 말에 갑자기 또 한 사람이 손을 들었다. 이번에는 문경원 차장이었다.

"아닙니다. 저는 도중에 귀가했습니다. 식사만 마치고 8시쯤 나와 택시를 타고 기숙사로 갔습니다. 그날 회의 결과를 급하게 정리해야 했거든요."

"그렇군요. 확인해주실 분은요?"

"기숙사 정문은 물론이고 각 동 현관 입구에 CCTV가 설치돼 있습니다. 8:30쯤 기숙사에 들어왔고, 자정이 조금 안 돼서 담배와 커피를 사러 편의점에 다녀왔던 것 같습니다. 그것을 제외하고는 줄곧 방에 있었습니다. 방에서는 업무를 하다가 이메일 두어 통을 보내기도 했습니다. 수신자가 모두 여기 계신 팀장님들이니 나중에라도 확인하실 수 있을 겁니다."

"아하, 그러고 보니 지난번 사건 초기에 오해를 받았던 그분이군요. 좋습니다. 그런데 그런 것 말고 기숙사 내에 다른 사람은 없었습니까? 가령 기숙사 룸메이트라든가."

"있습니다. 기숙사마다 방이 3개 있는데 한 명은 주말이라 시골에 내려갔고, 다른 한 명은 그날 함께 있었습니다. 각자 거실로 들락거리다 한두 번 마주쳤던 기억이 있습니다. 그 친구에게 확인해보시면 될 겁니다."

안 경감은 문 차장의 깔끔한 정리에 더 물어볼 것이 없는 눈치였다.

"그럼, 이제 나머지 분은 전원 술자리가 끝날 때까지 계셨던 것으로 알겠습니다. 그날 차를 가져오신 분들은 대리 기사를 불렀고, 차가 없는 분들은 식당에서 택시로 배차를 했다고 들었습니다. 그 밖에 다른 교통수단을 사용하신 분 혹시 계십니까?"

아무도 손을 들지 않았다. 그도 그럴 것이 그날 회식 장소는 분당과 광주의 경계인 태재고개에서도 깊숙이 들어간 외진 곳으로, 대중교통 접근이 어려운 곳이었다.

"아무도 없군요. 그럼 나머지 분들은 그날 고용했던 대리운전 기사나 택시 기사를 통해 귀가 여부를 확인할 수 있겠습니다. 마지막으로 제일 중요한 질문이 하나 남았습니다. 그날 밤 피해자, 그러니까 방신희 씨의 승용차를 맡은 대리 기사를 기억하는 분 계십니까?"

사람들은 서로의 얼굴만 멀뚱히 바라봤다. 그때 사람들 틈으로 글로벌영업팀장의 손이 반쯤 올라와 있었다.

"사실 그날 비가 적잖이 왔습니다. 그래서 자세히는 보지 못했지만 모자를 눌러쓴 남자가 방 부장을 모신 것은 기억합니다. 우산을 쓴 데다가 모자까지 쓰고 왔길래 잠시 갸우뚱했던 기억이 있습니다."

"모자를 눌러쓴 남자라 이거죠?"

안 경감의 눈에서 섬광이 비쳤다. 그가 수첩을 넘기며 뭔가 적고 있을 때, 생산팀장이 갑자기 뭔가 생각난 듯 흥분하며 말했다.

"그러고 보니 제가 맨 마지막에 식당에서 나온 것 같습니다. 식당에서 나오는데 대리 기사 한 명이 손님을 못 찾았다고 식당 주인과 옥신각신하는 모습을 봤습니다."

안 경감이 드디어 됐다는 표정으로 수첩을 닫으며 말했다.

"덕분에 많은 도움이 됐습니다. 귀하신 시간 내주셔서 정말로 고맙습니다. 아. 그리고 아까 제사 가셨다는 분, 또 모자 쓴 대리 기사를 보셨다는 분은 저희에게 좀 더 시간을 내주시면 좋겠습니다. 다른 분들은 일단 가셔도 좋습니다."

생각보다 빨리 조사가 끝났다. 회의실을 나서며 박순주 차장이 성 과장에게 물었다.

"오늘 밤 방 부장님 빈소에 가려는데 함께 가시겠어요?"

"아뇨. 저는 몸이 좋지 않아 내일 갈까 합니다."

성 과장의 목소리에는 지친 기색이 역력했다.

그날 밤 성 과장은 가족과 코미디 프로그램을 시청했다. 그날따라 그의 웃음소리가 과장스럽게 너무 커서, 그는 3번이나 딸의 핀잔을 들어야 했다.

기획조정실 오수경 차장이 긴급 체포됐다는 소식이 들려온 것은, 다음날 아침이었다.

#42 조문

월요일 밤 11:20, 수원 V병원 장례식장에는 조문객의 발길이 눈에 띄게 줄었다. 자리에서 일어날 적당한 타이밍을 찾던 성찬수 과장이 막 외투를 집어 들려고 옆을 더듬던 그때였다. 장례식장 입구에서부터 소란스럽게 사람들과 악수하며 들어선 사람을 보고 성 과 장은 가슴이 덜컥 내려앉았다.

구자홍 부장이었다. 그와 마지막 술자리에서 했던 약속이 떠올랐 다. 그와는 전혀 모르는 사람이어야 했다.

빈소에 들어가 조문을 마치고 나오던 그 또한 성 과장과 눈이 마 주치자 흠칫 놀라는 기색이었다. 그는 바로 눈길을 돌리고 성 과장 뒤쪽의 조기룡 상무 앞에 자리를 잡았다. 귀가하려던 성 과장은 바 로 일어나기도 뭐해서, 10분 정도만 더 앉아 있을 생각으로 외투를 내려놨다.

5분쯤 지나 대리 기사를 부르기 위해 휴대폰을 꺼내 든 성 과장 의 귀에 구 부장의 능글맞은 목소리가 들려왔다. 그와 조 상무의 대 화는 나지막한 톤으로 오갔지만, 성 과장이 주의를 기울인다면 충 분히 들을 수 있는 거리였다.

"오 차장 얘기는 들으셨습니까?"

구 부장이 속삭이듯 물었다. 조 상무가 주변을 경계하며 짧게 대 답했다.

"아니."

"오 차장이 그날 알리바이를 대지 못하고 있다는군요."

"집에 제사 지내러 갔다고 했다면서? 거짓말이었다는 건가?"

"회사에다가는 집에 제사가 있다고 하고, 집에는 회사에서 단체 로 1박 2일 연수를 간다고 했답니다. 집에도 안 갔고, 연수도 거짓말 이었으니 실제로 어디에 있었을까요? 솔직히 저는 오 차장이 범행을 저질렀을 수 있겠다는 생각도 듭니다만."

구 부장은 재미난 드라마 줄거리를 읊는 말투였다.

"글쎄, 난 좀 다른 생각인데. 사건 현장에 법인 카드를 떨어뜨리다니. 어딘가 어설픈 조작의 냄새가 나지 않아?"

"틀린 말씀은 아닙니다. 경찰 조사 결과에서 방 부장 시신에서도 표 전무님과 동일한 마취제 성분이 나왔다니까요. 그렇게 보면 먼저 사건과 동일범이란 말인데, 오 차장은 연수원에서는 알리바이가 완벽했으니까 그럴 리는 없고. 참 복잡하죠? 여하튼 연말연시에 이게 뭔 일이랍니까."

이후부터 그들의 대화는 얼굴에 드러난 무거운 분위기만큼 더욱 은밀해져서 거의 들을 수 없었다. 신문이니 언론이니 하는 단편적인 단어들 몇 개가 성 과장이 가까스로 알아들은 전부였다.

*

차가운 유치장 바닥에 웅크리고 앉은 채, 오수경은 가만히 자신의 손을 내려다봤다. 마치 남의 손처럼 낯설게 보였다. 그에게는 최근 며칠 동안 자신에게 일어나고 있는 일들이 도무지 꿈인 것만 같았다.

지난 일요일 아침 방신희 부장이 살해당했다는 회사 동료의 연락에 이어 갑작스럽게 걸려온 형사의 전화. 그리고 광주공장에서 단체 조사를 마치고 이어진 경찰의 개별 심문.

수갑을 차고 경찰서로 끌려왔을 때만 해도 알리바이와 상관없이 곧 오해가 풀릴 거라는 믿음이 있었다.

'사건 당일 회의 중에 방신희 씨가 발언할 때마다 얼굴을 찌푸렸다는 증언이 있습니다. 평소 피해자와의 관계는 어땠습니까?'

'피살자가 과거 같은 부서에서 모시던 상사였고, 오수경 씨와 사이가 원만하지 않았다는 소문도 있던데 사실입니까?'

경찰의 억측에 가까운 질문에도 그는 차분히 대응했다.

'사체가 수장된 저수지에서 KM 법인 카드가 하나 발견됐습니다. 확인 결과 오수경 씨가 소지했던 카드였다는군요. 어떻습니까? 그날 밤 사건 현장에 다녀간 사실이 정말 없습니까?'

이해할 수 없는 기습 질문에 오수경은 현실을 깨닫게 됐다. 자신이 단순한 오해가 아니라 누군가의 계략에 빠졌다는 사실을.

'도대체 누구일까? 왜 카드를 가져가 나를 모함하는 것일까?'

오수경은 스스로에게 질문을 던졌다.

'카드는 코트 안주머니 지갑에 들어 있었어. 코트는 그날 회의실 의자에 걸어뒀고. 누군가 가져갔다면 그날 회의 참석자들 중 하나겠지. 혹시 언젠가 내 컴퓨터를 훔쳐본 사람? 이번 회의에 참석한 해외지원팀 직원은 박순주 차장과 성찬수 과장 둘뿐이었는데…'

가슴이 답답해져 견딜 수가 없었다. 아무리 생각해봐도 그들이 딱히 자신을 모함할 이유를 찾을 수 없었다. 그뿐만이 아니었다. 오수경은 세상에서 가장 잔인한 딜레마에 직면하고 있었다.

그것은 자신이 이 궁지에서 빠져나올 유일한 열쇠를, 다른 누구도 아닌 태경이 쥐고 있다는 상황이었다.

지난 금요일 저녁 그는 태경의 차를 몰고 양평으로 향했다. 펜션 숙박비부터 식당까지 모든 결제는 현금으로 처리했다. 혹시 카드 사용 내역으로 아내가 의심할 경우에 대비한 나름의 노력이었다. 서울을 벗어나기 전에 저녁을 먹은 직후 그는 아내에게 전화를 걸어 배터리가 다 떨어졌다고 거짓말을 했다. 그리고 다음날 오후 귀가할 때까지 그는 줄곧 휴대폰을 꺼뒀다. 아무런 방해 없이 오롯이 그녀와의 달콤한 시간을 보내려던 계산이 휴대폰 위치 추적의 기회를 스스로 차단한 결과로 돌아왔다.

처음의 진술에서 오수경은 그날 밤 생각할 것이 많아 홀로 술을 마셨고, 취중에 정처 없이 걷다가 분당 변두리에 이르렀으며, 너무 피곤해 근처 모텔에서 묵었다고 경찰에게 둘러댔다.

그러나 가족에게 1박의 회사 연수를 다녀온다고 거짓말한 이유를 추궁받자, 그는 쌓인 스트레스를 풀기 위해 홀로 여행을 다녀왔노라 진술을 바꿨다. 이어 구체적 행선지와 숙박 장소를 묻는 질문에 그는 아예 말문을 닫아버렸다.

'사실대로 알리바이를 말하면 나의 불륜 사실이 가족과 회사에 알려지겠지. 어차피 가족을 잃게 되고, 회사에 얼굴을 들고 다니기 어려울 거야. 하지만 그보다도 나로 인해 그녀의 가정이 망가지는 일은 더욱 견딜 수가 없어.'

오수경은 질끈 눈을 감았다. 눈꺼풀 속으로 가족이 아닌 그녀의 얼굴이 먼저 떠올랐다. 처음 경찰에 끌려가는 그 순간에도 그에게 가장 먼저 떠오른 사람은 태경이었다.

"입을 다물고 이대로 있으면 나는 감옥에 가게 되겠지. 살인자라는 타이틀이 붙는다는 점이 다를 뿐, 어차피 가족과 회사를 잃는 것은 똑같아. 하지만 최소한 그녀를 보호할 수 있어.'

그의 마음이 바빠졌다. 그녀가 자신의 상황을 알아채지 못하도록 어떤 조치가 필요했다. 그녀에게 연락을 취할 수만 있다면, 적당한 핑계를 대어 그녀를 안심시켜야 한다는 생각이 들었다. 중요한 비밀 프로젝트를 맡아 당분간 연락도 안 되는 먼 나라로 출장을 떠난다고 말이다.

#43 절규

방신희 부장이 죽은 지 4일이 지났다. 광주공장 사무동 3층에서는 기획조정실 오수경 차장이 범인이라 단정하는 사람들이 대다수였다. 뒤숭숭한 사무실 기류는 12월의 연말 분위기마저 꽁꽁 얼어붙게 만들었다.

오전 10:25, 가까운 흡연장에 다녀온 성찬수 과장의 책상 위에 작은 떡 상자가 놓여 있었다.

"이거 웬 거지?"

"위층에 인사팀 여사원이 돌렸어요. 지난번 결혼식 인사치레겠죠."

이영표 대리의 퉁명스러운 대답에 성 과장은 별로 친분이 없어 축의금도 내지 않았던 기억을 떠올렸다.

"피곤해서 식당에 갈 힘도 없는데 잘됐다. 이걸로 점심을 때워야겠어."

그는 떡을 하나 꺼내 물고 습관처럼 인터넷 창을 열었다. 기본 페이지로 설정한 포털 사이트의 기사 제목 하나가 번쩍 눈에 들어왔다. 성 과장의 입이 떡 벌어지면서 물었던 떡이 바닥에 떨어졌다.

[경기 = 경인데일리]
최호열 기자

2012.12.11. (화) 10:03

경기도 수원 연화장 인근의 저수지에서 지난 12월 8일(토) 밤 12시경 회사원 B 씨가 변사체로 발견됐다. B 씨는 전날인 12월 7일(금) 밤 동료들과의 회식을 마친 후 집에 귀가하지 않은 채 변고를 당한 것으로 전해졌다.

발견 당시 저수지에서 낚시를 하던 목격자 C 씨(41세, 남)는 낚시를 하던 도중 물속에 가라앉았던 사고 차량이 물위에 떠올랐고, 사망한 B 씨는 승용차 운전석에 앉아 있었다고 경찰에 진술했다.

경찰 발표에 따르면, 경찰은 B 씨의 죽음이 단순 사고사가 아닐 가능성이 높은 것으로 보고, 사건 현장 부근에서 발견된 신용카드를 단서로 현재 유력 용의자를 검거해 조사 중이다.

한편 익명의 경찰 측 관계자는 지난 9월에도 같은 부서의 고위 임원이 석연찮은 죽음을 당했으며, 두 사건이 동일범에 의한 소행일 가능성도 있다는 말을 전했다.

hychoi19@kidaily.com

"도대체 어떤 새끼가!"

숨도 쉬지 않고 단숨에 기사를 읽어 내려가던 성 과장은, 마지막 부분에서 자신도 모르게 소리를 지르고 말았다. 주변의 시선도 아랑곳하지 않은 채 그는 허겁지겁 자판을 두드렸다.

한참동안 인터넷을 뒤적거렸지만 불행 중 다행으로 다른 언론사에서 같은 기사를 실은 흔적은 보이지 않았다.

'익명의 경찰 측 관계자라고?'

비록 회사명이 명시되지는 않았지만, 예전에 일어난 표 전무 사건까지 언론에 흘려졌다는 사실이 그의 마음을 무겁게 짓눌렀다. 죽을 때까지 떠올리고 싶지 않은 덫의 입구가 세상 밖으로 슬며시 고개를 내민 것이다.

바닥에 납작하게 붙은 떡을 휴지통에 던져 넣으면서, 성 과장은 가슴 한구석에서 점점 커져가는 불안감을 가라앉히려 했다. 그러나 그가 아무리 의식하지 않으려 해도 소용없는 일이었다.

다른 직원들이 모두 점심식사로 자리를 비운 시간, 성 과장의 모니터 하단에서 노란색 불이 깜빡였다. 그룹웨어를 통해 메시지가 도착했다는 신호였다. 엉겁결에 발신자의 이름이 '구자홍'인 것을 알아보고, 성 과장은 가슴이 철렁했다. 가뜩이나 신문 기사 때문에 불길한 느낌에 휩싸여 있던 참이었다.

그는 떨리는 손으로 메시지를 클릭했다.

'우 과장 행방 혹시 알고 있나요?'

성 과장은 일단 가슴을 쓸어내리며 자판을 두드렸다.

'모릅니다만.'

'오케이. 파악되면 연락 바람.'

성 과장은 가슴을 쓸어내렸다. 오후 내내 그는 마음을 진정시키려 수시로 흡연장을 들락거려야 했다.

*

퇴근 무렵 조기룡 상무가 임원실 문을 열고 밖을 내다봤다. 그는 언젠가부터 표 전무가 쓰던 자리에 벽을 설치하고 문짝을 달아 방을 꾸몄다. 그는 문경원 차장에게 자신의 방으로 들어오라는 눈짓을 보냈다.

자리에 앉자마자 조 상무가 의례적인 인사를 건넸다.

"문 차장. 요즘 팀장도 그런 일을 당하고 혼자 업무 챙기느라 고생이 많아."

"아닙니다. 고생은 저보다 팀원들이 많습니다."

문 차장은 가라앉은 목소리로 대답했다.

"오 차장 소식 들었나? 오 차장과는 매우 각별하게 지낸 사이로 알고 있네만."

"오늘 구치소로 넘어간다고 들었습니다. 안 그래도 내일쯤 면회라도 다녀올 생각입니다. 업무 때문에 가보질 못했거든요."

"그러게 말이네. 처음에는 나도 믿지 않았지만 점입가경이더군. 방 부장 차를 운전한 가짜 대리 기사가 오 차장과 체구나 인상착의가 비슷하다는 진술이 나왔다고도 하고."

문 차장은 믿을 수 없다는 표정을 지으며 목소리의 톤을 높였다.

"키 170 초반에 몸무게 70킬로그램 정도의 살짝 배 나온 중년 남자. 대한민국 40대의 표준 아닌가요? 심지어 저에게도 해당되는 사이즈입니다."

"알겠어. 계속 지켜보자고."

"네. 근데 본부장님. 우민재 과장은 어떻게 처리해야 할까요? 어제 저녁에도 인사팀에서 문의 전화가 왔었거든요."

조 상무는 귀찮다는 듯이 얼굴을 찌푸렸다.

"뭘 어떻게 해? 인사 규정에 15일 이상 무단결근이면 자동 퇴사 처리하게 돼 있는데. 날짜 확인해서 원칙대로 하자고."

문 차장은 조용히 문을 닫고 나왔다. 새로 설치한 손잡이에서 삐걱거리는 소리가 났다.

*

저녁 7:35, 성찬수 과장은 굳은 얼굴로 자리에서 일어났다. 오전에 이어 구자홍 부장에게서 다시 메시지가 왔다. 다짜고짜 만나자는 내용이었다.

성 과장은 불안에 떨기보다 차라리 불확실성을 해소하겠다는 각오로 통근 버스에 올랐다. 약속 장소는 서울 양재동 시민의 숲이었다.

갑자기 몰아닥친 한파 때문인지 숲속에는 인적이 드물었다.

밤 8:50, 성 과장은 숲 입구 카페들이 늘어선 곳에서 10분쯤 걸어 약속 장소에 다다랐다. 먼저 온 사내의 입에서 허연 입김이 모락모락 피어오르고 있었다.

"성 과장, 이거 본의 아니게 또 만나네. 그동안 잘 지냈지?"

"네. 덕분에요."

성 과장이 손을 내밀며 대답했다.

"휴대폰이나 이리 줘봐."

구 부장은 성 과장이 내민 손을 못 본 체하고, 코트 주머니에서 담배를 꺼내며 말했다. 성 과장은 머쓱해진 손으로 휴대폰을 꺼내 그의 작은 손바닥 위에 올려놨다.

휴대폰을 만지작거리던 구 부장이 호들갑스러운 말투로 물었다.

"어이구 추워라. 우 과장 소재 파악이 영 어렵네 이거. 그놈이 지난주에 가족과 미국으로 나갔다가, 며칠 전 혼자 한국으로 기어 들어왔거든. 문제는 그 이후로 우리 레이더에서 사라졌다는 거야. 이거 미치겠어. 휴대폰도 신용카드도 추적이 안 되고. 정말 아무것도 모르는 거지?"

그는 성 과장의 얼굴을 빤히 들여다보며 물었다. 상대방의 거짓말을 알아내는 능력을 가졌다는 듯이 그의 눈빛이 섬뜩하게 빛났다.

"낮에 말씀드리지 않았습니까? 모른다고요. 그 일 때문에 여기까지 불러내신 겁니까?"

애써 태연한 체하면서 물었지만, 성 과장은 마른침을 삼키며 구 부장의 두툼한 입술을 바라봤다.

"본론을 꺼내라 이건가? 좋아. 간단하게 전달하지. 알고 있겠지만 상황이 어렵게 변해버렸어. 담당 형사 나부랭이가 겁대가리 없이 기자에게 나불거렸거든. 서로 고교 동창이래나 뭐래나."

성 과장의 눈동자가 크게 동요하기 시작했다. 그는 말을 더듬으며 물었다.

"그, 그래서요?"

구 부장은 난처하다는 시늉으로 손을 이마에 짚으며 또박또박 대답했다.

"사실은 미안하다는 말을 전하려고 불렀어. 아아, 그런 눈으로 나를 보지 말아줘. 나야 뭐 심부름이나 하는 장기판 졸에 불과하다는 거 다 알면서."

"저를 또 어떻게 하시겠다는 거죠? 신의를 지킨다고 했잖습니까?"

성 과장의 목소리는 흥분을 넘어 격앙돼 있었다.

"진정하라고. 다만 그동안 쌓은 우정을 생각해서 약간의 정리할 시간을 주기로 했어. 열흘이야. 다음 주 금요일에는 안 됐지만 경찰서로 가줘야겠어. 아, 이왕이면 크리스마스까지는 선심을 쓰려고 했는데 연말이라 경찰도 스케줄이 빡빡한가 봐."

한 사람의 인생을 좌지우지하기에는 너무나 간단한 통보였다. 성 과장의 양팔이 부들부들 떨렸다. 신의를 중시한다던 그들의 언약은 열흘도 못 돼 회수됐다.

성 과장은 가까스로 정신을 차려야 했다. 이대로 끝낼 수는 없었다. 그는 바지 주머니에 손을 넣었다. 주머니 속단은 터져 있었다. 그는 자신의 사타구니까지 길게 손을 집어넣어 금속성의 물체를 더듬어 상단에 부착된 버튼을 꾹 눌렀다.

"정말 눈물겨운 배려군요. 열흘이나 휴가를 주시다니 말입니다. 하지만 이대로 당하기만 하지는 않을 겁니다. 언론에 모든 것을 폭로 해버리겠습니다. 우민재 과장님이 갖고 있는 하드디스크와 그것 때 문에 당신들이 경찰과 짜고 저에게 죄를 뒤집어씌웠다는 모든 사실을 말입니다."

성 과장은 여기까지 말하고 상대방의 눈치를 살폈다. 그런데 조금 이상했다. 언론에 폭로하겠다는 협박에도 불구하고 구 부장의 표정에는 전혀 변화가 없었다. 성 과장은 당황한 나머지 목소리를 더욱 높여 외쳤다.

"왜 아무 말이 없습니까? 회사 비리를 폭로한다고 하니까 겁이 나는가 보죠? 한 번으로 모자라서 나를 또 경찰에 넘기는 건 정말 너무하는 거 아닙니까? 그것도 내게 죄가 없다는 걸 알면서 말입니다."

이번에도 구 부장에게서는 아무런 반응이 없었다. 아니, 그는 야릇한 미소를 머금은 채 성 과장을 향해 킥킥거리고 있었다. 잠시 후 연극배우를 흉내 내는 것 같은 구 부장의 또박또박한 목소리가 차가운 밤공기를 흔들었다.

"무슨 하드디스크 말인가? 회사 비리라니, 그게 무슨 뚱딴지같은 소리지? 죄가 없다고? 나야말로 알아듣지 못하겠구먼. 내게 죄가 있다면 자네를 믿은 죄밖에 없어. 자네의 수상한 행적을 알면서도 자네가 그럴 사람이 아니라 믿은 게 잘못이었지. 정말이지, 난 자네를 보호하려 백방으로 뛰어다니며 애썼다는 말일세. 얼마 전 확실한 물증이 추가로 나오기 전까지 내가 속은 거지."

갑작스런 상황에 나무토막처럼 서 있던 성 과장의 왼쪽 볼에 구 부장이 둥근 얼굴을 바짝 붙였다. 구 부장이 나지막이 속삭였다.

"지금 녹음기가 돌아가고 있을 거야. 똑똑히 들어. 나는 지금 우 과장 주무르는 일만으로도 골치가 아파. 이 와중에 회사가 경찰 수 사에 개입했다는 소문이라도 나면 곤란하겠지? 하나씩 풀어가자고. 그래서 표 전무 살인범은 다시 자네가 맡아야겠어. 미안하지만 그럴 싸한 대타가 자네 말고는 없더라니까. 자네가 나불거려본들 누가 믿 겠어? 멋진 증거물도 다 준비해놨으니까 걱정하지 말고. 열흘이야. 알겠지? 시끄럽게 굴었다간 말년 휴가는 즉시 취소인 줄 알라고."

맨바닥에 털썩 주저앉은 성 과장을 뒤로하고 구 부장은 코트 주 머니에 손을 찔러 넣은 채 자리를 떴다. 성 과장은 어둠 속으로 사라 져가는 그의 뒷모습을 멍하니 바라봤다.

얼마 후 자리를 털고 일어선 성 과장은 깊숙한 곳에서 보이스 레 코더를 꺼냈다. 그는 험악한 얼굴로 그것을 바닥에 내동댕이치고 구 둣발로 마구 짓밟았다.

달빛조차 없는 암흑의 겨울 숲속에서 사내의 절규가 길게 메아리 쳤다.

#44 마지막 추적

양진우는 업무 차량관리 시스템 때문에 분통이 터질 지경이었다. 그는 시도 때도 없이 먹통이 돼버린 시스템 때문에 아침부터 전화기 와 씨름해야 했다. 전산팀에 에러 신고를 해놨지만 그들이 언제 움직 일지는 미지수였다.

그는 또 울리기 시작한 전화기 볼륨을 아예 끄고 자리에서 일어섰다. 아래층 성찬수 과장을 찾아가 하소연을 늘어놓을 생각이었다.

성 과장은 자리에 없었다. 아니나 다를까 흡연장으로 가보니 반쯤 얼이 빠진 모습의 그를 발견할 수 있었다.

"과장님 혹시 들으셨어요? 아주 고급 정보입니다만. 총무팀장님이 통화하는 거 엿들었거든요. 내년부터 여기 흡연장 폐쇄된답니다. 공장 단지 안에서 완전 금연을 시행한다는 거죠. 얼마 안 남은 연말까지 부지런히 피워두시라고요."

성 과장은 듣는 둥 마는 둥 무표정하게 담배만 피워댔다. 갑자기 그가 양진우에게 갑자기 뜬금없는 질문을 던졌다.

"너 문 차장님과 대학 선후배 사이지? 혹시 차장님이 여기 오시기 전에 어느 회사 다니다 오셨는지 들어본 적 있어?"

양진우는 고개를 갸웃거리며 되물었다.

"글쎄요. 인사팀에 물어보면 되잖아요?"

"인사팀이 일일이 개인 정보를 알려주더냐? 전혀 몰라?"

"대충은 알죠. 증권사, 종합상사, 컨설팅, 순서는 모르겠지만 그런 데 다니셨다고 들었어요. 근데 그건 왜요? 과장님도 차장님과 대학원 동문 아니셨나요?"

"…"

성 과장은 말없이 반쯤 피우다 만 담배를 대충 비벼 끄고 흡연장을 나섰다. 한동안 멀쩡해 보이던 그가 다시 얼빠진 사람처럼 보였다. 양진우는 허겁지겁 담배꽁초를 버리고 그의 뒤를 따랐다.

＊

"도대체 그날 어디에 있었던 거냐? 나에게도 정말 말해줄 수 없는 일이냐?"

"…"

문경원 차장의 거듭된 질문에 오수경 차장은 눈을 감았다.

"알았다. 더 묻진 않겠어. 대신 네가 방 부장을 죽이지는 않았다고 말해줘. 그건 해줄 수 있지?"

오 차장은 눈을 지그시 뜨고 천천히 머리를 끄덕였다. 눈을 감으며 안도의 한숨을 쉬는 문 차장에게 오 차장이 조심스럽게 물었다.

"부탁 하나 들어줄 수 있나요?"

"뭔데? 말해봐."

"010-××××-2064, 제 친구 전화번호입니다. 거기로 내 대신 문자 하나만 넣어주세요. 제가 갑작스런 프로젝트 때문에 오지로 떠났다고요. 한 달쯤 뒤에 돌아와 연락한다고 말입니다. 아무것도 묻지 말아주세요. 그냥 부탁드립니다."

애원하는 눈빛의 오 차장을 안타깝게 바라보던 문 차장은 천천히 고개를 끄덕였다.

＊

오후 5:40, 오후 내내 기다렸던 이메일을 확인한 성찬수 과장은 눈이 휘둥그레졌다.

'생각보다 많이도 옮겨 다녔군. KM이 여섯 번째 회사라니.'

PDF 파일로 받은 문서는 문경원 차장의 오래전 MBA 지원서였다. 대학원 졸업 후 진로가 마땅치 않아 학교에 남아 교직원으로 근무하고 있는 동기에게 부탁한 서류였다.

[주요 학력 및 경력]

1992. 3~1997. 2 : K대학교 정경대학 경제학과 학사 졸업

1997. 1~1997.12 : S증권㈜ 국제부 기업분석팀 애널리스트

1998. 1~1998.11 : S종합상사㈜ 화학1본부 합성수지1팀 수출 담당

1999. 7~2002.11 : K에너지공사㈜ 기획관리처/사업개발처 근무

2002.12~2004.12 : S컨설팅㈜ 수석컨설턴트

2005. 1~2006.12 : 아이알네트워크㈜ 수석컨설턴트

대학원과 KM전자는 당연히 기록되기 전이었다. 성 과장은 어떤 회사부터 접근해야 할지 골똘히 생각해봤다. 문 차장에 대해 은밀히 탐문하기 위해 입수한 리스트였지만, 막상 어떻게 시작해야 할지 엄두가 나지 않았다. 그는 우선 최근 순서로 회사 이름들을 인터넷에서 검색해보기로 했다.

S컨설팅과 아이알네트워크는 홈페이지도 없는 회사였다. 이미 문을 닫은 회사로 보였다. K에너지공사는 경기도에 소재한 조그마한 공기업이었다. 그밖에 S종합상사와 S증권회사는 이름만 들어도 알 수 있는 회사였다.

회사별로 채용 담당이나 대표전화 번호를 메모해두고, 화면을 닫

은 성 과장은 길게 한숨을 내쉬었다.

'이제 9일밖에 남지 않았어. 과연 내가 제대로 짚고 있는 것일까?'

선택의 여지가 없다는 것을 그는 누구보다도 잘 알고 있었다. 애초에 꼽았던 5명의 용의자 중에서 이제 남은 사람은 조기룡 상무와 문경원 차장이었다. 그에게 허락된 10일은 한 명을 추적하기에도 부족했다. 그는 결국 선택하고 집중하기로 했다. 선택된 자는 우민재 과장이 떠나면서 강한 의혹을 제시했던 문경원 차장이었다.

선택이 잘못됐다면 그것은 운명이라 여기기로 했다. 그나마 위안거리는 상황이 바뀌어 이번에는 열린 출구가 존재한다는 사실이었다. 진짜 살인범을 잡으면 그걸로 끝이라는 의미였다. 우 과장의 정체가 드러나면서 생긴 변화였다.

저녁 6:25, 성 과장은 두꺼운 검은색 캐시미어 외투를 집어 들었다. 잠시 후 퇴근 버스에 앉은 그의 손에는 주소가 적힌 메모가 들려 있었다.

서울 상계동, 그는 문 차장의 자택 부근을 탐문할 계획이었다.

#45 비밀

밤 8:30, 성찬수 과장은 상계동 아파트 단지 놀이터에서 그네를 타고 있었다. 올려다본 8층에는 아직 불이 꺼져 있었다. 10개가 넘는 담배꽁초가 그의 발밑에 수북이 쌓였다. 간혹 의심스런 눈초리를 보내던 어린아이들도 자취를 감춘 지 오래였다.

그날 저녁 6:10, 성 과장은 문경원 차장이 하필이면 그날 기숙사가 아니라 서울 자택으로 퇴근할 것이라는 징후를 감지했다. 그가 저녁 식사 시간에 구내식당에 가지 않으면 자택으로 퇴근한다는 의미였다.

문 차장의 동네에서 서로 마주치는 장면은 피해야 했다. 그렇다고 탐문 계획을 미룰 시간적 여유도 없었다. 그는 상계동에 먼저 도착해 문 차장이 집에 들어가는 것을 확인하고 볼일을 봐야겠다고 생각했다.

목적지에 도착하자마자 성 과장은 문 차장의 아파트에 불이 꺼진 상태임을 확인했다. 가족도 아직 귀가하지 않은 것 같았다. 그는 현관 입구의 우체통을 먼저 살펴봤다. 803호 칸에 문 차장의 이름이 수신인으로 적인 우편물들이 수북이 쌓여 있었다. 그의 집이 틀림없었다.

성 과장은 놀이터 그네에 앉아 조금 기다려보기로 했다. 하지만 30분이 넘도록 문 차장은 나타나지 않았다.

'혹시 가족과 시내에서 만나 저녁을 먹는 건 아닐까? 마냥 기다릴 게 아니라 경비실에 가서 먼저 탐문을 시작하는 게 낫겠어.'

성 과장이 그네에서 몸을 일으켜 경비실 쪽으로 다가가려던 순간이었다. 아파트 입구 쪽으로 저벅저벅 걸어오는 사람의 그림자가 보였다. 정장 차림에 검은색 코트를 입은 그는 문 차장이었다.

성 과장은 그네 뒤에 있는 미끄럼틀로 몸을 감추고 그의 발걸음을 주시했다. 그는 경비실에서 택배로 보이는 작은 박스를 하나 찾아 들고 엘리베이터에 올랐다. 그리고 2분쯤 지나 8층에 불이 들어왔다.

'가족은 다 어디 가고 혼자 왔을까?'

올려다본 8층 베란다에 거실을 거닐고 있는지 문 차장의 실루엣이 비쳤다.

어느덧 9시에 가까운 시각이었다. 추위에 떨고 있던 성 과장은 작심을 하고 경비실 창문을 두드렸다.

"무슨 일이슈?"

나이가 지긋해 보이는 경비원이 고개를 내밀며 물었다.

"택배 기사인데요. 803호 주인 들어왔나요?"

한밤중에 그것도 정장 차림의 택배 기사를 경비원은 의혹의 눈초리를 보냈다. 성 과장이 겸연쩍게 웃어 보이자 그는 이내 귀찮다는 말투로 대꾸했다.

"조금 전에 들어오던디. 어여 올라가 보슈."

성 과장은 서둘러 창문을 닫으려는 경비원을 가까스로 말렸다.

"아저씨, 잠깐만요. 803호 택배 올 때마다 주인이 부재중이던데요. 집주인은 대개 언제쯤 댁에 계시나요?"

경비원은 물끄러미 성 과장을 바라보다가, 할 말이 많다는 얼굴로 주저리주저리 늘어놓기 시작했다.

"안 그래도 저 집 때문에 골치유. 우편물이 쌓여서 가끔 내가 정리한다니깐. 지난여름께부터 처자들은 안 보이고 가끔 사내만 왔다

갔다 하는 거 같어. 이혼을 했든가 무신 문제가 있는 거 같고. 딸래미도 참 예쁘장하고 아주 인사도 잘했었는디."

경비원에게 인사를 하는 둥 마는 둥 성 과장은 허둥대며 아파트를 빠져나왔다. 그는 택시 승강장에 이르러 가쁜 호흡을 가다듬었다.

'분명히 뭔가가 있어. 지난여름부터라고? 지난여름이라⋯.'

빈 택시가 여러 대 지나쳐가는 줄도 모른 채 그는 골똘히 생각에 잠겨 있었다.

#46 형사

문경원 차장은 조기룡 상무의 방을 서너 번 노크하고 문을 열었다. 조 상무는 눈으로는 문 차장을 보고 인사하면서도 손으로는 연신 마우스를 움직였다. 그는 그즈음 뭔가 바쁜 일에 빠져 있었다.

"부르셨습니까?"

"어, 문 차장. 왔어?"

조 상무가 눈짓으로 의자를 가리켰다.

"혹시 오 차장 소식 들었나 해서 불렀어."

"오 차장이요? 아니요. 혹시 무슨 일이 또 생겼나요?"

문 차장이 콧잔등을 매만지며 물었다. 평소의 그답지 않게 약간 호들갑스러운 말투였다.

"못 들었나 보네. 좋은 소식이야. 오늘 아침에 풀려났다는군."

"아, 정말입니까? 정말 다행이군요. 그럼 진범이 잡힌 건가요?"

문 차장의 검은 얼굴이 일순간 환하게 밝아졌다.

"아니, 그건 아니고. 알리바이가 확인됐다고 하네. 지난 주말에 증인이 나타났다는 거야. 말하기 좀 뭐하지만 오 차장과 사건 당일 함께 있었던 여자라네. 둘이 여행을 다녀왔고 경찰이 현지 조사도 마쳤다 하고."

문 차장이 큰 눈을 더욱 크게 뜨면서 믿을 수 없다는 표정을 지었다.

"여자라고요? 오 차장이 바람을 피웠다는 겁니까? 그럴 리가요. 회사 일밖에 모르는 친구가."

"어쨌든 사실이라면 계속 회사 다니기는 힘들겠지. 지금 본사에 와 있다니까 전화라도 해보든가. 살인 누명을 벗었으니 그나마 다행이지 뭐."

"그렇죠. 살인자보다는 실업자가 훨씬 낫겠지만…"

머리를 끄덕이는 문 차장의 눈 아래에 아주 잠깐 동안 짧은 경련이 일었다.

*

서울 KM빌딩 감사실에 딸린 회의실, 검은 뿔테 안경을 쓴 신경질적인 인상의 사내가 테이블 귀퉁이에 우두커니 앉아 있는 오수경 차장을 내려다보며 말했다.

"다음 각 호에 해당하는 임직원은 인사위원회에 회부해 징계한다. 그중 '라'호에는 '회사의 명예와 품격을 현격히 훼손하는 행동을 한 자'라고 명시돼 있습니다. 우리 회사 인사 규정의 일부입니다."

박상인 차장은 오 차장의 반응을 살펴봤다. 세상의 모든 것을 다 잃은 것 같은 표정을 지은 채 오 차장은 눈을 감고 있었다. 박 차장은 헛기침을 하며 다시 말을 이었다.

"차장님은 우리 그룹의 컨트롤타워라 할 수 있는 기획조정실의 명예를 크게 실추시켰습니다. 안타깝지만 중징계가 불가피해 보입니다. 그래서…."

"잠깐만요."

오 차장이 굳게 다물고 있던 입을 열고 박 차장의 말을 끊었다.

"한 가지 부탁을 드려도 될까요? 인사위원회는 매월 말에 열리는 것으로 알고 있습니다. 불명예스럽게 나가느니 지금 바로 사직을 하면 안 되겠습니까?"

예상했던 질문이었는지 박 차장은 조금의 망설임도 없이 대답했다.

"그렇게 하시도록 조치하겠습니다. 회사로서도 굳이 떠들썩하게 징계까지 하고 싶지는 않은 사안입니다. 조용히 처리하는 것이 서로에게 좋겠지요."

감사실에서 나온 오수경 차장은 이제 어디로 가야 할지 고민에 빠졌다. 16층 엘리베이터 앞에 선 그는 동료들이 근무하는 23층으로 올라갈지 1층 로비로 내려갈지 망설였다. 10년이 넘게 집보다 더 오랜 시간을 보냈던 일터가 하루아침에 낯선 곳으로 변했다.

엘리베이터 앞에서 망설이던 오 차장은 아는 사람이라도 만날까 걱정돼 일단 비상계단 쪽으로 빠져나왔다. 그리고 휴대폰을 꺼내 누군가에게 전화를 걸었다. 10번 이상 신호음을 기다려도 상대가 받지 않았다. 그는 힘없이 휴대폰을 들었던 손을 내려놨다. 그날 아침 풀려난 이후로 태경의 전화는 계속 불통 상태였다.

한참을 우두커니 서 있던 그가 계단을 걸어 오르기 시작했다. 팀장을 만나 하직 인사를 드리고, 사직 처리가 완료될 때까지 휴가를 신청할 생각이었다.

*

오후 2:10, 광주공장 내방객 접견실에 들어선 문경원 차장은 두리번거리며 누군가를 찾았다. 구석 테이블에 앉아 콜라를 마시고 있던 한 사내가 그를 향해 손을 흔들었다. 그는 문 차장보다도 더 얼굴이 검었고 다소 왜소한 체구의 사내였다.

"문경원 씨 되시죠? 바쁘신데 이렇게 나오시라고 해서 미안합니다. 진광호 경장이라고 합니다."

그가 불쑥 명함을 내미는 바람에 문 차장도 엉겹결에 자신의 명함을 꺼내 전달했다.

"저는 콜라를 하루에 3잔씩 마십니다만. 그쪽은…."

"저는 됐습니다."

문 차장은 무덤덤한 표정으로 의자를 빼내어 그의 맞은편에 앉았다. 진 경장은 문 차장의 눈을 빤히 쳐다보며 너스레를 떨기 시작했다. 회사가 참 크다는 둥, 연봉이 많으시겠다는 둥 의미 없는 말들이 이어졌다.

"저를 찾으신 용건을 말씀해주시죠. 업무 때문에 시간이 많지 않습니다."

문 차장의 정중한 말투에 진 경장 또한 정색을 하며 콜라 캔을 내려놨다.

"아이고, 내 정신 좀 보게. 미안합니다. 오수경 씨라고 아시죠? 확실하다 싶었던 용의자였는데 처음부터 다시 시작하려니 어질어질해서 말입니다. 문경원 씨가 피해자를 그러니까 방신희 씨를 가까이서 모셨다고 해서 몇 가지 물어보려고 왔습니다. 바쁘다고 하시니까 에두를 것 없이 바로 묻겠습니다. 혹시 피해자에게 원한을 가질 만하다 생각나는 사람 있습니까? 아무나 좋습니다. 최근에 다툰 사람이라든가, 그런 것도 좋고요."

문 차장은 별로 오래 생각하지 않고 즉답을 내놨다.

"제가 부하 직원이긴 하나 회사 내에서 그분의 인간관계를 속속들이 알고 있지는 못합니다. 그런 질문이라면 도움이 못 될 것 같네요."

"오호, 그렇군요."

문 차장의 단호한 어조에 당황했는지 경찰이 잠시 뜸을 들였다. 그때 문 차장이 오히려 넌지시 질문을 던졌다.

"물어봐도 되는지 모르겠습니다만, 혹시 이번 사건의 범인을 회사 내부인으로 생각하시는 건가요?"

형사는 씩 웃으며 대답했다.

"꼭 그렇지는 않습니다. 회사 밖에서 피해자 주변 인물에 대한 수사도 물론 진행 중이니까요. 하지만 아무래도 회사 내부인일 가능성에 무게를 두고 있는 것은 사실입니다. 솔직히 말씀드리자면 저는 개인적으로 지난번 여기 전무님 사건과의 연관성도 배제하고 있지는 않습니다만."

"동일범에 의한 연쇄살인일 수도 있다, 이건가요?"

"그렇습니다. 방신희 씨의 직접 사인은 물론 익사이지만, 부검 결과 혈액에서 소량의 졸레틸이 검출됐습니다. 물론 수사 방향을 흐리기 위한 모방 범죄일 가능성도 배제할 순 없겠지만, 저는 별로 복잡하게 생각하는 걸 싫어하는 편이라서요."

콜라를 한 모금 마신 진 경장은 접견실을 둘러보면서 딴청을 피우다 다시 불쑥 물었다.

"초기 조사 자료를 봤는데 보완할 게 몇 가지 있더군요. 문경원 씨가 회식 도중에 기숙사로 돌아간 시간, 기숙사에서 업무 보시다가 편의점에 들른 시간을 정확히 말씀해주시겠습니까?"

형사가 찾아온 진짜 이유를 알겠다는 듯이 문 차장의 눈썹이 잠깐 씰룩거렸다. 그는 차분하게 형사의 질문에 답했다.

"기숙사에 도착한 시각이 저녁 8시 30분경입니다. 이후 기숙사 내에서 줄곧 컴퓨터 작업을 하다가 근처의 편의점에 가서 담배와 커피를 샀습니다. 카드 결제 기록이 그 시간이 밤 11시 55분으로 나와 있더군요."

형사는 머리를 끄덕이며 수첩에다 끼적였다.

"기억력이 좋으신가 봐요? 예전 기록과 일치하는군요. 기숙사는 몇 층을 쓰고 계시죠?"

"나동 202호에 제 방이 있습니다. 2층입니다."

"안 그래도 기숙사에 들렀다 오는 길입니다. KM같이 대단한 회사에서 그런 낡은 기숙사를 제공한다니 좀 놀라긴 했습니다. 한 층에 6개 호실이 있고, 호실당 3개의 방이 있더군요. 문경원 씨의 룸메이트 2명 중에서 그날 한 명은 고향에 내려가 없었고, 다른 한 분은 계속 들락날락하다가 몇 번 마주치기도 했다고 하셨죠. 맞습니까?"

"맞습니다."

"그렇군요. 자아, 그럼 정리해보겠습니다. 문경원 씨는 밤 8시 30분에 기숙사에 들어오셨고, 밤 11시 55분 편의점에 가실 때까지 대략 3시간 넘게 혼자 계셨습니다. 그 시간 동안 룸메이트와 몇 번 정도 마주치기도 했고요. 정확히 몇 번, 몇 시쯤 마주쳤는지 혹시 기억하십니까?"

심문처럼 들릴 수 있는 대목이었다. 형사는 문 차장의 얼굴에서 불편한 기색을 읽고, 수첩을 잠시 내려놓으며 정중하게 부탁조로 말투를 바꿨다.

"불편하신 거 압니다. 딱히 차장님을 의심해서가 아니라, 지금 그날 회식하신 분들은 전부 재조사 중입니다. 지금 초동 수사가 엉망이었다고 경찰이 심하게 욕먹고 있습니다. 원점부터 다시 수사를 시작하는 경찰의 고충도 이해해주시기 바랍니다."

문 차장은 이해한다는 의미로 씩 웃어 보이며 대답했다.

"몇 번인지는 저도 정확하지 않습니다. 대략 11시쯤 냉장고에 물을 마시러 거실에 나왔을 때하고, 12시쯤 제가 편의점에서 맥주를 사와서 건네줬던 2번은 확실하게 기억나네요."

"다행이군요. 아시는지 모르겠지만 방신희 씨의 사망 추정 시간이 밤 11시경입니다. 사실 룸메이트라는 직원분께도 아까 물어봤습니다만, 거실에서 마주친 거 같지만 정확한 시간은 기억을 못해서 조금 난감했습니다."

형사가 이미 많은 조사를 마치고 왔다는 사실에 문 차장의 눈매가 조금 날카로워졌다. 형사는 아랑곳하지 않고 질문을 계속 했다.

"마지막으로 하나만 더 확인하겠습니다. 밤 11시를 전후로 이메일을 보내셨다는 기록이 있던데요."

"그렇습니다. 그날 회의 자료를 정리하다가 추가 자료 요청 건으로 2통의 메일을 보냈습니다."

"메일 받은 사람이 누구누구죠?"

"생산팀에 박계원 팀장이라는 분과, 글로벌영업 고중호 팀장입니다."

형사는 빠른 속도로 메모를 하고 수첩을 닫았다.

"바쁘신데 시간 내주셔서 감사합니다. 아까 말씀드린 것처럼 절대 오해는 마시고요. 근데 이거 어디에 버리죠?"

형사는 오른손으로 콜라 캔을 가볍게 흔들며 물었다

"이리 주세요. 제가 버려드리지요."

형사는 문 차장의 친절을 사양하지 않았다.

문 차장은 접견실 입구에 서서 형사가 멀리 주차장 너머로 멀어지는 모습을 의미심장한 눈으로 지켜봤다. 형사의 모습이 시야에서 완전히 사라졌을 때쯤, 그의 오른손에 있던 콜라 캔이 단숨에 우그러졌다.

#47 절망

그룹 사장급 정기 인사를 앞두고 들떠 있는 사무실의 분위기와는 달리, 성찬수 과장은 무겁게 가라앉은 마음으로 사무동 인근을 배회하고 있었다. 이제 남겨진 시간은 7일, 그는 우울함을 넘어 절망의 단계에 들어서 있었다.

전날 아침까지만 해도 그는 문경원 차장에 대해 새롭게 알게 된 의혹을 파헤치면서 무척이나 고무돼 있었다. 문 차장은 1년 전 여름, 그러니까 KM 오너의 비자금 의혹이 불거진 당시에 일주일간 휴가를 다녀왔다. 여름휴가철에 휴가를 가는 것은 자연스러운 일이다. 하지만 당시 사무동 3층의 모든 임직원이 휴가를 반납하고 밤낮없이 난리법석이던 시기였음을 감안하면, 그의 휴가는 분명 눈에 띄는 행동이었다. 더군다나 평소 회사의 룰과 지시에 순종하는 그의 성향으로 미루어 그것은 사건이었다.

그는 휴가를 다녀왔고, 공교롭게도 그즈음부터 아내와 딸이 집에서 행방을 감췄다. 하지만 거기까지였다. 표면에 드러난 팩트 이상으로 성 과장이 새롭게 알아낸 것은 없었다. 몇몇 사람에게 물어봤지만 그의 휴가에 대해 알고 있는 직원은 찾을 수 없었다.

어쩌면 그가 휴가를 내어 이혼이라든가 별로 좋지 않은 개인사를 처리했을 수도 있다는 생각이 들었다. 규정에 어긋나는 일이지만 평소 안면이 있던 인사팀 직원에게 둘러대어 비공식적으로 그의 연말

정산 서류를 확인해봤다.

　서류를 훑어 내려가던 성 과장의 눈은 일전에 홍수진 대리의 경우에서 느꼈던 허탈감으로 흔들렸다. 문 차장의 아내와 딸은 버젓이 부양가족으로 등재돼 있었다.

　성 과장은 지푸라기라도 잡을 생각으로 현업 부서를 직접 찾아가 표 전무 사건 때 문 차장이 발송했다는 3통의 이메일을 확인하고 돌아오는 길이었다. 밤 10:21부터 대략 5분 간격으로 발송된 메일들은 분명 초 단위까지 기록돼 있었다.

　내용은 당시 이슈가 됐던 품질 불량 발생 건에 대해 프로세스 재수립을 위한 인터뷰를 실시하겠다는 동일한 사안이었다. 특이한 점은 발견할 수 없었다.

　성 과장은 이메일 확인을 마치고 돌아오자마자 오수경 차장이 풀려났다는 소식을 새롭게 알게 됐다. 그는 다시 발길을 돌려 방신희 부장 사건 발생 시각에 문 차장이 보냈다는 메일도 확인할까 망설였다. 하지만 별로 소득이 없을 것 같아 그만두기로 했다.

　정처 없이 걷다가 다시 사무동 입구에 다다른 성 과장의 머릿속에는 자포자기라는 단어가 둥둥 떠다니기 시작했다.

*

　이른 아침, 양재역 3번 출구 편의점 앞에서 오수경은 출근길 행인들을 지켜보며 서성거렸다. 그녀를 바래다줄 때마다 헤어지던 장소였다. 오수경은 행여 그녀의 이웃이나 가족의 눈에 띌까 싶어 그동안 편의점 너머까지 가보지 못했다.

　그는 그날 처음으로 그 선을 넘어서고 있었다. 막연히 그녀가 나타나기만을 기다리고 있는 자신이 무모하다는 것도 알고 있었다. 하지만 그렇게 하는 것 외는 다른 방도가 생각나지 않았다. 그렇게라도 하지 않으면 정말이지 미쳐버릴 것 같았다.

　전날 저녁 집에 돌아온 오수경은 아내에게 모든 사실을 털어놨다. 아내는 침대에 앉아 애써 냉정함을 유지하며 남편의 말을 끝까지 들어줬다.

　오수경은 당분간 떨어져 살자는 제안을 아내에게 먼저 꺼냈다. 스스로도 뻔뻔스럽다는 것을 알지만 그는 지금 자신의 마음속에 담겨 있는 감정이 무엇인지 정리하고 확인할 시간이 필요하다고 말했다. 얼마나 걸릴지 모르겠지만 서로 떨어져서 냉정하게 판단해보자고 했다. 용서를 구하는 말은 차마 입에 담지 못했다.

　아내는 그의 제안마저도 침착하게 받아들여줬다. 그녀는 그동안 막연했던 불안감의 실체를 알게 해줘 차라리 고맙다고 했다.

　그날 밤, 그는 간단한 짐을 챙기고 나와 양재역 부근의 고시원에 한 달 치 월세를 지불했다.

　'꼭 찾아야 한다. 나 때문에 불행해진 그녀를 이대로 보낼 수는 없어. 한 번도 느껴보지 못했던 이 절실함. 난 이 감정이 뭔지 알고 있으니까.'

출근 러시가 끝나고 사람들의 발걸음이 뜸해졌을 무렵, 오수경은 휴대폰을 꺼내 전화를 걸어봤다. 여전히 그녀의 휴대폰 전원은 꺼진 상태였다.

처음 그녀에게서 걸려왔던 부재중 전화부터 얼마 전 여행에서 돌아온 밤의 긴 통화까지. 그러고 보니 휴대폰뿐이었다.

그녀와 자신을 연결해주던 운명의 고리가 고작 휴대폰 하나였다는 생각이, 그의 마음을 더욱 슬프게 했다.

*

다음날 오후, 성찬수는 터미널 매점에 들러 점심 대용으로 햄버거를 하나 샀다. 성남고속터미널은 주말을 맞아 몹시 북적거렸다. 그는 햄버거와 콜라가 든 봉지를 들고 출발 시각이 '14:10'로 표시된 대전행 버스에 올랐다.

그는 아이알네트워크의 사장이었던 정동일을 만나러 가는 길이었다. 그 회사는 문경원 차장이 KM에 들어오기 전 마지막으로 다녔던 회사였다. 폐업한 회사였지만 오래전 인터넷 구인 광고를 발견해 그와 연락이 닿을 수 있었다.

오후 4:00, 버스는 대전 시외버스터미널에 도착했다.

터미널에 내려 택시를 타고 유성구의 주택가로 이동한 성 과장은 약속 장소인 커피숍의 문을 열었다. 젊은 사람들이 주로 찾는 곳에서 정동일을 찾는 일은 어렵지 않았다. 그는 중키에 사람 좋은 인상을 가졌고, 몹시 두툼한 입술을 가진 40대 후반의 남자였다.

"성찬수 씨? 멀리서 오느라 고생하셨습니다."

그가 웃으며 일어나 성 과장을 맞았다.

"안녕하세요? 정동일 사장님 맞으시죠? 시간 내주셔서 정말 감사합니다."

성찬수는 자리에 앉아 코트를 옆자리에 던져놓고 따뜻한 아메리카노를 주문했다.

"제가 친구 사무실에서 일하다 보니 자리를 오래 비우기가 어렵습니다. 미리 양해 바랍니다. 인사팀 직원이라고 하셨죠? 혹시 경원이에게 무슨 안 좋은 일이라도 있나요? 저도 그 친구와 언젠가부터 연락이 끊겨 궁금해하던 참입니다만. 마지막 통화한 게 지난여름이든가?"

커피숍에 들어올 때부터 떠나지 않았던 미소가 성찬수의 얼굴에서 사라졌다. 그의 입에서 또 '지난여름'이 언급됐다.

"사장님께서 바쁘시다니 꼭 필요한 말씀만 여쭙고 가겠습니다. 저도 문 차장님께 무슨 일이 있는지 몰라서 여기까지 오게 된 겁니다. 회사에 말도 없이 안 나오신 지 열흘이나 됐습니다. 집은 텅 비어 있고요."

그는 '사장'이라는 호칭을 별로 달갑지 않아 하는 눈치였다.

"그냥 정동일 씨라고 불러주세요. 경원이 덕분에 분수에 안 맞는 사장 노릇 약간 해봤습니다. 글쎄요. 사실 간간이 통화만 했지, 경원이 얼굴을 본 것은 대학원 졸업하고 KM 들어갈 때가 마지막입니다. 경력증명서 양식을 가져왔길래 전에 쓰던 법인 인감을 찍어줬었죠."

마침 커피 2잔이 테이블 위에 올려졌다. 성찬수가 천천히 커피를 입가에 가져가며 물었다.

"혹시 문 차장님 가족에 대해서는 좀 알고 계신가요?"

당연하다는 표정으로 정동일은 입가에 팔자주름을 진하게 드러 냈다.

"그럼요. 경원이가 늦깎이로 대학원에 들어가고 얼마 안 돼 딸을 낳았다고 연락이 왔었죠. 그 친구 그토록 고대하던 애기가 생겨서 저 도 기뻤습니다. 아내가 몸이 아파서 애기를 갖지 못했거든요. 경원이 와 제가 함께 일을 시작할 시기에 아내가 위독한 적도 있었습니다."

"그런 일이 있었군요."

성찬수는 정동일의 얘기에 빠져들어 간간히 맞장구를 치는 것 외 엔 달리 할 말이 없었다.

"우리는 S컨설팅이라는 직장에서 만나 아이알네트워크라는 회사 를 차리면서 함께 나왔습니다. 같이 만들었다고는 하지만 경원이 생 각대로 운영한 회사였어요. 경원이는 사업 수완이나 실력이나 모든 면에서 참 대단했지요. 덕분에 회사를 차린 첫해부터 돈 걱정은 안 했으니까요. 아이고, 이거 제가 엉뚱한 얘기만 늘어놓고 있네요. 갑 자기 옛날 생각이 나서 말입니다."

"아닙니다. 잘 듣고 있습니다. 근데 문 차장님 와이프 분이 어디가 아프셨는지 물어봐도 되겠습니까?"

"신장이 좋지 않았다고 들었습니다. 경원이는 외동아들로 손이 귀 해서 대학을 졸업하던 해에 바로 결혼을 했다더군요. 그런데 결혼하 고 수년이 지나도록 아기가 생기지 않았답니다. 산부인과에 가보니 엉뚱하게도 신부전증이 발견됐고요. 어쨌든 경원이가 고생이 참 많았죠. 다행히 이식 수술인가 받고 아내의 상태가 나날이 호전되었다던가. 거기다 학수고대하던 애기까지 얻게 됐으니 그보다 좋은 일이 또 어디 있었겠습니까?"

성찬수가 한창 그의 얘기에 빠져 있던 그때, 어디선가 휴대폰 벨소리가 요란하게 울렸다. 허겁지겁 발신 번호를 확인한 정동일은 난처해하며 전화를 받았다.

"누가 온다고? 405호? 거기 아직 안 나갔는데? 좀 이따가 거기 보러 온다고? 알았어. 10분 안에 갈게."

통화를 마친 정동일은 미안한 표정을 지으며 외투를 더듬거렸다.

"이거 어쩌죠? 멀리서 오셨는데. 차 다 드시면 바로 일어나야 할 것 같습니다. 보시다시피 친구 부동산 일 도와주면서 밥 벌어먹는 신세라."

성찬수는 미소를 지으며 자신의 커피 잔을 들어 바닥까지 들이켰다.

"괜찮습니다. 바쁘신데 시간 내주신 것만으로도 고맙습니다. 근데 혹시 나중에라도 궁금한 것이 생기면 전화로 여쭤도 되겠습니까?"

"그럼요. 언제든 전화 주세요."

정동일은 마음씨 좋은 웃음으로 답했다. 성찬수는 코트를 들고 일어서며 물었다.

"저어, 혹시 문경원 차장 어머님은 어디 사시는지 아시나요? 평택 어디라고만 들었는데요."

"글쎄요. 아, 그렇군요. 제가 평택 지리를 몰라 자세히는 모르지만 재래시장 바로 뒤쪽에 사신다고 얼핏 들었던 것 같습니다. 경원이가 홀로 계시는 노모를 모실 수 없는 형편이라 늘 죄스러워하곤 했지요."

저녁 식사도 거른 채 성찬수는 가장 빨리 출발하는 성남행 버스에 올랐다. 대전에서의 성과를 냉정하게 평가하자면 별로 얻은 것은 없었다. 먼 곳까지 와서 문 차장의 흥미로운 개인사를 열심히 들었지만, 살인 사건과의 연결고리는 찾기 어려웠다.

돌아오는 버스 안 어둑해진 차창 위로 처음 보는 여자아이의 환영이 떠올랐다.

문 차장이 그토록 어렵게 얻었다는 이름 모를 딸의 모습이었을까? 창밖에서 슬픈 눈으로 자신을 응시하던 소녀의 얼굴이 점점 희미해지면서 이번에는 자신의 딸의 얼굴이 오버랩돼 나타났다.

성찬수는 눈을 감았다. 아내와 딸을 위해 마지막이 될 크리스마스 선물을 미리 준비해야겠다는 생각에 눈시울이 붉어졌다.

#48 인터뷰

오수경이 양재역 고시원에서 맞이한 네 번째 아침이었다.

오전 9:40, 눈을 뜬 오수경의 머리맡에는 두어 개의 소주병이 나뒹굴었다. 지난밤 그는 홀로 술을 마시다 문득 아들의 얼굴을 떠올리고, 2시간 후에 공덕동 집 근처를 배회하고 있었다.

불 켜진 베란다 사이로 아내의 실루엣이 비쳤다가 사라졌다. 10년 동안 함께한 가족이 며칠 만에 낯선 타인들처럼 느껴졌다. 그가 없는 집에서 아내와 아들은 예전처럼 행복하게 지내고 있다는 생각마저 들었다. 한겨울 밤의 차가운 소외감만 얻은 채, 그는 비틀거리며 다시 고시원으로 돌아왔다.

이제 그가 소속된 곳은 어디에도 없었다. 이런 상황을 만든 장본인은 자신이라고 한탄하며, 그는 1평 남짓한 고시원 방에서 밤새도록 소주잔을 기울였다.

새벽녘에야 자리에 누운 오수경은 한여름 밤의 꿈처럼 나타났다가 사라져버린 사랑을 잠시 원망하기도 했다.

억지로 잠을 청했던 오수경이 다시 눈을 뜬 것은 정오 무렵이었다. 쓰렸던 속이 이제는 허기로 변해 있었다. 콩나물국이나 사 먹으려는 생각에 주섬주섬 옷을 주워 입었다. 바지 주머니에서 휴대폰이 바닥에 툭 떨어졌다.

녹색 램프가 반짝거렸다. 문자가 와 있는 모양이었다. 오수경은 떨리는 손으로 확인 버튼을 눌렀다.

'형님'으로 시작하는 문자 메시지였다. 오수경은 눈을 질끈 감고 그녀와의 통화를 시도해봤다. '지금 거신…'으로 시작하는 음성이 들려왔다.

그는 바닥에 휴대폰을 내동댕이치고 알아들을 수 없는 괴성을 지르기 시작했다. 그의 절규는 마치 짐승이 울부짖는 소리처럼 좁다란 고시원 복도에 울려 퍼졌다.

*

'차장님, 오늘 혹시 기숙사로 가시나요?'

월요일 퇴근 무렵 성찬수 과장은 사내 메신저로 문경원 차장에게 쪽지를 보냈다.

'왜?'

그의 대답은 신속하고 짤막했다.

'오랜만에 저녁이나 할까 해서요. 오래된 것도 같고.'

잠시 뒤 그로부터 의외의 답신이 도착했다. 사실 성 과장도 크게 기대했던 바는 아니었다.

'오케이. 한잔하자.'

성 과장에게 남은 시간은 4일. 이제는 그에게 직접 확인할 시간이었다.

분당 서현역 부근의 조금 비싸 보이는 이자카야, 문 차장은 앳된 얼굴의 종업원에게 식사를 겸한 안주를 주문했다.

"무리하시는 건 아니죠?"

"괜찮으니까 오케이했지. 신경 쓰지 마라."

"차장님보다 가족분들이 저를 원망할까 신경이 쓰여서 그래요."

"…"

문 차장은 씨익 한 번 웃음으로써 대답을 대신했다. 아주 짧은 순간이었지만 그의 얼굴에 쓸쓸한 기운이 스친 것 같았다.

"차장님 애는 몇 살이에요? 우리 애는 이제 내년이면 5살인데."

문 차장은 먼저 나온 밑반찬을 우물거리며 무심한 말투로 대답했다.

"우리 애랑 동갑이네. 지금 여기 없지만."

성 과장은 마른침을 꿀꺽 삼키며 다시 물었다.

"예? 여기 없다고요?"

"사실은 나 기러기 아빠야. 혼자 살 자신이 없어서 말렸는데 결국 지난여름부터 그렇게 됐다. 어렵게 생긴 애라 와이프 욕심이 장난이 아니거든. 요즘엔 유치원부터 유학을 가나 보더라."

젓가락의 포장지를 뜯는 성 과장의 손가락이 바르르 떨렸다.

"그, 그랬군요. 정말 의외인데요."

입꼬리는 억지로 올렸지만 성 과장의 마음 한구석은 무겁게 내려 앉기 시작했다. 초반부터 전의를 상실해버린 그는 엉겁결에 두 번째 질문을 서둘렀다.

"전부터 궁금하던 게 하나 있었는데요. 지난여름휴가는 어디로 다녀오신 거였어요? 그 난리 통에 혼자 다녀오신 휴가 말입니다."

문 차장은 한심하다는 눈빛으로 성 과장을 힐끗 쳐다보면서 거침 없이 말했다. 약간 핀잔을 주는 말투였다.

"눈치가 영 아니구만. 와이프랑 딸 아이 떠나기 전에 가족 여행 다 녀온 거지. 회사도 회사지만 가족보다 중하겠냐? 하긴 그때 난리가 나는 통에 여행 내내 나도 마음고생이 많았지. 이제 됐냐?"

성 과장은 머리를 긁적이며 끄덕였다. 그의 가슴속은 이미 폐허처 럼 무너져 내렸다.

잠시 후 안주로 주문한 도미머리찜이 나오자 문 차장이 잔을 들 고 호기로운 목소리로 권했다.

"배고플 텐데 어서 들자. 자, 이 땅의 외로운 기러기 아빠들을 위 하여!"

모든 의혹이 무너져 내리는 순간이었다. 인터뷰는 그렇게 허망하게 끝나버렸다. 머릿속이 하얘져 연신 술만 들이키던 성 과장의 얼굴은 30분 만에 칠면조처럼 벌겋게 달아올랐다.

*

밤 8:10, 차가운 관이나 다름없는 고시원 방 안에 휴대폰의 진동이 울렸다. 오수경은 초점을 잃은 눈으로 벽에 기대어 앉아 미동도 하지 않았다. 그의 얼굴은 검푸르게 변했고, 손가락은 가늘게 경련을 일으키고 있었다. 그날 점심때부터 깡소주를 들이킨 이후 그는 줄곧 그 상태로 앉아 있었다. 온몸이 마비됐는지 움직이려 해도 손가락 하나 까딱할 수 없었다. 바닥에는 얼핏 봐도 열대여섯 개의 빈 병들이 나뒹굴고 있었다. 오수경은 죽음을 꿈꾸며 힘없이 눈을 감았다.

잠시 후 밖이 소란스러워지더니 누군가 계단을 쿵쾅거리며 오르는 소리가 들렸다. 그 소리는 복도를 거쳐 오수경의 방 앞에서 멈췄다. 곧바로 누군가가 방문을 세게 두들겼다. 이어서 여자의 목소리가 들렸다. 여자는 오수경의 이름을 몇 번이나 부르는가 싶더니 다시 계단을 내려갔다. 잠시 후 방문에 거칠게 열쇠가 꽂히는 소리가 들렸다. 문이 열리고 잠시 정적이 감도는가 싶더니, 이윽고 여자의 흐느낌이 방 안을 가득 메웠다. 귀에 익숙한 남자아이의 울음소리도 간간이 뒤섞여 있었다.

도대체 얼마 동안이나 잠에 빠져 있었던 것일까? 오수경은 갑자기 시야가 훤해진 느낌에 잠을 깼다. 눈이 부셔서 제대로 눈을 뜰 수가 없었다. 자신의 왼쪽에 커튼 자락을 잡고 서 있는 누군가의 실루엣만 느껴질 뿐이었다. 눈의 초점이 서서히 빛에 적응하자, 커튼 뒤에서 어색하게 웃고 있는 아들의 모습이 보였다.

"재민이구나?"

"응, 아빠."

오수경은 몸을 일으켜 아들을 끌어안았다. 그는 아들의 모습이 너무 애처로워 말없이 등만 토닥거렸다. 그사이 익숙한 소리가 들려왔다. 거실에서 들려오는 소리였다.

달그락 달그락, 톡톡톡.

오수경은 비로소 자신이 집에 와 있다는 사실을 실감했다. 아내가 요리를 할 때 흘러나오던 그 소리는 신혼 시절 그가 가장 좋아하던 음악이었다. 잠시 후 방문이 열리고 아내가 들어왔다.

"죽 끓이고 있으니까 그냥 누워 있어. 재민이는 잠깐 네 방에 가 있을래?"

다정한 말투는 아니지만 그렇다고 그리 싸늘하지도 않았다.

"굳이 나가라고는 안 할게. 오직 재민이를 위한 내 결론이니까 그렇게 알어. 또 나가고 싶으면 나가도 좋고."

아내는 짧게 말하고 다시 거실로 나갔다. 그녀로서는 결코 쉽지 않은 용서라는 것을 그는 느낄 수 있었다. 의미를 알 수 없는 눈물이 흘러 베개를 적셨다.

한참을 훌쩍이던 그가 울음을 멈춘 것은 베개 밑에서 그의 휴대 폰이 요란한 소리를 낸 그 순간이었다. 휴대폰에는 이미 몇 통의 부재중 전화와 메시지가 들어와 있었다. 부재중 전화들의 앞자리 번호를 보니 전부 회사에서 걸려온 것이다. 오수경은 메시지를 먼저 열어봤다. 구자홍 부장의 메시지가 먼저 눈에 띄었다.

'어이, 카사노바 오 차장~ 휴가는 잘 즐기고 있나? 메시지 보는 대로 팀장님께 전화하시게.'

무슨 일일까 궁금했지만 그는 힘없이 휴대폰을 내려놨다. 하지만 잠시 뒤에 베개 아래에서 묵직한 진동음이 또 울렸다. 휴대폰 화면에 올라온 발신자의 이름은 팀장이었다.

#49 사진

이제 3일밖에 남지 않았다.

오후 1:10, 성찬수는 자신의 승용차에 올라 내비게이션에 목적지를 입력했다. 그가 오후 반차를 내고 향한 곳은 '평택시장'이었다.

화요일 오후의 경부고속도로는 점심 무렵부터 내리기 시작한 눈으로 엉망진창이었다.

전날 문경원 차장과의 술자리 여파로 속이 쓰려왔다. 그는 이제 그에 대한 의혹을 거둘까도 생각했다. 하지만 아직까지는 어디까지나 그의 입을 통해 흘러나온 말뿐이라는 생각이 들었다. 성찬수는 그의 고향인 평택을 방문해 인근 이웃들을 통해, 아니 차라리 직접 그의 모친을 통해 마지막으로 문 차장의 말을 확인할 계획이었다.

달리 할 수 있는 일도 이제 남아 있지 않았다. 마지막 시도라 생각하면서도 마음속으로는 이미 반포기 상태나 다름없었다.

1시간쯤 지나, 성찬수는 평택 재래시장 앞에 도착했다. 시장 앞 도로는 오거리의 형태로 매우 혼잡해 보였다. 주차할 장소를 찾지 못하고 헤매느라 그는 20분 이상을 허비해야 했다.

평택 재래시장 입구에서 문경원을 아는 사람을 찾아내는 것은, 오히려 주차에 쏟았던 시간보다 오래 걸리지 않았다. 시장 입구에는 여러 개의 약국이 밀집해 있었고, 성찬수는 그중에 가장 오래돼 보이는 간판을 골라 들어갔다. 거기서 그는 문 차장과 그의 어머니를 안다는 늙은 약사 할아버지를 만날 수 있었다.

"문경원? 아 그 보험 할머니 아들! 경원이 대학 후배라고? 아들이 큰 회사 다닌다고 그 할머니 자랑이 대단하지. 근데 그 집은 왜?"

"아, 예전에 학교 다닐 때 제가 경원이 선배 집에서 잠도 자고 밥도 먹고 했거든요. 지나가는 길에 어머님께 인사나 드리려고 하는데, 오래돼서 집을 못 찾겠네요."

"하, 할머니를? 흠흠…."

노인 약사의 얼굴에 피어올랐던 인자한 웃음이 순식간에 싹 사라졌다. 그는 말없이 약봉지를 하나 꺼내더니, 뒷면에 약도를 대강 그려줬다. 그가 약봉지를 건네주며 중얼거리듯 말했다.

"바로 요 뒤니까 알려는 주겠다만, 그 할머니 뵙지 않는 게 좋을 거야. 아직 사정을 잘 모르는 거 같은데. 쯧쯧쯧."

노인의 갑작스런 태도 변화에 뭔가 이상하다고 생각하면서도 자초지종을 물을 분위기가 아니었다. 성찬수는 고개만 꾸벅 숙여 인사하고 약국을 나왔다. 오후부터 내렸던 눈은 길가에 수북이 쌓이고 있었다.

성찬수는 약도에 그려진 집 앞에 도착하자마자 긴장을 풀기 위해 일단 담배 한 대를 물었다. 2개 동으로 구성된 낡은 3층짜리 공동주택이었다. 담배 연기를 깊숙이 들이마시며 그는 미리 생각해둔 시나리오를 머릿속으로 정리해봤다. 모자 관계라면 수시로 아들의 소식을 접할 수 있다는 특성을 감안해야 했다. 섣부른 거짓말로 접근했다가는 낭패를 볼 수 있었다.

반쯤 피우다가 만 담배꽁초를 주택 지하 입구 계단에 던져버리고, 성찬수는 계단을 걸어올라 201호의 초인종을 눌렀다.

삐이~ 삐비비!

20초 정도를 기다렸지만 안에서는 아무런 인기척이 들리지 않았다.

이번에는 문을 톡톡 두드려봤다. 그래도 반응이 없었다. 홀로 사시는 노인이라면 귀가 어두울 수 있다는 생각이 들었다. 성찬수는 강도를 높여 초록색 페인트가 군데군데 벗겨진 철제 현관문을 쾅쾅 두드렸다. 그런데 신경질적인 얼굴로 고개를 내민 사람은 옆집 202호의 아주머니였다.

문경원의 모친이 기도원에 가서 새벽녘에야 오시는 경우가 종종 있다는 아주머니의 말에 성찬수는 일단 밖에서 기다려보기로 했다.

오후 6:25, 오후에 출발하면서 샀던 담배 한 갑이 벌써 동이 났다. 성찬수는 수시로 승용차 창문 밖으로 고개를 내밀어 201호의 창에 불이 켜졌는지 확인하고 있었다. 날은 이미 어두워지고 가로등이 켜졌다. 그는 점점 지쳐가고 있었다.

밤 10:12, 성 과장은 눕혀져 있던 운전석을 바로 세웠다. 추위와 배고픔 속에서 깜빡 잠이 들었던 모양이었다. 변함없이 캄캄한 201호의 창문은 창틀이 낡고 부서져 흉물스러운 모습이었다.

잠시 생각에 잠겼던 성찬수는 차 문을 열어젖혔다. 추운 날씨에 더 이상 밖에서 마냥 기다리는 것은 무리였다. 그는 옆집 아주머니에게 할머니의 연락처를 여쭤보고 돌아갈 작정이었다.

계단을 올라 202호의 초인종을 누르려던 성찬수의 시선이 무심코 201호 현관문 오른쪽으로 향했다. 작은 헝겊 주머니가 덩그마니 걸려 있었다. 낮에 왔을 때는 눈에 들어오지 않던 우유 주머니였다. 한눈에 봐도 홀쭉한 주머니에는 아무것도 없는 것 같았다. 그는 혹시나 하는 생각에 손으로 주머니를 툭 쳐봤다.

찰그랑!

성찬수의 눈동자가 반짝였다. 금속성 물체가 서로 부딪히는 소리였다. 그는 주변의 인기척이 없음을 확인하고 주머니에서 열쇠 뭉치를 꺼냈다. 그리고 현관 자물쇠와 비슷한 색깔의 열쇠를 구멍에 밀어넣었다.

끼이익!

철문이 스르르 열렸다. 며칠 동안 집을 비웠는지 안에서 묵은 냉기가 흘러나왔다.

"계십니까?"

목소리를 낮춰 물었다. 물론 형식적인 질문이었다. 성찬수는 심호흡을 크게 한 번 하고 어둠 속으로 천천히 발걸음을 옮겼다.

현관 오른쪽에 형광등 스위치가 있었다. 스위치를 올리자마자 십자가에 매달린 예수의 큰 눈이 성찬수를 내려다보고 있었다. 놀란 가슴을 쓸어내리며 그는 구두를 벗었다.

왼쪽에 미닫이문이 달린 공간이 보였다. 정면으로 문이 반쯤 열린 곳은 화장실 같았다. 오른쪽으로는 여닫이문이 달린 방이 보였다. 성찬수는 먼저 왼쪽으로 몸을 돌려 미닫이문을 드르륵 열었다.

정면으로 작은 텔레비전이 덩그마니 놓여 있었다. 바닥에는 낡았지만 깨끗해 보이는 카펫이 깔려 있었다.

푸드득! 트드득!

텔레비전 앞으로 다가가자 갑작스런 소리에 가슴이 철렁 내려앉았다. 베란다에서 들려온 소리였다. 베란다로 고개를 내밀어보니 작은 새장 속에서 십자매 2마리가 날개를 휘둘러댔다. 몹시 배가 고픈 모양이었다.

성찬수는 가슴을 쓸어내리며 다시 몸을 돌려 방 안을 천천히 둘러봤다. 한쪽 벽 장식장에는 옛날 그릇이 그득하게 진열돼 있었다. 반대쪽에는 여느 시골집이 그러하듯 사진 액자가 빽빽하게 벽을 차지했다.

그는 사진 앞으로 다가갔다.

고풍스러운 캠퍼스를 배경으로 학사모를 쓴 젊은 시절의 문경원이 가장 먼저 눈에 들어왔다. 오른쪽으로 그의 결혼사진도 걸려 있었다. 대학 졸업과 결혼 당시의 문 차장은 측은해 보일 정도로 깡마른 얼굴을 하고 있었다. 신부는 진한 화장으로 얼굴을 덮었지만, 이목구비가 선명한 미인이었다.

좀 더 오른쪽으로 시선을 돌려봤다. 부모를 양옆에 두고 가운데에 원피스를 입은 아기가 환하게 웃고 있었다. 아기의 작달막한 체구로 보아 첫돌 사진 같았다. 아기의 행복한 웃음이 물씬 묻어나는 사진을 보면서 성찬수는 어느덧 자신이 그곳에 와 있는 이유마저 망각하고 있었다.

천천히 거실로 발을 옮기던 그가 갑자기 걸음을 멈췄다. 갑자기 등골을 타고 날카로운 전율이 줄달음쳐 내려왔다. 팔뚝에는 다닥다닥 소름이 솟아 올라왔다.

그는 허겁지겁 몸을 돌려 액자들 앞으로 다가갔다. 커질 대로 커진 그의 눈동자가 어느 사진 앞에서 멈췄다. 마지막으로 봤던 돌 사진이었다.

자신의 거친 심장 소리가 쿵쾅쿵쾅 귀에 울렸다. 그는 고개를 가로저으며 자신도 모르게 뒷걸음치기 시작했다.

성찬수는 현관문을 닫을 겨를도 없이 도망치듯 계단을 뛰어 내려갔다.

*

"팀장님, 죄송합니다. 뭐라 드릴 말씀이 없습니다."

아침 일찍 출근한 오수경 차장을 마주한 팀장은 온화한 미소를 지어 보였다.

"그래. 몸은 좀 괜찮아? 얼굴이 많이 상해 보이는군."

"괜찮습니다."

팀장은 자리에서 일어나 그에게 손을 내밀며 말했다.

"누구나 실수는 할 수 있어. 중요한 것은 그 실수를 만회하겠다는 의지야. 주변 사람들 의식하지 말고 새로 시작한다는 마음으로 해 봐. 나중에 시간 나면 저녁이나 한번 하자고."

오 차장은 허리를 숙여 그에게 자신의 두 손을 맡겼다.

팀장의 방에서 나온 오 차장은 옆자리 여직원에게 아침 인사를 하고 자신의 책상 앞에 멈춰 섰다. 책상 위의 유리판에 뽀얗게 먼지가 쌓여 있었다. 무뚝뚝하게 자신과 눈이 마주치지 않으려 하는 여직원의 태도로 미뤄, 자신에 대한 소문은 이미 퍼질 만큼 퍼져 있는 것 같았다.

전날 밤 팀장과의 통화에서 오 차장은 의외의 소식을 들을 수 있었다. 과거 업무 성과와 포상 내역 등을 기획조정실장에게 어필한 결과, 자신의 이슈를 문제 삼지 않기로 결정했다는 전갈이었다. 그것은 사직서가 반려됐다는 의미였다.

팀장과의 통화를 마친 오 차장의 마음속 깊은 곳에서 뜨거운 무

엇인가가 솟구쳤다. 그것은 어쩌면 하나씩 잃어가던 가정과 회사로
의 귀소본능과 같은 것이었다. 지난 일주일 동안 세상에 홀로 남겨
진 지독한 소외감을 앓은 그였기에 그 본능은 더욱 강렬했다.

아침 8:15, 동료들이 하나둘씩 출근하는 발걸음 소리가 들리기 시
작했다. 그는 어떠한 고난이 있더라도 버텨내리라 마음을 단단히 동
여맸다. 동료들에게 인사를 건넬 준비를 하려고 허리를 세운 그의
이마에 식은땀이 맺혔다.

#50 손님

오후 2:30, 양진우는 계단을 통해 사무동 3층으로 내려왔다. 오전
내내 성찬수 과장의 그룹웨어 메신저에 부재중 표시가 계속 됐다.
양진우는 그에게 꼭 하고 싶은 말이 있었다.

3층에 내려와보니, 박순주 차장의 심기가 좋지 않아 보였다. 그녀
로부터 성 과장이 아침에 전화를 걸어와 휴가를 신청했다는 사실을
알 수 있었다. 고개를 흔들며 돌아서려던 순간 양진우의 귀에 익은
목소리가 들려왔다.

"총무팀 분이 여긴 무슨 일입니까?"

소리 나는 쪽을 돌아본 양진우는 자신의 눈을 의심했다.

"우, 우 과장님!"

우민재 과장이 빙그레 웃으며 서 있었다. 그는 몰라볼 정도로 살
이 빠진 모습이었다.

"과장님, 대체 어떻게 된 거에요? 무슨 일 있었습니까?"

머쓱하게 머리를 긁적이는 우 과장 주변으로 사람들이 하나둘 모여들었다.

"아이쿠, 이거 왜 이러십니까. 쑥스럽게. 어서 일들 보세요."

우 과장은 마치 하루 이틀 휴가를 다녀온 사람처럼 아무렇지 않게 자신의 자리에 앉았다.

"회사는요? 이제 나오시는 거죠?"

양진우가 그에게 물었다.

"아뇨. 오래 놀다 오니까 자동 퇴사 처리가 됐더군요. 하하하. 다이어트에 성공했으니 이제 떠나야죠. 원래 이 회사 온 목적이 그거였으니까요. 방금 인사팀 다녀오는 길입니다. 자세한 얘기는 나중에 하죠. 근데 성 과장님은 어디 갔나요?"

그가 성 과장의 빈자리를 눈으로 가리키며 물었다.

"아, 성 과장님은 급한 일 있다고 오늘 휴가 내셨답니다. 그나저나 어디 가실 곳은 정해놓으신 거죠?"

우 과장은 어색한 미소만 지을 뿐 대답하지 않았다. 그는 미리 준비해온 종이 가방에 개인적인 물건들을 주워 담기 시작했다. 문득 생각났는지 그가 바지 주머니에서 꼬깃꼬깃한 종잇조각을 꺼내어 양진우에게 건넸다.

"진우 씨, 미안하지만 이거 성 과장님 보면 전해주시겠어요? 그리고 일 보세요. 괜히 나오면 미안하니까. 오늘은 그냥 가지만 송별회는 나중에 따로 하는 겁니다."

기약 없는 약속이라는 생각이 들었지만, 양진우는 웃으며 고개를 끄덕여줬다.

"송별회는 당연히 해야지요. 성 과장님하고 또 홍수진 대리도 불러서요."

우 과장은 종이 가방을 들고 몇 걸음 걷다가 부서 입구에 멈췄다.

"그동안 고마웠습니다. 미운 오리 새끼는 정말 갑니다."

누구를 향한 인사인지 모를 짧은 인사말을 남기고, 그는 뒤도 돌아보지 않고 성큼성큼 사무실을 떠났다.

*

저녁 6:55, 오수경 차장은 허겁지겁 광화문 KM빌딩 회전문을 나와 택시에 올라탔다. 저녁 7시 약속은 애초에 빠듯한 일정이었다. 아침에 그는 문경원 차장으로부터 회사 복귀를 축하하는 전화를 받았다. 그의 전화는 마치 시집살이 초기에 친정어머니의 전화처럼 반가웠다.

약속 장소인 인사동 한정식 집에 도착했을 때 오 차장은 이미 15분이나 늦은 상황이었다.

오 차장은 오래된 나무로 만든 식당 현관문을 열었다. 훈훈한 온기와 함께 구수한 부침개 냄새가 풍겨왔다. 그는 부옇게 흐려진 안경 때문에 식당 입구에 잠깐 멈춰 서 있어야 했다.

"예약하셨습니까?"

종업원이 다가와 물었다.

"오수경 이름으로 예약했습니다. 손님이 먼저 와 있을 것 같은데요."

종업원의 뒤를 따라 들어간 곳에는 방문이 반쯤 열려 있었다. 문틈 사이로 먼저 와 기다리는 반가운 얼굴이 보였다.

"어서 와. 바쁜 줄 알았으면 나중에 천천히 보자고 하는 건데. 밖에 많이 춥지?

문경원 차장은 활짝 웃으며 자리에서 일어나 반겨줬다.

"미안해요. 많이 기다리셨죠? 눈치 보다가 제때 못 나왔습니다."

자리에 앉은 오 차장의 얼굴을 문 차장이 빤히 들여다보며 물었다.

"솔직히 의외였다. 오 차장 같은 모범생에게 그런 면이 있었다니. 얼굴 보니 마음고생 많이 한 것 같네. 아무튼 다행이야. 술잔을 기울이며 회사 얘기를 나눌 유일한 동지를 잃지 않아서 말이지."

평소와 달리 문 차장의 말투가 약간 들떠 있는 느낌이었다. 그는 문가에서 대기하고 있던 종업원에게 한정식 3인분과 소주 1병을 주문했다.

"많이 부끄럽습니다. 그 얘긴 그만하시죠. 근데 왜 3인분이죠?"

뭔가 착오가 아닐까 해서 오 차장이 물었다.

"아, 우리 집사람이 이 근처에 있다고 해서 같이 밥 먹고 들어가고 했어. 미리 얘기 못했는데 괜찮지?"

오 차장은 잠깐 머뭇거리다가 빙그레 웃으며 대답했다.

"아, 그래요? 형수님 뵈면 저야 좋지만…"

오 차장은 말꼬리를 흐렸다. 회사 적응만으로 정신없었던 그날 또 다른 새로운 사람을 만난다는 일이 별로 내키지는 않았다.

어느덧 종업원이 들어와 상차림을 마쳤다. 문 차장이 문득 벽시계를 힐끔 쳐다보더니, 휴대폰을 꺼내 들었다. 누군가에게 통화를 시도하던 그는 상대방이 받지 않는지 휴대폰을 내려놨다.

"미안하지만 아내가 좀 늦나 보네. 우리 먼저 먹자고. 그건 그렇고…"

그때였다. 드르륵 소리를 내며 천천히 방문이 열렸다. 이윽고 창백한 얼굴의 여인이 얼굴을 숙인 채로 들어서고 있었다. 두 남자의 시선이 동시에 방문 쪽으로 향했다.

그녀가 천천히 고개를 드는 순간 오 차장은 하마터면 외마디 비명을 지를 뻔했다. 그는 황급히 문 차장의 얼굴을 쳐다봤다. 문 차장의 입가에 야릇한 미소가 흐르고 있었다.

"아니, 뭘 그리 놀라? 내 와이프가 너무 미인이라서 그러나? 하하하."

문 차장은 소리 내어 웃기 시작했다. 그리고 그의 웃음은 멈추지 않고 점점 커져만 갔다.

가까스로 웃음을 진정시킨 문 차장이 얼음처럼 문 앞에 서 있던 여인에게 말했다.

"뭐해? 어서 들어와 인사하지 않고."

여인은 입을 굳게 다문 채 문을 닫고 문 차장의 옆자리에 앉았다.

"서로 인사하지. 여긴 나랑 같이 근무하다가 지금은 본사 기조실에서 잘나가고 있는 오수경 차장이라고 해."

"아, 안녕하세요. 김태경이라고 합니다."

인사를 건네는 여인의 입가에 가느다란 경련이 일었다. 그녀의 시선은 오 차장이 아니라 방바닥을 향하고 있었다.

"반갑습니다. 오수경입니다."

어색한 공기가 방 안을 가득 메우고 있었다. 문 차장이 만족스러운 표정을 지으며 호들갑스럽게 말했다.

"자, 그럼 배고플 테니 일단 먹자고."

숟가락이 그릇에 닿는 소리가 유난히 크게 들리는 식사가 이어졌다. 간간이 문 차장만이 큰 목소리로 떠들어댈 뿐, 다른 두 사람은 묵묵히 밥상으로 고개를 숙였다.

"그런데 두 사람 혹시 구면 아니야?"

식사가 거의 끝나갈 무렵, 갑작스런 문 차장의 질문이 실내의 공기를 완전히 정지시켰다. 오 차장은 눈을 동그랗게 뜨면서 문 차장을 올려다봤다.

"뭘 그리 놀래? 생각해보니 둘 다 대구 출신이니까 하는 말인데. 오 차장이 재수하고 94학번이고 내 와이프는 그냥 93학번이니까, 같은 고향 동년배 출신이잖아. 혹시 대구 시내 떡볶이 집에서 몇 번 마주쳤을지도 모르는 일이라고. 안 그래?"

문 차장은 능글맞은 웃음을 지으며 말없이 젓가락을 만지작거리는 두 남녀를 번갈아 바라봤다.

"아니면 됐고."

문 차장은 갑자기 화장실에 다녀온다며 자리에서 벌떡 일어났다.

태경은 지그시 눈을 감고 있었다. 먼저 말문을 연 것은 오수경이었다.

"알고 있었던 거야?"

"…."

태경은 아무 말이 없었다.

"처음부터 알고 있었던 거냐고."

오수경의 목소리가 조금 높아졌다. 태경이 눈을 떴다. 못 본 사이에 몰라보게 메마르고 상한 그녀의 얼굴을 보고, 괜히 다그쳤다는 후회가 들었다. 그녀가 고개를 숙인 채 낮은 목소리로 입을 열었다.

"처음에는 몰랐었어. 네가 어느 회사 다니는 줄도. 그런 건 중요하지 않았으니까. 나중에야 네가 KM에 다닌다는 사실을 알게 됐지만, 남편과 근무지가 달라 서로 모를 거라 생각했어. 우리 천안 갔다가 돌아왔던 날 기억날 거야. 그날 어쩌면 둘이 서로 알 수도 있겠구나 처음으로 생각했어. 하지만 때는 너무 늦어 있었고."

고개를 숙인 그녀에게 오 차장은 뭔가 물어보려 했다.

"혹시…."

오 차장은 말을 잇지 못했다. 드르륵 다시 방문이 열렸기 때문이다.

"어이쿠, 밖이 더 추워졌어."

어깨를 움츠리며 들어온 문 차장의 얼굴에는 능글맞은 기운이 아직 떠나지 않고 있었다. 자리에 털썩 앉자마자 그가 또 물었다.

"두 사람, 나 없는 사이 얘기 좀 나눴어? 좀 친해진 거야?"

더 이상 못 참겠다는 표정으로 태경은 자리에서 벌떡 일어났다.

"몸이 좀 안 좋아서 먼저 일어날게."

그녀는 누가 말릴 틈도 없이 도망치듯 나갔다. 예상하지 못했는지 문 차장이 눈을 크게 치켜뜨더니 이내 다시 웃음을 터뜨렸다. 마치

실성한 사람처럼 그의 웃음이 끊이지 않았다.

오 차장도 더 이상 견디기 어려웠다. 그는 코트를 집어 들고 황급히 일어섰다.

"미안합니다. 저도 집에 좀 가봐야겠어요. 그럼…."

웃음을 뚝 그친 문 차장의 눈빛이 무섭게 이글거리기 시작했다. 그가 눈을 치켜뜨며 오 차장을 올려다봤다.

"너도 가려고? 뭐 그리 급한 일이 있다고. 발정 난 강아지 새끼처럼."

당황한 오 차장은 허겁지겁 방문을 나서며 슬쩍 뒤를 돌아봤다. 자신을 쏘아보는 문 차장의 눈에서 섬뜩한 광기가 흘러나왔다.

일그러진 얼굴로 도로변까지 나온 오 차장은 택시를 잡지 않고 계속 해서 걸었다. 아니 뛰었다는 표현이 어울릴 정도로 어디론가 도망쳤다. 그는 광화문에 이르러 길모퉁이를 돌아 교보문고 근처까지 와서야 비로소 걸음을 멈췄다. 온몸이 부들부들 떨려 서 있기조차 힘들었다.

"맙소사! 그렇다면 문 차장님이…. 아니야. 그럴 리가 없어!"

두 손으로 얼굴을 감싸 쥐면서 그는 그대로 차가운 콘크리트 바닥에 주저앉았다.

#51 운명의 날①

아침 8:40, 사무동 3층에는 차분히 앉아 아침을 맞는 사람보다 서 있는 사람이 더 많았다. 예정보다 다소 늦었지만 그룹 사장단 인사 발표가 단행됐다. 아무도 예상하지 않았던 의외의 변수가 있었다. 그것은 그룹 기획조정실장인 홍학재 사장의 경질이었다.

양진우는 3층으로 내려와 파티션 사이로 성찬수 과장의 곱슬머리부터 확인했다.

"과장님, 도대체 어제 그제 뭐하시다가 이제 나타나셨어요?"

경영지원팀 방향 어딘가를 응시하고 있는 그에게 다가가 양진우가 물었다.

"어어, 좀 바쁜 일이 있었어."

"홍학재 사장님 때문에 지금 난리인데 그것보다 더 중요한 일이 도대체 뭐라고. 그나저나 왜 그랬을까요? 회장님한테 뭐라도 크게 찍힌 거 같은데요."

성 과장은 머릿속으로 언젠가 비 오는 날 그와 승용차 안에서 나눴던 대화를 떠올렸다.

"우리가 알 수 있겠냐? 우리와 완전히 다른 세상에 사시는 귀족들의 내막을. 그나저나 넌 웬일로 아침부터 호들갑이야?"

"중요한 얘기가 있어서죠. 그것도 두 가지나. 우선 들으셨는지 모르겠지만 그저께 우민재 과장님이 왔다 가셨거든요."

무슨 말인지 못 알아들은 사람처럼 어리둥절하던 성 과장이 깜짝 놀라며 양진우를 올려다봤다.

"뭐? 언제? 그걸 왜 이제야 얘기해?"

양진우는 어이가 없다는 듯 이마를 찌푸렸다.

"어제요. 과장님이 계속 자리 비우셨으면서. 무슨 일이 있었는지 완전히 살이 쏙 빠져서 나타나셨어요."

양진우는 바지 주머니에서 꼬깃꼬깃 접힌 쪽지를 꺼내 성 과장에게 내밀었다.

"그리고 이건 우 과장님이 드리라고 한 쪽지예요."

성 과장은 허겁지겁 쪽지를 펼쳐봤다.

패잔병 신세로 멀리 떠납니다. 그동안 고마웠습니다. 자리에 안 계셔서 인사도 못 드리고 가네요. 어젯밤 몸이 불편해서 잠을 못 잤습니다. 뒤척이다 보니 밤 12시 4분이 됐더군요. 답답한 마음에 자전거를 타고 언덕 꼭대기까지 올라갔습니다. 언덕 위에서 담배를 피우다가 시끄러운 소리에 뒤를 돌아보니 아래로 불자동차가 지나가더군요. 그때 문득 과장님 생각이 났습니다. 늘 건승하세요.

언뜻 이해할 수 없는 내용의 편지였다. 안타깝지만 패잔병 운운한 것으로 보아 그가 전쟁에서 패배했다는 사실을 감지할 수 있었다. 우 과장이 겪었을 자초지종이 몹시 궁금했지만, 성 과장은 일단 쪽지를 서랍 속에 밀어 넣었다. 그에게는 지금 생사가 걸린 중대한 일전이 기다리고 있었다.

"그리고 하나 더 남았어요. 지금 담배 한 대 피울 시간 있죠? 잠깐 가서…"

하지만 성 과장은 그의 말이 끝나기도 전에 자리에서 벌떡 일어나 경영관리팀 쪽으로 성큼성큼 걸어갔다.

"문 차장님, 어디 가셨나요? 아침부터 보이지 않던데."

성 과장이 복도 쪽에 앉은 직원에게 물었다.

"안 계세요. 연수원에서 교육이 있어 아침에 거기로 출근하셨는데요."

"그래요? 언제 사무실로 오시는지 혹시 아세요?"

"오늘내일 이틀짜리 교육이에요. 다음 주에나 오십니다."

성 과장은 굳은 얼굴로 다시 자신의 자리로 돌아왔다. 양진우가 기다렸다는 듯이 그의 옷깃을 잡아끌었다.

"과장님, 그러지 말고 잠깐 흡연장으로 가시죠. 진짜 중요한 얘기가 남아 있거든요."

성 과장의 귀에는 그의 말이 들어올 리 없었다. 양진우의 말은 들은 체도 하지 않고, 그는 어느덧 실내용 슬리퍼를 구두로 갈아 신었다.

"미안하지만 나중에 듣자. 지금 어디 가봐야 되거든."

성 과장은 뒤도 돌아보지 않고 뛰다시피 사무실을 나섰다. 양진우는 어이없다는 표정으로 그의 뒷모습을 바라볼 뿐이었다. 그 곁에 서 있던 박순주 차장도 일그러진 얼굴로 같은 방향을 쏘아보고 있었다.

오전 10:33, 성 과장은 이천 연수원 입구에서 택시를 내려 경비실 앞으로 달려갔다.

"컴퓨터BG에서 왔습니다. 지금 교육 중인 분에게 급한 용무 때문에요. 전화 연락이 안 돼서 직접 전하러 왔어요."

"어제도 오셨던 분 아닙니까? 어여 들어가세요."

성 과장은 대답 대신 가벼운 목례만 하고, 강의실로 줄달음치듯 뛰어갔다.

*

삐그덕하는 소리에 강의장의 모든 눈이 성 과장에게 몰려들었다. 성 과장은 눈을 동그랗게 뜬 강사에게 아랑곳하지 않고, 맨 앞자리에 앉은 문 차장에게 밖으로 나오라는 눈짓을 보냈다.

복도로 나온 문 차장이 영문을 모르겠다는 표정으로 물었다.

"교육 중에 대체 무슨 일이야? 회사에 무슨 일이라도 터졌어?"

"잠시 조용한 데 가서 드릴 말씀이 있습니다. 회사 일은 아닙니다."

성 과장은 단호한 어조로 말하고, 앞장서서 그를 숙소동 인근으로 이끌었다.

성 과장은 숙소동 앞 벤치에 이르러서야 걸음을 멈췄다. 외투도 걸치지 않은 채 엉겁결에 따라 나온 문 차장이 어깨를 바짝 웅크리며 물었다.

"무슨 일인데그래? 얼어 죽겠다. 빨리 얘기해라."

성 과장은 또박또박 그러나 정중한 태도로 입을 열었다.

"차장님, 이제 저와 배역을 바꿔야 할 시간입니다."

아주 잠깐이었지만 문 차장의 눈 아래가 부르르 떨렸다.

"바쁜 사람 불러내서 무슨 뚱딴지같은 소리야? 배역이라니?"

성 과장은 목소리 톤을 한층 더 높였다.

"왜 그러셨는지 이유는 아직 모릅니다. 차장님이 왜 그 두 사람을 죽여야 했는지 말입니다. 하지만 제가 분명히 알고 있는 것은, 차장님이 지난 9월 바로 여기서 표 전무를, 그리고 얼마 전 용인 저수지에서 방 부장을 죽였다는 사실입니다."

문 차장의 얼굴이 일순간 굳어졌다. 하지만 그는 곧 냉정을 되찾고 얼굴에 미소를 띠며 타이르듯 말했다.

"이봐, 성 과장. 이런 무례가 어디 있어? 업무 시간에 한가하게 돌아다닐 시간 있으면 돌아가 일이나 똑바로 해. 늘 지켜보면서 말해주고 싶었던 충고야."

그는 냉정한 얼굴로 강의장 쪽으로 몸을 휙 돌렸다. 하지만 성 과장은 주저하지 않고 그의 등에 차가운 비수를 꽂았다.

"이것이 진정 죽은 따님이 바라는 아빠의 모습이었을까요? 사람을 죽이고 다른 사람이 누명을 써도 모른 체하는 모습 말입니다."

걸음을 멈추고 천천히 등을 돌린 문 차장의 눈빛에 초점이 사라져 있었다. 그는 얼굴을 일그러뜨리며 성 과장 앞으로 성큼 다가왔다.

성 과장의 눈앞에 번쩍하는 불빛이 나타났다가 사라졌다. 이어서 문 차장의 두 번째 주먹이 날아들었다. 가까스로 주먹을 피하려던 성 과장은 뒤로 벌렁 넘어지고 말았다.

평택에 다녀온 다음날, 성 과장은 다시 평택시장 입구를 찾았다. 그는 약국 할아버지를 졸라 문 차장의 딸에 얽힌 비극을 들을 수 있었다.

1년 전 어느 무더운 여름날, 문 차장의 딸이 평택 노모의 집에 몇 달간 맡겨진 적이 있었다. 주말마다 부부가, 대부분의 경우는 바쁜 아빠를 대신해 엄마만 내려와 딸과 함께 보내다 다시 돌아가는 생활이 계속 됐다. 그러던 어느 날, 오랜만에 오기로 약속한 아빠를 하루 종일 기다리던 아이에게 끔찍한 비극이 일어나고 말았다. 근처의 놀이터에서 아빠를 기다리던 아이가 할머니가 잠시 화장실에 다녀온 사이 사라진 사건이었다. 그리고 곧이어 인근 대로에서 다리가 부러진 채로 처참하게 죽은 아이의 시신이 발견됐다.

문 차장이 내민 손수건으로 성 과장은 바닥에 앉아 코피를 닦았다. 문 차장은 그 옆에 주저앉아 아무 말 없이 담배를 물었다. 어느덧 점심시간이 됐는지 멀리 강의장에서 사람들이 쏟아져 나와 식당으로 향하는 모습이 보였다.

"그날 밤 차장님은 저기 보이는 301호에 묵었습니다. 표 전무의 바로 아래층이었죠. 숙소 배정은 차장님 담당이었어요. 차장님은 밤 10시쯤 베란다를 통해 위층으로 올라갔습니다. 평균 키의 성인이라면 3층 베란다 난간에 올라서서 위층 난간으로 올라가는 것이 어렵지 않더군요. 실제 살인에 소요된 시간은 얼마 되지 않았을 겁니다. 그런데 일을 마치고 다시 베란다로 나오려던 차장님이 작은 변수를 만나게 됩니다. 바로 이 자리에서 담배를 피우며 서성이던 저를 발견한 것이죠. 커튼 뒤에서 얼마간 몸을 숨기고 저를 주시하던 차장님은 결국 방문을 통해 복도로 나갔습니다. 제가 표 전무님 방에서 번쩍하는 불빛을 봤던 것은 바로 그때였죠."

"범행 도구는? 어디에 감춰졌을까?"

문 차장은 손가락 끝으로 담뱃재를 튕겨내며 심문하는 말투로 물었다. 추위에 익숙해졌는지 그는 어깨를 반듯이 펴고 있었다.

"자신이 넘치는 말투군요. 그렇겠죠. 아마도 그 도구들은 영원히 찾지 못할 거니까요. 제 추측이 틀림없다면 차장님은 표 전무 방에서 나오자마자 곧바로 식당으로 가셨을 겁니다. 음식물 쓰레기는 매일 새벽 5시에, 그 밖의 일반 쓰레기들은 매일 오후 5시에 수거되는 시스템이더군요. 비가 내리던 새벽 5시에 실려나간 잔반이 지금 어디까지 흘러갔는지는 아무도 알 수 없겠죠."

문 차장이 길게 허연 콧김을 내뿜으며 또 물었다.

"내겐 알리바이가 있어. 그건 어떻게 설명할 거지?"

"알고 있습니다. 풀기 어려운 숙제였습니다. 두 사건 모두 교묘하게 범행 시각 전후로 이메일을 발송해놓으셨더군요. 처음에는 몰랐습니다. 하지만 저는 그 이메일들에서 공통적인 규칙을 발견하게 됐습니다."

성 과장은 슬며시 문 차장의 옆얼굴을 살펴봤다. 그는 눈을 감은 채 길게 담배 한 모금을 내뱉었다. 성 과장이 다시 말을 이었다.

"표 전무 사건 때 메일을 보낸 시각이 밤 10:21:13, 10:26:27, 10:31:41. 어때요? 이상하지 않습니까?"

"…"

문 차장은 여전히 눈을 감은 채 묵묵부답이었다.

"시차 말입니다. 모두 5분 14초로 똑같았습니다. 우연이었을까요? 그럴 수도 있습니다. 그렇지만 그뿐만이 아니었습니다. 방 부장 사건 때 메일 발송 시각은 밤 10:57:51, 11:03:05. 여기서도 시차는 정확히 5분 14초였습니다. 대체 이건 무엇을 말하는 걸까요? 저는 메일 발송자가 사람이 아니라는 결론에 도달했습니다."

"사람이 아니라면 컴퓨터가 스스로 메일을 보냈다는 건가? 알고 있는지 모르겠지만 이미 경찰이…."

성 과장이 문 차장의 말허리를 끊고 계속 말을 이었다.

"압니다. 자동 발송 프로그램이 차장님의 노트북에서 발견되지 않았고, 삭제 기록에서도 발견할 수 없었다는 사실을요. 사람은 아니고 프로그램도 아니다. 컴퓨터처럼 초 단위의 정교한 작업이 가능하다. 혼란스러웠습니다. 발상의 전환이 필요했지요. 답을 찾고 보니 사실 별것도 아니더군요. 디지털에서 벗어나 아날로그의 시각에서 보니 비로소 답이 보이더군요."

"그래서 답이 뭐라는 거지?"

성 과장은 조금의 지체도 없이 대답했다.

"바로 매직핸드였습니다."

"매직핸드?"

"간단한 형태의 로봇 팔이라고 하면 더 쉽겠군요. 마우스를 정교하게 움직이고 클릭할 수 있는 기계장치 말입니다. 그다지 하이테크라고 할 수도 없더군요. 차장님은 거기에 타이머를 장착하고 원하는 시각에 작동하도록 했을 겁니다. 저는 못했지만 경찰이라면 차장님의 부품 구매 흔적을 찾아낼 수 있으리라 생각합니다."

문 차장 눈동자가 점점 동요하기 시작했다.

"방 부장 사건 때 나와 함께 기숙사에 있었던 룸메이트 얘기는 못 들었나 보지?"

"물론 그 직원도 만나봤습니다. 20대 초반의 순진한 조립공이더 군요. 고향이 멀리 남해 쪽이라 주말에도 기숙사에 틀어박혀 지내는 직원이었습니다. 그가 말하더군요. 경찰에게는 정확히 몇 시인지는 모르겠지만 거실에서 몇 번 차장님과 마주친 것 같다고 말했다고요. 하지만 밤 12시 다 돼서 자신의 방으로 맥주를 가져온 차장님을 본 것은 확실한데 나머지는 막연한 기억이었습니다. 정확히 표현하자면 그건 착각이었어요. 차장님의 문 닫힌 방에서 저녁내 음악이 흘러나왔고, 현관에 차장님의 구두가 놓여 있었던 데다가, 차장님이 자정에 맥주를 건네면서 계속 집에 있었던 것처럼 얘기를 하길래 그렇게 생각했을 뿐이라고 하더군요. 차장님이 평소 그에게 동생처럼 다정하게 대해준 것도 은연중에 효과가 있었는지도 모르겠습니다."

"그만해!"

문 차장이 자리에서 벌떡 일어섰다. 그가 흥분한 목소리로 성 과장을 노려보며 말했다.

"그 정도의 어설픈 단서로 경찰이 움직여줄 거라 생각한다면 큰 오산이야."

성 과장도 일어나서 그의 이글거리는 시선을 피하지 않고 응수했다.

"그럴지도 모르죠. 그래서 말인데요. 저는 그 사실을 털어놓아야 하겠습니다. 방 부장 사건 현장에 떨어져 있던 오수경 차장의 법인 카드 말입니다. 왜 하필 범인이 다른 사람도 아닌 오 차장의 카드를 현장에 떨어뜨렸을까 그 이유를 말입니다."

문 차장이 반사적으로 주먹을 불끈 쥐었다. 그는 부르르 몸을 떨면서 가까스로 스스로를 억제하는 모습이었다. 잠시 후 그가 힘없이 등을 돌리며 중얼거렸다.

"난 이만 가봐야겠어. 오후 교육 일정이 남아 있거든."

강의장으로 걸어가는 그의 어깨가 몹시 움츠러져 있었다.

#52 운명의 날②

"죄송합니다만 약속이 있어서 먼저 퇴근하겠습니다."

오수경 차장은 주변 동료에게 말하고 사무실을 나왔다. 요 며칠 그의 입에는 '죄송합니다만'이라는 말이 붙어 다녔다. 빌딩을 나온 그는 곧바로 도로 앞에 대기하고 있던 택시에 올랐다.

오 차장은 인근 백화점에 들러 아내를 위한 선물을 살 계획이었다. 크리스마스가 목전에 있기도 했지만, 결혼 서약을 어긴 자신에 대한 속죄의 의미였다. 그리고 부정을 저지른 자신을 포기하지 않고 만회할 기회를 준 것에 대한 감사의 표현이기도 했다.

생각해보니 짧지 않은 결혼 생활 동안 아내의 생일이나 결혼기념일이면 외식만 했지, 특별히 선물을 산 기억이 없었다. 오 차장은 화려하지 않고 단아한 느낌의 진주 목걸이를 인터넷으로 미리 골라뒀다.

"소공동 롯데백화점으로 가주세요."

거리에는 벌써 땅거미가 지고 있었다.

택시 안에서 바라본 시청 앞 광장에서는 딱히 연말연시의 분위기를 찾아볼 수 없었다. 언제부턴가 크리스마스는 백화점 안으로만 숨어버린 듯했다. 그때 그의 코트 주머니에 넣어둔 휴대폰에서 문자 수신음이 울렸다.

무심코 확인 버튼을 누르려던 오 차장의 손이 갑자기 멈췄다. 호흡이 불규칙해졌고, 눈동자는 심하게 흔들렸다. 오직 네 자리 숫자 이외에 그의 시야에는 아무것도 보이지 않았다.

'2064'.

발신자의 뒷자리 번호였다.

'수경아. 마지막 부탁이야. 지금 양재동 D아파트 205동 302호로 와줘. 시간이 없어. 꼭 와줘야 해.'

오 차장은 입을 굳게 다물고 휴대폰을 거칠게 주머니에 쑤셔 넣었다. 택시는 어느덧 백화점에 도착했다. 오 차장은 빠른 걸음으로 에스컬레이터에 몰라 2층 명품 매장으로 향했다. 두꺼운 코트 주머니 속으로 그는 쉬지 않고 휴대폰을 만지작거렸다.

잠시 후 2층 에스컬레이터에서 미친 듯이 뛰어 내려오는 한 남자가 있었다.

그는 백화점 정문으로 내달려 회전문을 밀고 뛰쳐나가 미친 사람처럼 택시를 손짓하며 인도로 뛰어들었다.

*

"이제 제가 아는 것은 다 말씀드린 것 같습니다."

오후 5:45, 성찬수 과장은 검고 깡마른 형사를 마주하고 앉아 있었다. 취조할 때 사용하는 경찰서의 작은 공간이었다.

"솔직히 저도 개인적으로 강하게 의심하던 사람입니다. 지금 이렇게 앉아 있을 때가 아닌 것 같습니다. 당장 신병부터 확보해야겠어요. 지금 회사로 가면 되겠습니까?"

"아뇨. 내일까지 이천에 있는 연수원에 있을 겁니다. 전화로 확인하고 가는 게 좋겠습니다. 제가 연수원 진행팀에 전화해보겠습니다."

통화를 마친 성 과장의 얼굴에는 당황스러워하는 기색이 역력했다.

"벌써 튀어버렸습니다. 오후 일정부터 자리에 돌아오지 않았답니다."

예상치 못한 도주였다. 성찬수가 평소에 알고 있는 자존심 강한 그가 그런 선택을 하리라고는 전혀 예상하지 못했다.

성 과장의 머리가 복잡해졌다. 그때 그의 뇌리를 스치는 다른 두 얼굴이 있었다. 그는 곧바로 오수경 차장의 휴대폰으로 전화를 걸었다. 송신음이 오랫동안 이어졌지만 그는 전화를 받지 않았다.

머리를 감싸 쥐고 골똘히 생각에 빠진 성 과장은 뭔가 생각났는지 갑자기 형사를 올려다봤다.

"형사님! 방신희 씨 사건 용의자로 체포됐었던 오수경이라는 사람 기억하시죠?"

"근데요?"

형사는 작은 눈을 크게 치켜뜨고 고개를 끄덕였다.

"그때 여기 경찰서에 찾아와 오수경의 알리바이를 확인해준 여자분 말입니다. 그 여자분 신상 기록 지금 볼 수 있습니까?"

형사는 두말없이 달려가 서류철을 가져왔다. 함께 서류철을 확인한 성 과장은 곧바로 자신의 외투를 집어 들며 외쳤다.

"양재동 D아파트! 여깁니다. 서둘러야 합니다."

양재동으로 달려가는 경찰차 안에서 수차례 전화를 걸었지만 D 아파트의 여자는 전화를 받지 않았다. 성 과장은 도로가 막힐 때마다 마른침을 삼키며 발을 동동 굴렀다.

*

오수경은 태경의 집 앞에서 벌써 여러 번 초인종을 눌렀다. 안에서는 아무런 소리가 들리지 않았다. 혹시나 그녀가 잠들어 있는 것은 아닌지 휴대폰으로 전화를 걸어봤지만 전원이 꺼져 있었다.

그는 답답한 마음에 현관 손잡이를 살짝 당겨봤다. 의외로 문은 잠기지 않은 상태였다. 스르르 반쯤 열린 문틈 사이로 나지막하게 그녀의 이름을 불러봤다.

"태경아."

아무런 대답이 없었다.

'혹시 내가 집을 잘못 찾은 건가?'

그녀의 절박해 보이는 문자 내용이 내내 마음에 걸렸지만, 오수경은 그렇다고 무작정 기다릴 생각은 아니었다. 서서히 냉정을 찾은 그가 자신을 기다리고 있을 가족의 얼굴을 떠올리며 망설이던 순간, 문득 안에서 희미하게 사람의 소리가 들려왔다.

"으으… 어어…"

여인의 흐느끼는 소리, 아니 어쩌면 신음하는 소리처럼 들렸다. 불길한 생각에 휩싸여 그는 자신도 모르게 안으로 발걸음을 옮겼다.

24평 아파트의 내부는 사람이 사는 곳인가 생각이 들 만큼 단출
했다. 거실에는 작은 벽시계가 걸려 있고, 반대쪽에 2인용 소파가 하
나 놓여 있을 뿐이었다. 어느 벽에도 그 흔한 사진 액자 하나 보이지
않았다.

오수경은 거실을 지나 왼쪽에 위치한 방문이 살짝 열려 있는 것
을 발견했다. 그는 그 방을 향해 천천히 걸어가 문손잡이를 밀어젖
혔다. 작은 책상 하나와 낡은 의자, 그 외에는 아무것도 보이지 않았
다. 책상 위에는 화장품들이 어지럽게 쏟아져 뒹굴고 있었다.

그는 다시 거실로 나와 문이 닫혀 있는 오른쪽 방으로 다가갔다.
방문 손잡이를 천천히 돌려 밀어젖힌 그는 눈앞의 광경에 눈을 부
릅뜨고 말았다. 왼쪽으로 낡은 옷장, 오른쪽으로 1인용 침대가 놓여
있었다. 그리고 침대 위에는 태경이가 누워 신음하고 있었다. 그녀의
입과 손발에는 온통 노란색 포장용 테이프가 칭칭 감겨 있었다.

오수경은 허겁지겁 그녀에게로 뛰어갔다. 그녀는 눈을 감은 채 옅
은 신음을 내며 몸을 뒤척이고 있었다.

그녀의 숨결을 확인하기 위해 허리를 숙이려는 순간, 갑자기 그의
후두부에 강한 충격이 느껴졌다. 뒤를 돌아보려 했으나 몸이 말을
듣지 않았다. 다리에 힘이 풀리고 정신이 혼미해졌다. 힘없이 바닥에
털썩 쓰러진 그의 눈앞에는 침대 밑으로 수북이 쌓인 먼지가 보였
다. 그리고 서서히 먼지만큼 줄어든 그의 시야에는 아무것도 보이지

않는 암흑만이 남았다.

갑작스런 한기를 느낀 오수경은 번뜩 눈을 떴다.

"미안하게 됐어. 시간이 별로 없어서 깨웠으니까 자네가 이해해."

그의 몸과 주변에는 방금 뿌려진 물로 흥건했다. 누워 있는 채로 발목이 테이프로 결박된 그는 손목도 등 뒤로 테이프로 묶여 꼼짝달싹할 수 없었다.

"나 혼자 떠들면서 대미를 장식하기에는 왠지 아쉬워서 너의 입은 열어뒀어. 하지만 큰소리는 내지 않는 게 좋을 거야. 그렇지 않으면 네가 그토록 아끼는 태경이가 무사하지 못할 테니까 말이야."

문경원은 바닥에 누워 있는 오수경 앞에 의자를 놓고 걸터앉았다. 그의 손에는 주사기가 들려 있었다.

"어, 어떻게 하시려는 겁니까?"

오수경은 겁에 질려 목소리도 제대로 낼 수 없었다.

"걱정 마. 마취가 거의 풀린 것 같아서 태경이에게 놓을 거니까. 죽을 정도로 주입하지는 않을 테니 걱정은 마시고. 이 짓도 처음에나 어렵지 몇 번 해보니까 익숙해지더군."

문경원이 괴기스럽게 키득키득 웃으며 말했다. 잠시 뒤 그는 웃음을 멈추고 그윽한 눈빛으로 돌변해 침대 위에 놓인 여인을 바라봤다.

"넋두리나 하나 하지. 대학 졸업하고 첫 직장을 얻은 바로 그해 아내를 처음 만났어. 돌이켜보니 그녀와 살면서 크고 작은 굴곡이 적지 않았더군. 조직 생활에 적응하지 못한 나는 회사 옮기기를 밥 먹듯이 했고, 그토록 원하던 아기는 생길 기미도 안 보였고, 무엇보다 아내가 병을 얻었을 때는 정말 견디기 어려웠지."

문경원이 잠시 말문을 닫고 고개를 돌리는 사이, 오수경은 자신에게 벌어질 일을 상상하며 두려움에 떨었다. 손발의 테이프를 끊어내는 일은 불가능에 가깝다는 생각에 그의 목이 타들어갔다. 그나마 다행인 것은 바닥에 흥건한 물기였다. 오수경은 뒤로 묶인 손목을 최대한 바닥에 대어 테이프에 물기가 스며들기를 기다렸다.

"차장님 아내인 줄 알았다면 만나지 않았을 겁니다. 정말 몰랐습니다."

문경원이 피시식 웃으며 대답했다.

"멍청한 새끼. 그게 중요해? 어차피 누군가의 아내인 것을. 아까 하던 말이나 계속 하지. 그러던 어느 날 우리 인생에 서광이 비치기 시작했어. 아내에게 내 신장을 떼어줬지. 그리고 정말 꿈에 그리던 우리딸이 태어난 거야. 눈이 너무나 맑고 예쁜 아기였어. 하지만 이제 순탄할 줄로만 알았던 우리에게 악마와 같은 불행의 그림자가 또 드리워지고 말았지. 지난여름, 그 지옥 같은 여름이 오고 말았던 거야."

'지난여름?'

오수경은 기억을 더듬어봤다. 총수 일가 비리제보 사건 조사가 한창이던 그때, 그에게 어떤 일이 있었는지 선뜻 떠오르지 않았다.

"나에게는 인생이 송두리째 무너지는 여름이었어. 우리 아이를 잃고 말았어. 보석보다 소중했던 우리 아이를…."

그가 목이 메여 잠깐 말을 멈추고 고개를 떨군 순간, 오수경의 뇌리에 뭔가 스치고 지나갔다.

"이제야 알겠군요. 차장님이 지난여름 말없이 휴가를 떠났던 이유를."

감정이 복받치는 듯 문경원의 목소리가 점점 격앙되고 있었다.

"아무에게도 알리고 싶지 않았어. 나부터도 아이의 죽음을 믿을 수 없었으니까. 도와주시던 아주머니가 갑자기 그만두는 바람에 아이를 몇 달간 노모에게 맡겨야만 했어. 아내와 내가 주말만 기다리며 살았던 시기였지. 하지만 그 지랄 같은 일이 터지면서 나는 주말에도 아이를 보러 갈 수 없었어. 아이와 놀이공원에 함께 가기로 약속했던 그 주말, 나는 몸이 저릴 정도로 일을 서둘러 마치고 평택으로 달려갔지. 하지만 아이는 더 이상 나를 기다려주지 않더군. 제기랄!"

그가 말을 멈추고 잠시 감정을 추스르고 있었다.

"그런 일이 있었다면 왜 내게…."

"닥쳐. 내게는 슬픔에 잠겨 있을 여유마저도 허락되지 않았어. 아내를 추스르는 일이 우선이었지. 정신이 반쯤 나간 아내는 회사에서 살다시피 했던 나를 원망하기 시작했고, 어느 날 집을 떠나버렸어. 지금 바로 여기로 말이야. 이 집이 어떤 집인 줄 아나? 주말에만 돌아오는 아빠가 아니라 매일매일 볼 수 있는 아빠가 되기 위해 아이가 올라오면 이사하기로 했던 곳이었어."

"그렇다고 왜 표 전무와 방 부장을. 그 사람들이 따님을 그렇게 한 것은 아니었잖아요?"

"주둥아리 닥치지 못해! 아무것도 모르면서."

문경원의 넋두리는 거기서 끝났다. 그가 슬그머니 의자에서 일어났다. 그는 태경이 잠들어 있는 침대 위에서 뭔가를 집어 들더니 오수경 가까이로 다가왔다.

오수경은 눈을 질끈 감았다. 이상하게도 마음이 평온해졌다. 이유는 그 자신도 알 수 없었다. 운명이라면 운명으로 받아들이고, 죗값이라면 죗값을 치르리라 생각하며 그는 모든 것을 내려놨다.

문경원은 오수경의 입 주변으로 테이프를 몇 바퀴 감아 돌리고, 잠시 거실에 나갔다가 손에 뭔가를 들고 다시 들어왔다. 그의 오른손에 들린 것은 전깃줄이었다.

"아내의 웹 메일 패스워드를 알고 있었어. 지난가을 그녀가 어떤 남자와 다정한 모습으로 함께 찍은 사진을 발견했지. 남자는 놀랍게도 회사에서 내가 가장 아끼는 동료였더군. 피가 거꾸로 솟구친 그 순간 내 머리에 문득 악마와 같은 생각이 떠올랐어. 너희가 사랑이라고 믿는 그 감정의 실체를 반드시 확인해줘야겠다는. 방 부장을 죽이기로 결심했을 때 나는 살인 계획에 실험 하나를 끼워넣었지. 실험 결과로 기대되는 경우의 수별로 형벌도 미리 정해뒀어. 흔히 불륜에 빠진 것들이 사랑이라고 포장하는 감정의 본질을 나는 알고 있지. 결국 그 바닥에 깔려 있는 것은 탐욕이야. 남의 가정이 무너지든 말든 자신의 욕망을 채우면 그뿐이거든. 하지만 실험 결과는 내 예상을 벗어나고 말았어. 예상대로라면 너는 네가 살기 위해 경찰에게 태경이를 말해야 했거든. 하지만 너는 태경이를 보호하면서 더 무거운 살인죄를 선택했어. 더 가관인 것은 태경이가 스스로 경찰서를 찾아가 너를 풀려나게 했다는 거야. 그런 경우의 수는 솔직히 일어나지 않을 거라 생각했거든."

여기까지 말하고 문경원은 서서히 오수경에게로 다가왔다. 오수경은 다시 눈을 질끈 감았다. 그런데 이상하게도 그의 손길이 자신에게 닿지 않고 있었다. 잠시 후 오수경의 귓가에 자신의 목이 아닌 다른 어딘가에 전깃줄이 휘감기는 소리가 들려왔다.

오수경은 무슨 일인지 살짝 눈을 떠봤다. 자신의 발아래 놓여 있는 의자 위에 가지런히 놓여 있는 문경원의 발이 보였다. 천장에는 미리 못질을 해둔 철제 고리가 걸려 있었고, 그 아래에는 올가미 모양으로 매듭지어진 전깃줄이 그의 목에 감겨 있었다. 그는 슬픈 눈으로 오수경을 내려다보고 있었다.

"감동적인 사랑을 나눈 두 사람에게 내리는 형벌이 어쩌면 가장 고통스러운 것이기를 바라네. 나를 교수형에 처하는 일이지. 똑바로 보고 태경이에게도 전해주시게."

말이 끝나기가 무섭게 문경원은 의자 등받이를 발로 차버렸다. 그의 두 발이 허공을 휘젓기 시작했다.

오수경은 반사적으로 몸을 일으키려 발버둥쳤다. 그는 침대 옆면에 몸을 기대어 가까스로 몸을 일으켰다. 있는 힘을 다해 모둠발로 문 차장 쪽으로 다가간 그는 자신의 어깨로 허우적대는 문경원의 몸을 들어 올리려 했다. 하지만 결국 무게중심을 잡지 못하고 바닥에 나동그라지고 말았다.

오수경은 다시 일어나 사력을 다해 자신의 어깨로 축 늘어진 문경원의 가랑이를 들어 올렸다. 1분여를 그 상태로 버텼지만 더 이상은 어려웠다. 그는 바닥에 고인 물기에 미끄러져 다시 벌러덩 넘어지고 말았다. 머리를 바닥에 크게 부딪쳤는지 그의 정신이 아득해졌다.

잠시 후 밖에서 거칠게 현관문을 두드리는 소리가 들려왔다. 곧이어 현관문을 부수는 것 같은 요란한 소리가 울렸다. 뿌옇게 희미해진 오수경의 시야에 숨을 헐떡거리며 방으로 달려 들어온 두 사내의 얼굴이 들어왔다.

#53 면회

주말을 보내고 찾아온 월요일 점심 무렵이었다. 크리스마스이브이기도 했던 그날, 성찬수는 오전에 간단한 참고인 조사 차 경찰서에 들렀다가 사무실로 돌아왔다. 형사는 하얀 이를 드러내면서 문경원이 모든 일을 자백했다는 소식을 전해줬다. 다소의 치료가 필요해 그가 구치소가 아닌 병원 독방에 후송돼 있다는 말과 함께였다.

'이젠 정말 그 지긋지긋한 덫에서 빠져나온 것일까?'

성 과장은 사무실 창을 통해 비친 오후의 햇살을 맞으며 기지개를 켰다. 오랜만에 느껴보는 나른한 기분이 조금은 낯설었다.

그가 업무를 시작하려고 막 마우스에 손을 대려던 참이었다. 양진우의 큰 머리가 검은 모니터 화면에 비쳤다.

"과장님, 오늘은 간만에 좀 편안해 보이시네요. 낼모레 수요일 우리 송년회 얘기 들으셨죠?"

"아니? 난 못 들었는데? '우리'라면 누구누구 말이냐?"

"아하, 홍수진 대리가 전화 안 드렸나 보군요. 거의 OB 멤버들이죠. 박상필 과장님, 홍수진 대리, 나, 그리고 과장님 이렇게요. 그날은 저의 중대 발표도 있으니까 무조건 시간 내셔야 합니다."

"중대 발표라고?"

그들의 대화는 경영관리팀 사원 하나가 찾아와 조기룡 상무가 성 과장을 찾는다고 끼어드는 바람에 중단됐다. 성 과장은 다이어리를 들고 일어서면서 양진우를 향해 손가락으로 OK 사인을 보냈다.

조 상무는 자신의 집무실 앞에 나와 성 과장을 기다리고 있었다.

"상무님, 찾으셨습니까?"

그는 턱으로 자신의 방을 가리키며 말했다.

"들어가 봐. 손님이 기다리고 있을 거야."

'손님'이라는 말에 의심되는 얼굴 하나가 떠올랐다.

"어이. 잘 지냈어? 성 과장."

예상이 틀리지 않았다. 구자홍 부장이었다. 성 과장은 그를 보자마자 경계의 눈초리로 쏘아봤다.

"여긴 어쩐 일로…."

구 부장은 특유의 능글맞은 웃음을 지었다.

"내가 뭐 못 올 데라도 왔나? 잠깐 여기 와서 앉아봐."

양재 시민의 숲에서의 좋지 않은 기억이 떠올라 성 과장은 순순히 그의 말을 따르고 싶지는 않았다.

"그냥 서 있겠습니다."

"나한테까지 그럴 건 없잖아? 몇 번이나 말하지만 나도 위에서 시키는 대로 움직일 뿐이라니까. 얘기는 들었어. 용케 범인을 잡아냈더군. 역시 사람은 죽을 만큼 절실해야 제대로 움직이는 법이지. 솔직히 내 밑에 두고 싶은 생각이 들 정도로 대단했어. 그 치열한 생존 본능이랄까…"

성 과장은 그를 주먹으로 갈기고 싶은 충동을 가까스로 참았다. 뭐라 말하려고 하기도 전에 그가 다시 입을 열었다.

"우 과장 소식 궁금하지 않아? 그래도 안 앉을 거야?"

"우 과장이라고요?"

성 과장은 그의 앞자리에 의자를 끌어당기며 먼저 물었다.

"어떻게 된 겁니까? 얼마 전 회사에 다녀가셨다고 하던데."

구 부장이 비열해 보이는 웃음을 지으며 대답했다.

"다소 싱겁게 끝났지만 어쨌든 잘 마무리했어. 모종의 타협이 있었다고나 할까? 그놈에게서 직접 듣지는 못했나 보군."

"만나지도 못했습니다. 연락할 겨를도 없었고요."

"그랬군. 우 과장 오늘 아침 미국으로 떠났어. 자네나 나나 그동안 그 자식 블러핑에 완전히 놀아났다는 사실을 알면 놀라 자빠질걸?"

"뭐라고요? 블러핑이라고요?"

성 과장의 반응을 예상했다는 듯이 구 부장은 씁쓸한 표정을 지었다. 그가 잠시 뜸을 들이다 대답했다.

"회수한 하드디스크에 문제의 자료가 없었거든. 삭제된 파일까지 전부 복원했지만 우려했던 파일은 없었어. 전문가에게 확인한 결과 표 전무의 노트북에 있었던 하드디스크는 확실하다고 하고. 내 그놈 시간만 질질 끌고 있을 때부터 알아봤어야 했어. 결과적으로 그놈은 조용히 퇴사하는 걸로 마무리됐지만, 덕분에 애꿎은 우리 실장님이 낙마하고 말았지 뭔가."

성 과장은 망치로 머리를 한 대 맞은 기분이었다. 자신이 그동안 그 고생을 겪은 것은 모두 하드디스크에 담겼다는 '정보' 때문이다.

"무슨 말인지 모르겠군요. 처음부터 당신네들이 하드디스크에 뭔가가 있다고 그 난리를 피웠던 거 아닙니까? 애초에 누가 어떤 근거로 그 하드디스크 안에 X-파일이 들어 있다고 판단한 겁니까?"

다소 격앙된 성 과장의 말에 구 부장은 왼손 가운뎃손가락에 낀 반지를 만지작거리며 말했다.

"그때 상황이 묘하게도 그런 의심을 만들었지. 우리 일이 원래 그래. '의심'이야말로 성공을 위해 가장 필요한 덕목이거든."

성 과장은 말문이 막혀 허탈한 얼굴로 고개를 가로저었다. 구 부장은 천천히 자리에서 일어나 코트를 집어 들었다.

"이만 공식 마무리 절차를 마치고 가야겠어. 전에도 누차 경고는 했네만 자네는 이번 일로 필요 이상의 것들을 알게 됐거든. 자네에게 옵션을 주겠어. 영원히 입을 밀봉하고 회사에 붙어 있거나 큰 입을 주체 못해 쫓겨나는 2개의 선택지가 있지. 전자를 선택한다면 특별한 보상이 있을 거야. 물론 후자를 선택한다면 다른 어느 회사를 가더라도 불행이 기다리고 있을 테지만."

구 부장은 비열한 웃음을 가득 머금은 채 회의실 밖으로 나갔다.

저녁 6:12, 퇴근 준비를 하는 성 과장은 목에 가시가 박힌 기분이었다. 구 부장이 남긴 말 중에서 뭔가 석연치 않은 부분이 오후 내내 그의 신경을 건드렸다.

'우 과장님이 족보도 없이 블러핑을 했다고? 그들이 액면만 믿고 따라와줄 것을 어떻게 자신했을까? 내가 아는 우 과장님의 성향으로는 이해할 수가 없군.'

문득 뭔가 떠올라 서랍을 뒤적거리던 성 과장은 구겨진 종이 하나를 꺼내어 펼쳐봤다. 그가 남긴 편지였다. 다시 읽어봐도 뚱딴지같은 내용이었다.

'도대체 무슨 뜻일까? 혹시 나에게 어떤 숨은 메시지를 전달하려고 했던 것은 아닐까?'

저녁 6:45, 성 과장은 귀갓길에, 오전에 경찰이 알려준 병원으로 향했다. 수원에 위치한 대형 병원에서 그의 병실을 찾기란 생각보다 쉽지 않았다. 병실 입구에는 형사로 보이는 사람 한 명이 눈에 띄었다. 문경원 차장은 눈을 뜬 채 침상에 기대어 앉아 있었다. 걱정했던 것보다는 양호한 모습이었다.

"좀 괜찮으십니까?"

"…"

성찬수는 머쓱한 얼굴로 창가 라디에이터 옆으로 다가갔다. 라디에이터 옆 창가에 걸터앉으니 문 차장의 왼팔에 채워진 은빛 수갑이 보였다. 그는 그것을 별로 감추려고 하지는 않았다.

"몸은 좀 어떠세요?"

마땅히 말문을 열기 어려워 같은 질문을 반복했다. 문 차장은 대답 대신 오른손을 들어 창가 쪽 작은 서랍장을 가리켰다.

"거기 서랍에 있는 것 좀 꺼내주겠어? 조그만 쪽지 같은 게 있을 거야."

성 과장은 서랍 앞쪽에서 누렇게 얼룩이 배인 종잇조각을 꺼내어 그가 내민 오른손에 올려놨다.

"우리 딸이 사고 나던 날 바지 주머니에 발견된 거야. 그 애가 얼마나 꺼내봤던지 접힌 부분이 찢어져 있을 정도였지. 서울로 돌아오면 제일 먼저 나랑 가기로 했던 놀이공원 초대권이야. 마음을 잘 드러내지 않은 아이였지. 처음 엄마 아빠와 떨어져 지내면서도 우리가 평택 집을 나설 때면, 일부러 TV를 보는 척하며 아무렇지 않게 손만 흔들던…."

종잇조각을 들여다보는 문 차장의 눈시울이 어느새 빨갛게 물들어 있었다.

"매일 밤 꿈을 꿨어. 우리 희승이가 끙끙거리며 현관문으로 들어와 아빠를 부르는 꿈을. 내 품에 안겨 다리가 아프다고, 왜 그런 거냐고, 혹시 다리 때문에 놀이공원에 못 가는 건 아니냐고 천진난만한 눈으로 묻더군."

성찬수는 말없이 고개를 숙이고 그의 말을 듣고 있었다. 잠시 후 잠겼던 목소리를 가다듬으며 문 차장이 물었다.

"너한테는 미안했다. 하필이면 네가 누명을…."

"아닙니다. 저 또한 나쁜 마음을 품은 이유로 나름의 죗값을 치렀다고 생각합니다."

잠깐의 침묵이 흐르고 문 차장이 차분한 목소리로 물었다.

"왜 그들을 죽였는지 이유를 모르겠다고 했지?"

"네."

그는 꼬깃꼬깃한 종잇조각을 성찬수에게 돌려주며 말을 이었다.

"어찌 들으면 미쳤다고 생각할지 모르겠네. 나는, 나는 말이지…."

그는 쉽게 말을 내뱉지 못했다.

"괜찮습니다. 불편하시면 말씀 안 하셔도 됩니다."

성찬수의 위로에 문 차장은 허탈한 웃음을 지어 보이고, 긴 한숨과 함께 대답을 흘려보냈다.

"더 이상 야근하고 싶지 않았어. 단지 그뿐이었어."

"네에? 그게 무슨…."

무슨 말을 들었는지 성찬수는 선뜻 이해할 수 없다는 표정으로 되물었다.

"난 단지 퇴근하고 집에 돌아가 가족과 저녁을 함께하고 싶었을 뿐이야. 다시는 딸을 기다리게 하고 싶지 않았어. 일찍 집에 가면 죽은 딸아이도, 떠나간 아내도 돌아와 있을 것만 같았거든. 그래서 매일 밤 나를 회사에 붙잡아두는 놈들을 죽일 수밖에 없었어."

혼잣말처럼 중얼거리는 문 차장의 눈이 초점을 잃어가고 있었다. 성찬수가 물었다.

"차라리 회사를 그만두실 수는 없었습니까?"

"글쎄. 난 항상 번듯한 가장이고 싶었어. 어렵게 아이가 생겼고, 처음으로 안정적인 직장을 갖게 됐어. 내가 할 수 있는 최선은 어떻게든 이 직장에서 살아남은 거였지. 그래, 그만두는 것은 한 번도 생각해보지 않았어. 가족이 돌아왔을 때 내가 번듯하지 않다면 아무런 의미가 없을 테니까."

정상적인 설명으로 들리지는 않았다. 하지만 성찬수는 어쩌면 그를 이해할 수 있다는 생각이 들었다. 천천히 고개를 끄덕이며 그는 탄식하듯 나지막이 읊조렸다.

"서글퍼지는군요. 회사라는 곳, 저는 아직도 모르겠습니다."

가슴 한구석에 구멍이 난 것처럼 휑한 마음으로 성찬수는 병원을 나왔다. 그는 병원 입구에서 택시를 기다리다 우연히 하늘을 쳐다봤다. 어두운 구름이 겨울하늘을 가득 덮고 있었다. 화이트 크리스마스를 예고하는 구름이었다.

#54 편지

크리스마스 휴일 다음날 성찬수는 인터넷으로 카드 사용 내역을 확인하며 울상을 지었다. 가족과 함께 지낼 수 없으리라는 생각에 미리 결제한 구매 건들, 그리고 크리스마스 당일에 사용한 식대 등이 자신의 석 달 치 용돈을 초과했다. 그는 그날 밤 동료들과의 술자리에서만큼은 절대로 카드를 꺼내지 말아야겠다고 결심했다.

저녁 7:45, 연말연시를 즐기려는 사람으로 분당 정자역 부근 술집은 어디를 가나 길게 줄이 이어졌다. 양진우의 고집으로 이리저리 옮겨 다니던 그의 일행이 마지막으로 찾은 '깡통집' 또한 20분이나 기다리고 나서야 자리가 났다.

동그란 양철통 불판을 중심으로 4명은 오랜만에 서로를 마주했다. 역시나 처음부터 그들의 화두는 문경원 차장에 대한 어설픈 억

측과 정보들이었다. 성찬수는 씁쓸한 표정으로 앉아 말없이 듣기만 하다가 화제를 바꾸기로 했다.

"상필이는 이제 뭐라고 불러야 되냐? 독립해서 헤드헌팅 사무실을 열었으니 박 사장이 맞겠군. 하하하."

박상필은 손사래를 치며 한숨부터 쉬었다.

"사장은 무슨. 벌써부터 문 닫아야 되나 고민인데."

박상필의 엄살에 성 과장이 눈을 치켜떴다.

"처음에는 다 그런 거 아냐? 오늘 술값 안 내려고 일부러 엄살 부리는 건 아니겠지?"

그는 성 과장의 장난기 어린 핀잔에도 아랑곳하지 않고, 양진우를 쳐다보며 진심 어린 충고로 대답을 대신했다.

"진우, 너는 회사 열심히 다녀라. 옆에 홍 대리처럼 절대로 대책 없이 그만두지 말고."

흔한 덕담일 뿐이었다. 그런데 양진우의 반응이 조금 이상했다. 그는 도둑질하다 걸린 사람처럼 당황한 표정을 짓더니 이내 작심한 듯 입을 힘을 주며 말했다.

"술 좀 먹고 나서 말씀드리려 했는데, 자연스럽게 기회를 만들어 주시네요. 사실은 저도 회사 곧 그만두려고요."

박상필이 갈색 안경테 너머로 작은 눈을 크게 뜨며 물었다.

"즐거운 송년회 자리에서 무슨 뚱딴지같은 소리야. 너 지금 농담하는 거지?"

그와는 대조적으로 성 과장은 마치 알고 있었다는 얼굴로 상추쌈을 입에 털어 넣으며 심드렁하게 물었다.

"언제까지 나올 거냐?"

"돌아오는 1월 말까지만 나오려고요. 사실 성 과장님께는 지난주부터 말씀드리려고 했는데 기회가 없었어요. 과장님이 계속 자리를 비우시는 통에…."

양진우는 미안해할 때 늘 나오는 버릇처럼 자신의 코를 매만지며 대답했다.

"그랬군. 그러고 보니 이제 여기서 KM에 남는 사람은 나 혼자구만."

성 과장은 씁쓸한 표정을 지으며 잔을 높이 치켜들었다.

단숨에 잔을 비우고 머리에 털어내면서 양진우가 물었다.

"근데요. 제가 퇴사하고 뭐 할 건지는 아무도 묻지 않네요? 좀 섭섭합니다."

"이왕 공부하기로 결심했다면 열심히 해봐."

성 과장의 말에 나머지 세 사람 모두 눈이 휘둥그레졌다. 양진우가 황당하다는 표정으로 물었다.

"과장님, 알고 계셨어요?"

"…."

성 과장은 입가에 옅은 미소를 띨 뿐이었다. 머리를 긁적이며 양진우가 자초지종을 설명했다.

"사실 총무팀으로 쫓겨나면서부터 본격적으로 고민한 건데요. 의학 전문 대학원에 진학할 계획입니다. 의사 자격증을 따는 대로 아프리카에 가서 봉사하며 살 생각이고요. 어렸을 적부터 꿈이었습니다."

박상필이 손으로 턱을 괸 채로 머리를 끄덕였다.

"네 용기가 부러울 따름이다. 결혼하고 애 낳으면 그렇게 못하거든."

양진우는 지나치게 진지해진 분위기를 의식해 다시 술잔을 들었다.

"사실 오늘 폭탄선언이 하나 더 남아 있습니다. 아이고, 이거 쑥스러운데. 첫 번째 폭탄은 성 과장님이 김 빼놔서 불발로 끝났지만…"

그때 성 과장이 그의 말을 끊고 또 끼어들었다.

"언제냐? 둘의 결혼날짜가."

양진우는 화들짝 놀라 할 말을 잃고 들었던 술잔을 내려놨다. 그는 곧 민망한 표정으로 곁눈질로 홍수진의 눈치를 살폈다. 박상필이 그제야 눈치를 챘는지 입을 크게 벌리며 말했다.

"어라? 얘들 결혼하나 보네. 정말이냐? 웃지를 않는 걸 보니 진짜인가 본데."

박상필은 믿지 못하겠다는 얼굴로 홍수진과 양진우의 얼굴만 번갈아 쳐다봤다. 성 과장은 이번에는 약간 거드름을 피우며 앞자리의 두 남녀에게 말했다.

"홍 대리가 먼저 지난 10월에 합격했으니까 진우도 대구에 있는 그 학교로 지원했겠지. 홍 대리는 말버릇처럼 떠들더니 결국 세 가지 소원을 다 이뤘군. 동물병원을 탈출해 의사가 되는 것, 유럽은 아니겠지만 어쨌든 외국에서 사는 것, 그리고 연하랑 결혼하는 것까지 말이야. 하하하."

상추쌈을 우물거리다 웃음을 터뜨린 성 과장의 입에서 음식물이 튀어나왔다. 홍수진이 볼멘소리로 그에게 물었다.

"그럼 저랑 진우 씨 만나는 것도 알고 계셨던 거예요? 우리 연기가 완벽했다고 생각했었는데. 이것 참."

"연기? 아아, 그 에로틱한 연기 말인가? 아무리 결혼할 사이지만 대낮에 모텔 출입은 좀 자제하면 좋겠어. 하하하하."

성 과장이 견딜 수 없다는 듯이 킬킬거리기 시작했다.

"과장님! 그만 좀!"

홍수진이 도끼눈으로 성 과장을 쏘아봤다. 하지만 입술을 깨물던 그녀도 얼마 지나지 않아 함께 웃음을 터뜨렸다. 그러자 나머지 두 사람도 모두 배를 잡고 웃기 시작했다.

1차에서는 성 과장의 집요한 부추김으로 양진우가 계산을 했다. 결혼 턱을 미리 내라는 구실이었다.

2차는 양꼬치 전문점이었다. 꼬치 5개를 숯불에 올려놓고 나서, 박상필이 골치가 아프다는 시늉을 하며 푸념을 늘어놓았다.

"참, 형이 전에 그랬던가? 아파트 층간 소음 때문에 문제라고. 요즘 돌아버리겠거든. 밤 11시부터 윗집 애들 발소리가 난리도 아냐. 말발굽 소리나 다름없다고. 우리 집사람 신경이 보통 예민한 게 아냐. 얼마 전에는 내가 열 받아서 진공청소기를 틀어서 천장에 대고 한참을 서 있었다는 거 아냐. 이거 올라가서 한바탕해야 되는 상황 맞지?"

성 과장은 길게 담배 한 모금을 내뱉으며, 그런 일이라면 자신이 전문가라는 말투로 대꾸했다.

"그거 아무리 지랄해도 답이 안 나올 거야. 나도 여러 번 부탁하고 윽박질렀지만 다 소용없더라고. 그냥 이사 가는 게 정답이야. 몰랐겠지만 나도 결국 금년 초에 이사했거든."

박상필은 실망스런 표정을 지으며 반문했다.

"이사한 곳에서도 또 시끄러우면? 앞으로는 아파트에 살려면 하룻밤 자보고 나서 계약해야 되는 건가? 하하하."

성 과장은 정색을 하며 그의 실소에 응수했다.

"방법은 있어. 아예 꼭대기 층으로 가면 되지. 절대 위층 사람들 신경 쓸 필요가 없는 곳. 내가 이사한 곳이 바로 옥탑이거든."

모두가 또 한꺼번에 웃음을 터뜨렸다. 가까스로 제일 먼저 웃음을 그친 홍수진이 입을 열었다.

"꼭대기면 몇 층이에요? 난 고소공포증이 있어서 20층 넘어가면 못 살겠던데."

"오래된 아파트라 그렇게 고층은 아니야. 12층이지. 어쨌든 꼭대기 층에 사니까 급할 때 바로 옥상에 올라가 담배를 피울 수 있는 장점이 있어. 언젠가는 담배 피우고 내려오다가 계단에 놓은 자전거 때문에 굴러 넘어질 뻔했던 적도 있지만 말이야. 다만 옥탑이 안 좋은 점도 하나 있어. 엘리베이터 소음이 심하다는 사실을 미리 알았다면 절대로 이사하지 않았을 거야. 혹 떼려다 다른 혹을 붙인 격…"

신이 나서 떠들던 성 과장이 갑자기 말을 멈췄다. 사람들이 의아스러운 얼굴로 그를 바라봤다. 그는 정신이 나간 사람처럼 눈을 크게 뜨고 허공을 응시하고 있었다.

그의 머릿속에는 방금 전 자신이 내뱉은 단어들이 하나씩 부메랑이 돼 돌아오고 있었다.

'12층, 옥상, 자전거, 그리고 담배!'

성 과장은 몸을 부르르 떨면서 자리에서 벌떡 일어났다.

"미안해. 나 먼저 집에 좀 가봐야겠다."

의자를 넘어뜨리며 후다닥 외투를 집어 달아난 성 과장을, 나머지 셋은 물끄러미 바라볼 뿐이었다.

"설마 술값 안 내려고 저러는 건 아니겠지?"

박상필의 말에 그들은 다시 킬킬거리며 술잔을 기울이기 시작했다.

성 과장은 숨을 헐떡이며 자신의 아파트 엘리베이터 입구에 다다랐다. 엘리베이터에 오른 그는 곧 꼭대기인 12층에 도달했다. 매일 드나드는 곳이었지만 그는 자신의 집 현관문 상단을 처음으로 자세히 들여다봤다. '1204호'라고 적힌 팻말이 붙어 있다.

'12시 4분에.'

이번에는 그의 시선이 옥상으로 향하는 계단으로 이어졌다. 좁은 계단 좌우 난간에 3개의 자전거가 묶여져 있었다. 그중 하나는 딸의 것이고, 나머지는 앞집 아이들의 것이었다.

'자전거를 타고 언덕 꼭대기에 올랐다.'

호흡이 점점 가빠졌다. 성 과장은 계단을 올라 옥상으로 나가는 문 앞에 이르렀다. 아래층의 센서 등이 꺼지면서 주위는 칠흑같이 어두워졌다. 그는 손을 더듬어 옥상으로 향하는 문손잡이를 돌렸다.

3평 남짓 되는 작은 공간이 펼쳐졌다. 오른쪽 난간 아래에는 담배꽁초가 수북하게 쌓여 있었고, 왼쪽으로는 빨간색 페인트가 칠해진 소화전이 보였다.

'불자동차! 바로 이거였어.'

성 과장은 버튼을 누른 상태에서 소화전 손잡이를 앞으로 잡아

당겼다. 그 안에는 굵은 헝겊 재질의 호스가 엉켜 있었다. 그는 내부를 손으로 더듬어봤다. 소화전 내부 왼쪽 구석 중간쯤에 뭔가 작은 물체가 만져졌다. 그의 가슴이 거세게 방망이질치기 시작했다. 누군가 테이프로 칭칭 감아놓은 물체였다.

그는 한참 동안 단단히 동여맨 테이프를 떼어냈다. 한겨울의 추위에도 그의 이마에는 땀방울이 맺혔다. 이윽고 손가락 두 마디 크기의 작은 물체가 세상 밖으로 나왔다.

희미한 겨울 달빛에 비친 그것은 KM의 로고가 새겨진 USB였다. 성 과장은 탄식하듯 신음을 내며 바닥에 엉덩방아를 찧고 말았다.

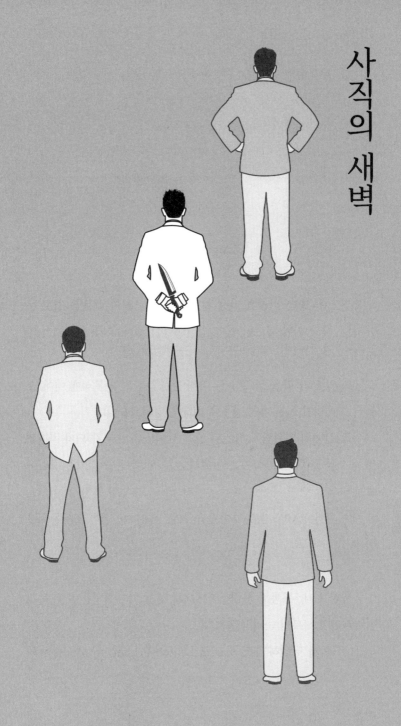

사
직
의 새
벽

#55 불면

오후 1:03, 곱슬머리에 키가 훤칠한 사내가 회의실 문을 열고 들어서자, 책상 위에 엎드려 있던 직원 3명이 후다닥 자세를 고쳐 앉았다.

"교육 받느라 다들 힘드시죠? 어제 생산법인 원가 분석에 이어, 오늘은 판매법인 이전 가격 실무에 대해 설명하겠습니다."

이틀 전 해외지원팀에 배치된 신입 사원들은 오후가 되자 무거워진 눈꺼풀을 연신 깜박이고 있었다. 이른바 춘곤증이었다. 창밖에 보이는 공장 단지 사이로 제법 깊어진 4월의 녹음이 펼쳐져 있었다.

"에이피에이(APA)라고 들어봤습니까? 혹시 한 번이라도 들어보신 분?"

"…"

뚱뚱한 사내, 통통한 사내, 좀 드세게 생긴 여자. 3명은 모두 눈만 깜박거리며 서로의 눈치만 살폈다.

"모르는 게 당연하겠죠. 바로 'Advance Pricing Agreement'의

약자입니다. 쉽게 설명해보겠습니다. 한국 본사가 미국 판매법인에 휴대폰을 판매한다고 합시다. 이때 특수 관계에 있는 두 회사는 판가를 맘대로 정할 여지가…"

그 순간 갑자기 회의실 문이 열리고, 차상준 대리가 머리를 내밀었다.

"차장님, 교육 중에 죄송한데요. 팀장님이 찾으십니다."

성찬수는 그해, 그러니까 2013년 3월부로 차장으로 승진했다. 빠른 승진은 아니었지만 입사 이래로 그리 좋지 않았던 그의 고과를 감안하면 의외의 결과이기도 했다. 성찬수는 신입 사원들에게 잠시 휴식하라는 지시를 남기고 회의실을 나왔다.

"팀장님, 부르셨습니까?"

붉은 테 안경을 쓴 여성 팀장, 그녀는 박순주 차장이었다. 그녀 또한 조기룡 상무가 겸직해오던 해외지원팀장 대행으로 보직 발령을 받았다.

"OJT 중에 미안해요. 상무님이 급하게 알아보라고 하셔서. 다음 주에 특별한 업무 걸려 있는 거 있나요? 모스크바 출장 좀 다녀오실 수 있나 해서요."

그녀는 마치 선심이라도 쓰는 사람의 표정으로 성찬수의 얼굴을 빤히 들여다봤다.

"별일은 없습니다만. 근데 무슨 일로…"

"정식 주재원 발령 전에 상무님이 베푸는 배려 같아요. 법인에 가셔서 사람들과 미리 인사도 나누고, 집도 알아보시고, 자녀분 다닐 학교도 둘러보고 오시라는 분부입니다. 아마 이번 주 일요일에 출발하는 비행기가 있을 거예요."

"그렇게까지 신경 써주시는군요. 무슨 뜻인지는 알겠습니다."

성찬수의 대답은 정중했지만, 기뻐하는 기색은 보이지 않았다.

"좋아하실 줄 알았는데 의외네요. 어쨌든 이번 주 일요일에 출발하는 걸로 상무님께는 말씀드리겠어요."

그녀는 고개를 갸우뚱거리며 다시금 성찬수의 눈을 뚫어져라 들여다봤다. 그는 그녀의 눈빛을 피해 서둘러 회의실로 돌아갔다.

지난 3월 승진 직후 갑작스레 조기룡 상무에게 불려갔던 성찬수는 뜻밖의 말을 들었다. 러시아법인 관리 담당 주재원이 지병으로 조기 귀임하게 되었으니 5월부터 후임으로 발령을 내리려고 한다는 제안 아닌 통보였다.

그것은 흔치 않은 기회였다. 몹시 기뻐할 아내의 모습도 떠올랐다. 너나 할 것 없이 조기 유학을 꿈꾸는 나라에서, 자녀의 국제학교 학비까지 지원되는 주재원 신분을 싫어할 서민 부모는 없었다. 성찬수는 조 상무가 내민 손을 허리를 굽혀 꽉 잡았다.

그러나 그로부터 하루밖에 지나지 않아 그의 생각은 바뀌기 시작했다. 러시아 관리 담당 주재원이라는 자리의 의미가 영 마음에 걸렸다.

성찬수에게 불면증이 찾아온 것은 그날부터였다.

오후 4:50, 신입 팀원 OJT 강의를 마친 성찬수는 회의실에서 나왔다. 오랜 시간 많이 떠들어서인지 흡연의 욕구가 밀려왔다. 하지만 그는 담배 대신에 따뜻한 둥굴레차 한 잔으로 대신하기로 했다. 회사는 그해 1월부터 전 사업장 내 금연을 선포했다. 굳이 담배를 피우려면 회사 밖에 위치한 통근 버스 승강장 너머까지 10분 이상을 걸어가야 했다.

탕비실을 나와 종이컵을 들고 자리로 돌아오던 성찬수는 눈을 동그랗게 뜨고 걸음을 멈췄다. 그는 자신의 눈을 믿을 수 없었다. 그들이 돌아와 있었다!

세차게 머리를 흔들어봤다. 뒷모습이었지만 서로에게 농담을 걸며 예전처럼 키득대고 있는 사람들은 분명 그들이었다.

성찬수는 자신도 모르게 그들에게 다가가 이름을 불러봤다.

"우 과장님! 어떻게 된 일이에요? 홍 대리! 진우야! 너희가 여기 웬일이냐?"

성찬수의 큰 목소리에 그들이 화들짝 놀라 뒤를 돌아봤다. 뚱뚱한 남자, 드세게 생긴 여자, 그리고 통통한 남자. 하지만 그들은 예전의 그들이 아니었다. 의아스러운 눈빛으로 성찬수를 올려다보는 그들은 이제 막 하루의 OJT 일과를 끝내고 돌아온 그 자리의 새 주인들이었다.

아무 일도 아니라는 의미로 손을 휘저으며 성찬수는 자신의 자리에 털썩 앉았다. 얼굴에 쓸쓸한 미소가 번졌다. 차를 마시고 저녁 식사 시간이 돌아올 때까지도 그는 감상에 젖어 멍하니 앉아만 있었다.

#56 암호 풀이

성찬수의 휴대폰으로 한 통의 전화가 걸려온 것은 그가 출근을 마치고 막 컴퓨터의 전원을 켜려던 순간이었다. 발신 번호를 보니 국제전화였다.

"저, 혹시 성찬수 씨 맞나요?"

휴대폰 너머로 낯선 여자의 음성이 들려왔다. 그녀의 목소리는 차분했고, 느렸고, 아무런 생기가 느껴지지 않았다.

"제가 성찬수입니다만."

"여기 뉴욕입니다. 우민재라는 분 아시죠? 제가 아내 되는 사람입니다. 지난주 남편의 장례식을 마쳤어요. 남편 유품을 정리하다가 선생님의 연락처가 나왔습니다. 직장 동료 분들께는 아무도 연락 안 드렸는데, 선생님은 집 주소까지 적혀 있어서 어쩐지 알려는 드려야 될 것 같다는 생각이 들었습니다."

우울증을 심하게 앓던 그가 집에서 목을 맸다는 소식이었다. 통화를 마친 성찬수는 가슴에 커다란 구멍이 뚫린 느낌이었다. 그는 한동안 머리를 감싸 쥐고 미동도 하지 않았다.

오전 8:50, 성찬수는 후문 편의점에 들러 담배 한 갑과 일회용 라이터를 샀다. 지난 3개월 동안 그는 우 과장을 기억하지 않으려고 무던히도 노력했다. 그를 생각할 때마다 무엇인가 자신의 마음을 무겁게 짓누르는 불편한 느낌 때문이다.

성찬수는 두 개비의 담배에 동시에 불을 붙여 담배 한 대를 입에

물고, 다른 한 대는 허공에 태워버리는 것으로 그에 대한 애도를 표현했다. 세 가닥 담배 연기와 함께 그의 슬픔과 절망과 분노가 모두 날아가기를, 그의 영혼이 진정한 평온에 이르기를 성찬수는 진심으로 기도했다.

저녁 8:33, 성찬수는 자신의 아파트 현관문을 열었다. 너구리처럼 생긴 강아지 한 마리가 꼬리를 흔들며 튀어나왔다. 지난 크리스마스부터 한 식구가 된 녀석이었다.

"아빠!"

곧이어 강아지처럼 꼬리를 흔들며 딸아이가 튀어나왔다. 왼쪽 주방 쪽에서는 아내의 목소리가 흘러나왔다.

"당신이야? 일찍 왔네."

그녀는 퇴근하자마자 옷도 갈아입지 못하고 부랴부랴 저녁을 준비하느라 정신이 없었다. 옷을 갈아입으러 안방에 들어가던 성찬수는 갑자기 생각난 듯이 아내에게 말했다.

"어제 깜빡 잊고 말 못했는데, 이번 주말에 모스크바 출장 가."

"그래? 그거 잘됐네. 이번에 가는 김에 채연이 다닐 유치원 좀 알아봐줘. 내가 인터넷으로 알아보는 데는 한계가 있더라고. 거기 주재원분들한테 물어보면 더 확실하겠지. 나도 다음 주에는 회사에 휴직계 낼 참이야."

주재원 임기는 5년이었다. 아내의 회사에서 허용하는 2년 휴직 이후에 그녀의 복직 여부는 그때 다시 결정하기로 했다.

가족이 모두 잠든 늦은 밤 11:40, 성찬수는 딸의 장난감 방에 놓인 책상에 홀로 앉았다. 그는 조용히 책상 아래 서랍을 열고, 인감도장과 통장들을 담는 가죽 케이스를 집어 들었다. 케이스에서 그가 꺼낸 것은 USB였다. 서랍 깊숙한 곳에 감춰졌던 그 저주받은 물체가 다시 세상 밖으로 나온 것은 거의 3개월여 만의 일이었다.

그날 밤 이천 연수원 301호에서 하드디스크를 뜯어낸 우 과장은 노트북 포트에 꽂혀 있는 USB를 발견했다. 그리고 그가 원하는 정보가 하드디스크가 아닌 USB에 담겨 있음을 알게 되었다. 성찬수는 이제 그러한 사실을 아는 유일한 사람이 되고 말았다.

USB에 담긴 내용을 이해하게 되고 나서, 성찬수는 이 저주스러운 물건을 자신에게 보낸 우 과장을 원망했다. 소유하고 있다는 사실 자체가 두려워 망치로 부수거나 불에 태워버리려 생각한 적도 있었다.

성찬수는 손에 들고 있던 USB를 포트에 끼우고 '폴더를 열고 파일 보기'를 클릭했다. 2008년도부터 2012년까지 연도별로 5개 폴더가 들어 있고, 각 폴더에는 월별로 각각 12개씩의 파일이 고스란히 담겨 있었다.

파일들은 죽은 표 전무가 직접 수기로 작성한 문서를 PDF 파일로 저장해둔 형태였다. 성찬수는 '2012년' 폴더에서 맨 아래에 있는 '8월 보고'라는 이름의 파일을 열었다.

지난겨울 처음 파일을 열어봤을 때, 의미를 알 수 없는 숫자와 알파벳의 나열들은 성찬수를 당혹스럽게 만들었다. 날짜로 시작해서

20120803	EL	MCW	C	LT	LS	38,000
20120804	EL	SPL	C	LT	LS	42,000
20120803	EL	SHA	C		RB	22,000
20120805	EL	MCW	C	LT	LS	40,000
20120805	EL	JKT	C		RB	15,000
20120806	EL	MCW	C	LT	LS	26,000
···(중략)···						
20120825	EL	SPL	C	LT	LS	50,000
20120825	EL	MCW	C	DT	LS	41,000
20120830	EL	HKG	C		RB	18,000

금액으로 추정되는 숫자로 끝나는 것으로 보아 검은돈에 대한 정보
일 것이라는 추측만이 가능했다.

나중에야 알게 됐지만 그다지 고난도로 설계된 암호는 아니었다.
그러나 각각의 알파벳으로 표기된 약자의 의미를 파악하는 작업에
는 생각보다 적지 않은 시간이 소요됐다.

'EL'과 'C'는 모든 열에 반복되는 것으로 보아 각각 회사
(Electronics)와 BG(컴퓨터, Computer)를 의미한다는 것을 곧 알아
차릴 수 있었다. 'EL' 다음에 나오는 세 자리 알파벳 또한 파악하는
데 많은 시간이 걸리지 않았다. 다른 폴더의 파일들까지 전부 열어
보고 분류를 해본 결과, 이것들은 20여 해외법인이 소재한 도시명
을 가리키는 약자였다. 말하자면 'MCW'는 모스크바를 의미했다.

다음에는 'LT', 'DT', 또는 공란으로 비워져 있었다. 이것은 제품명으로 확인됐다. 랩톱(Laptop), 데스크톱(Desktop), 그리고 공란의 경우는 특정 제품과는 연관이 없는 경우였다.

마지막으로 남은 것은 금액 앞에 있는 두 자리의 알파벳이었다. 성찬수는 여기에 이르러 딜레마에 빠져들었다.

'일자 / 회사명 / 해외법인명 / BG명 / 제품명 / ? / 금액'.

성찬수는 한 가지 장면을 상상해봤다. 그것은 표 전무가 매월 높은 분께 머리를 조아리며 보고를 드리는 장면이었다.

'2012년 8월 3일 KM전자에서는 러시아법인을 통해 컴퓨터BG에서 생산한 노트북을 어찌어찌해서(?) 3만 8,000달러를 확보하게 됐습니다.'

성찬수는 물음표가 검은돈을 만들어내는 방법을 의미한다고 추측할 뿐이었다. 그리고 마지막 암호의 정확한 의미를 알아내지 않으면, 파일들은 무의미한 낙서에 불과하다고 생각했다.

그는 며칠 밤낮을 생각하고 또 생각해봤다. 그 결과 'RB'는 'Rebate'의 약어라고 잠정 결론을 내렸다. 'RB' 앞에는 공통적으로 제품명이 생략됐다는 점에 착안한 것이었다. 제품명이 없는 이유는 특정 제품 판매가 아닌, 가령 물류 서비스 같은 거래에 해당되기 때문이라 판단했다.

이제 남은 것은 'LS'라는 방법이었다. 이 방법이야말로 70% 이상에 해당하는 검은돈의 원천이었다.

그리고 마지막 퍼즐을 맞추는 데 결정적 해답을 준 사람은 뜻밖에도 양진우였다.

성찬수는 지난 1월 중순경 오랜만에 양진우를 다시 만났다. 그리고 그날 몹시 취한 그에게서 언젠가 그가 언급했던 '봐서는 안 되는 판도라의 상자'에 대해 듣게 됐다. 'LS'는 로컬 스크랩의 약자였다. 'LS'가 KM에서 비자금을 조성하는 새로운 방식으로 자리매김했다는 양진우의 설명은 그야말로 충격이었다.

회사가 만들어내는 검은돈은 예상과 달리 거액의 단위가 아니었다. 그것은 주로 해외법인에서 일상적 운영을 통해 '지속적으로' 그리고 '꾸준하게' 조성되고 있었다.

가만히 들여다보면 검은돈이 주로 생성되는 곳은 경제력은 급성장하지만 사회적 질서를 지탱해주는 의식과 시스템이 미흡한 나라들이 주요 대상이었다.

성찬수가 가게 될 러시아도 그중 하나였다. 주재원 발령 제안을 듣고 기뻐할 수 없었던 이유는 그 때문이다. 러시아법인 관리 담당 발령은 이제 '그들'의 일원이 되라는 지령이었다. 그것은 또한 '수드라'에서 '브라만'으로의 수직적 신분 상승을 의미했다.

성찬수는 가족이 깨지 않도록 조심하면서 조용히 아파트 현관문을 열고 옥상으로 올라갔다. 그는 트레이닝복 바지에서 담배를 꺼내 물었다. 멀리 아직 잠들지 않은 아파트의 불빛들을 바라보며 그는 생전의 우 과장을 떠올렸다.

'왜 하필 나에게…'

결정적 자료를 손에 쥐었지만 끝내 암호를 해독하지 못해 전전긍긍했을 그의 모습이 그려졌다.

담배 연기 사이로 죽은 표 전무의 얼굴도 나타났다. 그는 여전히 눈을 부릅뜨고 자신을 노려보고 있었다. 성 차장은 오래전 자신의 보고서가 그를 분노케 했던 이유를 알고 있었다.

해외법인의 적정 이익 기준을 재정립하고, 중복 부보를 통해 해외법인에 과다 청구되던 보험료를 제거하려 했던 노력들. 모두가 공교롭게도 그들이 검은돈을 만드는 데 위배되는 무모한 시도였다.

다시 장난감 방으로 돌아온 성찬수는 USB를 다시 가죽 케이스에 넣고 서랍 깊은 곳에 밀어 넣었다. 침실로 조용히 기어 들어온 그는 슬그머니 아내의 곁에 누웠다.

그는 밤새도록 천장을 수놓은 야광 별 스티커를 헤아리다 아침을 맞이했다.

#57 대리인

온종일 몽롱함 속에서 보낸 하루였다. 성찬수의 불면증은 지난밤 완전히 날밤을 새는 수준에 이르고 말았다. 그는 퇴근 무렵 박상필에게 전화를 걸어 SOS를 쳤다. 술의 힘을 빌려서라도 잠을 청해볼 생각이었다.

늦은 저녁 7:50, 성찬수는 분당 서현역에서 내려 약속 장소인 참

치집으로 걸어가고 있었다. 그는 백화점으로 향하는 골목 입구에서 낯익은 얼굴을 발견했다.

"안녕하십니까? 여기는 어쩐 일이십니까?"

바쁜 걸음으로 지나가다가 갑작스런 인사에 걸음을 멈춘 사람은 오수경이었다.

"아, 안녕하세요?"

어색한 만남이었다. 오수경은 지난겨울에 결국 회사를 그만뒀다.

"그만두셨다고 얘기는 들었습니다."

"그랬군요. 여기 제 명함입니다. 새로운 회사가 이 근처에요. 판교로 다니고 있습니다."

성찬수는 그가 내민 명함을 슬쩍 내려다봤다. MS에너지, 이름도 들어보지 못한 회사였다.

"변화무쌍하시군요. 전자 쪽 일하시다가 이번에는 신재생에너지라니. 요즘 주목받고 있는 업종 아닙니까? 게다가 상무 직함까지. 정말 대단하십니다."

오수경은 담담한 얼굴로 성찬수의 의례적인 인사를 받아줬다.

"작은 회사이니까요. 박상필이라고 아시죠? 그 친구 통해서 들어간 회사입니다. 그것보다…."

마침 박상필을 만나러 가는 길이라고 굳이 말하지 않았다. 성찬수는 그가 머뭇거리며 궁금해하는 것이 무엇인지 짐작하고 있었다.

"문 차장님 얘기 말인가요? 재판 소식 들으셨는지 모르겠지만 아직도 1심 진행 중이랍니다. 우발적인 살인도 아니고, 그것도 둘씩이나. 이것저것 정상참작을 하더라도 10년은 넘을 거라고 합니다만."

"그렇군요. 그럼 저는 지금 가볼 데가 있어서요. 다음에 또 뵙겠습니다."

"저도 지금 약속이 있어 가던 중이었습니다. 담에 또 뵙지요."

성찬수는 어색한 인사를 나누고 그와 헤어졌다. 그가 퇴사할 무렵 아내와 이혼했다는 소문이 호사가들의 입방아에 오르내렸다. 하지만 그가 문제의 그 여인과 어떻게 됐는가에 대해서는 사람마다 얘기가 달랐다. 혹자는 그가 이혼 서류에 잉크도 마르기 전에 그녀와 재혼을 했다며 혀를 찼고, 이별을 선택한 그가 모질다며 떠벌리는 이들도 있었다.

참치집에 먼저 와서 기다리고 있던 박상필은 단단히 벼르고 나온 모양이었다.

"승진에, 해외 주재원에, 오늘은 형이 단단히 한턱내는 거다. 출국하기 전에 나랑 5년 치를 미리 마셔야 되니까."

"외국도 외국 나름이지. 모스크바라는 곳이 해외 근무지 등급에서는 '오지'로 분류된 곳이야. 치안도 그렇고, 물가는 장난 아니고. 특히 호텔비는 상상을 초월하는 수준이더라. 그렇게 부러워하지 않아도 된다."

성찬수는 오랜만에 박상필과 유쾌하게 잡담을 늘어놓으며 머리를 비우고 싶었다.

"근데 형, 오늘 몹시 어두워 보이는데? 뭔가 고민이 있는 사람처럼. 골치 아픈 일이라도 있어?"

박상필은 눈치와 통찰력이 잘 발달된 사내였다. 성찬수는 말을 꺼낼까 망설이다가 그의 의견을 들어보기로 했다.

"상필아, 만약에 말이다. 사회적으로 큰 파장이 예상되는 정보가 하나 있다고 치자. 신문 1면에 날 만한 정보 말이야. 그걸 익명으로 세상에 알릴 방법이 있을까?"

박상필은 눈에 힘을 주고 성찬수를 한 번 흘기더니 단숨에 술잔을 털어버렸다.

"에이, 내 이럴 줄 알았어. 술 산다고 하길래 웬 떡인가 했더니만. 형은 꼭 목적이 있을 때만 나를 부르더라."

"야야, 나도 오늘 아무 생각 없이 술이나 마시려던 참이었어. 네가 무슨 일 있냐고 먼저 물어본 거다."

박상필은 술잔을 비우고 인상을 찌푸리며 자신의 의견을 내놨다.

"익명이야 왜 불가능하겠어. 믿을 만한 다른 대리인을 통해 공개하면 되겠지. 물론 대리인은 스스로 그 정보를 공개할 동기가 있는 사람이어야 하겠지. 예를 들면 소신 있는 언론이나 정의로운 사회단체 뭐 이런 데 정도?"

"대리인?"

"물론 형이 말한 대로 사회적 파장이 큰 대형 폭탄이라면, 마땅한 대리인을 찾기란 쉬운 일이 아닐 거야. 대리인 또한 자신의 이익을 취하려는 방향으로 적당히 타협할 가능성도 배제할 수 없거든."

"에이, 그럼 뭐야? 현실적으로는 어렵다는 거잖아?"

"내 생각은 그래. 하지만 대리인보다 안전한 방법이 하나 있지. 역설적이지만 오히려 익명이 아닌 실명으로 저질러버리는 거야. 직접 인터넷에 올려버리는 거지. 때로는 지나치게 지랄 맞게 부화뇌동하기도 하지만 네티즌의 여론만큼 무서운 것도 없으니까. 수천만 네티즌들의 공감이나 공분을 얻을 만한 정보라면 그들을 방패 삼은 고발자는 영웅처럼 인식될 테고, 그러면 감히 권력자들도 함부로 어쩌지는 못하겠지."

"네티즌을 우군으로 만드는 방법이라…."

골똘히 생각에 잠긴 성찬수를, 박상필은 의미심장한 눈빛으로 노려보았다.

"근데 형, 뭔지는 모르겠지만 하지 마라. 명분 없는 전쟁에는 뛰어드는 게 아니야. 내가 아는 형은 적당히 타락하고 지극히 평범한 40대 직딩일 뿐이라고. 회사라는 데가 뭐 별거야? 힘 있는 놈들 뜻을 잘 헤아려주면서 적당히 처신하면, 반대급부로 먹고살 만한 빵을 주는 곳이잖아. 나는 그런 머슴 생활이 싫어 뛰쳐나왔으니까 뭐 할 말 없다만. 하하하."

'머슴'이라는 단어에 성찬수의 얼굴이 시무룩해졌다. 그는 심각해진 분위기를 떨쳐내려는 듯 억지로 활짝 웃으며 말했다.

"상필아, 우리 오랜만인데 이럴 게 아니고 저기 정자역 쪽에 카페로 옮기자."

박상필의 눈에 초롱초롱 빛났다.

"카페라고? 좋은 데야?"

"레드 폭스(Red Fox)라고 양주가 좀 비싸긴 하지. 오늘 내가 시원하게 쏜다."

성찬수의 호기로운 제안에 박상필의 입이 귀에 걸렸다.

#58 너무 긴 사직서

새벽 2:20, 조용히 현관문을 열고 집에 들어온 성찬수는, 현관 신발장 옆에 놓인 못 보던 새 구두를 발견했다. 아마도 아내가 주말 출장 때문에 새로 구입한 모양이었다.

거실 소파에 대충 웃옷을 걸쳐놓은 그는 조용히 안방 문을 열어봤다. 고단한 하루를 보냈는지 아내의 코 고는 소리가 크게 들렸다. 작은 방에는 딸이 두 팔을 위로 올리고 곤히 잠들어 있었다.

간단히 샤워를 마친 성찬수는 이불을 끌어 아내를 덮어주고 조용히 옆에 누웠다. 그는 천장을 보고 잠을 청해보려 했다. 숙면을 취하고 싶어 과음을 했지만 그래도 잠은 쉽게 찾아오지 않았다. 천장의 야광별들이 계속 그의 신경을 건드렸다. 그는 옆으로 누워 다시금 잠을 청했다.

새벽 5:35, 성찬수는 딸의 장난감 방에 우두커니 앉아 있었다. 책상 위에는 우 과장이 회사를 떠나면서 건네준 쪽지가 놓여 있었다. 박상필의 표현대로라면 우 과장의 입장에서 대리인은 바로 성찬수 자신이었다.

'나를 곤경에서 구해준 대가를 청구한 것일까, 아니면 내가 비자금 조성 과정을 이해하고 알아낼 적임자라고 판단했기 때문일까? 내게 이것을 세상에 공개할 동기가 있다는 그의 판단은 어디서 나온 것일까?'

죽은 사람에게서 답을 확인할 길은 없었다. 성찬수는 조용히 책상 서랍 맨 아래 칸을 열었다. 그리고 가죽 케이스에서 USB를 꺼내 손에 들었다.

그는 그가 지나온 길고 험난했던 탈출기를 떠올려봤다. 빠져나오려 발버둥칠수록 더욱 그의 발목을 죄어왔던 악몽과 같은 덫이었다. 그리고 지금 그는 매일 밤 자신의 영혼을 가두려는 새로운 유형의 덫과 싸우고 있었다.

성찬수는 이제 더 이상 동그라미 안에서 발버둥치는 바보짓은 그만두기로 했다. 그는 훨씬 더 적극적인 방법을 선택하기로 마음먹었다. 그것은 자신을 향해 유혹과 협박의 두 얼굴로 은밀히 다가오는 족쇄를 자신의 손으로 파괴하는 일이었다.

'내 자신을 구하기 위해 이 일을 마무리하는 거야. 그것만이 이 지독한 영혼의 덫에서 빠져나갈 수 있는 유일한 탈출구니까.'

성찬수는 자신의 인터넷 시작 페이지로 사용하는 포털 사이트 토론방에 파일들을 업로드하기 시작했다. 물론 암호 같은 문자들을 설명하는 친절한 해설서도 함께였다. 모든 파일이 업로드된 후에 그는 잠시의 주저함도 없이 엔터 키를 눌렀다.

잠시 후 부지런한 새벽 네티즌들 덕분에 하나둘 조회 수가 생겨났다. 20분쯤 지나 뿌옇게 창밖이 밝아오기 시작할 무렵 숫자는 기하급수적으로 늘어나고 있었다. 성찬수는 거실로 나가 집 전화기의 코드를 빼버렸다. 그리고 자신의 휴대폰 전원도 꺼버렸다. 비록 제출처는 회사가 아니었지만 사직서는 이미 던져졌다.

딸은 아직도 곤히 잠들어 있었다. 평소 잠버릇처럼 걷어찬 이불은 벽 쪽으로 돌돌 말려 있었다. 이불을 덮어주며 가만히 내려다본 그곳에 천사의 얼굴이 있었다. 이마에 지긋이 입맞춤을 하니 천사는 잠깐 얼굴을 찡그렸다가 이내 빙그레 미소를 지었다.

딸의 곁에 웅크리고 누운 그의 눈가에 뜨거운 눈물이 흘러내렸다. 창틈으로 부옇게 동이 터올 때까지 천장의 별들을 헤아리던 그의 얼굴에는 오랜만에 평온한 미소가 감돌고 있었다.

연수원 살인사건

1판 1쇄 인쇄 2019년 6월 05일
1판 1쇄 발행 2019년 6월 14일

지은이 김경수

펴낸이 최준석
펴낸곳 한스컨텐츠
주소 경기도 고양시 일산동구 정발산로 24. 웨스턴돔1 5층. T1−510호
전화 031−927−9279 팩스 02−2179−8103
출판신고번호 제2019−000060호 신고일자 2019년 4월 15일

ISBN 979-11-966920-1-8 03810

이 도서의 국립중앙도서관 출판예정도서목록(CIP)은 서지정보유통지원시스템 홈페이지(http://seoji.nl.go.kr)와 국가자료공동목록시스템(http://www.nl.go.kr/kolisnet)에서 이용하실 수 있습니다. (CIP제어번호 : CIP2019022010)